1권

초판 1쇄 인쇄 2016년 7월 14일
초판 1쇄 발행 2016년 7월 21일

지은이 김백
펴낸곳 (주)케이원미디어
펴낸이 김순광
기획 김순광
편집 정명훈, 김수연
마케팅/관리 권재문, 김미경

등록 등록번호 제 324-2014-000032호
주소 서울시 강동구 양재대로 125길 35, 401호(천호동, 대영빌딩)
전화 (070) 7711-7341
팩스 (02) 476-6620
이메일 sungwang1967@hanmail.net

ISBN 979-11-86844-06-9 (04810)
　　　979-11-86844-07-6 (세트)

값 12,500원

1권

글 김 백

작가의 말

'매력적인 살인자'의 이미지를 가진 캐릭터를 창조해 내는 것이 가능할까? '살육'은 이런 물음에서 출발하게 되었다. 몇 해 전 본인의 소설을 영화화하기 위한 작업을 함께 진행했던 영화계 중견 PD가 어느 날 매우 매력적인 제안을 해온 적이 있었다. 이름만 대면 누구나 알만한 한 영화배우가 매우 매력적이고도 잔인한 성격을 가진 역할을 맡고 싶어 하는데 그에 걸맞은 스토리를 개발할 수 있는 가에 대한 것이었다. 물론 가능하다고 했다. 그러면서 필자는 한 가지 조건을 달았었는데, 바로 영화의 결말이 권선징악(勸善懲惡)적이어야 한다는 것이었다. 물론 그 조건에 중견 PD는 흔쾌히 수락했고, 몇 달 후에 시나리오가 완성되었다. 하지만 완성된 시나리오는 이런저런 이유와 사정으로 인하여 영화는 더 이상 진행되지 못했고, 덕분에 '살육(肉)'이라는 소설로 세상에 나오게 됐다.

'권선징악', 초등학교부터 고등학교까지 교육과정을 거친 한국인이라면 누구나 알고 있는 사자성어일 것이다. 말 그대로 '좋은 것은 권하고 나쁜 것은 벌한다'는 뜻을 가진 권성징악은 우리나라에서 만들어진 많은 문학 혹은 예술의 가장 밑바탕이 되는 기본 이념이라고 해도 과언이 아닐 것이다. 이런 권선징악은 착한 주인공에게는 해피엔딩을, 나쁜 주인공에게는 벌을 받게 하는 획일적인 결말을 이끌어 내는 필연을……. 사정이 이렇다 보니 요즘에 와서는 소설, 드라마, 영화를 감상하는 관객들에게 작품의 도입부에서 결말을 어느 정도 예상할 수 있는 복선을 간파당하곤 한다. 우리의 미풍양속인 권선징악이 문학 혹은 영상미디어 작품에 있어서 작가의 고민을 가중시키고 작품의 다양성은 좁히는 부작용을 불러일으키고 있는 셈이다.

그래서 필자는 '살육(肉)'을 통해 권선징악을 조금만 비틀어 보려 시도했다. 피도 눈물도 없는 살인자의 성장 과정을 통해 왜 그가 살인자가 될 수밖에 없는지를 독자들로 하여금 들여다보게 하고, 그리고 그가 범죄를 준비하기 위해서 거의 고시에 준하는 공부와 열정을 쏟아 붓는 장면을 통해 그의 치열함을 엿보게 함으로써 살인자와 그를 쫓는 주인공인 형사와 동일 선상에 놓이게끔 했다. 또한 살인의 정당성(?)을 부여하기 위해서 소재를 인간의 뇌로 선택해 그냥 사회의 분노나 혹은 정신이상으로 인한 무차별적인 살인이 아닌 뚜렷한 목적을 가진 살인으로 설정해 독자의 공감을 얻고자 했다.

그러나 이런 시도는 뜻밖의 암초를 만나 절반의 성공으로 끝나고 말았다. 바로 분량 때문이었다. 원래는 2권 분량으로 집필했지만, 주인공과 살인자의 심리 묘사 혹은 성장 과정을 담고 보니 5권 분량으로 늘어나게 된 것이다. 출판 조건에 맞추기 위해서 3권 분량을 들어 내고 2부로 돌려야 했다. 또한 소재가 인간의 뇌이다 보니 연구할 것도, 읽을 것도, 공부할 것도 많았다. 테크노 스릴러 소설을 쓰다보면 거의 숙명적으로 맞닥뜨리게 되는 현실이다. 쓰고 나면 쓰는 분야마다 거의 반 전문가(?)가 된다.

비록 절반의 성공이었지만 그래도 집필이 치열했던 만큼 꽤 재미있는 스릴러 소설이 된 것 같아 나름 다행스럽다. 부디 이번 소설이 잘돼 2부가 출간됐으면 하는 바람이다. 사실 소설의 재미와 충격은 2부가 더하다.

마지막으로 부족한 소설을 책으로 빛을 보게 해 준 케이원미디어 김순광 대표님과 임직원들께 심심한 감사의 말을 전하며, 이번 소설을 쓰는 데 가장 많은 응원을 해 준 우리 딸 빈이에게도 감사의 말을 전한다.

2016년 봄의 문턱에서

차 례

1. 행복한 피해자

"어~ 추워!"

짧은 겨울 햇살이 창원 용지공원에서 빠르게 사라지고 있었다.

공원 언저리에서 노숙생활 중인 30대 후반의 용배는 점점 짙어가는 땅거미를 따라 밀려오는 한기를 피해 서둘러 자리에서 일어났다.

"오늘 밤은 어제보다 더 춥겠군."

용배는 몸을 한 번 부르르 떨며 입고 있는 낡고 허름한 오리털 파카의 깃을 단단히 세우고는 지퍼를 목 밑까지 채웠다. 근 2년째 이어지고 있는 노숙생활에 이골이 난 그였지만 살을 후벼 파는 듯한 겨울밤 추위만큼은 어떻게 해서든 피하고 싶은 엄연한 현실적 고통이었다.

그는 낡은 가방을 챙겨들고 서둘러 공원 한쪽에 설치된 쓰레기통을 향해 뛰어갔다. 행인들이 버리고 간 신문지 따위를 다른 노숙자들보다 먼저 줍기 위해서였다. 공원 내에서 행인들의 왕래가 가장 빈번한 곳에 있는 쓰레기통답게 내용물이 흘러넘치고 있었다.

"오늘은 뭐가 있으려나?"

용배는 곧 쓰레기통 속에다 상반신을 담근 채 그 속을 뒤지기 시작했다. 구겨진 신문지와 담배꽁초, 먹다 버린 음식물 따위들로 쓰레기통 속은 가득 차 있었다. 그것들 중에서 구겨진 신문지를 먼저 꺼내기 시작했다. 신문지는 추운 겨울의 한기로부터 몸을 보호해 줄 수 있는 몇 안 되는 소중한 보온 도구 중 하나였다. 들고 있던 가방이 신문지로 인해 금세 불룩해졌다.

"아싸~!"

그날따라 쓰레기통 속에는 신문지와 함께 버려진 음식 찌꺼기가 유난히 많았다. 반쯤 먹다 버린 햄버거와 잘 튀겨진 닭다리도 있었다. 점심을 부실하게 먹어 벌써부터 시장기를 느끼고 있던 그는 반색했다. 노숙자인 그로서는 모처럼 만나는 성찬이 아닐 수 없었다. 잔뜩 굶주린 그는 누가 그것들을 빼앗아 갈까 싶어 서둘러 주머니 속에다 집어 넣었다. 그때 멀리서 그와 같은 목적을 가진 노숙인 몇몇이 뛰다시피 다가오고 있는 게 보였다. 순간 쓰레기통을 뒤지던 그의 손이 더욱 빨라졌다.

"똥파리 새끼들!"

안면은 있었으나 가히 곁을 주고 싶지 않은 이들이라 용배는 물건들을 챙겨들고 뒤도 돌아보지 않고 서둘러 자리를 떴다.

벌써 날이 어두워지고 있었다. 공원 내 자신의 구역에 도착한 용배는 벤치 위에다 방금 주워온 박스와 신문지들을 깔기 시작했다. 오래지 않아 의자 위에는 박스와 신문지로 침대가 만들어졌다. 손으로 만져보니 제법 푹신할 뿐만 아니라 벤치로부터 밀려 올라오는 한기도 느껴지지 않았다.

"이만하면 됐지."

잠자리 준비를 마친 용배는 주위를 살피다 재빨리 벤치 뒤쪽 숲으로 걸어갔다. 잘 다듬어진 사철나무 아래를 더듬던 그의 손에 반쯤 비어 있는 소주병이 걸려 나왔다. 소주를 본 그의 얼굴에 희색이 돌았다. 그는 소주를 품에 안고 얼른 벤치로 돌아와 조금 전에 주워온 닭다리와 햄버거를 꺼내 펼쳤다.

"오늘 저녁은 그래도 제법 든든하겠네."

병을 입에 대고 거칠게 소주를 마시던 용배는 앞에 차려진 햄버거와 닭다리를 단숨에 먹어치웠다.

"꺼억!"

금세 뱃속이 든든해져 왔다. 게다가 함께 마신 소주 기운으로 인해 몸 전체에 훈기가 돌았다.

"이제 잠을 청해 볼까."

식사를 마친 용배는 간단하게 주변을 정리한 후에 신문지를 덮고 잠을 청했다. 모처럼 만에 맞게 된 아늑한 잠자리에 그의 얼굴에 미소가 감돌았다.

잠이 들고 한참이 지난 후였다. 잠결에 그는 목덜미 근처가 따끔한 것을 느꼈다.

"뭐야?"

놀란 용배가 벌떡 일어나 주위를 돌아보며 큰 소리로 외쳤다. 그러나 돌아오는 것은 얼굴 살을 에일 듯이 매섭게 몰아치는 겨울바람 외에는 아무것도 없었다. 주위는 평소와 같이 휑하기만 했다.

'한겨울에 모기도 아니고? 벌인가?'

그는 여전히 따끔거리는 목덜미를 어루만지다 다시 누워 잠을 청했다. 그런데 이상하게 눕고 눈을 감기 무섭게 이내 정신이 몽롱해지는 것 같더니 잠이 밀물 들어오듯 쏟아졌다. 그리고 간간히 자신의 몸이 평소 때와는 다르게 따뜻해지고 있다는 것을 느꼈다. 조금 전까지 뼛속 깊이 느껴지던 한기가 전혀 느껴지지 않았다. 낯선 느낌에 그는 서둘러 눈을 떴다. 그런데 눈앞이 깜깜했다. 이상했다. 잠자리로 삼고 있던 벤치는 인근에 설치된 가로등에서 비치는 불빛에 노출돼 있었다. 그런데 그 빛이 전혀 보이지 않았다. 그는 뭔가 잘못됐음을 느꼈다.

아무래도 안 되겠다는 생각에 용배는 서둘러 몸을 일으키려 했다. 그런데 몸이 전혀 말을 듣지 않았다. 그는 다시 몸을 일으키기 위해서 용을 썼다. 그러나 역시 몸은 꼼짝 하지 않았다. 게다가 어찌된 일인지 고개조차 돌아가지 않았다. 그때 주위에서 이질적인 존재감이 느껴졌다. 놀란 그의 두 눈이 커다랗게 떠졌다. 급속도로 팽창된 동공 속으로 천천히 움직이고 있는 검은 실루엣이 들어왔다.

'뭐지?'

용배는 있는 대로 눈을 치켜뜨고는 그것이 뭔지 살피려 했다. 그때 눈동자가 쑤실 정도로 환한 불이 켜졌고, 검은 실루엣은 그 환한 불빛 뒤로 숨어 버렸다. 불빛에 눈이 시렸던 그는 눈을 감으려 했다. 그런데 그것마저 되질 않았다. 자신의 몸을 통제할 수 없다는 것을 느낀 공포감이 그의 이성을 순식간에 마비시켰다. 이어 놀란 그의 입과 코에서 거칠고 진한 호흡이 터져 나왔다. 입에서 '뭐야?'라는 함성이 터져 나오려 했다. 그러나 막상 입술은 움직이지 않았다.

"헉!"

곧 뭔가 날카로운 것에 의해 자기가 입고 있던 옷이 단숨에 양쪽으로 잘려져 나갔다. 오랜 노숙으로 야윈 그의 상체가 잘려진 옷 사이로 그대로 드러났다.

곧 겨울밤에는 전혀 어울리지 않는 따스한 손길이 앙상하게 불거진 그의 갈비뼈 위를 빠르게 쓰다듬고 지나갔다. 그는 그 손길이 자신의 몸을 가늠하고 있다는 사실을 깨달았다. 섬뜩할 만큼 소름이 끼쳤다. 공포감을 느낀 그는 몸부림을 쳤다. 그러나 그것은 생각뿐이었다. 그의 몸은 죽어 관에 누운 송장처럼 꼼짝을 않고 있었다. 유일하게 그의 의지대로 움직이는 것은 그의 두 눈동자뿐이었다. 그는 흰자위가 드러나도록 눈동자를 양쪽으로 굴려가며 상황을 살피려 했다.

'내가 지금 악몽을 꾸고 있는 건가?'

용배는 자신이 꿈을 꾸고 있는 것이라 여기려 했다. 그런데 곧 차갑고 날카로운 뭔가가 팔에 꽂혔다. 그리고 그 차가운 것이 몸 내부로 빠르게 들어와 퍼지는 것이 느껴졌고, 이내 그 차가움은 주체할 수 없는 쾌감으로 빠르게 바뀌고 있었다. 그리고 이내 윙하는 빠른 모터음이 들렸다. 어릴 때 치과에서 경험했던 그런 섬뜩한 소리였다. 섬뜩한 느낌에 그의 눈동자가 아래로 치켜떠졌다. 그러나 언제 켜졌는지 모를 환한 불빛 때문에 아무것도 보이지 않았다. 곧 무엇인가가 콧속을 마구 찔러대듯이 자극하고 있었다. 그러나 그는 더 이상 아무것도 느끼지 못했다.

그저 몽롱했다. 하늘을 붕 떠다니는 듯 온갖 기묘한 환상이 피었다가 사라지기를 반복했다. 그러다 어느 순간 온갖 기묘한 환상과 짜릿한 쾌감이 서서히 다른 모습과 겹치고 있었다. 자꾸만 자극적인 환한 빛이 아른 거렸다. 그리고 그 환한 빛 앞으로 붉은 물체가 빠르게 움직이는 것이 보였다.

피 묻은 고무장갑? 그는 끈적끈적하고 달콤하기 이를 데 없는 쾌감속에서도 붉은 물체가 피 묻은 장갑이라는 것을 어렴풋이 알아차렸다.

그는 고개를 들어 자신의 가슴 부위를 쳐다봤다. 피가 잔뜩 묻은 수술용 장갑을 낀 손이 분주하게 움직이고 있는 것이 보였다. 그리고 그 분주하게 움직이던 손 위에 곧 붉은 물체가 쥐어졌다가 이내 사라졌다. 그는 그것이 뭔지 알 수 없었다. 다만 복부 부근에서 붉은 물체가 규칙적으로 꿈틀거리고 있는 것이 보였고, 그 규칙적인 움직임이 자신의 맥박과 일치한다는 것을 곧 깨달았다. 그는 이내 자신의 심장이라는 것을 깨달았다.

심장이 있던 복부쪽이 자꾸만 시원해지고 있었다. 그리고 그 시원함은 빠르게 한기로 바뀌었다. 평생 느껴보지 못한 한기였다. 오래지 않아 용배의 눈꺼풀이 자꾸만 아래로 처지고 있었다. 눈꺼풀은 마치 태산으로 누르기라도 한 듯 자꾸만 아래도 처지고 있었다. 마침내 그의 눈꺼풀이 눈동자를 완전히 덮었을 때 그의 의식은 어둠의 심연으로 사라져 버렸다.

새벽녘, 동녘 하늘이 어슴푸레 밝아오고 있는 가운데 당일 첫 번째 열차를 출발시키기 위해 창원역 곳곳이 분주해지기 시작했다. 그런데 역사 인근 한 골목길에서는 역사에서 느껴지는 분주함과는 전혀 다른 이질적인 분주함이 점차 커지고 있었다.

"빨리 통제해!"

골목길 입구에 경광등을 밝힌 경찰 순찰차와 형사기동대 승합차, 감식반 차량이 나란히 주차되어 있었고, 그 앞에는 다수의 전경들이 노란색 통제선을 걸어두고 몰려드는 인파들을 막느라 애를 쓰고 있었다.

"무슨 일이래?"

"살인 사건인가 본데?"

"살인 사건? 여기서?"

"그러게 말이야."

소식을 듣고 몰려든 인근 주민들이 난생처음 접해보는 살인 사건 현장을 넘겨다보며 서로 대화를 주고받고 있는 가운데 유행이 한참 지난 구형 SUV 차량 한 대가 골목길 입구로 천천히 접근하고 있었다. 그러나 사건 현장으로 곧장 접근하던 SUV는 앞쪽에 인파가 많은 것을 발견하고는 방향을 틀어 골목의 한적한 곳에 멈춰 섰다. 곧 시동이 꺼짐과 동시에 운전석의 문이 열리면서 다소 마른 체형에 175cm 정도의 키를 가진 30대 중반의 남성이 머리에 물기가 흥건한 채로 차에서 내렸다.

"새벽부터 뭔 일이래?"

차문을 닫고 서둘러 사건 현장을 향해 뛰어가던 그가 다시 차로 돌아와서는 사이드미러를 들여다보며 젖은 머리를 손가락으로 빗어 넘기기 시작했다.

"아~씨발! 급하게 오느라 머리를 못 말렸네. 반장이 보면 또 뭐라 그럴 텐데."

그러나 젖은 머리카락들은 손길을 받을수록 두피에 더욱 납작하게 들러붙었다.

"오늘은 또 뭐라고 둘러대나? 할머니를 두 번 돌아가시게 하나? 작은 아버지를 두 번 돌아가시게 하나? 젠장 결혼이라도 했으면 처갓집 초상이라도 팔 텐데. 안타깝구나."

그는 머리를 매만지며 노래를 부르듯 흥얼거리다가 다시 사건 현장으로 뛰어갔다.

"잠시만이요!"

통제선 앞에서 인파를 정리하던 전경이 사건 현장으로 들어가려던 그를 급히 불러 세웠다.

"나?"

"민간인은 사건 현장으로 들어가실 수 없습니다."

그를 막아선 전경이 단호하게 말했다.

"어쭈? 민간인? 내가?"

"네!"

"이제 전경까지 날 무시하려 드네? 마 똑바로 봐!"

그는 곧 품속에서 신분증을 꺼내 전경의 눈앞에 들이밀었다.

"잘 봐! 이 몸은 경상남도경찰청 특별수사부 김형철 형사야!"

"충… 충성!"

김 형사의 신분을 확인한 전경이 절도 있게 경례를 붙였다.

"앞으로 잘 해."

"네!"

전경은 김 형사가 통과할 수 있도록 재빨리 통제선을 들어올렸다.

"수고해!"

통제선을 통과한 김 형사는 좁은 주택가 골목길을 따라 들어갔다. 먼저 현장에 나와 있던 동료들이 김 형사를 알아보고 인사를 건네 왔다. 김 형사 역시 그들에게 웃으며 인사를 건넸다. 인사를 몇차례 하고나자 곧 사건 현장이 보였다.

"이거 심상치 않군."

사건 현장에 좀체 나오지 않던 수사과장이 나와 있는 것을 본 김 형사가 중얼거리듯 말했다. 뿐만이 아니라 특별수사부 소속 형사들이 총 출동해 있다시피 했다. 그들로 인해 골목길 안 좁은 공터가 잔뜩 붐비고 있었다. 최근 수사과장이 관심을 보일만한 사건은 한 가지 뿐이었다. 바로 '행복한 피해자'란 별칭이 붙은 연쇄살인 사건이었다.

김 형사의 직속상관인 강 반장은 다른 반장들과 함께 수사과장으로부터 질타아닌 질타를 받고 있는 중이었다. 분위기를 보아하니 현장에 가장 늦게 도착한 자신에게 절대 유리해 보이지 않았다. 현장 분위기를 살피던 김 형사는 사건 현장을 감식 중인 평소 안면이 있는 감식반원 옆으로 슬쩍 다가가 앉았다.

"수고가 많군."

"왔어요?"

증거 채취용 전문 도구를 사용해 침낭 속에 든 시신의 지문을 뜨고 있던 감식반원이 웃으며 말했다.

"어때?"

"직접 보시죠."

감식반원이 김 형사가 볼 수 있도록 곁을 내주었다. 김 형사는 침낭 속에 든 시신 옆으로 바짝 다가가 시신의 상태를 살폈다. 감식반원이 김 형사가 시신의 상태를 잘 살펴볼 수 있도록 침낭의 지퍼를 끝까지 내렸다. 그러자 두 눈이 푹 파이고 온몸이 피투성이인 30대 후반의 남성 몸이 드러났다. 감식반원은 김 형사가 시신의 상태를 더욱 자세히 볼 수 있도록 아예 침낭을 완전히 벗겨냈다.

"이크!"

이전 연쇄살인 사건의 피해자들과 마찬가지로 이번 시신의 상태 역시 김 형사의 상상력을 실망시키지 않을 만큼 끔찍했다. 입고 있던 옷은 깨끗이 베어져 양 옆으로 벗겨져 있었고, 피로 흥건한 옷 아래로는 침낭을 적신 붉은 피로 인해 더욱 도드라져 보이는 새하얀 피부가 보였다.

김 형사는 품속에서 볼펜을 꺼내 조심스럽게 옷가지를 옆으로 제쳤다. 그러자 목부터 복부까지 일자로 잘려진 절개면이 그대로 드러났다. 그리고 양쪽으로 갈라진 상체 내부는 원래 자리 잡고 있어야 할 심장, 폐, 간, 신장 등이 사라지고 텅 비어 있었다. 비릿한 피 냄새가 확 밀려왔다. 같은 피해를 입은 시신을 벌써 몇 차례 접했건만 도무지 익숙해지지가 않았다. 역겨움에 김 형사는 헛기침을 하며 살짝 고개를 돌렸다.

"범인 좀 빨리 잡아요."

피해자의 사진을 찍고 있던 감식반원이 씁쓸하게 웃으며 말했다.

"범인 있는 곳만 알려줘. 당장 가서 잡을게."

김 형사의 말에 감식반원은 피식하며 다시 지문을 뜨기 시작했다. 그때 뒤에서 부르는 소리가 들렸다. 뒤를 돌아다보니, 자신의 직속상관인 강해진 반장이 손짓을 하며 부르고 있었다. 그는 몸을 일으켜 급히 강 반장이 있는 곳으로 뛰어갔다.

"부르셨습니까?"

김 형사가 강 반장의 눈치를 살피며 말했다. 젊은 시절 유도 국가대표 상비군이었던 강 반장은 185cm의 키에 90kg에 육박하는 체중을 가진 거한답게 언제나 말보다 손이 빨랐다. 특히나 자신의 손바닥을 포갠 것처럼 두툼한 손바닥은 김 형사에게 언제나 공포의 대상이었다.

"호출한지가 언젠데 왜 이제 나타나?"

강 반장이 실실 웃으며 서 있는 김 형사를 향해 두 눈을 부라리며 물었다.

"피곤해서 늦잠을 자는 바람에 늦……."

"물론 찜질방에서 푹 잤을 테고?"

"아닌데요. 목욕탕에서 잤는데."

"아 시끄러! 빨리 저기 서 있는 양반들 조사하고 돌려보내. 기자들 달려들기 전에."

강 반장은 김 형사의 입에 담겨져 있던 말이 미처 다 쏟아져 나오기도 전에 버럭 소리를 내질렀다.

"네."

그때 시신을 조사하던 감식반원이 강 반장과 김 형사 옆으로 다가왔다.

"아무래도 동일범 소행 같은데요."

강 반장의 표정이 갑자기 심각해졌다.

"그렇다면 5번째 희생자라는 말인데."

강 반장은 시신 쪽으로 걸어갔다. 그 뒤를 감식반원과 김 형사가 뒤따랐다. 감식반원은 강 반장에게 시신의 상태에 대해 설명했다.

"여길 보십시오."

감식반원은 시신의 가슴 절개 부분을 가리켰다. 절개면이 일직선으로 이어질 만큼 깨끗했다.

"음……!"

"육안으로 보기에도 앞서 발견된 희생자의 몸에 난 상처와 거의 동일합니다."

강 반장은 곤혹스러워했다. 아직 이전 사건에 대한 수사도 미진하기 짝이 없는 상태에서 또 다른 사건이 발생했기 때문이었다.

"단서가 될 만한 거나 지난번과 다른 특이점은 없어?"

"자세한 것은 부검을 해봐야겠지만 판박이처럼 똑같습니다."

"또 한바탕 난리가 나겠군."

강 반장이 난감해하며 말했다. 앞서 들었던 수사과장의 질타가 다시 생생하게 들리는 듯했다.

"그러게요."

김 형사가 시신을 내려다보며 한마디 거들었다.

"뭐해! 목격자 진술 받지 않고!"

"갑니다! 가요!"

김 형사는 황급히 통제선 앞으로 뛰어갔다.

"어이구! 저것도 형사라고!"

김 형사의 뒷모습을 보며 강 반장은 못마땅하다는 듯이 혀를 찼다.

2. 추적자들

아침 해가 떠오를 무렵 김 형사의 SUV가 경남경찰청 주차장으로 미끄러지듯 들어왔다. 멈춰선 차에서 내리는 그의 얼굴에는 피곤함이 그대로 묻어나고 있었다. 새벽부터 사건 현장 주변을 돌아다니며 탐문 수사를 하느라 진을 다 뺀 때문이었다.

"벌써 방전이 됐나? 이거 또 찜질방 가서 충전해야 하나?"

밀려드는 피곤함이 자연스럽게 찜질방에서의 상쾌함을 떠올리게 했다. 근무 시간 중 찜질방으로 갈 핑계거리를 궁리하면서 김 형사는 곧장 본관 입구를 통해 특별수사부가 있는 2층으로 올라갔다. 이른 시간이라 복도는 한적했다. 곧 복도 끝 쪽에 붙은 '특별수사부'라는 표찰이 보였다. 그는 문을 열고 안으로 들어갔다.

"왔어?"

"수고 많어."

각종 사건 조사를 위해서 밤샘 중이던 동료들이 손을 들어 김 형사를 반겼다. 대부분 얼굴에 피곤이 가득했다. 김 형사 역시 그들에게 가벼운 인사를 건네며 내부를 꽉 채운 책상 사이로 난 통로를 따라 걸어갔다. 두툼한 서류철 따위가 잔뜩 쌓인 책상 앞에는 동료들이 모니터를 들여다보며 조서를 꾸미고 있거나, 피곤에 지쳐 의자에 기대 잠을 청하고 있었다.

김 형사는 사무실 뒤쪽에 놓여 있는 캐비닛을 향해 곧장 걸어가 문을 열었다. 속에는 배가 부를 대로 불려진 두툼한 서류철들이 가득 꽂혀 있었다. 그는 꽂혀 있던 서류들의 제목을 빠르게 훑어가다가, 유난히 두껍고 손때가 많이 묻어 있고 겉표지가 일부 헤어지기까지 한 서류철 한 권을 꺼내 들었다. 바로 연쇄살인 관련 수사 서류철이었다.

"젠장 이걸 또 봐야 하나?"

썩 내키지 않는 표정을 한 채 김 형사는 캐비닛 문을 닫고 자리로 돌아와 앉았다. 어수선한 책상 위에는 각종 사건 관련 서류들이 이리저리 뒤엉킨 채 얼기설기 얹혀 있었다. 책상 위에 굴러다니고 있던 피로회복제를 한 병 마신 그는 곧장 서류철을 펼쳤다. 서류철을 펼쳐들기 무섭게 연쇄살인 사건 현장을 촬영한 사진들이 현장 조사 조서와 함께 책상 위에 펼쳐졌다.

"휴우…! 노골적이야 노골적."

사진을 보던 김 형사의 얼굴이 살짝 일그러졌다. 모두 연쇄살인과 관련된 현장 주변과 발견된 시체를 찍은 사진이었다. 이상하게 현장에서 봤던 것보다 사건 서류철에 담긴 사진이 훨씬 더 생동감 있게 느껴졌다. 핏기가 사라진 창백한 피부와 텅 비어 버린 시체 내부 그리고 마치 모나리자의 미소처럼 절묘하게 미소를 머금은 채 굳어진 시체의 얼굴까지. 그 모든 것이 사진의 화려한 색감과 잘 어우러져 눈앞에서 직접 보는 것 같은 착각을 일으키게 하고 있었다. 갑자기 얼마 전 사건 현장에서 맡았던 피비린내가 느껴지는 듯했다.

"우라질! 아까 먹은 해장국이 속에서 다 지랄하네."

참혹한 사진에 김 형사는 살짝 비위가 상했다. 절로 미간이 찌푸려졌지만 현장 사진과 함께 첨부된 조서를 읽기 시작했다. 그러나 이미 수차례 읽고 또 읽었던 내용이라 보지 않아도 머리에 단박에 떠올랐다.

"반장님이 물어 볼 텐데. 뭔가 날카로운 답변을 찾아야 하는데."

강 반장은 새로운 사건이 터질 때마다 관련 형사들을 모아 놓고 대책 회의를 가졌었다. 그 자리에서 형사들에게 새로운 사건과 이전 사건에 대한 연관성을 묻곤 했었다. 이번에도 그럴 것이 뻔했다. 이미 몇 차례 강 반장에게 망신을 당했던 김 형사인지라 미리 대비를 해 놓지 않을 수 없었다.

"내가 시력이 나쁜가? 왜 내 눈에는 연관성들이 안 보이지?"

김 형사가 한숨을 내쉬며 말했다. 그는 서류를 대충 넘기다 덮어 책상 한쪽에 던져놓았다. 시계를 보니 아침 7시를 막 넘기고 있었다. 창밖을 바라보니 어느새 날이 밝아 있었다. 갑자기 하품이 밀려왔다. 그때 사무실 문을 열고 163cm의 키에 약간은 통통한 체형의 젊은 여성이 특별수사부로 들어섰다. 보름 전 특별수사부로 발령받은 이선민 형사였다.

"좋은 아침입니다."

그는 사무실로 들어오자마자 환하게 웃는 얼굴로 주위를 둘러보며 인사를 했다. 곧 여기저기서 동료들이 반갑게 웃으며 화답해 주었다. 올해 27세인 그녀는 교통행정 관련 부서에서 근무하던 중 경장으로 진급하면서 특별수사부로 발령받아, 마침 기존 파트너가 일선 경찰서로 발령이 나서 혼자 활동하던 김 형사의 파트너가 됐다.

"왔어?"

다소 시끄러워진 사무실 분위기 덕분에 선잠을 깬 김 형사가 기지개를 켜며 말했다.

"밤새 사건 현장에 계셨던 거예요?"

"그래. 밤새 사건 현장을 들쑤시고 다녔더니 피곤해."

"들어가서 좀 쉬시죠?"

"그럴까? 그럼 이 형사가 여기 있는 사건 자료 좀 정리해."

"네. 걱정 말고……."

"뭐? 그럴까?"

그때 사무실로 돌아온 강 반장이 그들 곁으로 불쑥 다가와서 두 사람의 대화에 끼어들었다.

"반장님 오셨습니까?"

강 반장이 나타나자 김 형사는 혼비백산하며 재빨리 자리에서 일어났다.

"밤새 찜질방에서 쳐 자다가 온 주제에 하는 소리 하고는."

강 반장이 한심하다는 투로 말했다.

"반장님, 신참 후배도 보고 있는데 말씀이 너무 원색적이네요."

김 형사가 이 형사를 쳐다보고는 억지로 웃으며 말했다.

"됐고! 이따 관련 대책 회의 할거니까 목격자 진술 정리해서 가지고 와."

"네."

강 반장은 못마땅한 표정을 짓고는 밖으로 나갔다. 김 형사는 입을 삐죽거리며 다시 자리에 앉았다.

"이봐 이 형사, 우리 사회가 왜 범죄가 만연하게 된 줄 알아?"

"왜요?"

"바로 상대방을 존중할 줄 몰라서 그래요. 만약 조폭사회에서 서로 존중할 줄 아는 문화가 뿌리 내렸다고 생각해 봐. 사시미칼 따위로 상대방 삼겹살 뜨는 일이 생기겠어?"

"오…, 김 형사님 오늘 웬지 달라 보이는데요."

이 형사가 대견하다는 듯이 말하자 김 형사는 우쭐거렸다.

"달라 보이기는 원래 내가 이런 사람이야."

그때 닫혔던 문이 홱 열렸다. 강 반장이었다.

"김 형사! 목격자 진술 정리 안 할 거야!"

"합니다! 해요!"

김 형사는 급히 품속에서 수첩을 꺼내 펼쳐들고 자판을 두드리기 시작했다. 강 반장은 다시 한 번 못마땅한 표정을 짓고 문을 닫았다.

"김 형사님, 커피 한 잔 갖다 드려요?"

"밀크로!"

김 형사가 귀족이 하인에게 말하듯 우아하고 부드럽게 웃으며 말했다.

"네, 존경하는 김 형사님."

이 형사가 다소 우스꽝스러운 김 형사의 표정과 포즈를 보고 가볍게 웃었다.

"이 형사, 상호 존중 OK!"

이 형사는 웃으며 식수대로 향했다. 그는 곧 종이컵 두 개를 꺼내 놓고 일회용 커피믹스를 뜯어서 컵에다 부었다. 그때 문이 열리면서 30대 후반의 남성이 사무실로 들어왔다. 가장 가까이 있던 이 형사의 고개가 자동적으로 그쪽을 향해 돌아갔다. 이 형사도 안면이 있는 사람이었다. 바로 이웃하고 있는 수사과 직원이었다. 이름이 조현기인 그는 뺑소니 사건을 주로 전담하고 있었다.

"이 형사!"

조 수사관은 안으로 들어서자마자, 출입구 바로 옆 식수대에서 커피를 타고 있던 이 형사를 발견하고는 그쪽으로 다가갔다.

"안녕하세요."

이 형사는 커피를 타다 말고 인사를 건넸다.

"마침 있었네. 김 형사랑 연쇄살인 사건 맡고 있지?"

조 수사관은 다짜고짜 자신이 찾아온 목적부터 밝혔다.

"네."

"바쁘지 않으면 이 사진들 좀 봐줘."

조 수사관은 들고 있던 서류철에서 사진들이 함께 프린트 된 전단지를 꺼내 이 형사에게 건넸다. 전단지를 건네받은 이 형사는 그것들을 천천히 살펴봤다. 대부분 20대에서 30대로 보이는 남녀들이었다. 그러나 안면이 익은 이는 없었다.

"이번에 실종자 수사를 맡게 됐어. 혹시 이들 중에 연쇄살인 사건 희생자들이 있나 잘 좀 봐줘."

"없는데요. 그런데 실종자가 꽤 많네요."

서류를 모두 훑어본 이 형사가 의외라는 듯이 말했다.

"그래. 모두 사회적 지위가 확고한 사람들인데 갑자기 사라졌어. 완전 오리무중이야."

"그래요?"

"그거 주고 갈 테니까, 혹시 희생자들 중에서 인상착의가 유사한 경우가 있으면 즉시 연락 줘. 참, 김 형사한테도 보여 주고."

"네."

"그럼 부탁해."

조 수사관이 나가자 이 형사는 다시 한 번 전단지를 살펴보았다. 정말 조 수사관의 말처럼 사회적으로 지위가 확실한 사람들이었다. 사건 서류에 실종자의 직업은 의대생, 회계사, 운동선수, 학교 선생이었다.

"가출할 사람들로는 안 보이는데? 그렇다면 실종이라는 말인데."

구미가 당긴 이 형사는 전단지를 옆구리에 끼고 커피 잔에 뜨거운 물을 부었다.

"빨리 좀 와요!"

회의 시간에 쫓겨 다급하게 계단을 뛰어 올라가던 이 형사는 걷다시피 뒤따르고 있는 김 형사를 채근했다. 회의 시간을 넘겨 조급해하는 이 형사와는 달리 김 형사는 가벼운 걸음으로 계단을 오르고 있었다.

"거 괜찮다니까 그러네."

막 복도로 올라선 김 형사가 피식 웃으며 별 걱정을 다한다는 투로 말했다.

"늦었단 말이에요. 아까 반장님이 이번에도 늦으면 콱 죽여 버린다고 했잖아요."

회의장을 향해 앞서 걸어가고 있는 김 형사의 뒤를 따르며 이 형사가 말했다.

"그렇게 죽었으면 반장님은 지금쯤 연쇄살인범이 됐을 걸? 그것도 경찰관 연쇄살인범!"

김 형사가 걸음을 멈추고 이 형사를 향해 살짝 웃으며 말했다.

"지금 농담이 나와요? 오늘 회의에는 경찰청 본청 수사국장님도 참석한다고 했는데."

이 형사는 불안했다. 물론 갑자기 떨어진 사건을 처리하느라 늦기는 했지만 강 반장이 연쇄살인 사건과 관련된 회의인 만큼 시간 엄수를 신신 당부했던 터였다.

"보나마나 자리가 텅텅 비었을 거야. 일단 들어가면 제일 뒤쪽 빈자리에 조심스럽게 앉으면 돼."

회의장 입구에 도착한 김 형사가 조심스럽게 굳게 닫힌 문을 열면서 말했다. 이 형사는 여전히 불안해 죽겠다는 표정이었다. 곧 문을 지탱하고 있던 경첩에서 가벼운 마찰음이 울렸다.

"……!"

그런데 김 형사의 예상과는 달리 150여 개에 달하는 의자의 빈자리가 거의 없을 정도로 내부는 꽉 들어차 있었다. 결국 빈자리를 찾지 못한 김 형사와 이 형사는 어정쩡한 자세로 입구쪽에 서 있을 수밖에 없었다. 마침 사건 메인브리핑을 위해 단상에 오르고 있던 수사과장과 두 사람의 시선이 마주쳤다. 수사과장은 못마땅한 표정으로 브리핑 자료를 단상 위에다 펼쳤다.

"선배님, 어떻게 된 거에요? 자리가 없잖아요?"

이 형사가 살짝 당황한 얼굴로 속삭이듯이 말했다.

"이상하네. 평소에는 빈자리가 많았는데."

김 형사가 어색하게 웃으며 말했다. 그때 이상한 낌새를 알아차린 강 반장이 뒤를 돌아보며 앞쪽 빈자리로 가서 앉으라고 손짓했다. 얼굴에는 살기가 등등했다. 두 사람은 할 수 없이 경남경찰청장이 앉아 있던 바로 뒤쪽으로 가 앉았다. 그리고는 누가 먼저랄 것도 없이 시치미를 뚝 떼고 수첩을 펴고 필기 준비를 했다. 곧 브리핑 준비를 마친 수사과장이 마이크를 켰다.

"오늘 새벽 4시 40분경에 창원역 인근에서 5번째 희생자가 발생했습니다. 희생자의 신분은 38세의 박철형으로 밝혀졌고, 함께 노숙을 했던 노숙자들에 따르면 박철형은 살해되기 전까지 창원역 인근에서 1년 전부터 노숙생활을 해왔다고 합니다."

수사과장은 연단에서 물러나 옆으로 비켜섰다. 곧 회의실 내의 조명이 꺼졌다. 동시에 천장에 매달린 빔프로젝터에 전원이 켜지면서 전방에 설치된 스크린에 사건 현장을 담은 사진이 가득 비쳐졌다.

"이번 희생자 역시 지난 연쇄살인 희생자와 마찬가지로 반항 흔적이 전혀 없습니다. 즉, 어떤 물리적인 수단에 의해 일시에 제압당한 뒤에 강제로 장기가 적출된 것으로 보고 있습니다. 또한 장기 적출이 주로 이식을 목적으로 하는 만큼, 희생자는 장기 적출 당시 살아 있었을 가능성이 대단히 높습니다."

수사과장은 사건 사진을 보며 사건에 대한 분석 내용을 상세히 브리핑했다. 불이 꺼진 회의장의 분위기는 대단히 무거웠다. 숨소리조차 들리지 않았다. 어떤 이는 이번 연쇄살인 사건을 경남경찰청 창설 이래 최악의 사건 중 하나라고 스스럼없이 말하기도 했다.

참혹한 피해자 및 현장 주변 사진이 모두 보여지고 나자 곧 회의장에 불이 켜졌다. 수사과장이 다시 연단으로 돌아와 설명을 계속했다.

"이번 다섯 번째 살인 사건 역시 앞선 4건의 사건과 마찬가지로 몇 가지 공통점을 나타내고 있습니다. 첫 번째, 피해자가 청장년의 노숙자라는 점. 두 번째, 피해자 모두 장기를 적출 당했다는 점. 세 번째, 장기 적출과 관련된 기술이 고도로 숙련된 전문의 수준이라는 점. 그리고 네 번째, 필로폰과 프로포폴이 피해자의 혈액 속에서 검출되었다는점. 다섯 번째, 사건 발생 시간이 새벽 3시에서 5시 사이라는 점 등입니다. 따라서 사건 수사를……."

브리핑을 듣고 있던 경찰청 수사국장이 손을 들어 브리핑을 중단시켰다.

"종합해 보면 장기밀매와 관련된 전문의의 소행일 가능성이 높다는 이야기 아닌가?"

경찰청 수사국장이 수사과장에게 물었다.

"그렇습니다. 시체에 남겨진 시술 흔적이 국내 외과의 중에서도 탑 클래스에 드는 수준급이라는 것이 검시관 및 관련 외과 의사들의 공통된 의견이었습니다."

"결국 범인은 의사가 포함된 거대 장기밀매 조직일 수도 있다 뭐 그런 뜻인가?"

"그쪽에 가능성을 높게 두고 있습니다. 따라서 희생자들의 사인에 초점을 두기 보다는 범행 동기에 초점을 맞춰 수사를 진행하고 있는 중입니다."

수사과장의 열성적인 답변에도 불구하고 수사국장의 표정은 흡족하지 못했다. 앞서 수차례 가졌던 대책 회의나 보고서를 통해 숱하게 접했던 내용이기 때문이었다. 연쇄살인 사건이 발생할수록 수사 주체에서 내놓는 답변은 점점 궁색해지고 있었다.

"앞으로 대책은 뭔가?"

보다 못한 경남경찰청 청장이 약간 언성을 높이며 물었다.

"네! 범인 조기 검거와 피해자 예방 두 가지에 초점을 맞춰 전개될 예정입니다."

"언론에서 난리야. 어떻게 해서든지 이번 달 안으로 가시적인 성과를 내도록 해. 만약 성과를 내지 못하면 그 옷 벗는 거야?"

"네!"

경남경찰청 청장의 말에 수사과장은 잔뜩 경직된 목소리로 대답했다.

"알았어. 이만 마치자고."

본청 수사국장과 경남경찰청 청장이 자리에서 일어나면서 브리핑은 자연스럽게 끝났다.

"범인 조기 검거? 그냥 우습지요."

자리에서 일어난 김 형사가 잔뜩 불만 섞인 투로 말했다.

"왜 그래요? 아직 간부들 안 나갔어요."

이 형사가 주변을 둘러보며 화들짝 놀라 김 형사를 제지하고 나섰다.

"생각해 봐? 이 사건 맡고 나서 우리가 조사 안한 전문 의료인이 있었어? 하다못해 불법 쌍꺼풀, 불법 보톡스 또 거 뭐시기 뭐냐 음경 확대, 유방 성형 등등 별 시덥지 않은 전문 의료인까지 뒤졌다 이거야! 근데 나온 건? 개뿔이지."

김 형사는 이 형사에게 그동안 있었던 조사 내용에 대해서 열변을 토하다시피 늘어놓았다. 그런데 이 형사의 얼굴이 갑자기 굳어졌다. 강 반장이 김 형사의 뒤에 바짝 다가왔기 때문이었다.

"개뿔은 무슨, 너 개뿔로 한 번 맞아볼래?"

강 반장이 잔뜩 화가 난 목소리로 말했다. 그는 김 형사를 잡아먹을 듯이 노려봤다.

"하하하. 반장님도 참. 개가 뿔이 어디 있습니까? 말이 그렇다는 거지요."

"그래도 입은 살아가지고. 앞으로 한 번 더 회의에 늦으면 그땐 정말 나한테 죽을 줄 알아. 알았어?"

"네."

김 형사가 힘없이 대답했다.

"이따가 실무자 회의할 거니까 그때나 늦지 마."

강 반장은 김 형사와 이 형사를 한심한 눈으로 쳐다보고는 회의장을 빠져나갔다.

"정말 너무하네. 내가 지 자식이야 뭐야?"

"그러게 좀 서두르자고 했잖아요."

"우리가 좀 늦기는 늦었지?"

"그래요."

이 형사가 어이없다는 투로 웃으며 말했다.

"그럼 실무자 회의는 우리가 일등으로 참석하자고."

"네."

"엇! 추워!"

모직코트로 중무장한 이 형사가 누런 종이봉투를 든 채 문을 열고 차에 오르며 말했다. 종이봉투 안에는 도로 건너 햄버거 가게에서 구입한 햄버거 따위가 가득 들어있었다.

"많이 추워?"

김 형사가 봉투를 받아들며 물었다.

"장난 아니에요. 정말 볼이 터질 것 같아요."

"아무래도 해변이라 바람이 더 차서 그렇겠지."

김 형사와 이 형사는 연쇄살인 사건의 유력한 용의자로 지목된 현직 전문 외과의인 주상형을 낮부터 미행하고 있는 중이었다. 그는 창원은 물론 인근 지역에서 유명세를 타고 있는 외과 개업의였다. 이름은 주상형. 39세의 나이에 어울리지 않게 빼어난 외과 수술 실력을 인정받아 경남 및 부산 지역 의료계에서 중요한 외과 수술 집도를 그에게 맡겼다. 김 형사는 연쇄살인범이 신체를 절개한 솜씨가 매우 뛰어나다는 전문가들의 의견을 토대로 사건이 발생한 당일 알리바이가 불분명하다는 것을 밝혀냈다. 외과의들을 대상으로 묘하게 감시망을 좁히고 있는 중이었다. 주상형은 그들 가운데 가장 주목하고 있는 용의자 중 한 명이었다. 국세청에서 보내온 자료에 의하면 그의 통장에 정체불명의 거액이 수시로 입금되고 있는 정황도 있었다. 그런데 그 거금이 입금되기 시작한 시기가 첫 번째 사건이 발생한 시기와 일치했다. 게다가 최근 탐문 수사를 통해 첫 번째 사건과 세 번째 사건이 발생하던 날의 행적도 불분명했다. 김 형사와 이 형사는 정황상 주상형을 이번 사건의 제일 유력한 용의자 중 한 명으로 지목하고 있었다.

"주상형은 지금 뭐하고 있데요?"

이 형사가 손에 끼고 있던 장갑을 벗으며 말했다.

"여전히 쇼핑 중이라고 하던데. 그런데 갑자기 전화가 끊어졌어."

김 형사가 봉투 속에서 햄버거를 하나 꺼내 건네며 말했다.

"눈치 깐 건 아닐까요?"

"글쎄."

"불안한데요. 내가 한번 들어가 볼까요?"

이 형사가 포장지를 벗겨낸 햄버거를 한입 베어 물며 말했다.

"그냥 기다려봐."

김 형사가 심드렁한 말투로 말했다. 김 형사도 햄버거를 한입 베어 물었다. 곧 차 안에 달콤한 햄버거 소스 냄새가 진동했다. 잠시 두 사람은 백화점을 응시하며 햄버거를 먹고 있었다. 그때 두 사람이 타고 있는 SUV 곁으로

20대 초반으로 보이는 청년이 천천히 다가왔다. 사이드미러를 통해 그를 바라보고 있던 김 형사는 피식 웃었다.

"심심한데 잘 됐네."

김 형사는 급히 씹고 있던 햄버거를 삼켰다. 마침 김 형사의 SUV는 진한 썬팅이 되어 있어 밖에서는 안을 제대로 볼 수 없었다. 주변을 두리번거리던 청년이 끼고 있던 작은 가방을 열고 명함 10장을 꺼내 운전석 유리창에 끼웠다. 누드 여성이 인쇄된 성매매 호객을 위한 명함형 전단지였다. 김 형사는 청년이 미처 허리도 세우기 전에 빠르게 창문을 내렸다. 돌발 상황에 청년이 화들짝 놀라며 뒤로 물러섰다.

"마! 이리 와 봐!"

김 형사가 다소 불량기 섞인 말투로 청년을 불렀다.

"저요?"

청년은 당황한 상태였다.

"그래! 너!"

"왜… 왜요?"

"얼마냐?"

김 형사가 장난스럽게 웃으며 나지막한 목소리로 말했다.

"7만 원이요."

청년은 김 형사를 고객으로 착각하고 주위를 살피다가 귓속말로 대답했다.

"그거 하나 줘 봐."

김 형사가 관심 있는 척하며 턱짓으로 꽂혀 있는 명함을 가리키며 말했다. 그것을 본 이 형사는 피식 웃으며 햄버거를 한입 베어 물고 백화점 쪽을 주시했다.

"여기요."

"이 전단지에 나오는 애들만큼 언니들 퀄리티가 높냐?"

"그럼요. 제가 보증할게요."

"음…, 그렇단 말이지."

일본 거리에서 흔히 볼 수 있는 누드집에서 무단 도용한 듯 보이는 여성이 그런대로 섹시하게 웃고 있었다.

"하나 불러드려요?"

청년이 새끼손가락을 펴들고 즐길 의향이 있는지 물었다. 옆에 있던 이 형사가 피식 웃었다. 그때 김 형사가 웃는 얼굴로 새끼손가락을 편 청년의 손목에 수갑을 채웠다.

"뭐에요?"

갑자기 손목에 수갑이 채워진 청년은 당황했다.

"나? 실적에 목마른 형사."

김 형사가 해맑게 웃으면서 재빨리 청년의 겨드랑이에 끼워져 있던 손가방을 빼앗아 들었다.

"요건 증거물!"

"아 씨바! 전 알바에요!"

완전히 울상이 된 청년이 억울하다는 투로 말했다.

"오 알바야? 나중에 정상 참작은 해줄게."

그때 이 형사의 핸드폰이 울렸다. 주상형이 주차장에서 차를 타고 밖으로 나가고 있다는 미행 중인 동료 형사의 연락이었다.

"선배님, 주상형이 곧 나온대요."

이 형사가 먹고 있던 햄버거를 다시 봉투에 쑤셔 넣으며 말했다.

"잠깐만."

김 형사는 차에서 내려 주위를 두리번거리다가 마침 근처에 자전거 보관대가 있는 것을 보고는 그곳에 수갑을 채웠다.

"여기서 잠시만 기다려. 그럼 순찰차가 올 거야."

김 형사가 다시 차에 오르며 말했다.

"잠깐! 이렇게 두고 가면 어떻게 해요!"

졸지에 자전거 보관대와 함께 수갑을 차게 된 청년이 잔뜩 겁먹은 목소리로 말했다.

"왜?"

"쪽팔리잖아요."

"좀만 있어. 내가 좀 바빠서 그만 간다!"

김 형사는 청년을 향해 한 번 웃어 보이고는 그대로 막 주차장을 빠져나와 해운대 방향으로 달리기 시작하는 주상형의 차를 뒤쫓기 시작했다.

"이만 돌아가자."

김 형사가 잔뜩 술에 취한 채 룸살롱을 나서는 주상형을 바라보며 힘없이 말했다.

"네."

대답하는 이 형사도 힘이 없기는 마찬가지였다. 제법 설득력 있는 첩보를 가지고 나선 미행이었지만 결국 아무런 소득이 없었다. 첩보에 의하면 주상형은 오늘 신원이 확인되지 않은 남자들을 만나기로 되어 있었다. 그러나 오늘 그가 만난 사람이라고는 역시 신원이 확인되지 않은 20대 여성 두 명이 전부였다. 이제 술에 잔뜩 취한 주상형이 20대 여성들과 갈 곳은 뻔했다. 미행은 사실상 끝난 셈이었다.

"새벽 3시라. 창원에 도착하면 날 새겠군."

시동과 함께 켜진 실내 디지털시계를 쳐다 본 김 형사가 넋두리하듯 말했다.

"내가 운전해요?"

이 형사가 긴 하품을 하며 말했다. 김 형사가 피식 웃었다.

"됐네. 졸음 운전으로 영원히 창원에 도착 못하겠다."

"안 졸리는데요."

이 형사가 다시 한 번 긴 하품을 하며 말했다. 김 형사는 아무런 대꾸 없이 차를 몰기 시작했다.

"참! 아까 그 알바 경찰에 연락했어요?"

이 형사가 뒷좌석에 놓여 있던 손가방을 쳐다보며 말했다.

"알바? 아 맞다! 어떡하지?"

김 형사는 그제야 저녁 무렵 성매매 전단지를 돌리다 자신에게 붙잡혀 자전거 보관대에 수갑이 채워진 20대 청년을 떠올렸다. 주상형을 미행하느라 부산시경에 미처 연락을 하지 못했다. 당황한 김 형사는 부랴부랴 수갑을 채웠던 곳으로 차를 몰았다.

"어머 어떡해요. 벌써 몇 시간이 지났는데."

이 형사가 안타까워하며 말했다.

"내가 생각 못하면 이 형사라도 연락 좀 하지."

"수갑 채운 사람이 연락 해야죠. 왜 날보고 그래요."

김 형사가 슬쩍 자신에게 책임을 떠넘기려 하자 이 형사가 억울하다는 투로 말했다. 김 형사는 이 형사를 향해 눈을 흘기며 차의 속도를 높였다. 급한 마음에 신호도 몇 차례 위반했다. 바깥의 찬 기온이 마음에 쓰였다. 차의 속도는 더욱 빨라졌다. 자연스럽게 손잡이를 쥐고 있던 이 형사의 손에 힘이 들어갔다.

멀리 백화점이 보였다. 다음 신호에서 유턴을 해 도로에 차를 세운 김 형사가 재빨리 문을 열고 자전거 보관대로 뛰어갔다. 구석에 몸을 잔뜩 움츠린 청년이 앉아 있는 게 보였다. 한쪽 손에는 김 형사가 채워 놓은 수갑이 그대로였다.

"이봐! 알바! 괜찮아?"

김 형사가 청년을 흔들어 깨웠다. 곧 청년이 고개를 들었다. 청년의 얼굴에는 오랜 추위에 시달린 기색이 역력했다. 김 형사는 일단 수갑부터 풀었다. 수갑은 마치 얼음장처럼 차가웠다.

"아 씨바! 이…이거 정…말…너무…하…한,"

추위에 몸이 언 청년은 제대로 말을 잇지 못했다.

"됐어! 일단 차에 타."

아무래도 안 되겠다고 판단한 김 형사는 이 형사의 도움을 받아 청년을 차에 태웠다. 차에 올라탄 김 형사는 히터의 출력을 최대로 높였다. 순식간에 뜨거운 바람이 왈칵 몰려나왔다.

"이봐 이 형사 가서 뜨거운 커피 좀 사와."

김 형사가 추위에 오들오들 떨고 있는 청년을 안쓰럽게 바라보며 말했다.

"네."

이 형사는 차에서 내려 근처에 있는 커피전문점으로 뛰어갔다.

"좀 살만하냐?"

청년은 대답 대신 고개를 끄덕이며 손을 송풍구를 향해 내밀었다. 손목에 수갑이 채워진 흔적이 선명했다. 김 형사는 괜스레 미안해졌다.

"임마! 이쪽으로 바짝 다가와."

김 형사는 청년의 몸을 운전석 쪽으로 바짝 당겼다. 청년이 언 몸을 녹이는 사이, 이 형사가 커피 한 잔을 사 가지고 돌아왔다.

"자, 마셔."

이 형사로부터 커피잔을 건네받은 청년은 곧장 홀짝이며 커피를 마시기 시작했다. 청년의 얼굴에 빠르게 화색이 돌기 시작했다. 김 형사는 청년이 커피를 마시는 사이에 그가 들고 있던 손가방을 열었다. 명함형 성매매 전단지 외에도 다양한 전단지가 쏟아져 나왔다. 그 중에서 김 형사의 관심을 끄는 전단지가 있었다.

"이건?"

장기매매와 관련된 전단지였다. 김 형사는 전단지를 청년의 눈앞에 갖다 댔다.

"왜요?"

"이것도 돌리냐?"

"네."

청년이 김 형사의 눈치를 살피며 조심스럽게 대답했다.

"이거 누가 부탁한 거냐?"

"왜요? 또 수갑 채우려고 그래요?"

"이 자식이! 마! 난 그런 악덕 형사가 아니에요. 보기에는 이래도 얼마나 정이 많다고."

"됐거든요."

청년은 김 형사에 대한 경계심을 풀지 않았다. 그리곤 김 형사의 눈치를 살피며 커피를 마셨다. 그때 김 형사의 머릿속에 좋은 아이디어가 떠올랐다.

"너 직업이 뭐냐?"

김 형사가 넌지시 물었다.

"없어요."

"알바라며?"

"그냥 한 말이에요. 백수보다는 알바가 낫잖아요."

"하긴. 몇 살이냐?"

"25살이요."

"이름은?"

"공형식이요."

"확실해?"

"네."

"그래. 믿기로 하고. 일단 성매매 전단지 건은 없던 걸로 하자."

"정말이요?"

그렇지 않아도 성매매 전단지를 돌리다 적발된 것을 걱정하고 있던 공형식이 반색하며 되물었다.

"그런데 조건이 있다."

김 형사가 바짝 목소리를 낮추며 말했다.

"뭔데요?"

공형식이 관심을 나타내며 되물었다.

3. 의외의 단서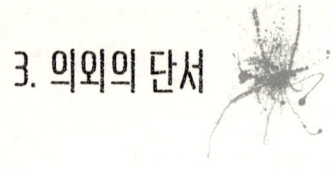

간밤에 미행을 끝내고 사무실로 복귀한 김 형사와 이 형사는 책상 위에다 사건 서류들을 펼쳐놓고 단서가 될 만한 것을 쥐어짜듯 찾고 있었다. 잠복과 미행이 일상이다시피 했지만 밤을 샌다는 것은 언제나 피곤한 일이었다. 아까부터 눈 속에 모래가 들어간 것처럼 까칠함을 느끼던 김 형사가 보던 서류를 덮고 자리에서 일어났다.

"또 담배 피러 가요?"

이 형사가 서류에 시선을 고정시킨 채 말했다.

"웬 관심?"

"전 선배님 건강에 관심 가지면 안 되나요? 파트너를 폐암 따위로 잃고 싶지 않습니다."

이 형사가 고개를 들고 미소를 지으며 말했다.

"그런 걱정일랑 붙들어 매시죠. 지난달에 건강검진 받아보니까 너무 너무 깨끗하더라고. 한마디로 능력과 건강까지 겸비한 퍼펙트한 남자라는 이 말씀이야."

"그럼 이 참에 담배를 끊으시죠. 난 너무 너무 깨끗한 선배님이랑 계속 일하고 싶으니까요."

들여다보고 있던 서류를 책상 한쪽으로 밀어낸 이 형사가 자리에서 일어나며 말했다.

"이 형사 그랬던 거야? 날 짝사랑하고 있었던 거야?"

김 형사가 반색을 하며 물었다.

"어이구. 남자들이란 그저. 그냥 선배님 몸에서 담배 냄새 나는 것이 싫은 것뿐이거든요."

얼굴을 살짝 찌푸린 이 형사가 퉁명스럽게 말했다.

"아님 말고. 난 또 내 건강 챙겨 주기에 그런 줄 알았지."

"됐습니다요. 거기까지!"

"뭐 어쨌든 다행이다. 사실 이 형사는 내 취향이 아니거든."

"쓸데없는 소리 하지 말고 커피나 한 잔 마시러 가요. 내가 선배님 취향으로 듬뿍 뽑아 줄 테니까."

이 형사가 익살스런 표정을 지으며 말했다.

"이게 선배를 놀리고 있어. 됐어. 내 취향은 내가 챙길 거야."

"그래도 이건 받으셔야죠?"

이 형사가 주먹을 내밀었다. 김 형사가 받고 보니 동전이었다.

"그래도 동전은 있어야 취향대로 커피를 뽑지 않겠어요?"

이 형사는 김 형사가 지갑에 현찰 대신 카드만 채워 다니는 것을 잘 알고 있었다.

"젠장! 이놈의 세상은 어딜 가나 돈이 있어야 취향대로 살 수 있구만."

김 형사가 투덜대며 동전을 받아 쥐었다. 이 형사는 그런 김 형사를 보며 소리 없이 웃었다. 두 사람은 연쇄살인 사건을 소재 삼아 대화를 나누며 사무실에서 나와 휴게실로 향했다. 그때 맞은편에서 동료 형사가 걸어오고 있었다.

"이제 오는 거야?"

걸음을 멈춘 김 형사가 동료 형사를 향해 다소 큰 소리로 말했다.

"병원에 다녀왔어."

두 사람 앞에 멈춰 선 동료 형사가 말꼬리를 흐리며 말했다.

"왜요?"

이 형사가 얼른 물었다.

"응. 요 며칠 너무 피곤해서 병원에 가 피 검사를 했더니만 간수치가 안 좋게 나왔어."

"거 쉬엄쉬엄 해."

"너는 사건 수사가 쉬엄쉬엄 되디?"

동료 형사가 한심하다는 투로 되물었다.

"하긴."

"그럼 쉬었다 와."

동료 형사는 시무룩한 표정을 한 채 사무실을 향해 걸어갔다.

"짜식. 승진에 목을 매더니만."

김 형사가 슬쩍 동료 형사의 뒷모습을 바라보며 말했다. 다시 휴게실을 향해 걸어가던 김 형사가 걸음을 또다시 멈췄다.

"왜 그래요?"

이 형사가 김 형사의 얼굴을 쳐다보며 물었다. 김 형사는 대답은 할 생각도 않고 팔짱을 낀 채 골똘히 생각에 잠겨 있었다. 덕분에 그의 미간은 평소에 보이지 않던 주름이 잔뜩 생겨나 있었다.

"어디 불편하세요?"

걱정이 된 이 형사가 재차 물었다.

"커피 취소야!"

김 형사는 갑자기 몸을 돌려 사무실 쪽으로 뛰어갔다. 이 형사도 영문도 모른 채 서둘러 그를 따라 뛰어갔다.

급히 자신의 책상으로 돌아온 김 형사는 사건 서류를 뒤지기 시작했다. 영문도 모른 채 역시 자신의 자리로 돌아온 이 형사가 궁금증 가득한 얼굴로 김 형사의 행동을 지켜보고 있었다.

"이 형사 검시 보고서 어디 있어?"

자신의 책상 위를 난장판으로 만들며 서류를 뒤지던 김 형사가 이 형사에게 물었다. 마침 검시 보고서는 이 형사가 살펴보고 있었다. 이 형사는 자신의 책상 서랍을 열어 연쇄살인 사건과 관련된 피해자 검시 보고서 사본을 꺼내 건넸다.

"검시 보고서는 갑자기 왜요?"

이 형사의 질문에는 아랑곳하지 않고 김 형사는 검시 보고서를 빠르게 넘기며 미친 듯이 읽기 시작했다.

"제길! 여긴 없어!"

김 형사가 검시 보고서를 다시 이 형사에게 넘기며 말했다.

"뭐가 없단 말이에요?"

검시 보고서를 받아든 이 형사가 답답한 듯 물었다.

"피해자들의 건강 상태."

대답을 하는 김 형사의 얼굴은 마치 혼자 시험문제의 정답을 맞힌 초등학생처럼 상기되어 있었다.

"갑자기 그건 왜요?"

"기본을 놓치고 있었어."

"기본이요?"

"그동안 우린 범죄를 저지른 가해자를 찾아낼 증거만 찾고 있었잖아. 그런데 그게 아니었던 거야."

"무슨 말이에요? 좀 쉽게 설명해 봐요."

"좋아. 간단하게 말할게."

김 형사는 좀체 흥분을 가라앉히지 못하고 있었다.

"왜 피해자의 장기가 없어졌을까?"

"그거야 장기를 매매하기 위해서겠죠."

"그렇지. 수사팀 전체가 그렇게 생각했지. 하지만 말이야. 장기를 매매하기 위해서는 장기의 건강 상태가 무척 중요하지 않겠어?"

"……!"

이 형사는 그제야 김 형사가 흥분한 이유를 알아차렸다. 피해자들은 모두 노숙자들이었다. 일반적으로 노숙자들의 건강 상태는 대부분 지나친 음주와 흡연 그리고 불규칙하고 부실한 식사 등으로 인해 정상 상태가 아닌 경우가 대부분이었다. 그렇기 때문에 거리에서 생활하는 노숙자들의 대부분이 결핵이나 간염 등의 전염성 질환에 노출되기 십상이었다. 만약 김 형사의 추측대로 연쇄살인 피해자들의 건강 상태가 양호했다면 표적이 될 노숙인들의 건강 상태를 아주 지근거리에서 체크해 왔다는 가설이 성립될 수 있었다.

"이제 이해되지?"

김 형사가 익살스런 표정으로 물었다.

"네. 깨끗하게 이해돼요."

김 형사의 가설이 사실로 판명이 날 경우 범인 검거에 획기적인 전기가 마련될 수도 있다고 이 형사는 생각했다. 그러나 문제는 있었다. 검시 보고서에는 피해자의 사인이나 살해 방법에만 초점을 맞춰 작성되어 있었다. 따라서 살해 당시 피해자의 건강 상태를 알 수 있는 병리학적 보고는 단 한 줄의 언급도 없었다. 더군다나 피해자들은 중요 장기들을 모두 도둑맞은 뒤여서 검시 때 육안으로 질병 여부를 살피는 것 자체가 불가능했다.

"이전 피해자들은 모두 연고가 불분명해 시신을 이미 화장한 상태고. 이번에 발생한 피해자의 시신은 남아 있지?"

"네. 아직 검안실에 그대로 남아 있죠."

"됐어. 그럼 일단 5번째 희생자의 혈액부터 채취해 건강 상태를 알아보자고."

김 형사는 들뜬 표정으로 다시 자리에서 일어나 출입문을 향해 걸어갔다.

"나머지는요?"

김 형사를 뒤따르며 이 형사가 물었다.

"혈흔 증거들은 일부 남아 있잖아. 어쩌면 그걸로 될지도 몰라."

"하긴 그렇군요."

"서두르자고."

두 사람은 5번째 희생자의 시신이 보관되어 있는 시체 보관실을 향해 바삐 움직였다.

"됐어!"

창원에 위치한 한 종합병원 복도에 갑자기 김 형사의 외침이 울렸다. 그의 손에는 불과 2시간여 만에 나온 피해자들에 대한 혈액 검사 결과서가 쥐어져 있었다.

"어디 봐요."

궁금증이 동한 이 형사가 김 형사로부터 결과서를 빼앗다시피 건네받아 모든 항목을 하나씩 체크했다. 결과서에는 생전에 피해자들이 극히 양호한 건강 상태를 유지하고 있음을 확인해 주고 있었다. 비록 최근에 살해돼 혈액 샘플 채취가 용이했던 4번째와 5번째 피해자 단 두 사람에 국한된 결과이기는 했지만 모두 몇 년간 노숙생활을 해온 노숙자치고는 생존 당시 건강 상태가 양호했던 것으로 나왔다. 이 형사는 결과를 토대로 범인이 수많은 노숙인들 중 건강 상태가 양호한 사람을 골라 살해하고 장기를 적출했다고 봐도 전혀 무리가 없을 것이라 생각했다.

"이제 어쩌죠?"

이 형사가 김 형사에게 다시 결과서를 넘기며 물었다.

"어쩌기는 지금 당장 노숙인들을 상대로 탐문을 해야지."

"지금이요?"

"내일이면 늦어요. 어서 가자고."

김 형사는 이 형사를 재촉하며 주차장으로 이동했다. 두 사람은 곧 차를 몰아 목적지인 창원역을 향해 득달같이 달렸다. 중천 근방에 떠 있던 해가 어느새 서쪽으로 지고 있었다. 아직 한산한 도로 위를 달리던 차의 그림자들이 점점 짙게 길어지고 있었다.

"일단 저녁을 먹자."

김 형사가 창원역 인근 도로 적당한 곳에 차를 세우며 말했다.

"이제 겨우 5시예요. 저녁 먹기에는 너무 이른데요."

"어차피 탐문을 시작하면 저녁 먹기 힘들어. 게다가 노숙인들은 해가 떨어지면 한곳에 모이는 경향이 있어. 그때 탐문하기가 훨씬 쉽지 않겠어."

"그러네요."

이 형사는 김 형사의 말에 동의했다. 두 사람은 곧장 근처 식당으로 발걸음을 옮겼다.

"어서 오세요."

김 형사와 이 형사가 식당 문을 열고 들어서자, 50대 후반의 식당 여주인이 반갑게 맞았다. 두 사람은 적당한 메뉴를 골라 주문을 했다.

"노숙인들이 어디에 모여 있을까요?"

"일단 역사 인근을 중심으로 살펴보지 뭐."

두 사람은 노숙인을 소재로 이야기를 나누었다. 그때 문이 열리면서 옷차림이 허름한 중년 남자와 여자가 식당 안으로 들어왔다. 그들은 곧 눈치를 살피며 익숙한 동작으로 가장 구석진 자리로 가서 앉았다. 살짝 인상이 구겨진 식당 여주인이 주문을 받기 위해 그들에게 다가갔다.

"돈은 있어?"

식당 여주인이 다짜고짜 물었다. 그러자 남자가 급히 주머니에서 지폐를 한 장 꺼내 흔들었다. 김 형사가 보기에 오만 원권이 분명해 보였다. 노숙인이 지니고 있기에는 제법 고액이라 김 형사는 두 사람을 눈여겨봤다.

"뭘 그렇게 봐요."

궁금해진 이 형사가 김 형사의 시선을 쫓아 고개를 돌리며 물었다.

"노숙인들인데, 오만 원짜리를 가지고 있어. 그것도 빳빳한 새 지폐야."

"그럴 수도 있죠. 일용직으로 일하고 받은 것일 수도 있잖아요."

이 형사가 대수롭지 않게 대답했다.

"그럴 수도 있겠지."

곧 식당 여주인이 주문한 식사를 쟁반에 담아 가지고 와서 테이블 위에다 정성스럽게 옮겨 놓았다.

"맛있게 드세요."

김 형사와 이 형사는 곧 수저를 들고 식사를 시작했다. 식사를 하면서도 계속 노숙인들에게 시선을 집중하고 있는 김 형사를 바라보던 이 형사가 물었다.

"뭘 그렇게 계속 쳐다봐요?"

"그냥 땡겨서."

"땡겨요?"

"그래. 그냥 땡기네."

김 형사의 말을 들은 이 형사는 물을 마시며 이야기를 나누고 있는 노숙인 커플을 바라봤다. 그러나 그다지 눈여겨볼 만한 부분은 없었다. 그저 평범한 노숙인들처럼 보일 뿐이었다. 이 형사는 고개를 갸웃거리며 밥을 퍼서 입에 넣었다.

"와! 시원하다."

반찬과 함께 차려진 갈치찌개를 한 입 먹은 이 형사가 감탄 어린 목소리로 말했다.

"이거 좀 드셔보세요. 정말 시원해요."

"알았어."

이 형사의 권유에 김 형사가 찌개를 떠 입으로 가져갔다. 그러나 그의 눈은 여전히 노숙인들의 행동을 세세하게 살피고 있었다.

식사를 마치고 밖으로 나온 두 사람은 미리 계획한 대로 노숙인들이 많이 모여 있는 역사로 향했다. 밖은 이미 어두컴컴해져 있었다. 차도에는 이른 귀가를 서두르는 차량들로 붐비고 있었다. 해가 지자 기온은 더욱 급전직하해 발과 코끝이 무척 시렸다. 코트 깃을 잔뜩 세운 채 두 사람은 횡단보도를 건너 곧바로 역사 안으로 들어갔다. 문을 연 순간 따뜻한 온기가 밀려와 두 사람의 몸에 붙어 있던 냉기를 털어냈다.

"이제 살 것 같다."

김 형사가 목까지 잔뜩 곧추세웠던 코트 깃을 풀어헤치며 말했다.

"그러게요. 노숙인들이 딱 좋아하겠는데요."

이 형사는 끼고 있던 장갑을 벗고 내부를 살폈다. 역사 내부는 아직 열차가 도착하지 않은 탓에 비교적 한산했다. 대형 TV가 설치된 근처 벤치에 노숙인 몇몇이 모여 있었다. 이 형사는 반대편을 살피고 있던 김 형사의 소매를 잡아끌었다. 김 형사가 몸을 돌려 이 형사를 바라봤다. 이 형사가 턱짓으로 한 노숙인을 가리켰다. 이 형사가 지목한 노숙인은 흰 수염이 제법 덥수룩하고 때가 잔뜩 찌든 옷차림을 한 60대 초반으로 보이는 노인이었다. 얼핏 봐도 오랜 세월 노숙을 해왔다는 것이 그의 행색을 통해 알 수 있었다. 눈짓으로 신호를 교환한 두 사람은 지목한 노숙인들을 향해 다가갔다.

"잠시만이요."

이 형사가 바로 뒤에 있던 매점으로 가서는 이내 따끈하게 데워진 인스턴트 어묵과 빵, 우유 따위를 사 가지고 돌아왔다. 그리곤 손에든 비닐봉투를 노인에게 다가가 건넸다.

"배고프시죠? 이거 드세요."

"고마워요."

낯선 이의 호의에 익숙해져 있던 노인은 이 형사가 내미는 봉투를 덥석 받아들고는 재빨리 비닐로 된 어묵 뚜껑을 따고 국물부터 마셨다. 그리고는 주위의 눈치를 살피며 어묵을 허겁지겁 먹기 시작했다.

"천천히 드세요."

뜨거운 어묵을 제대로 씹지도 않고 삼키는 노인이 걱정된 이 형사가 말했다. 그러나 노인은 이미 어묵을 다 먹고 국물을 벌컥벌컥 들이켜고 있는 중이었다. 김 형사와 이 형사는 안쓰러운 듯 노인을 쳐다보고 있었다.

"아! 잘 먹었다."

국물을 포함한 모든 내용물을 먹어 치운 노인이 환하게 웃으며 말했다. 그러나 그의 표정에는 아직 아쉬움이 가득 묻어 있었다. 이 형사는 함께 사온 빵과 우유도 노인에게 내밀었다. 그런데 노인은 이 형사로부터 받은 빵과 우유를 어깨에 메고 있던 가방에 재빨리 집어넣었다.

"영감님, 이곳에서 노숙생활 오래 하셨어요?"

김 형사가 눈치를 보며 자리를 뜨려는 노인을 향해 물었다.

"한 3년?"

막 걸음을 떼려던 노인이 다시 자세를 바로하며 말했다.

"그래요? 뭐 좀 물어볼 게 있는데요."

"물어봐요. 오랜만에 뜨끈한 식사를 했으니, 밥값은 해야지."

"혹시 건강검진도 받으세요?"

"건강검진? 뭐 시청에서 나와서 가끔 하기는 합디다."

"그런 것 말구요. 혹시 누가 찾아와서 개인적으로 해 주는 것은 없던가요?"

"에이 누가 우리 같은 사람한테 공짜로 건강검진을 해 주나?"

"네."

갑자기 질문이 막혀 버린 김 형사가 가볍게 한숨을 내쉬었다. 그때 호기심을 느낀 노숙인 몇몇이 주위로 몰려왔다. 이 형사는 그들에게도 빵과 우유를 나누어 주었다.

"이상하게 듣지 마세요. 혹시 그럼 누가 몰래 와서 피 같은 거 뽑아 가지는 않던가요?"

"피를 몰래 뽑아 간다고? 댁 같으면 누가 몰래 와서 피를 뽑아 간다면 그냥 보고 있겠수?"

노인은 말도 안 된다며 실소를 했다. 김 형사도 말이 되지 않는다고 생각했다. 채혈은 절대 본인 모르게 할 수 없는 의료 행위였다. 그러나 딱히 다른 표현의 질문이 생각나지 않았다.

"피를 사는 사람은 있어요."

김 형사가 고개를 들어 말소리가 들린 곳으로 급히 고개를 돌렸다. 말을 한 사람은 허겁지겁 빵과 우유를 먹고 있던 40대 중반의 여성 노숙자였다.

"피를 사요?"

"네."

"어떻게요?"

"저도 그냥 들었어요. 노숙인들 피를 돈을 받고 사는 사람이 있다고."

김 형사는 자신도 모르게 자리에서 벌떡 일어났다. 놀란 여성 노숙자가 약간 겁을 집어먹고 뒤로 물러섰다.

"자세히 말해 주세요."

"한 석 달 전쯤에 남자 친구가 그렇게 말했어요. 그때 뭐라고 그랬더라? 아, 맞다. 웬 미친놈이 피를 오만 원 주고 사갔다고."

"남자 친구 이름 아세요?"

"이름은 모르구요. 그냥 박 씨인 것만 알아요."

"……!"

김 형사와 이 형사는 누가 먼저랄 것도 없이 서로를 쳐다봤다. 두 사람은 서로가 무슨 생각을 하고 있는지 말하지 않아도 알 수 있었다. 바로 식당에서 5만 원권을 흔들어 보이던 노숙인을 머릿속에 떠올리고 있었다. 두 사람은 박차듯 자리에서 일어나 문을 향해 달렸다.

"만약 정기적으로 매혈을 했다면 피해자에 대한 관리가 가능했을 거야."

"박 씨를 찾을 수 있을까요?"

"일단 식당으로 돌아가 그 주변부터 뒤져야지."

두 사람은 곧장 역사를 나와 문제의 박 씨를 목격한 식당으로 달려갔다.

4. 한밤의 추격

  문제의 박 씨를 찾아 헤매던 김 형사와 이 형사는 한 노숙인으로부터 문제의 박 씨가 산 아래 폐가에서 주로 생활한다는 것을 겨우 알아내고 그의 단골 거주지로 가기 위해서 산 아래로 이어지는 도로를 뛰어 올라가고 있는 중이었다. 가파르게 이어진 도로 주변에는 주로 단층 혹은 2층 주택들이 가득 들어차 있었다. 새벽녘에 울린 갑작스런 발소리에 놀란 개들이 요란한 울음을 토해 내고 있었다.

  "아직 멀었어?"

  걸음이 현저하게 느려진 김 형사가 이 형사를 향해 소리쳤다.

  "이제 거의 다 왔어요. 빨리 와요."

  힘들어 하는 김 형사를 쳐다볼 겨를도 없이 이 형사는 그대로 도로를 뛰어 올라갔다. 산 아래에 가까워질수록 고급스러운 주택 대신 허름한 단층 주택들이 나타나기 시작했다. 그리고 승용차가 다닐 만큼 넓었던 길은 어느새 두 사람이 동시에 겨우 지나갈 정도로 좁은 골목길로 변해 있었다. 이 형사는 조금 전에 한 노숙인으로부터 전해들은 것을 떠올리며 박 씨가 기거하고 있다는 폐가로 향하는 골목길을 찾아 뛰어 올라갔다.

"이쪽이에요!"

뒤따르던 김 형사가 혹 길을 놓칠까 싶었던 이 형사가 잠시 멈춰 서서 큰 소리로 외쳤다. 곧 김 형사가 거친 호흡을 내뱉으며 뛰어 올라왔다.

"괜찮아요?"

"시끄러! 빨리 가! 말하기 힘들어!"

김 형사는 달려오던 속도 그대로 가로등 불빛이 닿지 않는 골목길 안으로 뛰어 들었다. 마른침을 삼킨 이 형사도 곧 뒤를 따라 올라갔다. 골목길은 주택단지 외곽 부근에 이르렀을 때 완전히 끝나고 있었다. 골목길 언저리에 주택단지를 비추는 마지막 가로등이 은은히 빛나고 있었다.

"이제 다 왔어요. 저기 보이는 저 언덕에 가면 폐가가 보일 거예요."

이 형사가 가파른 호흡을 내뱉으며 가로등 아래에 멈춰 서서 말했다. 김 형사도 근처에서 허리를 숙이고 거친 호흡을 토해 냈다.

"혹시 물 가진 것 없어?"

김 형사가 갈증으로 바싹 마른 입술을 닦으며 물었다.

"그런 게 있을 리 있어요?"

이 형사가 한심하다는 투로 되물었다. 그렇게 두 사람이 서로 약속이나 한 것처럼 잠시 걸음을 멈추고 휴식을 취하고 있던 그때 야상에 달린 모자를 눌러쓴 건장한 체격의 남성이 가로등 불빛 안으로 들어왔다. 낯선 이의 등장에 적잖이 놀란 김 형사는 천천히 상체를 세우고 문제의 남성을 관찰했다. 남성은 양 어깨에 가방을 메고 있었다. 자세히 보니 한쪽 어깨에는 기다란 가방을 세로로 멨고, 또 다른 어깨에는 낚시용 대형 아이스박스를 메고 있었다. 김 형사는 그가 새벽 출조를 위해 길을 나선 낚시인이라고 판단했다. 자신의 판단을 신뢰한 김 형사는 일단 긴장을 풀었다.

"걸어오면서 보니까 목이 마르신 것 같던데. 이거 좀 드세요."

남성이 주머니에서 작은 생수 한 병을 꺼내 김 형사에게 내밀었다. 김 형사는 웃으며 정중히 거절했다. 뜻하지 않은 호의인 탓에 망설여졌기 때문이다. 그러나 남성은 괜찮다며 웃으며 재차 생수병을 건넸다.

"감사합니다."

일단 생수병을 받아든 김 형사는 마개를 열고 생수를 한 모금 마셨다.

"이 근처에 폐가가 있다고 하던데 어딘지 아세요?"

김 형사가 생수를 마시는 사이에 이 형사는 지역 주민으로 보이는 남성에게 폐가의 정확한 위치를 물었다.

"폐가요? 그곳이라면 저기 저 너머에 있어요."

"감사합니다."

"그런데 무슨 일로 이 새벽에 폐가를 찾아요?"

"별일은 아닙니다."

이 형사가 웃으며 말했다.

"그럼 수고하세요."

남성은 웃으며 가볍게 인사를 한 후에 서둘러 골목길을 내려가기 시작했다. 이 형사는 남성의 뒷모습을 물끄러미 쳐다봤다. 그때 김 형사가 반쯤 남은 생수병을 이 형사에게 건넸다. 마침 몹시 목이 말랐던 이 형사는 단숨에 생수병을 비워 버렸다.

"휴우…, 이제 좀 살겠네. 어서 가요."

어느 정도 숨을 돌린 이 형사와 김 형사는 다시 골목길을 뛰어 올라가기 시작했다. 곧 골목길이 끝나면서 좌우에 늘어선 주택들도 더 이상 보이지 않았다. 대신 산 아래를 개간해 만든 크고 작은 텃밭들이 나타났다. 그리고 그 텃밭들 너머로 산자락 끝에 위치한 폐가가 보였다.

목적지에 도착하고 보니 폐가 주위는 대단히 어두웠다. 멀리서 흘러드는 가로등 불빛에 폐가의 윤곽만 희미하게 보일 뿐이었다. 조명기구를 가져오지 못한 김 형사와 이 형사는 굳게 닫혀 있는 대문을 앞에 두고 잠시 망설였다.

"편의점에 가서 플래시라도 사와야 하는 것 아냐?"

김 형사가 굳게 닫힌 대문을 두 손으로 밀면서 말했다. 곧 삐걱거리는 소리와 함께 대문이 힘없이 열렸다.

"그럴 시간 없어요."

이 형사가 열린 대문 안으로 걸어가며 말했다. 이 형사는 곧 주머니에서 스마트폰을 꺼내 비상시에 쓰기 위해서 받아 둔 플래시 관련 프로그램을 실행시켰다. 순간 스마트폰의 카메라렌즈 옆에 붙어 있던 작은 전등이 켜졌다. 작지만 강렬한 불빛에 그때까지 어둠에 잠겨 있던 폐가의 모습이 고스란히 드러났다. 지어진지 오래된 것임을 말해주듯 폐가는 말 그대로 무너지기 일보직전의 모습이었다.

"귀신 나올 것 같은데."

이 형사의 뒤를 따라 현관 계단을 걸어 올라가던 김 형사가 잔뜩 인상을 쓰며 말했다.

"좀 떨어져 걸어주시죠. 선배님 손이 등에 닿으니까 섬뜩하잖아요."

"오호. 내가 좀 예리한 형사잖아."

"예리한 형사님, 여자 뒤에 있지 마시고 앞장 좀 서시죠?"

이 형사가 갑자기 뒤를 돌아다보며 말했다.

"이크! 놀랬잖아! 갑자기 돌아서면 어떡해?"

김 형사가 화들짝 놀라 주춤거리며 뒤로 물러섰다. 이 형사가 김 형사에게 스마트폰을 넘겼다. 김 형사는 못마땅해 하며 불이 켜진 스마트폰을 넘겨받고는 알루미늄으로 만들어진 낡은 현관문을 열었다. 유리창이 깨진 현관문은 생각보다 가볍게 열렸다. 곧 매캐한 먼지 냄새가 두 사람을 덮쳐왔다.

"집도 노숙생활을 했나? 웬 냄새가 이렇게 나?"

폐가로 전락한지 오랜 된 듯 집안은 천정과 벽이 무너진 채 방치되어 있었다. 또 제법 넓어 보이는 거실은 쓰레기로 가득 차 있다시피 했다. 거실 가운데 선 김 형사는 천천히 주위를 비춰봤다. 방은 모두 4개였다. 김 형사와 이 형사는 거실 바닥에 어지럽게 널려 있는 굳은 분뇨와 쓰레기들 따위를 피해 걸음을 내딛으며 방을 하나하나 뒤지기 시작했다.

"저긴 왜 닫혀 있지?"

집안 구석구석을 뒤지던 김 형사가 안쪽에 닫혀 있는 문을 가리키며 말했다. 문이 활짝 열린 다른 세 개의 방과는 달리 김 형사가 말한 방은 정말 문이 굳게 닫혀 있었다. 닫힌 문에 가까이 서 있던 이 형사가 방문 앞으로 걸어가 조심스럽게 문을 열었다. 잔뜩 긴장한 표정을 한 김 형사는 들고 있던 스마트폰으로 조심스럽게 방 안을 비추었다. 다른 방과는 달리 방 안에는 각종 옷들이 벽을 따라 걸려 있었다. 걸려 있는 옷에 먼지가 쌓여 있지 않는 것으로 볼 때 최근까지 사람이 생활한 것이 분명하다고 김 형사는 생각했다.

"바닥 좀 비춰 봐요."

방 한쪽 구석에 길게 드리운 검은 윤곽을 발견한 이 형사가 다급하게 말했다. 곧 김 형사의 손에 들린 스마트폰에서 쏟아져 나간 빛줄기가 방바닥에 놓인 검은 물체에 깃든 어둠을 말끔히 밀어냈다. 물체의 정체는 지퍼가 채워진 침낭이었다. 침낭은 마치 누에고치처럼 부풀어 올라 있었다. 내부에 뭔가 들어 있는 것이 분명하다고 여긴 두 사람은 서로를 쳐다봤다. 순간 두 사람은 머릿속으로 그동안 있었던 연쇄살인 사건의 현장을 생생하게 떠올리고 있는 중이었다. 연쇄살인 사건 현장의 공통점 중 하나가 바로 침낭에 싸인 시체였다. 피해자들은 하나같이 침낭에 싸여 있었다. 그것과 똑같이 생긴 침낭이 지금 자신들의 눈앞에 놓여 있었다.

"아니겠지?"

김 형사가 곤혹스런 표정을 지어 보이며 말했다.

"제발 그랬으면 좋겠어요."

이 형사가 잔뜩 굳은 표정을 한 채 말했다. 김 형사는 스마트폰을 다시 이 형사에게 넘기고 서둘러 주머니에서 손수건을 꺼내 침낭의 지퍼를 감싼 다음 천천히 아래로 내렸다. 곧 고치가 둘로 갈라지듯 침낭이 천천히 열렸고, 이내 열린 지퍼 아래로 중년 남성의 얼굴이 서서히 모습을 드러냈다. 스마트폰 불빛에 비친 중년 남성의 얼굴은 희미하게 웃고 있는 듯 보였다. 두 사람이 그렇게 찾아 헤매던 박 씨였다. 그의 얼굴은 핏기가 완전히 사라진 탓에 백짓장처럼 창백했고, 입가에 희미한 미소까지 지어져 있었다. 그리고 분명 입가에 지어진 미소와 잘 어울릴만한 웃음을 지어 보이곤 했을 두 눈동자가 있던 자리에는 칠흑 같은 어둠이 박힌 구멍이 파여 있었다.

"어휴!"

김 형사가 침낭의 나머지 절반을 열었다. 벗겨진 침낭 안쪽은 피에 젖어 무척이나 무거웠다. 곧 역한 피비린내가 두 사람의 코를 강하게 자극했다. 더 이상 참기 어려웠던 김 형사가 몸을 일으켰다.

"이 형사! 반장님한테 지금 막 6번째 희생자가 발생했다고 알려."

김 형사가 힘없이 말했다. 그때 이 형사는 박 씨의 시신에서 이상한 점을 느꼈다. 그는 즉시 무릎을 꿇고 앉아 박 씨의 시신을 살폈다.

"뭐해?"

김 형사가 갑작스런 이 형사의 행동을 이상하게 여기며 물었다.

"잠시만이요."

잠시 박 씨의 시신을 살피던 이 형사는 절개된 박 씨의 시신 속으로 손을 집어넣었다.

"……!"

시체 속에 집어넣은 손이 금세 따스해졌다. 뜻밖에도 체온이 남아 있었다.

"체온이 남아 있어요!"

이 형사가 사체 속에 손을 집어넣은 채 김 형사를 돌아보며 큰 소리로 다급하게 외쳤다.

"그럼!"

체온이 남아 있다는 것은 박 씨가 살해된 지 얼마 되지 않았다는 것을 의미했다.

"범인이 이 근처에 있을 가능성이 높아요!"

이 형사가 김 형사의 손수건에 서둘러 피를 닦으며 말했다.

"잠깐! 아까 그 낚시꾼!"

김 형사가 소스라치게 놀라며 소리쳤다.

"낚시꾼이라뇨?"

"박 씨의 몸에서 사라진 장기들을 보관하기 위해서는 아이스박스가 필요하겠지."

"그럼 낚시꾼이 메고 있던 아이스 가방 속에?"

"생각해 보니까 낚시꾼은 폐가 방향에서 나타났어! 우리가 오면서 봤듯 이곳에는 민가가 없잖아."

"정말 그러네요."

이 형사가 기억을 떠올리며 말했다.

"일단 이 형사는 반장님한테 상황을 알리고 현장을 보존하고 있어."

"선배님은요?"

"난 낚시꾼을 뒤쫓을게!"

김 형사는 즉시 몸을 돌려 밖으로 뛰쳐나갔다. 홀로 남은 이 형사는 김 형사의 지시대로 서둘러 강 반장에게 전화를 걸었다.

가파른 골목길을 뛰어 내려가는 김 형사의 발자국 소리가 골목길을 강하게 두들겨댔다. 갑자기 들려온 새벽녘 요란한 소리에 놀란 개들이 멀리서 요란하게 짖어댔다. 경사도가 꽤 심한 골목길을 뛰어 내려가는 터라 몸의 균형을 잡기가 쉽지 않았지만 속도를 늦출 여유가 없었다. 뛰는 속도를 조금만 늦춘다면 범인이 그대로 골목길 어둠 속으로 숨어 버릴 것만 같았다. 멀리 차도를 달리는 자동차의 불빛이 보였다.

"젠장! 도대체 어디 있는 거야?"

거친 숨을 토해 내며 잠시 숨을 돌린 김 형사는 서둘러 또 다른 골목길로 뛰어들었다. 그때 자동차 한 대가 시동을 켜고 출발하려고 했다. 김 형사는 서둘러 차를 향해 뛰어가 막 움직이려던 차의 앞을 가로막았다.

"뭐야!"

놀란 운전자가 문을 열고 나와 험상궂은 얼굴로 버럭 화를 냈다. 김 형사는 숨을 헐떡이며 품에서 경찰 신분증을 꺼내 내보이고는 그대로 차 안을 뒤지기 시작했다. 그러나 트렁크까지 뒤졌지만 조금 전에 봤던 아이스 가방은 보이지 않았다.

"죄송합니다."

김 형사는 사과를 하는 둥 마는 둥 하며 서둘러 자리를 떴다. 뒤에서 운전자가 대놓고 쌍욕을 하고 있었지만 신경 쓸 겨를이 없었다. 대충 숨을 고른 김 형사는 다시 뛰기 시작했다. 그때 멀지 않은 어두컴컴한 골목길에 뭔가 어른거리는 물체가 보였다. 자세히 보니 누군가 서 있는 것처럼 보였다. 김 형사는 느낌이 강하게 왔다. 하필 가로등 불빛이 닿지 않는 곳이라 자세히 볼 수 없었지만 분명 어두운 윤곽선은 사람의 형체였다.

"……!"

김 형사는 아까 마주쳤던 낚시꾼이 자신을 피해 숨어 있는 것이라 판단하고 뛰는 속도를 더욱 높였다. 그때 갑자기 어둠 속에 숨어 있던 물체가 가로등 불빛 아래로 튀어 나와 김 형사가 달려오는 방향과 반대 방향으로 냅다 뛰기 시작했다. 어깨에 가방을 메고 있었다. 비록 어둠 속에서 봤던 터라 확실하지는 않았지만 문제의 아이스 가방을 멘 남자와 체격이나 옷차림이 흡사해 보였다.

"드디어 모습을 드러내셨군!"

김 형사는 속으로 쾌재를 불렀다. 그동안 미궁에 빠져 있던 연쇄살인 사건에 대한 단서, 아니 그보다 더 나아가 범인을 검거하기 일보직전이었다.

김 형사는 흥분하기 시작했다. 뛰는 다리에 절로 힘이 들어갔다. 범인을 쫓던 김 형사는 자신의 무장 상태를 점검했다. 궁지에 몰린 범인이 흉기를 휘두를 수도 있었다. 다행히 권총과 수갑은 챙겨왔다. 범인 검거에 대한 준비는 이미 끝난 상태였다. 그때 김 형사가 쫓던 정체불명의 남자가 좁은 골목길로 뛰어들었다. 놓칠세라 김 형사도 골목길로 뛰어들었다. 뛰어든 골목길은 대단히 어두웠다. 하지만 소리로 자신이 쫓던 정체불명의 남자가 얼마 떨어지지 않은 곳에서 달리고 있음을 알 수 있었다. 드디어 모퉁이를 두 번 돌자 10여 미터 앞에서 달리고 있는 정체불명의 남자가 눈에 들어왔다. 쫓기고 있음에도 남자는 가방을 포기하지 않고 끝까지 메고 있었다. 그러나 그 가방으로 인해서 남자의 달리는 속도는 점점 느려지고 있었다. 그때 막다른 골목이 나타났다. 당황한 남자가 달리던 것을 멈추고 뒤로 돌아섰다. 김 형사도 뛰는 것을 멈추고 그 자리에 멈춰 섰다. 두 사람은 거친 호흡을 뱉어 내며 서로를 노려봤다.

"씨발놈아! 왜 달아나고 지랄이야! 어휴 숨차!"

어느 정도 호흡을 가다듬은 김 형사가 정체불명의 남자를 향해 말했다.

"쫓아오니까 씨발놈아! 그리고 초면에 욕하지 마!"

"내 경험상 항상 죄진 놈들이 너처럼 말해! 순순히 정의의 수갑을 받지?"

"또라이 아냐?"

정체불명의 남자는 어깨에 메고 있던 가방을 천천히 옆에다 내려놓고는 입고 있던 점퍼를 천천히 벗었다. 순간 김 형사는 긴장했다. 재빨리 허리춤을 뒤져 권총 손잡이를 잡았다. 그 순간 정체불명의 남자가 점퍼를 벗기 무섭게 김 형사의 얼굴을 향해 휙 던졌다. 마침 손이 권총을 잡기 위해서 허리춤에 가 있던 김 형사는 꼼짝없이 점퍼를 뒤집어썼다. 김 형사의 시야가 순식간에 마비되어 버렸다. 순간 뭔가 둔탁한 충격이 가슴을 강타했다. 강한 충격과 함께 김 형사의 몸이 뒤로 벌러덩 넘어갔다. 게다가 막 손에 쥔 권총마저 놓치고 말았다. 당황한 김 형사는 얼굴을 감싸고 있던 점퍼를 걷어내고 권총을 찾았다. 그러나 어둠 속이라 전혀 보이지 않았다. 그때 정체불명의 남자가 김 형사가 쓰러진 틈을 타서 달아나려고 했다.

"어딜!"

김 형사는 재빨리 몸을 일으켜 주먹으로 남자의 면상을 정통으로 후려쳤다. 그러나 남자는 허리를 뒤로 젖혀 김 형사의 주먹을 가까스로 흘려 버렸다. 놀라운 운동신경이라고 김 형사는 생각했다. 그때 남자의 발이 김 형사의 명치를 향해 날아들었다. 다행히 김 형사가 주먹을 뻗은 상태라 발은 명치가 아니라 옆구리를 강타하고 지나갔다. 강한 충격이 전해져왔지만 김 형사는 기회를 놓치지 않고 남자의 발을 안고 옆으로 당겨 버렸다. 덕분에 남자의 가랑이는 완전히 일자로 찢어진 채 바닥에 착 달라붙었다. 근육이 찢어지는 불같은 통증이 남자를 엄습했다.

"악!"

뜻하지 않은 일격을 당한 남자는 사타구니를 양손으로 쥐고서 그대로 비명을 지르며 바닥을 데굴데굴 굴렀다. 그 틈을 놓치지 않고 김 형사는 고통에 겨워하고 있는 남자의 얼굴을 발로 걷어차 버렸다. 남자의 몸이 그대로 땅바닥에 축 늘어져 버렸다.

"헉! 헉! 헉! 그리고 내 경험상 범인은 항상 땅바닥에서 마지막을 장식하지! 바로 너처럼!"

김 형사는 떨리는 손으로 수갑을 빼 남자의 손목에 채웠다. 그리곤 의기양양하게 휴대폰을 꺼내 들었다.

"반장님, 지원 병력 좀 보내 주세요. 드디어 놈을 잡았습니다!"

5. 뜻밖의 수확

 김 형사는 잔뜩 풀이 죽어 있었다. 자신이 연쇄살인범이 분명하다고 판단하고 목숨을 걸다시피 검거한 남자는 엉뚱하게도 창원과 부산 등지에서 주로 혼자 사는 여성을 상대로 수십 차례 강도와 강간을 일삼아 온 속칭 '새벽발발이'로 밝혀졌기 때문이다. 물론 언론은 '새벽발발이'의 검거를 대서특필하고 있었고, 경남경찰청 청장을 비롯한 수뇌부들이 김 형사와 이 형사의 노고를 직접 치하하기도 했다. 그간 연쇄살인 사건으로 인해 궁지에 몰렸던 그들에게 '새벽발발이'의 검거는 여론 개선을 위한 훌륭한 돌파구였다. 그러나 그것이 6번째로 발생한 연쇄살인 사건을 없던 일로 만든 것은 아니었다. 이번 희생자 역시 앞선 다른 희생자들처럼 노숙인이었고, 건강상으로 전혀 문제가 없었다. 이름은 박찬영. 나이는 46세, 서울 출생의 남성이었다. 그리고 피해자의 몸에는 어김없이 프로포폴과 필로폰 잔유물이 남아 있었고, 주요 장기가 외과적으로 거의 완벽하게 적출되어 있었다. 거기다가 하나 더 추가하자면 남겨진 증거라고는 피해자의 몸뚱이와 침낭 빼고는 전무했다. 김 형사의 머릿속에는 자신들을 스치고 갔던 범인에 대한 생각으로 가득했다. 잡을 수도 있었다. 조금 더 의심했더라면. 조금 더 신중했더라면 분명히 잡을 수 있었다고 김 형사는 못내 아쉬워했다.

"커피 한 잔 드세요."

어느새 밖으로 나갔다가 돌아온 이 형사의 손에 커피가 들려 있었다. 김 형사는 아무 말 없이 그의 손에 들린 커피를 받아 들었다.

"아직도 그놈 생각 중이에요?"

이 형사가 자신의 자리에 앉으며 말했다.

"그래. 자꾸 생각이 나."

"사실 저도 그래요. 어쩜 사람을 그렇게 난도질하고도 그렇게 태연할 수 있는지."

"나중에 직접 잡으면 내가 꼭 물어봐 줄게."

"나도 궁금하니까 꼭 물어봐."

갑자기 들려온 다른 목소리에 놀란 김 형사가 급히 뒤를 돌아다봤다. 청장이 직접 주재한 간부 회의에 다녀온 강 반장이 서 있었다.

"오셨어요?"

"힘 좀 내. 뭘 그렇게 축 늘어져 있어."

강 반장이 평소와는 다르게 부드럽게 말했다.

"반장님, 어울리지 않게 왜 이러세요?"

"뭐? 안 어울려? 그럼 성질부리면서 말할까?"

"그럼 그렇지."

"이게 정말?"

"그래. 그게 반장님다워요."

김 형사가 피식 웃으며 말했다. 강 반장은 굳어지려던 인상을 다시 풀었다.

"암튼 고생 많았어. 비록 연쇄살인 사건이 다시 발생하기는 했지만 그래도 발발이 검거는 잘했어. 그리고 고맙고. 사실 이번 검거가 아니었으면 수사과 장님이나 나나 꽤나 곤란할 뻔했거든."

"별말씀을요."

김 형사가 시큰둥하게 대답했다.

"그래서 이번 범인 검거에 대한 공로로 김 형사와 이 형사를 대통령표창을 받을 수 있게 할 예정이다."

"어머! 고마워요 반장님!"

대통령표창을 받는다는 말에 이 형사가 맞장구를 치며 아이처럼 좋아했다. 그러나 김 형사는 여전히 표정이 굳어 있었다.

"넌 안 기뻐?"

강 반장이 무반응을 보이는 김 형사를 향해 물었다.

"기쁩니다."

김 형사는 조용히 자리에서 일어났다.

"어디 가시게요?"

이 형사가 자리 정리를 하는 김 형사를 보며 물었다.

"잠시 나갔다 올게."

김 형사는 강 반장에게 인사를 한 후에 의자를 밀어 넣고는 사무실을 나섰다. 이 형사가 급히 내려놓았던 가방을 집어 들고 뒤를 따르려 했다. 그러나 강 반장이 그를 만류했다.

"그냥 놔둬. 지금 놓친 범인 생각 때문에 복잡할 거야."

"네."

"이따 저녁에 회식 있으니까 꼭 참석하도록 해."

"알겠습니다."

우연치 않은 '새벽발발이' 검거 이후, 연쇄살인범에 대한 수사는 다시 지지부진해진 상황으로 접어들었다. 연쇄살인범 전담반이나 다름없는 경남도경 특별수사부 강력1반을 이끌고 있는 강 반장이 느끼는 부담감은 이만 저만이 아니었다. 연일 계속되는 상관들의 대책 회의에 불려 다니느라 몸은 피곤해질 대로 피곤해져 있는 상태였고, 매일 아침 각종 언론매체를 통해 접하는 연쇄살인범 수사에 대한 비판적 기사와 논설 때문에 신경이 바짝 곤두서다 못해 24시간 두통을 앓는 것처럼 머리가 지끈거렸다. 그나마 연쇄살인범 추적 중에 김 형사와 이 형사가 검거한 속칭 '새벽발발이' 때문에 언론의 집중 포화는 다소 누그러진 상태가 위안이라면 위안이었다.

"어떻게 돼 가고 있어?"

형사과 내에 설치된 작은 회의실에 모인 특별수사부 강력반 형사들을 향해 강 반장이 다소 격앙된 목소리로 거칠게 물었다. 회의 시작 전에 있었던 간부 회의에서 상관들로부터 한바탕 질타를 받은 뒤라 강 반장의 심기는 매우 뒤틀려 있는 상태였다. 회의실에 모여 앉아 있던 강력반 형사들 모두 그런 강 반장의 심리 상태를 잘 알고 있는 터라 누구도 선뜻 나서서 입을 여는 이가 없었다. 모두 백방으로 나서서 저인망식 수사를 펼치고 있는 중이었지만 지금까지 드러난 단서라고는 주요 장기가 몽땅 사라진 시신과 그것을 싸고 있던 침낭 이외에는 전혀 없었다. 흉기도, 목적도, 동기도 그 무엇 하나 정확하게 드러난 것이 없었다. 다만, 김 형사가 며칠 전 범인이 피해자들을 정기적으로 매혈을 통해 건강관리를 직접 해왔었다는 것이 새롭게 드러난 단서였다.

"에이!"

다들 꿀 먹은 벙어리처럼 속 시원하게 대답하는 이가 없자 강 반장의 인상이 대번 일그러졌다.

"왜 다들 말이 없어! 수사 안 하고 어디 처박혀 놀다 온 거야!"

강 반장의 독기서린 목소리가 좁은 회의실 전체를 쩌렁쩌렁 울렸다. 이번 주말까지 구체적인 성과를 내놓으라는 수사국장과 특별수사부장의 서슬 퍼런 성화에도 강 반장 역시 별다른 대책이 없는 상황이었다. 강력반 형사들을 다그치지 않는다면 당장 옷을 벗으라는 수사국장과 특별수사부장의 성화가 자신의 현실이 될지도 모를 일이었다.

회의는 약 20분간 계속되었다. 그러나 회의 내내 오간 말이라고는 그간 있었던 연쇄살인 사건에 대한 정리와 교착 상태에 빠진 수사에 대한 강 반장의 질책성 고성이 거의 대부분이었다.

"이번 주 금요일까지 새로운 단서 하나씩 찾아서 제출하도록 해! 만약 단서를 제출하지 못하는 사람은 나랑 같이 옷 벗을 각오 해! 알았어!"

"네에."

형사들은 모두 약속이나 한 것처럼 일제히 기운 빠진 목소리로 대답했다.

"꼴 보기 싫어! 당장 나가들 봐!"

강 반장의 말이 끝나기가 무섭게 형사들은 재빨리 자리에서 일어나 뒤도 돌아보지 않고 서둘러 회의실을 빠져나갔다.

"김 형사와 이 형사는 잠깐 남아 있어."

강 반장이 막 안도의 한숨을 내쉬며 문을 나서려던 김 형사와 이 형사를 느닷없이 불러 세웠다. 갑작스런 호출에 김 형사와 이 형사는 서로의 눈치를 보며 다시 자리에 앉았다.

"가까이 와서 앉아. 나 목 아파."

강 반장이 짜증 섞인 목소리로 멀리 테이블 끝 쪽에 엉거주춤 앉아 있던 두 사람을 자신의 곁으로 불렀다.

"무슨 일이세요?"

김 형사가 조심스럽게 물었다. 그리곤 재빨리 머릿속 기억을 뒤져 자신이 최근 실수를 한 적이 있나 살폈다. 강 반장이 회의 후, 자신을 따로 불러 앉힌 뒤에는 항상 질타가 이어졌기 때문이다.

"앞으로 별도의 지시가 있을 때까지 두 사람은 연쇄살인범 수사에만 전념하도록 해."

김 형사의 생각과는 달리 강 반장의 입에서 나온 말은 전혀 뜻밖이었다. 꼴통. 강 반장이 김 형사를 지칭할 때 쓰곤 하던 호칭이었다. 그만큼 평소 범인 검거 실적이 미미했고, 수사 태도 역시 못마땅하게 여겼던 탓이었다.

연쇄살인범 검거는 경남경찰청이 당면한 지상과제나 다름없었다. 그만큼 커다란 관심을 가지고 있었고, 그에 걸맞게 무려 100명이 넘는 유능한 수사 인력이 각 청에서 차출되어 경남경찰청 특별수사본부에 파견되어 있었다.

연쇄살인범 수사는 실시간으로 노출될 만큼 언론의 초미의 관심사였다. 그런 중요한 수사를 자타가 공인하는 강력반 최고의 문제아인 자신에게 맡기려는 것을 그는 선뜻 이해할 수 없었다.

"저희더러 연쇄살인 사건을 전담하라는 말입니까?"

이 형사가 믿을 수 없다는 말투로 되물었다.

"그래. 필요한 지원은 최우선으로 해 주지."

강 반장이 깊은 한숨을 내쉬며 대답했다.

"왜요?"

김 형사가 따지듯 물었다.

"이 자식이! 마! 청장님의 직접 지시야! 내가 청장 같았으면 넌 벌써 짤렸어!"

"그러니까요. 왜 그 중요한 수사를 저희더러 전담하라고 하는지 이해가 안 가네요. 이거 나중에 범인 검거에 실패하면 책임지울 사람이 필요해 그런 거 아니에요?"

김 형사가 고개를 갸웃거리며 말했다.

"저걸 그냥 콱!"

"아 알았어요. 알았어. 맡으면 되잖아요. 반장님은 다 좋은데 너무 폭력적인 게 문제에요."

"너 때문에 그 좋던 성질 다 버렸어!"

"반장님, 고정하세요."

이 형사가 웃으며 말했다.

"이 형사 얼굴 봐서 참는 거야."

강 반장이 다시 자리에 앉으며 말했다. 그리곤 앞에 놓인 물 컵을 입가로 가져가 벌컥벌컥 물을 마셨다.

"기존에 맡고 있던 업무들은 모두 나한테 가져와 내가 재분배할 테니까."

강 반장이 비워진 물 컵을 다시 테이블 위에 놓으며 말했다.

"그러죠."

이 형사가 재빨리 입을 비쭉이고는 고개를 돌리고 있던 김 형사를 대신해 대답했다.

"이건 개인적으로 궁금해서 그러는데 자네들이 생각하는 범인의 윤곽 좀 말해 봐. 아침마다 청장님 앞에 불려가서 뭔가 말을 해야 하는데 솔직히 나도 할 말이 없어 죽겠다."

속에 품고 있던 감정을 토해 낸 강 반장이 속내를 드러내 보이며 말했다. 그때까지 애써 강 반장의 시선을 외면하고 있던 김 형사가 의외라는 듯이 이 형사를 바라봤다. 이 형사가 가만히 고개를 끄덕였다. 그것은 김 형사가 직접 설명하라는 제스처였다.

"그런데 말입니다. 한 가지 장기 적출과 어울리지 않는 공통점이 있습니다."

김 형사의 말에 강 반장의 귀가 번쩍 뜨였다. 뭔가 새로운 내용이 틀림없었다. 의견이든 단서든 뭔가 새로운 것이라면 언제나 환영이었다. 새로운 것의 등장은 곧장 수사의 진전으로 여겨졌기 때문이다.

"뭐야? 뜸들이지 말고 빨리 말해 봐."

"바로 필로폰입니다."

"필로폰? 그게 왜?"

"생각해 보십시오. 프로포폴은 범인이 피해자를 제압하기 위해서 쓴 게 분명해 보입니다. 그런데 왜 필로폰을 투약했을까요? 프로포폴의 투약으로 전신마취가 된 피해자는 범인이 장기 적출을 한다해도 저항하지 못했을 겁니다. 그런데 왜 범인은 굳이 추가적으로 필로폰을 투약했을까요?"

"그야… 뭐, 생각해 보니까 그러네."

강 반장이 생각해 보니 김 형사의 지적이 일리가 있었다. 프로포폴은 현재 가장 널리 쓰이는 수면마취제 중 하나였다. 주로 내시경이나 성형수술, 피부과 등에서 마취 목적으로 널리 쓰이고 있다. 범인이 프로포폴을 썼다면 그것은 분명 피해자의 제압이 목적이었을 것이고, 그런데 왜 강력한 환각제인 필로폰을 추가로 썼을까? 강 반장도 솔직히 의문이었다.

"장기 적출과 필로폰은 쉽게 매치가 되지 않는 단서입니다. 또한 프로포폴이나 장기 적출은 전문 의료 영역에 속하지만 필로폰은 또 그렇지 않습니다.

범인이 만약 전문 의료인이라면 필로폰을 손에 넣기란 쉽지 않았을 것입니다. 이 미스매치가 단서가 되지 않을까 눈여겨보고 있는 중인데 솔직히 쉽지는 않네요."

김 형사의 설명을 들은 강 반장은 고개를 끄덕이며 수긍했다. 그리고 속으로 적잖이 놀라고 있었다. 항상 꼴통 짓만 해서 머리까지 꼴통인줄 알았던 김 형사에게 그런 날카로운 면이 있으리라고는 미처 생각지 못했던 탓이다.

"거기다가 한 가지 더 추가한다면 범인이 노숙자들의 건강을 관리해 왔다는 정황이 있다는 겁니다. 이건 범인이 혈액을 분석할 수 있는 전문의료기관과 어느 정도 끈이 연결되어 있다고 봐야하지 않을까요?"

이 형사가 부연 설명을 했다.

"장기 적출, 프로포폴, 혈액을 통한 건강관리 그리고 필로폰이라. 결국 필로폰에 손을 댄 적이 있는 장기 적출 전문 의료인을 찾아 봐야 한다는 말인가?"

"그렇기는 한데 이미 사전에 조사한 바로는 마약전과가 있는 장기이식 전문의나 외과의 중 현역은 없더라고요."

김 형사가 강 반장의 지적에 다소 맥 빠진 목소리로 답했다.

"꼭 현역이 아니더라도 좋으니까 일단 수사 대상을 선정해봐. 범인의 범행 동선을 고려해 볼 때 부산, 경남 또는 인근에서 활동하고 있을 가능성이 크니까, 대상 지역이 좁아서 쉽게 추려내질 거야."

"이미 착수했습니다."

이 형사가 빙긋 웃으며 말했다.

"좋아. 일단 대상자가 어느 정도 추려지면 그때 다시 의논하자고."

"알겠습니다. 그런데 반장님 궁금한 게 있는데요."

김 형사가 슬며시 미소를 지으며 물었다.

"뭐야? 난 네가 그런 웃음을 지을 때마다 짜증이 나던데 말이야."

"아직 얘기도 안 했는데요?"

"빨리 말해 봐."

"저기 아까 필요한 지원 중에 현금 지원도 됩니까? 요즘 수사하느라 실탄을 많이 써서. 헤헤"

"쓰고 나서 영수증은 확실하게 제출해야 해."

"아이고 걱정 마십시오. 제가 또 걸어 다니는 영수증 아닙니까?"

"말은 참 잘한다. 하여간 속이 좀 풀리는군."

"우리가 해장국인가!"

김 형사가 입술을 삐죽거리며 말했다.

"저희 그만 나가 볼게요."

강 반장의 표정이 다시 일그러지려 하자 이 형사가 자리에서 일어서며 말했다. 김 형사도 이 형사를 따라 일어났다.

"김 형사 고마워."

강 반장이 막 문을 열고 나선 이 형사를 따라 나서려는 김 형사를 향해 나지막이 말했다.

"뭐가요?"

"새벽발발이 검거해 줘서. 그나마 그것 때문에 체면이 섰다."

강 반장은 멋쩍은 미소를 지어 보이고 있었다. 그것을 본 김 형사의 입가에도 희미한 미소가 지어졌다.

"이제 뭐 하지 이 형사?"

회의실을 빠져 나온 김 형사가 회의실 밖 복도에 마련된 자판기에서 커피를 뽑고 있는 이 형사에게 물었다.

"글쎄요. 일단 잡다한 잡무에서 해방된 건 좋은데 연쇄살인범을 잡아들여야 한다는 부담감은 정말 싫은데요."

"그렇지? 원래 책임이란 여럿이 나눠지면 좋은 건데. 혼자 책임지는 것에는 영 익숙지 않은데 말이야."

"그럼 이제부터 혼자 책임지는 것 좀 배우면 어때요?"

이 형사가 자판기에서 빼낸 커피를 한 모금 마시며 말했다.

"음, 드디어 내가 이 형사를 책임지게 되는 건가? 그런 책임이라면 언제든

환영이야."

김 형사가 능글맞은 웃음을 지으며 말했다.

"기가 막혀서. 누구 혼삿길 막을 일 있어요? 이래봬도 제가 경찰청 내에서 완전 블루칩으로 대접받고 있다고요."

이 형사가 새침하게 말했다.

"어이구 웬 블루칩? 불우한칩이 아니고?"

김 형사가 익살스런 표정으로 놀리듯 말했다.

"불우한칩?"

"내가 알기로 이 형사 여자 동기 중에 시집 안 가거나 남자 친구 없는 사람이 없다던데."

"그게 뭐요? 사람이 살다보면 솔로일 수도 있지 뭘."

"들리는 소문에 의하면 말이야 여자 동기들이 이 형사가 꽃다운 나이에 혼자인 것을 안타깝게 여겨 소개를 그렇게 한다던데? 불우이웃돕기 차원에서 말이야."

"김 형사님! 정말 이리기에요!"

김 형사의 말에 이 형사는 발끈했다. 예상을 뛰어넘는 이 형사의 반응에 김 형사는 살짝 당황했다.

"농담가지고 뭘 그래?"

"이게 농담이에요? 확 성희롱으로 신고할까보다."

"성희롱? 이야 이거 어쩌다 솔로를 솔로라 부르지 못하고 싱글을 싱글이라 부르지 못하는 세상이 됐나 그래."

김 형사가 혀를 차며 말했다. 이 형사는 마시던 커피를 쓰레기통에다 처넣고는 여전히 뾰로통한 표정으로 김 형사를 노려보았다. 그때 휴대폰이 울렸다. 김 형사는 마침 잘 됐다 생각하고 재빨리 품속에서 휴대폰을 꺼내 받았다. 발신번호를 보니 공형식이었다.

"공이냐?"

"에이 김 형사님. 공이 뭡니까? 공직에 계시는 분이 함부로 성(姓)희롱하면 안 되죠."

김 형사가 자신의 성을 가지고 놀리자 공형식이 불편한 심기를 드러내며 말했다.

"이제는 너까지 성희롱타령이냐?"

"아하, 성희롱하다 걸렸구나. 누굴 성희롱하셨대?"

이번에는 공형식이 놀리듯 말했다.

"됐고! 무슨 일이냐?"

"꼭 자기가 불리해질 것 같으면 이런다니까. 확 전화 끊어 버릴까보다."

"따블로 됐고! 빨랑 말해 봐!"

"주상형 있잖아요."

"주상형?"

김 형사는 공형식에게 연쇄살인의 용의자 중 하나로 추정되고 있는 주상형에 대한 주변 조사를 시켜두었다.

"그 의사양반이 필로폰을 구입했다는 소리가 들리던데요."

"뭐? 정말이야?"

김 형사는 속으로 쾌재를 불렀다. 주상형은 피해자가 지닌 공통점 중에서 수면 마취제인 프로포폴, 신속하고 정확한 장기 적출, 뛰어난 절개 방법 등에서 일치하고 있었다. 이제는 거기에다가 필로폰까지 포함된 셈이었다.

"그럼요. 그쪽으로 선이 닿아 있는 형이 그러는데, 지가 제일 싫어하는 조직이 있는데, 거기에 속해 있는 양아치 하나가 의사 고객을 확보하고 있다는 소릴 들었는데요. 그래서 내가 뒷조사를 좀 해 봤는데 두둥!"

"이게 어따 대고 두둥이야! 빨랑 말해 봐!"

김 형사는 공형식이 속 시원하게 말하지 않고 딴청을 피우자 버럭 화를 내며 다음 말을 재촉했다.

"내가 그 의사에 대해 은밀하게 조사를 해 보니까 그 의사양반이 글쎄 주상형이랑 인상착의가 일치하더라고요."

"확실하지?"

김 형사가 다짐받듯 말했다.

"확실해요."

"지금 어디야?"

김 형사가 다급하게 물었다.

"그건 왜요?"

"지금 즉시 주상형 병원으로 가서 따라붙어."

"지금요?"

"그래 지금!"

"김 형사님, 저도 사생활이 있는 몸이라고요."

"임마. 그게 니 사생활이잖아. 잔말 말고 따라붙어. 곧 그리로 갈 테니까."

"알았어요."

"끊어!"

김 형사는 속으로 쾌재를 부르며 전화를 끊었다.

"형식이에요?"

곁에서 통화 내용을 듣고 있던 이 형사가 궁금해 하며 물었다.

"그래. 주상형이 필로폰을 구입했다는 첩보가 있대."

"주상형이 필로폰을요?"

이 형사 역시 놀랍다는 표정을 지었다. 그리고 속으로 너무 쉽다는 생각이 들었다. 연쇄살인범이 살인에 쓸 필로폰을 구입하는데 동네 꼬마 양아치나 다름없는 공형식의 정보망에 걸려들 정도로 허술하게 할리 없다 여겼기 때문이다. 처음 놀라워했던 반응이 금세 미심쩍어하는 것으로 바뀌었다.

"반응이 왜 그리 뜨뜻미지근해?"

"너무 쉬워서요. 공형식한테 걸려들 정도로 허술한 게 마음에 걸리네요."

이 형사가 속내를 숨기지 않고 말했다.

"사실 나도 그런 생각이 들기는 해. 일단 출발하자. 가서 판단해 보자고."

김 형사와 이 형사는 주차장으로 발걸음을 급히 옮겼다.

b. 살육(肉)

시간은 늦은 오후로 접어들고 있었다. 김 형사와 이 형사가 미행 중이던 공형식과 합류해 주상형을 미행하기 시작한지 벌써 5시간째였다. 긴 시간 동안 추적을 했음에도 별다른 특이점은 없었다. 좁은 차 안에 오랜 시간 갇혀 있다 보니 세 사람 모두에게 피로가 쌓여 가고 있었다. 주상형의 승용차가 해운대 달맞이 고개로 접어들었다. 주위는 어느새 어둑어둑해지고 있었고, 도로 위를 달리고 있는 자동차들 역시 앞 다투어 전조등을 하나 둘 켜고 있었다.

"저 놈이 어디로 가는 거지?"

김 형사가 달맞이 고개를 오르고 있는 주상형의 차를 눈으로 쫓으며 말했다.

"저기로 가나 본데요?"

이 형사가 정면에 보이는 음식점 간판 부근에서 속도를 줄이고 있는 주상형의 차를 쳐다보며 말했다.

"어? 저기 되게 비싼 곳인데?"

공형식이 음식점 간판 위에 쓰인 글귀를 쳐다보며 말했다.

"살육? 무슨 음식점 이름이 저토록 공포스러워."

김 형사가 음식점 이름을 소리 내어 읽으며 말했다. 농담하는 말투로 상호를 읽기는 했지만 어딘가 모르게 불편하면서도 신경을 쓰이게 하고 있었다.

"여기 육회 정말 유명해요. 예약 안 하면 먹기 힘들다고 하던데. 이거 김 형사님 덕분에 오늘 한 번 먹어보겠네."

'살육'이라고 쓰인 입간판을 쳐다보고 있던 공형식이 히죽거리며 말했다.

"마! 냉면이나 처먹어. 어디서 신성한 대한민국 경찰 공금을 유용하려 들어."

김 형사가 어림없다는 표정을 지으며 말했다.

"참 대한민국 경찰 한번 쩨쩨합니다요."

공형식이 비아냥거리는 투로 말했다.

"이게 그냥! 경찰을 희롱하고 있어!"

김 형사가 손바닥으로 공형식의 머리를 가볍게 때리며 말했다. 그리곤 핸들을 조작해 '살육' 안으로 들어가 주차를 했다.

"우와. 분위기 좋네요. 음악도 좋고. 딱 내 취향이네."

차에서 내려 김 형사와 이 형사를 쫓아 '살육' 내부로 들어선 공형식이 한옥 풍으로 잘 꾸며진 '살육'의 홀 내부를 보고는 나름 만족감을 드러내며 말했다. 그러는 사이에 김 형사와 이 형사는 카운터를 향해 걸어갔다.

"반갑습니다, 손님."

두 사람이 다가오자 카운터에 서 있던 젊은 여성이 두 사람을 향해 부드러운 미소를 지어 보이며 인사를 건넸다. 제복에 어울리게 머리를 단정하게 뒤로 빗어 묶었고, 잘록한 허리가 유난히 돋보이는 정장스타일의 검은 재킷과 무릎 위까지 내려오는 상의와 같은 색깔의 짧은 치마를 입고 있었다. 게다가 167cm 정도 되는 키에 걸맞은 미모까지 갖추고 있어 단번에 김 형사의 시선을 끌었다. 정체가 궁금해진 김 형사의 시선은 자연스럽게 가슴에 매달린 '매니저 김지혜'라고 새겨진 금속 재질의 이름표로 향했다.

'어디에 있는 거지?'

김 형사가 생글생글 웃으며 자신을 맞이하고 있는 매니저의 외모에 관심을 가지는 사이에 이 형사는 식당 내부에 더 관심을 가지고 있었다. 주상형을 찾기 위해서였다. 그때 홀 안쪽에 설치된 룸들 중 하나의 문이 서빙을 위해 안으로 들어가려던 종업원에 의해 잠시 열렸다가 닫혔다. 순간 누군가를 향해 웃고 있는 주상형의 얼굴이 보였다가 사라졌다.

"저 룸 비었나요?"

이 형사가 주상형이 들어간 룸 바로 옆 룸을 가리키며 물었다. 주상형이 들어간 룸 바로 옆 룸에 자리를 잡아 그들의 대화를 엿들을 계획이었다.

"예약하셨어요?"

김지혜가 물었다.

"아뇨."

"여기는 예약 손님이 아니면 룸이 없습니다. 대신 홀에 자리가 있으니, 그쪽으로 모실까요?"

"할 수 없죠. 안내해 주세요."

이 형사가 곤혹스러워하며 말했다. 주상형이 들어간 룸 바로 옆 룸에 자리를 잡아 그들의 대화를 엿들으려고 했는데 그게 틀어진 탓이다. 매니저인 김지혜는 얼굴에 미소를 지어 보이며 마침 손님이 식사를 마치고 떠난 자리로 김 형사 일행을 안내했다. 안내된 테이블은 이제 막 손님이 떠난 후라 테이블 위에는 먹다 남은 음식과 빈 그릇들로 지저분하기 이를 데 없었다.

"아유 답답해. 그냥 경찰 신분증 보여주고 수사 중이다. 방을 내놔라하면 될 걸 참내."

두 사람의 신경전을 지켜보던 공형식이 투덜거리며 말했다.

"마! 목소리 낮춰."

공형식이 말을 끝내자 김 형사가 무섭게 두 눈을 동그랗게 뜨고 바짝 목소리를 낮추며 주의를 줬다.

"왜요?"

깜짝 놀란 공형식이 덩달아 목소리를 낮추며 물었다.

"임마! 여기 주인이랑 주상형이랑 어떤 관계인지도 모르는데 우리가 섣불리 신분을 드러냈다가 주상형이 미행 중이라는 것을 눈치 채게 되면 그길로 땡이잖아!"

"아하."

"아하! 돌 깨지는 소리냐?"

"돌?"

"너. 네 몸에 얹혀 있는 그 돌대가리 말이야."

"아씨! 김 형사님하고 대화하다 보면 꼭 끝에는 내 욕이야."

공형식이 불쾌하다는 투로 말했다.

"그게 네 운명인가 보지."

김 형사가 고개를 숙여 재미있다는 듯이 낄낄거렸다. 그때 홀 직원이 그릇을 치울 때 쓰는 수레를 밀고 왔다.

"그릇 좀 치울게요."

홀 직원이 테이블 위의 그릇들을 치우기 시작하면서 말했다.

"두 사람 얌전히 앉아 있어. 이 몸은 화장실 좀."

데이블 위의 그릇을 치우느라 소란스러워진 틈을 타서 김 형사가 몸을 일으켰다. 몸을 일으킨 그는 그릇을 치우느라 여념이 없는 홀 직원에게 화장실의 위치를 물었다.

"저쪽 복도 끝에 있습니다."

김 형사는 직원이 가르쳐 준 곳으로 걸어갔다. 그때 김 형사는 룸에서 나오는 한 사내와 마주쳤다. 그는 보기에도 깨끗한 요리사 복장을 하고 있었다. 바로 '살육'의 사장 지민기였다. 화장실을 향해 걸어가는 김 형사와 복도에서 마주친 지민기는 미소를 지어 보이며 가볍게 목례를 했다. 김 형사 역시 가볍게 목례를 했다.

'짜식 제법 잘생겼는데.'

김 형사는 지민기의 얼굴이 미남형이라고 생각하며 화장실로 향했다. 그때 화장실 문이 열리면서 또 다른 요리사 복장을 한 남자가 나왔다. 조금 전 봤던 요리사가 준수한 외모를 가졌다면 지금 보는 요리사의 얼굴은 서구적인 호남형의 얼굴 생김새를 가지고 있었다. 게다가 요리사 복장 아래로 보이는 체격 역시 상당히 당당해 보였다.

'아 씨발. 여기 요리사는 외모로 뽑나. 어째 전부 잘 생겼어. 괜히 꿀리네.'

김 형사는 화장실 문을 닫고 나오는 요리사의 얼굴을 흘깃 쳐다보며 화장실 문 쪽으로 다가갔다. 그러다 우연히 요리사와 눈이 마주쳤다. 그런데 김 형사와 눈이 마주친 요리사가 순간 흠칫 놀라는 것이었다.

"……!"

김 형사는 묘한 기분에 휩싸였다. 아주 짧은 순간이기는 했지만 지금 지나쳐 가는 요리사가 자신을 알아본 듯한 느낌을 받았다. 김 형사는 뒤를 돌아봤다. 요리사는 빠른 걸음으로 주방으로 사라지고 있었다. 그때 반대편 룸의 문이 열렸다. 열린 문을 통해 익숙한 얼굴의 다른 미남자가 나왔다. 바로 주상형이었다. 김 형사는 움찔하며 급히 화장실로 들어갔다. 그러자 주상형도 화장실로 들어와 이미 지퍼를 내리고 있던 김 형사 바로 옆에 서는 것이었다. 주상형에게서 살짝 술 냄새가 느껴졌다.

'벌써 한 잔 하셨구만.'

김 형사는 주상형이 누구와 술을 마시는지 궁금했다. 오늘 주상형의 동선을 따라다니면서 그가 만나는 이를 파악하는 것이 미행의 주목적이었다. 그때 휴대폰의 벨이 울렸다. 김 형사와 주상형이 거의 동시에 소변을 보다 말고 한 손으로 자신의 휴대폰을 찾았다. 울린 휴대폰은 주상형의 것이었다.

"여보세요."

주상형은 급히 소변보던 것을 중단하고 주위를 두리번거리다가 좌변기가 있는 화장실의 문을 열고 들어갔다. 김 형사는 가만히 몸을 기울였다. 그러나 이내 통화를 하는 주상형의 목소리가 잦아들었다.

"아 진짜. 오늘 따라 오줌이 왜 이리 많이 나와."

김 형사가 끊어질듯 계속 이어지는 오줌 줄기를 원망하며 아랫도리를 소변기에 댄 채로 허리를 뒤로 숙이고는 속삭이듯 작은 목소리로 혼잣말했다. 그러나 주상형이 워낙 목소리를 낮춰 통화를 하고 있는 탓에 대화 내용을 알아들을 수는 없었다. 통화 내용이 더욱 궁금해진 김 형사는 뒤쪽으로 허리를 굽히며 귀를 쫑긋 세웠다. 그때 닫혔던 문이 왈칵 열리며 통화를 마친 주상형이 툭 튀어나왔다. 미처 상체를 바로하지 못한 김 형사와 주상형의 눈이 마주쳤다. 멋쩍어진 김 형사가 허리를 뒤로 젖히고 성기를 손으로 잡은 채 휘파람을 불며 허리 운동을 하는 척했다. 그 모습이 어찌나 우스꽝스러웠던지 주상형이 피식 웃으며 대충 손을 씻고는 밖으로 나갔다. 그런데 자세를 바로하고 보니 바지 지퍼 근처에 오줌이 튀어 젖어 있었다.

"에이 씨팔! 스타일 다 구기네."

김 형사가 투덜거리며 손으로 지퍼 근처에 묻어 있던 오줌을 급히 털어 냈다. 하지만 이미 지퍼 주위에 오줌이 흡수돼 원형으로 젖어 보였다. 김 형사가 인상을 쓰며 문을 열고 화장실을 나섰다.

"주상형이 밖으로 나가요."

이 형사가 두 사람에게 눈치를 주며 말했다. 계산을 마친 주상형은 동행과 함께 밖으로 빠져나가고 있었다. 미행 중이던 대상이 빠져나간 이상 음식점에 있을 필요가 없던 김 형사와 이 형사는 서둘러 자리에서 일어나 계산을 마치고 주상형을 따라 밖으로 나갔다.

살육에서 나온 주상형은 근처 고급 술집에서 술을 마신 후에 다시 얼마 떨어지지 않은 작은 호텔로 들어갔다. 김 형사 역시 뒤를 쫓아 호텔 주차장으로 들어가 적당한 곳에 차를 세웠다.

"어이 공, 빨리 가서 몇 호에 들어가는지 보고 와."

"거참. 왜 함부로 남의 이름을 절약해서 불러요."

공형식이 불평하며 말했다.

"시끄러. 빨리 가."

"에이."

공형식은 투덜거리며 호텔로 뛰어 들어갔다.

"호텔로 들어갔다면 볼장 다 본 것 아니에요?"

이 형사가 다소 실망한 목소리로 말했다.

"그러게. 하지만 남자들끼리만 호텔로 들어갔다는 게 왠지 마음에 걸려. 혹시 무슨 모종의 거래를 하려고 그러는 게 아닐까?"

"듣고 보니 일리가 있네요."

이 형사는 김 형사의 추정에 대해 공감했다.

주상형이 술집을 나올 때 분명 동행한 여성 접대부는 없었다. 게다가 처음 들어갈 때 분명히 남자 한 사람이 동행했었지만 나올 때는 정체불명의 남성 동행 2명이 더 불어난 상황이었다. 그리고 호텔에 남자 4명이 함께 우르르 몰려 들어갔다는 것이 어딘가 석연치 않았다. 그때 호텔 안으로 동태를 살피러 들어갔던 공형식이 돌아왔다.

"각자 방 하나씩을 빌려 들어갔어요. 주상형은 8층이고요."

차 안으로 들어온 공형식이 겉옷에 묻은 차가운 냉기를 손으로 털어 내며 말했다.

"뭘 하려는 걸까?"

김 형사는 갑자기 호기심이 동했다. 이 형사도 마찬가지였다. 그들의 머릿속에는 여러 가지 상황이 자연스레 그려지고 있었다. 그 중 가장 자연스러운 상황은 거액의 현찰이 오가는 도박, 은밀한 마약 거래, 그것도 아니라면 장기밀매를 위한 모의일 수도 있었다. 답답했다. 호텔방이라는 오픈되지 않은 독립 공간인탓에 외부에서의 감시 및 관찰이 불가능했다. 따라서 안에서 어떤 상황이 벌어지고 있는지 전혀 감을 잡을 수 없었다.

"일단 올라가 보자고."

김 형사는 주상형 일행이 투숙한 호텔 옆방을 구해 동향을 감시하기로 결정했다.

차에서 내린 세 사람은 호텔 로비로 걸어 들어갔다.

"넌 여기서 대기해. 혹시 주상형이 달아날지도 모르니까."

김 형사는 혹 주상형이 호텔을 빠져나갈 것에 대비해 공형식을 로비에 남겨 두었다.

"알았어요."

공형식이 다소 못마땅한 목소리로 대답했다. 김 형사와 이 형사는 곧장 엘리베이터를 타고 주상형이 투숙한 방이 있는 8층으로 올라갔다. 곧 엘리베이터의 문이 열리면서 붉은 카펫이 깔린 복도가 나타났다. 내부는 쥐 죽은 듯 조용했다.

"이쪽이야."

엘리베이터에서 내려 복도를 따라 좌우로 늘어선 방들의 번호를 두리번거리며 살피던 김 형사가 말했다. 그리곤 슬그머니 함께 걷고 있던 이 형사의 어깨에다 마치 다정한 연인처럼 자신의 팔을 둘렀다. 순간 이 형사의 몸이 움찔하며 자신의 어깨에 오른 김 형사의 팔을 치우려 했다. 김 형사는 그런 이 형사를 쳐다보며 가만있으라는 의미로 급히 고개를 좌우로 내저었다.

"꼭 이렇게 해야 되요?"

자신의 어깨에 오른 김 형사의 손에 불편해 하던 이 형사가 이를 악물고 억지로 웃으며 말했다.

"의심받고 싶지 않으면 참아."

김 형사가 목소리를 바짝 낮춰 사뭇 진지한 투로 말했다. 그러나 얼굴에는 재미있어 죽겠다는 표정이 역력했다.

"그럼 손가락이라도 꼼지락 거리지 말아요. 벌레가 기어가는 것 같잖아요."

이 형사가 살짝 몸서리를 치며 사나운 눈초리를 하고서 말했다.

"알았어. 아까 몇 호실이라고 했어?"

김 형사가 슬그머니 이 형사의 눈길을 피하며 좌우로 늘어선 방문에 붙은 호수를 살피며 말했다.

"824호실이요."

"824호실이라. 아, 저쪽이다."

두 사람은 서로 눈짓을 한 후에 서둘러 824호실 앞으로 걸어갔다.

"여기군."

목표한 방문 앞에 선 김 형사는 재빨리 주위를 살폈다. 마침 복도에는 인적이 없었다. 김 형사는 이 형사의 어깨 위에 올린 자신의 팔을 풀고는 문 앞에 바짝 다가섰다. 다시 한 번 더 주위를 살핀 김 형사는 한쪽 귀를 문 쪽에 갖다 댔다.

"뭐가 들려요?"

이 형사가 궁금해 하며 목소리를 바짝 낮춰 물었다.

"쉿!"

문에 귀를 갖다 대고 안쪽에서 들리는 소리를 듣기 위해 집중하고 있던 김 형사가 조용히 하라는 시늉을 해 보이고는 다시 인상을 쓰며 귀를 문에 더욱 바짝 갖다 댔다.

"왜 그래요?"

이 형사가 김 형사의 등 뒤에 바짝 붙으며 물었다.

"조금 전에 안에서 이상한 소리가 희미하게 들렸어."

궁금증을 참지 못한 이 형사도 문에다 귀를 바짝 갖다 댔다. 그러자 안쪽에서 묘한 소리가 들려왔다. 방문을 거쳐 들려오는 소리가 워낙 희미해 정확하게 분간할 수 없었지만 여성의 자지러지는 신음 소리가 분명했다. 남녀가 성관계시 내곤 하는 그런 교성은 아니었다.

"안에서 뭔가 일이 벌어진 것 같은데?"

김 형사가 다시 상체를 바로하며 말했다.

"아주 희미하기는 하지만 비명처럼 들렸어요."

이 형사가 자못 심각한 표정을 지어 보이며 말했다. 김 형사도 같은 의견이었다.

"일단 안을 좀 들여다봐야겠어."

"어떻게요?"

이 형사가 궁금해 하며 물었다.

문은 잠겨 있었고, 어디에도 안쪽을 들여다볼만한 구멍이나 틈새는 전혀 보이지 않았다. 김 형사는 대답 대신 허리춤에서 지갑을 꺼내 들었다. 이 형사가 그런 김 형사를 의아하게 쳐다봤다. 김 형사는 꺼낸 자신의 지갑에서 신용카드 한 장을 빼들었다.

"잘 봐둬. 진정한 프로 형사의 모습이니까."

김 형사가 자신에 찬 미소를 지어 보이며 신용카드를 문틈의 잠금 장치에다 끼워 넣었다.

"역시."

김 형사의 의도를 파악한 이 형사가 고개를 끄덕이며 엄지를 치켜들어 보였다. 으쓱한 김 형사는 입가에 미소를 지으며 신용카드를 문틈에다 밀어 넣고 이리저리 쑤셔대기 시작했다. 그러나 출입문은 닫힌 채 전혀 꿈쩍도 하지 않았다.

"이상하다 왜 안 열리지. 이럴 리가 없는데."

의도대로 문이 열리지 않자 김 형사가 무안해하며 말했다.

"선배님, 프로라면서요?"

얼굴에 당혹감을 감추지 못하고 신용카드를 끼워 넣기 위해 안간힘을 쓰고 있는 김 형사를 팔짱을 끼고 쳐다보던 이 형사가 코웃음을 치며 밀했다.

"젠장 카드가 연체됐나?"

순간 무안해진 김 형사가 손에 들린 신용카드 앞뒤를 살피며 말했다. 그리곤 '헤'하고 웃어 보였다.

"이그! 내가 못 살아."

김 형사가 문을 열기 어렵다고 판단한 이 형사는 주변을 두리번거리다가 옆방의 문고리를 잡아 당겼다. 일단 옆방으로 들어가 824호의 내부를 관찰할 방법을 찾기 위해서였다. 그러나 그곳도 문이 잠겨 있기는 마찬가지였다. 그때 마침 반대편 방문이 열리면서 청소부 유니폼을 갖춰 입은 중년 여성이 청소 용구가 가득 담긴 카트를 밀고 나왔다. 이 형사는 마침 잘 됐다며 그에게 다가가 신분증을 내보이고는 824호의 문을 열어 줄 것을 부탁했다.

"근데 진짜 형사 맞아요?"

이 형사의 차림새를 위아래로 훑어보던 청소부가 미심쩍어 하며 되물었다.

"신분증 확인 하셨잖아요."

"요샌 하도 위조가 많아서. 그리고 아가씨는 형사로 안 보이는데."

"그럼 뭐로 보이는데요?"

살짝 기분이 상한 이 형사가 약간 언성을 높이며 물었다.

"글쎄. 나가요걸?"

청소부가 의미심장한 미소를 지으며 말했다. 그 소리를 들은 김 형사가 '풋'하고 웃음을 터트렸다. 덩달아 청소부 역시 웃음을 터트렸다. 바짝 약이 오른 이 형사가 허리춤에 차고 있던 리볼버권총을 빼들어 꺼내 보였다. 놀란 청소부가 깜짝 놀라며 반사적으로 두 손을 높이 쳐들었다.

"이 아줌마가! 어서 문 열어요. 공무집행 방해로 유치장에서 청소하시기 전에."

이 형사가 권총을 다시 허리춤에 꽂으며 말했다.

"아…알았어요."

새파랗게 질린 청소부가 앞주머니에 들어 있던 카드키를 꺼내 출입문에 설치된 전자식 자물쇠에다 집어넣었다 빼냈다. 순간 아주 희미하게 철컥하고 잠금장치가 해제되는 소리가 들렸다.

"봤죠? 진정한 프로의 모습."

이 형사가 의기양양하게 말했다.

"이게 확! 선배를 놀리고 있어. 그리고 됐으니까, 아줌마는 이제 가서 일 봐요."

"예."

청소부는 눈치를 살피며 재빨리 뒤로 물러섰다. 김 형사는 문을 살짝 열고 내부를 살폈다. 다행히 내부는 환하게 불이 켜져 있는 상태였다.

"안이 잘 안 보이는데."

김 형사가 문을 좀 더 열었다. 그러자 내부가 좀 더 자세히 보였다. 그때 가늘게 신음 소리가 들려왔다. 김 형사는 신음 소리가 들려오는 방향으로 고개를 돌렸다. 그러자 얼굴이 온통 피범벅이 된 20대 초반 여성의 얼굴이 보였다. 깜짝 놀란 김 형사가 허리춤에서 권총을 뽑아 손에 들고는 이 형사를 향해 눈짓으로 신호를 보냈다. 이 형사 역시 재빨리 권총을 뽑아들었다. 권총을 뽑아든 두 사람은 조용히 문을 열고 안으로 들어갔다. 문이 완전히 열리자, 조금 전 봤던 여성은 실오라기 하나 걸치지 않은 채로 바닥에 널브러져 연신 신음 소리를 흘리며 코피를 쏟아내고 있었다. 얼굴뿐만이 아니라 몸 전체가 피로 젖어 있었다. 상황이 위급하다 판단한 김 형사와 이 형사는 누가 먼저랄 것도 없이 즉시 방 안으로 뛰어 들어갔다.

"모두 꼼짝 마!"

그런데 두 사람이 뛰어들어 총을 겨눈 객실의 침대 위에는 알몸의 주상형이 역시 알몸이 된 20대 여성 두 명과 격렬한 정사를 나누고 있는 중이었다. 침대 옆 협탁 위에는 그들이 성교 전에 맞았을 것으로 보이는 1회용 주사기와 흰 가루가 담긴 아주 작은 비닐봉지가 어지럽게 놓여 있었다. 그리고 침대 앞쪽에는 디지털캠코더가 삼각대 위에 설치된 채 한창 젊은 여성과 섹스에 몰입하고 있던 주상형을 찍어대고 있었다.

"어이! 꼬……꼼싹 마!"

전혀 예상치 못한 상황을 마주하게 된 김 형사가 슬쩍 이 형사를 곁눈질로 쳐다보며 말했다. 그러나 주상형은 마약 기운에 휩싸인 채 섹스를 멈추지 않고 있었다. 그의 몸 위에 올라탄 젊은 여성은 밀려드는 쾌감에 겨워 점점 더 격렬하게 몸을 움직였다. 또 다른 여성은 곁에서 주상형과 격렬한 키스를 나누고 있었다.

"어험!"

무안해진 김 형사가 헛기침을 했다. 이 형사 역시 민망한 장면에 얼굴이 붉어진 채 권총을 겨눈 그대로 슬그머니 고개를 돌리고 있었다.

"뭐…뭐 해! 빨리 지원 요청하지 않고!"

김 형사가 말을 더듬으며 말했다.

"네…네에."

이 형사가 마침 잘됐다는 듯이 재빨리 밖으로 빠져나갔다. 그러자 김 형사는 들고 있던 권총을 내리고는 잠시 서서 주상형의 격렬한 섹스를 구경하기 시작했다.

"그래 좀만 더 해라."

그때 바깥에서 안쪽 상황을 궁금해 하던 청소부가 슬그머니 안으로 들어와 김 형사 옆에 섰다.

"고놈 참! 떡 한번 실감나게 치네. 어휴!"

청소부가 살짝 얼굴을 붉히며 말했다. 가끔 야동으로만 보던 집단 섹스를 직접 목격하고 흥분하고 있던 김 형사는 난데없는 말소리에 깜짝 놀라며 고개를 돌렸다. 순간 두 사람의 시선이 마주쳤고, 두 사람 모두 동시에 흠칫 놀랐다. 무안해진 김 형사가 재빨리 시선을 아래쪽으로 피했다.

"어머! 어딜 쳐다봐요?"

청소부가 급히 자신의 가슴께를 두 팔로 가리며 말했다.

"뭐…뭘 훔쳐봐요! 그리고 누가 사건 현장에 들어오래요? 빨리 나가세요!"

김 형사가 버럭 화를 내며 말했다.

"왜 소리는 지르고 그래요."

청소부는 투덜거리며 연신 침대 위를 넘겨다보며 객실을 빠져나갔다. 김 형사는 다시 침대 위의 남녀들을 살피기 시작했다. 그때 피를 뒤집어쓴 채 바닥에 널브러져 있던 또 다른 여성이 눈에 들어왔다.

"이봐요!"

김 형사가 허리를 굽혀 그를 살폈다. 그의 입에서는 연신 신음 소리가 흘러나왔다. 김 형사는 일단 근처에 있던 휴지로 그의 얼굴과 몸에 묻어 있던 피를 닦아내기 시작했다. 그런데 다행히 몸은 멀쩡했다. 자세히 살펴보니 코에서 피가 계속 흘러나오고 있었다. 출혈이 상당했던지 얼굴이 점점 창백해지고 있었다. 몸 역시 대단히 차가웠다. 김 형사는 일단 급히 근처에 있던 목욕 타올로 경련 증상을 보이는 여자의 몸을 덮어 주었다. 그리고는 휴지를 뜯어 그의 콧구멍에 밀어 넣었다. 그때 절정에 다다른 여성이 비명에 가까운 교성을 마구 질러대고 있었다.

"이것들이!"

보다 못한 김 형사가 주변을 두리번거리다 근처에 놓인 물병을 들고 침대 위의 세 남녀를 향해 물을 뿌렸다.

"이것들아! 정신 차려!"

김 형사가 주상형의 몸 위에 올라타고 있던 나체의 여성을 강제로 한쪽으로 밀쳐냈다. 그러자 잔뜩 발기된 주상형의 성기가 그대로 노출되었다.

"짜식 물건 한번 실하네."

김 형사는 주상형의 성기의 크기를 슬쩍 쳐다보며 그의 손목에 수갑을 채웠다.

7. 허탕

곧 있을 특별수사본부장의 수사 발표로 인해 경남도경 기자실이 떠들썩했다. 이례적으로 방송 3사의 TV기자들까지 몰려와 진을 치고 있었다. 이미 발표 요지를 담은 보도 자료가 배포된 상태였다.

기자들은 각자의 자리에서 사건과 관련된 기사를 작성하느라 노트북 자판 위에 손을 바삐 놀리고 있었다. 배포된 보도 자료는 3일 전 호텔에서 필로폰을 투약한 채 3명의 여성과 집단 성행위를 하다 검거된 주상형에 대한 수사 결과가 담겨 있었다.

유명 외과의사로 이름을 떨치고 있던 주상형은 놀랍게도 해외 의약품 수입 업체와 짜고 불법으로 프로포폴을 수입하여 역시 불법으로 국내에 유통시켜 온 것으로 밝혀졌다. 더욱 놀라운 것은 그의 고객 중에 유명 연예인은 물론이고, 일부 유력 고위 공직자와 부유층 자제도 포함되어 있었다. 그로 인해 대한민국이 발칵 뒤집어진 상태였다.

수사 발표 시간이 임박해지자 특별수사본부장이 보도 자료와 보충 수사 자료를 들고 기자실 앞쪽에 마련된 단상에 올랐다. 플래시가 터지고 TV카메라의 전원이 일제히 켜졌다. 그때 기자실 문을 열고 김 형사와 이 형사가 들어와 미리 대기 중이던 강 반장 곁으로 가 섰다.

"많이도 몰려 왔구만. 우리나라에 방송사와 신문사가 이렇게 많았나?"

김 형사가 기자실 내부를 가득 메운 언론사 기자들을 쳐다보며 다소 빈정거리는 투로 말했다.

"영장은 신청했어?"

강 반장이 정면에 시선을 고정시킨 채 주상형에 대한 구속영장 신청에 대한 진행 상황에 대해 물었다.

"그럼요. 검찰에서 좋아하데요."

김 형사가 다소 맥 빠진 목소리로 말했다.

"좋아하겠지. 날로 먹는 거니까."

강 반장이 다소 조소 섞인 목소리로 말했다. 형사들이 뼈 빠지게 수사하고 증거 찾고, 목숨 위험 받으며 어렵사리 범인 검거해 넘기면 검찰은 둥지에서 모이를 넙죽 받아먹는 새끼들처럼 그것을 받아 마치 자신들의 공으로 만들기 바빴다. 따라서 언론이나 세간의 주목을 받는 것은 언제나 검찰이었다.

"아무튼 수고했어. 비록 연쇄살인범은 잡지 못했지만 그래도 굵직굵직한 사건을 해결했다고 청장님의 칭찬이 대단해."

이번 주상형을 검거하고 또한 그 여죄와 관련자들을 밝혀내는데 핵심 역할을 한 김 형사를 칭찬하는 강 반장은 잔뜩 고무돼 있었다. 연쇄살인범을 검거하지 못한데서 비롯되고 있는 비난과 질책을 어느 정도 감쇄시켰기 때문이다.

"네에."

그러나 김 형사의 반응은 뜨뜻미지근 그 자체였다.

"반응이 왜 그래?"

강 반장이 웬 불만이냐는 투로 되물었다.

"욕은 지금도 입에서 샘솟아 나는데 올바른 욕은 안 생기네요."

"올바른 욕?"

강 반장이 김 형사의 말뜻을 이해 못해 물었다.

"한자로 쓰면 의욕이잖아요."

"인물 났다."

김 형사가 던진 농담에 시무룩한 표정의 강 반장이 피식 웃으며 말했다.

"전 그만 나가 볼게요."

"어디 가려고? 이따가 인터뷰할지도 모르는데."

"반장님이 하세요. 전 그런 게 체질에 안 맞아서요."

김 형사는 꾸벅 인사를 하고 밖으로 나왔다. 마침 이 형사가 막 문을 열고 안으로 들어오려던 참이었다.

"왜 나오세요?"

이 형사가 문을 열고 밖으로 나오는 김 형사를 향해 물었다.

"있으면 뭐해. 이 형사나 들어가 봐."

"어딜 가게요?"

"연쇄살인범 잡으러."

김 형사가 심드렁하게 대답하고는 복도를 걸어가기 시작했다.

"염두에 둔 용의자 있어요?"

이 형사가 곁으로 따라붙으며 물었다.

"아니."

김 형사가 가느다랗게 한숨을 내쉬며 말했다. 사실 그가 가장 유력하게 생각했던 용의자는 주상형이었다. 그런데 오랜 미행 끝에 검거한 주상형은 허무하게도 연쇄살인범이 아니었다. 그의 헤픈 씀씀이를 가능하게 했던 거액의 돈은 주로 신약에 대한 사용과 홍보를 부탁하며 건넨 제약회사의 리베이트와 프로포폴을 불법 유통시켜 챙긴 돈이었다.

또한 그간 확인되지 않고 있었던 3차 사건과 5차 사건의 당일 알리바이 역시 뒤늦게 확인되었다. 그 시각 주상형은 유망한 신인 여자 탤런트와 서울 시내 호텔에서 밀회를 가졌던 것이 그의 집에 소장하고 있던 동영상 파일에 고스란히 담겨 있었다. 비록 주상형 연예인 동영상이라는 이름으로 각종 포털의 실시간 검색어 1위를 차지하기는 했지만 그로 인해 주상형은 적어도 연쇄살인범이라는 혐의는 완전히 벗게된 셈이었다.

"힘내세요. 이번에도 한 건 했다고 본부장님의 칭찬이 대단해요."

이 형사가 활짝 웃으며 말했다. 그는 곧 진급을 할지 모른다는 기대감에 부풀어 있었다.

"그래. 얻어터지는 것 보담이야 낫기는 하지. 그나저나 헛다리 짚은 게 몇 번이야."

"그러게요."

두 사람은 이런 저런 이야기를 나누며 사무실로 돌아왔다. 그런데 사무실 김 형사의 자리에 누군가 폼을 잡고 앉아 어딘가로 전화를 하고 있었다. 공형식이었다. 김 형사의 눈꼬리가 대번 치켜졌다.

"저 자식이, 내 자리가 공중화장실 변기인 줄 아나?"

자신의 자리를 떡하니 차지하고 앉아 스마트폰을 귀에 대고 한창 수다를 떨고 있는 공형식을 본 김 형사는 짜증이 왈칵 치밀었다. 곧 그의 손이 공중으로 솟아올랐다가 그대로 공형식의 뒤통수를 향해 쏜살같이 떨어져 내렸다. 순간 둔탁한 소리와 함께 공형식의 입에서 비명이 튀어나왔다.

"신입 형사 오셨나봐?"

김 형사가 연신 뒤통수를 쓰다듬으며 인상을 구기고 있는 공형식을 굽어보며 비꼬듯 물었다.

"왜 때려요? 고급 두뇌 망가지게."

공형식이 자리에서 벌떡 일어서며 버럭 소리를 질렀다.

"이게 어따 대고 소리를 질러."

"어? 이거 폭행죄죠?"

공형식은 김 형사가 다시 손을 치켜들고 자신의 머리를 때리려 하자, 가지고 있던 스마트폰으로 동영상을 재빨리 찍으며 이 형사에게 물었다.

"그건 훈계지. 사랑의 훈계. 사랑의 매는 아름다운 것 아니겠어."

이 형사가 키득거리며 말했다.

"근데 왜 왔어?"

김 형사가 여전히 뾰루퉁한 표정을 한 채 곁에 서 있던 공형식을 향해 물었다.

"참 빨리도 물어 보시네요."

김 형사가 자신에게 관심을 보이자 공형식은 그제야 근처 보조의자를 끌고 와 앉고서는 용건을 밝혔다.

"일전에 새로 박아 둔 정보원 있잖아요."

"정보원?"

김 형사가 그게 무슨 소리냐는 표정을 지어 보이며 되물었다.

"갑수 아저씨요. 박갑수."

공형식이 답답하다는 투로 말했다. 이름을 듣자 김 형사는 그제야 정보원이 누군지 떠올랐다. 얼마 전 버스터미널 화장실에서 검거했던 장기매매 브로커였다. 그에 대한 연락은 공형식에게 맡겨 둔 탓에 그새 까맣게 잊고 있었다.

"아, 그 양반. 그런데 그 양반이 왜?"

김 형사가 잔뜩 기대감을 키우며 물었다. 혹 연쇄살인범에 대한 중요한 제보가 들어왔나 싶어서였다.

"갑수 아저씨의 표현을 빌려 말하자면요, 대한민국 내에서 공식 비공식 취급되고 있는 인간의 장기 중에서 기증자의 출처가 불명확한 장기매매는 없다고 하던데요."

"겨우 그걸 알려주려고 여길 왔냐?"

"들어봐요. 장기 기증이라는 게 고장 난 자동차 부품을 교환하는 게 아니라 말 그대로 살아 있는 사람에게 장기를 이식하는 것이기에 거부반응 등의 부작용을 없애기 위해서는 사전에 반드시 기증할 사람과 기증 받을 사람에 대한 신체조직 적합도 등을 검사해야한데요. 그리고 그 과정이 꽤나 까다롭다는데요. 그래서 장기 이식만큼은 절대로 은밀하게 할 수 없다는 겁니다."

공형식이 박갑수에게 주워들은 내용을 다소 으스대며 말했다.

"잘난 체는. 나도 알아 짜샤."

물론 그 점은 김 형사도 잘 알고 있었다. 그리고 그 의문은 얼마 전 노숙자에 대한 매혈로 위장된 혈액 검사를 통해 어느 정도 풀어진 상태였다.

그러나 장기 이식 목적의 혈액 및 조직 검사를 시행하는 국내 모든 병원과 기관을 샅샅이 뒤졌지만 보관 중인 기록이나 혈액샘플 중에서 피해자들과 일치하는 것은 찾을 수 없었다.

연쇄살인범이 분명히 피해자들인 노숙자의 건강관리와 장기 이식에 대비한 조직적합도 판정을 위해서 정기적으로 혈액을 채취한 것은 분명한 사실이었지만 그것과 관련지어 볼만한 그 어떤 단서도 찾을 수 없어 답답하기 그지없는 상황이었다.

"갑수 아저씨가 또 무슨 정보가 있으면 알려준대요."

"좀 더 자세히 알아보라고 해."

공형식이 풀어놓은 얘기 중에 쓸모 있는 것이 없다는 것을 확인한 김 형사가 다소 맥 빠진 목소리로 말했다. 사건의 열쇠를 풀 단서가 너무도 절실했다. 그러나 현장에 남겨진 피해사에서는 그 단서를 찾을 수 없었다. 마치 범인이 강력한 진공청소기로 사건 현장의 단서란 단서는 모두 빨아들여 없애 버린 듯했다. 김 형사는 공급자를 직접 찾는 것보다는 수요자를 뒤져 공급자를 역으로 찾는 편이 좋을 것이라 여기고 박갑수라는 브로커를 선정했던 것인데, 그것도 결국 여의치 않게 돌아가고 있는 형국이었다.

"잠시 나갔다 올게."

가슴이 답답했던 김 형사는 공형식을 돌려보내고 난 뒤에 책상 위의 서류들을 대충 정리하고 자리에서 일어났다.

"어디 가요?"

건너편에 앉아 있던 이 형사가 하던 일을 멈추고 물었다.

"시내에 나가 노숙자들 한번 둘러보고 올게. 범인이 노숙자들 혈액을 채취하러 왔거나 올지 모르잖아."

"저도 가요?"

이 형사가 따라나설 듯한 자세를 취하며 물었다.

"이 형사는 그냥 남아 있어. 혹시 기자실에서 찾을 지도 모르잖아."

딴은 그렇기는 하다고 이 형사는 생각하고는 다시 자리에 앉았다. 그러는 사이에 김 형사는 수첩 따위를 챙겨들고 사무실 문을 열고 밖으로 나갔다.

"어디 가요?"

주차장으로 향하는 김 형사의 뒤를 쫓으며 공형식이 물었다. 김 형사는 대꾸도 없이 주차장에 세워져 있던 자신의 차에 올라타 시동을 걸었다. 그것을 본 공형식은 잽싸게 뛰어 차가 주차장을 빠져 나가기 전에 조수석 문을 열고 올라탔다.

"마! 어딜 타!"

김 형사가 짜증이 잔뜩 묻어나는 목소리로 말했다.

"어딜 가는 건데요?"

공형식이 천연덕스럽게 안전벨트를 채우며 물었다.

"혼자 가 볼 데가 좀 있으니까 넌 내려."

김 형사의 목소리에는 귀찮은 기색이 역력했다. 그는 혼자 그간 연쇄살인 사건이 벌어졌던 현장 주변을 하나하나 찬찬히 다시 되짚어 볼 요량이었다. 자신이 유력한 용의자로 지목하고 있던 주상형 마저 연쇄살인 사건과 관련이 없는 것으로 밝혀졌기 때문에 아무래도 사건을 새롭게 바라볼 필요가 있다 여겼기 때문이다.

"그냥 같이 가요. 혼자 가면 심심하잖아요."

공형식이 기어이 따라나설 태세를 취하며 말했다. 끈질기게 자리에 앉아 버티는 공형식을 쳐다보며 김 형사는 버럭 화를 내려다 그만 뒀다. 생각해 보니 사건 현장을 형사의 관점이 아닌 일반인의 관점에서 바라볼 필요성도 있을 듯싶어서였다.

"새벽까지 돌아다녀야 해. 나중에 딴말하지 마."

김 형사가 다짐하듯 말했다.

"알았어요."

공형식이 걱정하지 말라는 투로 말하며 출발하라는 손시늉을 했다.

일단 김 형사는 가장 최근에 벌어진 살인 사건 현장으로 차를 몰았다. 아무래도 사건 현장 보존이 가장 잘 되어 있을 것 같았기 때문이다. 그간 수사 과정에서 누락된 목격자나 단서가 남아 있을 가능성이 타 사건 현장보다는 높았다.

"김 형사님, 무슨 생각을 그렇게 골똘히 하는 겁니까? 누가 보면 실연당한 줄 알겠네."

경찰청을 출발한 이래로 아무런 말없이 마지막 연쇄살인 사건이 벌어졌던 폐가를 향해 차를 몰던 김 형사의 표정을 살피고 있던 공형식이 말했다.

"실연? 그래 차라리 실연당한 거라면 좋겠다. 대낮부터 술집에 처박혀 술이나 진탕 퍼마시게."

김 형사의 솔직한 심정이었다. 만약 실연당했다면 술을 진탕 퍼마시고 가슴속에 엉겨 붙어 쌓여 있던 각종 감정의 앙금들을 털어 내버리면 그만이었다.

그러나 연쇄살인 사건은 그것을 저지른 범인이 잡히지 않는다면 가슴속에 응어리진 감정 따위들을 털어 내는 것으로 끝나지 않을 것이다. 술을 아무리 퍼마셔도 범인은 또 다른 곳을 활개치고 다닐 게 뻔했고, 힘들고 괴롭다고 외면하는 사이에 희생자는 차곡차곡 쌓일 게 분명했다.

범인은 지금도 어딘가에서 자신을 잡지 못하는 경찰들을 비웃으며 차기 희생자들의 장기에 눈독을 들이고 있을 게 뻔했다. 그것이 김 형사를 잠시도 가만있지 못하게 하는 가장 큰 이유였고, 마음을 계속 불편하게 만들고 있는 이유였다.

"범인은 어떤 놈일까요?"

공형식이 무심코 던진 말이었다. 그런데 김 형사의 머릿속이 갑자기 멍해졌다.

'그래 범인은 어떤 놈일까?'

맨 처음 희생자를 접했을 때는 굉장히 노련한 의사일 것이라고 모든 이들이 판단했었다. 흠잡을 데 없는 흉부 절개 솜씨, 정확한 장기 적출 그리고 거의 완벽한 현장 정리까지. 전문 의료인 출신이 아니고는 절대 흉내 낼 수 없는 기술이라는 것이 사건 현장과 피해자를 살펴 본 부검의 및 법의학자들의 한결 같은 의견이었다.

처음 수사진이 꾸려졌을 때 장기 적출 및 장기 이식과 관련된 국내 의료인들을 들여다보면 당장 잡을 수 있을 것이라 여겼다. 그러나 막상 수사가 시작되자 도무지 혐의를 둘만한 의료인들을 찾을 수 없었다. 또한 적출된 장기가 사용된 신체장기 이식 사례도 찾을 수 없었다.

일단 적출된 장기들은 신속하게 이식 되어야만했다. 그렇지 못하면 그대로 폐기 처분 될 수밖에 없었다. 또 이식될 장기는 반드시 살아 있는 사람에게서 나와야 했다. 따라서 그 출처가 공식이든 비공식이든 항상 확인되었다. 그러나 지금까지 장기의 출처가 명확하지 않은 장기 이식은 단 한 건도 없었다.

연쇄살인의 피해자들은 모두 살아 있는 상태에서 장기를 적출당한 것이 분명했다. 그렇다면 목적은 단 한 가지. 인체 이식용 장기를 적출하기 위해서였다. 지금까지 명확하게 밝혀진 유일한 단서였다. 김 형사를 비롯한 수사진들은 그 유일한 단서를 호롱불 삼아 드넓고 칠흑 같은 어둠 속을 더듬더듬 헤매는 아이처럼 수사를 할 수 밖에 없었다.

그에 비해 범인은 칠흑 같은 어둠 속에 움츠리고 숨어서 작은 호롱불 불빛에 온몸을 노출시킨 채 어둠 속을 헤매는 아이를 호시탐탐 노리는 이리마냥 자신의 주위를 빙빙 돌기만 하고 있는 수사진을 비웃고 있을 게 뻔했다.

'단서가 필요해.'

옆자리에 앉은 공형식의 말처럼 범인의 윤곽을 드러내줄 단서가 필요했다. 빌어먹을. 단서에 목말라하고 있는 자신을 발견한 김 형사는 스스로에게 속으로 욕지거리를 해댔다.

김 형사가 범인의 윤곽을 추리하는 사이에 차는 마지막 사건 현장이 있는 장소에 접근하고 있었다. 보이기 시작하는 도로들이 눈에 익었다. 김 형사는 차를 몰고 그대로 좁은 골목길을 거슬러 올라갔다. 사건 현장인 폐가의 바로 아래쪽에 위치한 좁은 공터에 차를 주차시켰다.

"어 추워."

시동을 끄고 차에서 내리는 김 형사를 쫓아 차에서 내린 공형식이 입고 있던 점퍼 지퍼를 끝까지 밀어 올리며 말했다. 따뜻한 히터 바람이 보호해 주던 차 내부와는 달리 바깥에서 느껴지는 체감 기온은 말 그대로 살을 에일듯 했다. 김 형사 역시 서둘러 시린 손에 장갑을 끼었다. 오후 2시를 넘긴 시각이었지만 추위는 전혀 누그러지지 않고 있었다.

"넌 그냥 차에 있지?"

김 형사가 추위에 두 손을 점퍼 주머니에 찔러 넣고 발을 동동 구르고 있는 공형식을 한심하게 쳐다보며 말했다.

"괜찮아요. 빨리 가요."

공형식이 말하기도 귀찮다는 투로 김 형사에게 빨리 가라고 손짓을 해댔다. 김 형사는 골목길 위쪽의 폐가를 향해 성큼성큼 걸어 올라갔다. 공형식이 그 뒤를 종종걸음을 치며 따랐다. 가파른 길을 올라가는 김 형사의 그림자가 동쪽을 향해 기다랗게 누운 채 함께 달리고 있었다. 겨울답게 해는 서산에 빠르게 가까워지고 있었다. 곧 폐가가 눈에 들어왔다.

김 형사는 폐가 안으로 들어가기 전 대문 앞에 잠시 멈춰 서서 숨을 고르며 안쪽의 상황을 살폈다. 안은 고요했다. 곧 공형식이 그 뒤에 멈춰 섰다.

"씨발 졸라 으스스하네."

공형식이 김 형사의 등 뒤에 몸을 숨기고 고개를 빼꼼히 내밀어 안을 살피며 말했다.

공형식은 조금 전 폐가로 올라오면서 만난 할머니가 말한 밤에 폐가 안에서 떠돈다던 도깨비불이 마음에 걸려 살인 사건이 일어난 폐가에 들어가기가 찜찜했다.

"조용히 해!"

공형식을 돌아보며 김 형사가 낮고 강한 어투로 말했다. 공형식이 움찔하며 무언가 말을 하려다 입을 닫았다.

김 형사는 다시 안을 살피기 시작했다. 겉으로 보기에 폐가 안쪽에서 느껴지는 인기척이나 움직임은 없었다. 그대로 현관문을 열고 안으로 들어갔다. 잔뜩 녹이 슨 경첩들이 삐걱대는 비명을 나지막하게 울려댔다. 제풀에 놀란 김 형사는 움직임을 멈추고 안쪽을 다시 살폈다.

잔뜩 기울기 시작한 해를 피해 어둠이 서둘러 자리를 잡고 있는 집안 곳곳은 조용했다.

김 형사는 최대한 조심하며 몸을 거실에 밀어 넣고 다시 안을 살폈다.

"에이 아무도 없네."

김 형사의 어깨 너머로 고개를 내밀어 살피던 공형식이 말했다.

"아 말 많네. 니 입은 방송국이냐? 어떻게 그렇게 쉬지 않고 말이 새어나오냐?"

김 형사가 투덜대며 거실로 들어섰다. 공형식의 말처럼 좁은 집 안에는 아무런 움직임도 없었다. 사건 당일과 별반 다를 게 없었다.

잔뜩 먼지가 내려앉은 거실 바닥에는 수사진들의 발자국들이 어지러이 찍혀 있어서 최근 방문한 이의 것을 찾아보기는 어려웠다. 살짝 실망한 김 형사는 입맛을 한 번 다신 후 본격적으로 집 안을 살피기 시작했다. 그때 활짝 열려진 방들을 기웃거리던 공형식이 화들짝 놀라며 김 형사 뒤로 숨었다.

"왜 이래?"

공형식의 난데없는 이상한 행동에 김 형사가 왈칵 짜증을 내며 물었다.

"저기요! 저기!"

공형식은 공포에 질린 표정으로 반대쪽 방을 가리키며 말했다.

"뭐가 있는데 그래?"

"몰라요. 무슨 물체가 바닥에 자빠져 있어요."

"물체?"

김 형사의 물음에 공형식은 고개만 끄덕거렸다. 아닌게 아니라 고개를 끄덕이는 공형식의 얼굴은 공포감으로 잔뜩 굳어 있었다.

김 형사는 품에서 38구경 권총을 꺼내 들고 공형식이 가리킨 방을 향해 조심스럽게 걸어갔다. 방문 앞까지 걸어간 김 형사는 조심스럽게 안을 살폈다.

방 안은 몹시 좁았다. 마지막으로 사람이 살았을 때 다용도실이나 창고로 쓰였을 게 분명하다고 김 형사는 생각했다. 순간 방바닥을 살피던 김 형사는 소스라치게 놀랐다.

"······!"

뭔가 있었다. 뒤에 서 있던 공형식은 거 봐 하는 표정을 지어 보였다.

김 형사는 빛이 안으로 조금이라도 더 잘 들어올 수 있도록 서둘러 방문을 활짝 열었다. 그러자 방바닥에 놓인 물체가 선명하게 보였다.

그것은 침낭이었다. 끝까지 지퍼가 채워진 침낭은 사람의 윤곽을 따라 적당히 부풀어 있었다. 속에 사람이 들어 있는 게 틀림없었다.

"씨팔! 또 죽였어! 그것도 같은 장소에서!"

한바탕 욕설과 함께 김 형사는 손에 들고 있던 권총을 힘없이 권총집에 다시 꽂아 넣었다. 그는 범인이 대담하기 짝이 없다고 생각했다. 어떻게 같은 장소에서 사건을 또 지지를 수 있는지. 이건 범인이 수사진을 조롱하기 위해서 일부러 그런 것이 분명하다는 생각이 절로 들었다.

"저거 시체 맞죠? 그렇죠?"

공형식이 여전히 김 형사의 등 뒤에 몸을 숨긴 채 바닥에 놓여 있는 침낭을 넘겨다보며 말했다.

"너도 저기 시체 곁에 나란히 눕고 싶냐?"

김 형사가 한마디 쏘아 붙이고는 방 안으로 들어갔다. 들어선 방 안에는 각종 음식물을 쌌던 것으로 여겨지는 비닐 쓰레기들이 가득했다. 분명 6번째 피해자 수사를 위해 찾았을 때는 없었던 것들이었다. 김 형사는 몸을 돌려 다시 거실로 나와 스마트폰을 꺼내들고 통화 버튼을 눌렀다.

"이 형사 7번째 피해자가 발생했어."

김 형사가 힘없이 말했다.

"뭐라구요? 그게 무슨 말이에요?"

전화기 속의 이 형사 역시 소스라치게 놀라고 있었다.

"반장님께 보고하고 6번째 살인 사건 현장으로 와. 올 때 야간 조명 장비 꼭 챙겨 오고."

"일단 알았어요."

김 형사는 서둘러 전화를 끊었다. 보통 일이 아니었다. 벌써부터 언론에서 쏟아낼 제목이 눈에 선했다. 그리고 그 기사 속에는 경찰 무능이라는 단어가 반드시 포함될 터였다.

"으악!"

통화를 마친 김 형사가 품속에 스마트폰을 넣기 무섭게 비명이 울렸다. 놀란 김 형사가 몸을 돌렸다. 그러자 공포에 질린 공형식이 문제의 침낭이 발견된 방에서 뒷걸음질 치며 나오고 있는 중이었다.

"왜 그래?"

김 형사가 공형식 곁으로 다가서며 물었다.

"침낭이 움직였어요."

눈을 있는 대로 치켜 뜬 채 낮고 빠르게 말하는 공형식은 잔뜩 공포에 질린 표정을 하고 있었다.

"뭐? 지금 장난 하냐?"

김 형사가 믿지 못하겠다는 투로 말했다.

"그…그럼 직접 가서 봐요."

공형식이 연신 숨을 몰아쉬며 말했다.

김 형사는 여전히 믿을 수 없다는 얼굴 표정으로 방을 향해 걸어갔다. 그는 조심스럽게 방 안을 쳐다봤다. 희미한 어둠 속에 잠긴 방바닥에 놓여 있던 침낭은 여전히 가만히 누워 있었다.

김 형사는 뒤돌아 슬쩍 공형식을 쳐다보고는 무릎을 굽혀 앉아 침낭의 지퍼를 움켜쥐었다. 그러나 그보다 먼저 지퍼가 천천히 아래로 스르르 열렸다. 예상치 못한 상황에 김 형사는 지퍼로 가 있던 자신의 손을 급히 거둬들였다. 심장이 마구 요동쳤다. 순간 온갖 상상이 김 형사의 머릿속을 헤집기 시작했다.

아래로 천천히 열리던 지퍼가 얼굴 윤곽이 끝나는 부분에서 멈췄다. 동시에 열려진 지퍼가 양쪽으로 갈리는가 싶더니 곧 검은 물체가 천천히 솟아오르기 시작했다.

머리였다. 그것도 기다란 머리카락을 온통 얼굴 앞으로 쓸어 넘긴.

"헉!"

갑작스런 상황에 놀란 김 형사가 자신도 모르게 뒤로 나자빠지며 엉덩방아를 찌었다.

"귀신이다!"

공형식은 다시 비명을 지르며 와당탕탕 소리를 내며 집 밖으로 튀어 나갔다. 그때 침낭의 상반신이 벌떡 일어났다. 동시에 지퍼가 풀린 침낭은 힘없이 양쪽으로 벗겨지며 기다란 머리카락을 가슴까지 뒤집어 쓴 사람의 상반신이 드러났다. 마치 상반신만 공중에 둥둥 떠 있는 듯 보였다.

공포에 질린 김 형사는 서둘러 품속을 뒤져 권총을 꺼내들었다.

"꼼짝 마!"

김 형사가 거의 비명을 내지르듯 권총을 겨누며 말했다. 겨눈 권총의 총구가 마구 떨리고 있었다. 그러자 침낭 속에서 천천히 손이 올라오는 가 싶더니 얼굴을 가리고 있던 머리카락을 쓰윽 위로 쓸어 올렸다. 그러자 한눈에 보기에도 앳돼 보이는 소녀의 창백한 얼굴이 나타났다.

"아악!"

순간 방 안은 나이 어린 여자와 김 형사의 비명 소리가 동시에 울려 퍼졌다.

8. 잠복

"천천히 먹어."

김 형사는 국밥이 나오기가 무섭게 숟가락으로 떠서 연신 입김으로 불어가며 먹어대는 소녀를 향해 말했다.

"아유 진짜. 아까 놀란 걸 생각하면. 임마 오줌 지릴 뻔했어."

앞에 앉아 소녀가 밥을 먹고 있는 것을 보고 있던 공형식이 피식 웃으며 말했다.

"오줌 지렸잖아."

김 형사가 공형식의 바짓가랑이를 내려다보며 말했다.

"내가 언제요? 우와 생사람 잡네."

공형식이 펄쩍 뛰며 말했다. 그는 벌떡 일어나 자신의 바짓가랑이를 두 손으로 붙잡아 벌려가며 김 형사에게 보여줬다.

"어허. 애도 있는데."

난데없는 공형식의 행동에 난감해진 김 형사가 주변 눈치를 살피며 황급히 바지 허리띠를 붙잡아 강제로 다시 의자에 앉혔다.

소녀는 두 사람의 한바탕 소동 따위에는 관심 없다는 듯이 여전히 앞에 놓인 국밥을 먹는데 온 신경을 집중했다. 어느새 국밥이 바닥을 드러내고 있었다.

김 형사는 며칠 굶은 듯 물을 마시듯 미친 듯이 국밥을 먹어대는 소녀를 위해 국밥을 하나 더 주문했다.

"천천히 먹으라니까 정말 체하겠네."

김 형사가 걱정스러워하며 말했다. 그러나 소녀는 어느새 국밥 그릇 하나를 말끔히 비우고 새로 나온 국밥에다 숟가락을 찔러 넣고 있었다. 김 형사는 그런 소녀를 안쓰럽게 쳐다봤다.

"휴우! 이제 살 것 같다."

순식간에 국밥 두 그릇을 먹어치운 소녀가 그제야 만족스런 표정을 지으며 들고 있던 숟가락을 테이블 위에다 내려놓으며 말했다. 자신의 말처럼 정말 소녀의 얼굴에 언제 그랬냐 싶게 생기가 돌았다.

"물 마셔."

김 형사가 따뜻한 물을 컵에 부어 내밀었다. 소녀는 김 형사의 얼굴을 쳐다봤다. 눈에 경계심이 가득했다.

"괜찮아. 널 붙잡아 가려고 온 건 아니니까."

조금 전 폐가에서 밝힌 자신의 신분 때문에 주저하는 것이라 생각한 김 형사가 자신의 속내를 털어놓았다. 그리고 다시 물을 권했다. 그제야 소녀가 물 컵을 받아들고 조심스럽게 마셨다.

"이름이 뭐니?"

김 형사가 물 컵을 테이블 위에 내려놓은 소녀를 향해 물었다. 소녀는 다시 긴장하며 옆 의자에 얹어 놓은 자신의 물품을 슬그머니 챙겨들었다.

"아, 뭐 조사하려는 게 아니고 그냥 이름을 알고 싶어서 그래."

소녀가 불안해하는 기미가 보이자 김 형사가 안심하라는 투로 말했다.

"박예린이에요. 올해 나이는 17살이고."

"예쁜 이름이다. 누가 지어 줬어?"

노숙 소녀에게 걸맞지 않은 예쁜 이름이라 여기며 김 형사가 물었다.

"아빠가요."

"그랬구나."

"근데 돌아가셨어요. 엄마는 집 나가셨고. 절 돌봐주시던 할머니도 6개월 전에 돌아가셨어요. 돌봐 줄 친척도 없어서 고아원에 맡겨졌는데 도망쳤어요. 만약 아저씨가 고아원에 맡기면 전 또 도망칠 거에요."

박예린은 김 형사가 물어보지도 않은 것까지 술술 털어놨다. 김 형사는 속으로 적잖이 당황했다. 그러나 자신의 짐작대로 가출 또는 보호기관에서 도망쳐 나온 것만은 분명해 보였다. 그렇다면 위험한 노숙생활을 그대로 하게 둘 수는 없는 노릇이었다.

"왜 그런 것까지 말하는 거지? 묻지도 않았는데."

김 형사가 이유를 궁금해 하며 물었다.

"어차피 물을 거잖아요. 어차피 고아원에 넣을 거잖아요. 어차피 말할 거 한꺼번에 말하는 게 서로 좋잖아요. 서로 덜 피곤하고."

박예린의 얼굴은 어느새 냉소적이고, 무기력하게 바뀌어 있었다. 김 형사는 그의 말과 태도에서 그녀가 고아원에서 어떤 고초와 대우를 받았는지 짐작이 갔다.

"그리고 내가 왜 고아원에서 도망쳤는지도 궁금하죠? 매일 원장님이 저를 만지는 게 싫었어요. 또 매일 밤 또래 남자애들이 원장님이 만지는 걸 소문 내겠다고 협박하며 만지는 게 싫었구요."

이번에도 박예린은 김 형사의 머릿속을 마치 들여다보고 있기라도 한듯 그가 묻고 싶었던 것을 먼저 대답해 주었다.

그러고 보니 비록 나이는 17살이었지만 아직 젖살이 빠지지 않은 예쁘장한 얼굴과 164cm가량 되어 보이는 몸에서 성숙한 처녀의 자태가 살짝 엿보였다. 그러나 전체적인 외모는 아직 소녀였다. 그것도 그녀를 지켜 줄 가족이라는 울타리가 날아가 버린 고아 소녀.

순간 김 형사는 울컥했다.

성추행. 그것은 범죄였다. 김 형사가 가장 싫어하고 혐오하는 범죄.

김 형사는 대번 머릿속에서 박예린의 설명 속에 등장한 원장과 원생들을 단죄했다. 머릿속에서 원장은 수갑을 차고 감옥에 갔고, 또래 남자 원생들은 소년원으로 직행해 자신이 지은 죄에 대한 죗값을 치르고 있었다. 김 형사는 속으로 현실에서도 반드시 그렇게 만들어 주리라 다짐했다.

"걱정 하지 마. 내가 그 나쁜 사람들 반드시 벌 줄 테니까."

김 형사가 자신 있게 말했다. 그러나 박예린은 냉소했다. 뜻밖의 반응에 김 형사는 의아해했다.

"왜? 아저씨 말 못 믿겠어?"

김 형사가 궁금해 하며 물었다.

"네."

박예린이 무표정한 얼굴로 대답했다.

"왜? 왜 못 믿어?"

김 형사는 다소 흥분하며 다그치듯 물었다. 그때 공형식이 김 형사의 팔을 가만히 잡았다.

김 형사는 공형식을 쳐다봤다.

공형식은 가만히 고개를 저어 보였다. 그만 하라는 뜻이었다. 사뭇 진지한 표정이었다.

"그런데 넌 왜 폐가에 있었던 거냐?"

김 형사가 아까부터 속으로 궁금해 하던 내용을 물었다. 폐가, 그것도 얼마 전 살인 사건이 일어난 곳에 나이 어린 여자 노숙자가 기거하기에는 무척이나 부적절한 곳이기 때문이었다.

"아무도 얼씬 거리지 않아서요."

박예린이 무덤덤한 표정으로 말했다. 김 형사는 단박에 자신의 질문에 대한 답을 얻었다.

"무섭지 않니? 살인 사건이 났던 곳인데?"

김 형사가 신기하다는 투로 물었다. 비록 형사 신분이기는 했지만 만약 자신에게 그곳에서 하룻밤 자라고 한다면 꺼려질 것이 분명했다.

"무서워요? 난 죽은 남자보다는 살아 있는 남자들이 더 무서워요. 어린 것들이나 늙은 것들 모두요."

대답을 하는 박예린의 눈에 순간 증오의 기운이 깃들었다.

김 형사의 얼굴이 다시 굳어졌다. 그의 눈빛을 통해 그간 그가 가족이라는 울타리가 사라지고 난 이후부터 지금까지 겪은 고통과 분노가 얼마나 깊은지 공감을 했기 때문이다.

"적어도 죽은 남자는 절 건드릴 수 없잖아요. 귀신도 그렇고."

대답을 들은 김 형사는 조용히 고개를 끄덕였다. 그의 말처럼 살인이 일어났던 폐가야말로 자신을 보호하기 위한 최적의 장소였을 것이다. 아무래도 여성 노숙자는 신체적으로 남성 노숙자보다 완력이 약해 성폭력에 취약할 수밖에 없었다.

더군다나 노숙자는 일반적인 치안시스템의 보호권 밖에 있었다. 박예린 같은 어린 소녀 노숙자가 맘 편히 노숙을 할 수 있는 곳은 어디에도 없었다.

"뭐라 할 말이 없다."

김 형사가 진심으로 말했다. 적어도 지금은 자신이 마치 경찰과 세상의 모든 남자들의 대변인이 된 심정이었다.

"오늘 고마웠어요."

침낭과 가방을 단단히 고쳐 둘러메고 모자를 깊게 눌러쓴 박예린이 말했다.

"오늘은 어디 가서 잘 거야? 설마 폐가로 갈 건 아니지?"

김 형사가 걱정스럽게 물었다.

"아니에요. 나만의 장소가 여럿 있으니까 걱정 마요. 그럼 난 가요."

걱정 말라는 말을 남기고 박예린은 서둘러 마침 푸른 신호등이 켜진 건널목을 뛰듯 건너가 버렸다.

김 형사와 공형식은 그의 뒷모습을 한참이나 걱정스럽게 바라보고 서 있었다.

"저렇게 애를 보내는 게 잘하는 짓일까?"

김 형사가 혼잣말하듯 말했다.

"할 수 없잖아요. 아마 저 애한테 시설은 감옥보다 더 할 수도 있어요. 어린 나이에 벌써 그런 일을 숱하게 겪었으니. 우리가 어떻게 강요하겠어요."

"그렇지."

김 형사는 가느다랗게 한숨을 내쉬었다.

"그나저나 예린이가 노숙인들 틈에서 지금까지 무사할 수 있었다는 게 참 신기해요."

공형식이 가로등 불빛이 미치지 않는 어둠 속으로 사라져가는 박예린의 뒷모습을 바라보며 말했다.

"무슨 말이야?"

"생각해 봐요. 노숙인들이 보통 거칩니까? 특히 성에 굶주린 상태인 것은 말할 것도 없죠. 그런 그들이 만약 예린이의 존재를 알았다고 해봐요. 아마 벌써 일을 당해도 몇 번은 당했을 겁니다."

'그래 그건 그렇다.'

김 형사는 속으로 공형식의 말이 맞다고 되뇌었다.

남자 노숙인들은 쌓이는 성적 욕구를 해소시킬 여건이 되질 못했다. 사건화가 되질 않아서 그렇지 지금도 가끔 혈기왕성한 남성 노숙인들이 여성 노숙인들을 사람들의 시선이 미치지 않는 곳에서 강제로 범하는 사건이 자주 발생하는 것으로 추정되고 있었다. 다만, 그들의 신분이 노숙인이라 신고를 하지 않아 사건화가 되지 않고 있을 뿐이었다.

박예린은 적어도 육체적으로는 이제 막 봉우리를 터트린 꽃에 비견될 수 있는 나이로 접어들고 있었다. 그런 그녀가 남자 노숙인의 관심을 끄는 것은 어쩌면 당연하다 할 수 있었다. 하지만 적어도 조금 전까지 어떻게 무사할 수 있었는지 김 형사는 그 이유가 은근히 궁금해졌다.

"씻겨 놓으면 제법 예쁠 것 같던데. 자신을 잘 숨겨 온 건지 아니면 노숙인들의 관심을 끌지 않고 돌아다닐 수 있는 비법이 있는 건지 신기해. 안 그래요?"

공형식이 생각에 잠겨 있던 김 형사의 얼굴을 쳐다보며 말했다.

"노숙인들의 무관심?"

순간 김 형사의 머릿속에 반짝하고 아이디어가 하나 떠올랐다.

"빨리 돌아가자!"

말이 끝나기 무섭게 김 형사는 빠른 걸음으로 차가 주차된 곳으로 걸어가기 시작했다.

"갑자기 어딜 가요?"

공형식이 등을 돌리고 바삐 걸음을 옮기고 있는 김 형사의 뒤를 쫓으며 물었다.

"경찰청!"

"왜요?"

"자꾸 말 시키지 마! 신성한 아이디어가 네 질문에 오염되면 곤란하니까. 그리고 넌 따라오지 말고 어서 가서 예린이 찾아서 경찰청으로 데리고 와."

"에?"

"빨리 가! 만약 못 찾으면 찾을 때까지 뒤지고 다녀!"

김 형사는 다시 뭔가를 말하려는 공형식을 남겨 두고 뛰어서 주차장으로 향했다.

'아 벌써 숨었을 텐데. 이거 또 밤을 꼴딱 새게 생겼네.'

아무런 영문도 모른 채 홀로 남겨진 공형식은 투덜거리며 김 형사의 지시대로 박예린을 찾기 위해서 그와 헤어진 건널목을 향해 뛰기 시작했다.

살인범 수사와 관련된 강 반장의 지시로 타 지역에 갔다가 돌아온 이 형사는 난데없이 공형식이 경찰청에 데리고 나타난 노숙 소녀를 궁금해 하며 바라보고 있었다.

"김 형사님은 어디 갔어?"

이 형사가 들고 있던 가방을 자신의 책상 위에다 던지며 공형식을 향해 물었다.

"무슨 첨단과학수사분가 뭔가 하는 데에 갔어요. 장비를 빌려야 된다면서요."

"잠복근무에 대한 결제가 떨어진 모양이네."

이 형사가 고개를 끄덕이며 말했다.

"결제가 떨어진 지 한 2시간 됐어요."

"그런데 쟤는 누구야?"

이 형사가 지저분한 옷차림에다 심한 악취까지 풍기는 소녀의 정체에 대한 궁금증을 이기지 못하고 넌지시 물었다.

"박예린이라고 아는 동생입니다."

공형식은 이 형사에게 박예린에 대해 간략하게 설명을 했다.

설명을 듣고 난 이 형사가 놀랍다는 반응을 보였다. 나이 어린 소녀가 노숙을 하며 살아간다는 자체도 놀라운데, 엽기적으로 장기 적출을 당한 시체가 발견된 곳을 숙소삼아 생활했다니 믿기 어려웠다.

"죽은 시체보다 살아 있는 성인 남자가 더 무섭데요."

공형식이 불안한 눈길로 사무실을 둘러보고 있는 박예린을 안됐다는 듯 쳐다보며 말했다.

"어쩜."

이 형사가 불안한 눈초리로 연신 주변을 살펴보고 있는 박예린이 측은해 자신의 책상 서랍을 열어 간식용 과자와 초콜릿 등을 꺼내 들고 다가갔다.

"이거 먹을래?"

이 형사가 곁으로 다가앉으며 가져간 과자 등을 내밀며 말했다.

"고맙습니다."

공손한 감사의 말과 함께 과자를 받아든 박예린은 그것을 먹지 않고 무릎 위에 올려놓은 가방을 열고 그 속에 집어넣었다.

"왜 먹지 않고?"

이 형사가 궁금해 하며 물었다.

"나중에 먹으려고요. 지금은 배가 고프지 않으니까요."

"또 사 줄게. 지금 먹어."

"괜찮아요. 먹을 걸 낭비하면 나중에 배고플 때 힘들거든요."

"......!"

박예린이 씩 웃으며 말했다.

유난히 해맑아 보였다. 비록 얼굴과 머리카락에는 오랫동안 제대로 씻지 못해 검은 땟물 등의 얼룩과 개기름으로 엉기어 있었지만 그 아래 숨어 있는 청순한 소녀의 얼굴만큼은 어쩌지 못했다.

안쓰러웠다. 그때 위층 첨단과학수사부에 갔던 김 형사가 돌아왔다. 그의 손에는 작은 상자가 들려 있었다.

"그게 뭐죠?"

이 형사가 김 형사 자신의 책상 위에 내려놓은 작은 상자를 가리키며 물었다.

"몰래카메라."

김 형사가 곧 상자를 열었다. 상자 속에는 가방이나 핸드폰 걸이에나 어울릴 듯한 작은 곰 인형이 들어 있었다.

"그건 그냥 열쇠고리 곰 인형이잖아요? 그게 무슨 몰래카메라에요?"

상자 속에 든 내용물을 본 공형식이 피식 웃으며 말했다.

"거참 사람 말 못 믿네. 잘 봐."

김 형사는 이 형사와 공형식의 이해를 돕기 위해서 곰 인형의 머리와 몸통을 분해해 그 속을 보여줬다. 정말 핸드폰에 내장된 것과 같은 모양의 초소형 카메라와 마이크가 들어 있었다.

"우와. 정말이네."

이 형사가 교묘하게 곰 인형의 눈과 코로 위장된 채 설치된 초소형 카메라와 마이크를 보고 감탄하며 말했다.

"그간 CCTV에 너무 의존해 왔어. 성과도 없었는데 말이야. 이제 우리가 직접 찍어서 살펴보자고."

김 형사가 곰 인형의 머리 위에 달린 고리를 손가락에 걸어 들어 올려 좌우로 흔들며 말했다.

"그런데 이거 무선이에요?"

이 형사가 김 형사로부터 곰 인형을 넘겨받아 살펴보며 물었다.

"응. 하지만 수신 거리가 너무 짧아. 몰래카메라를 개조해 준 첨단과학수사부 담당 기술요원의 설명에 따르면 수신 거리는 장애물이 없을 경우에는 200미터 가량이라고 했지만, 만약 벽이나 철문 등의 장애물이 있다면 수신 거리는 불과 수 미터, 최악의 경우 수신 자체가 안 될 수도 있데."

김 형사가 걱정스럽게 말했다.

"그럼 어떻게 감시해요? 노숙자양반들은 주로 건물 안에 들어가 있는데."

공형식이 물었다.

"그래서 지금 첨단과학수사부에서 보조 장치를 만들고 있는 중이야."

"보조 장치요?"

"뭐 신호를 중폭시켜 주는 장치라고 하더군."

김 형사의 말을 들은 공형식은 고개를 끄덕였다. 그때 강 반장이 사무실로 들어와 김 형사의 자리로 다가왔다.

"어떻게 됐어요?"

강 반장이 근처에 오기도 전에 김 형사가 자리에서 벌떡 일어나 물었다.

"윗선에서 최종 수락했어."

강 반장이 다소 밝은 목소리로 말했다.

"잘 됐군요."

강 반장의 말을 들은 김 형사는 맞장구를 치며 좋아했다.

"준비는?"

"착착 진행되고 있습니다."

"언제 착수할 거야?"

"오늘 저녁부터 시작할까 합니다. 반장님도 함께 하실 거죠."

"그래. 윗선에서도 어느 정도 기대하고 있으니까 잘해 보자고."

"네!"

김 형사와 대화를 나눈 강 반장이 밤에 있을 잠복근무를 위한 준비를 하기 위해 자신의 자리로 돌아갔다.

김 형사는 박예린 곁으로 다가가 앉았다. 박예린은 아까부터 불안한 눈초리로 형사들의 대화를 지켜보고 있었다.

"예린아, 높은 분들과 이야기가 잘 됐다."

김 형사가 들뜬 표정으로 박예린을 향해 말했다.

"그럼?"

"그래. 이번 일이 잘 되던 잘 되지 않던 간에 널 검정고시를 볼 수 있도록 학원에 보내줄 수 있게 됐다."

"그럼 제가 머물 곳도요?"

"곧 여기 있는 이 형사와 내가 너의 새 보호자로 지정될 거다. 마침 우리 옆집에 빈 방이 하나 났더라."

"감사합니다. 정말 감사합니다."

자신의 요구가 수용되자, 기쁨을 감추지 못한 박예린은 자리에서 일어나 김 형사와 이 형사를 향해 꾸벅꾸벅 연신 인사를 했다.

김 형사는 환한 표정으로 밝게 웃고 있는 박예린을 바라봤다.

"무슨 말이에요? 내가 이 아이 보호자가 된다니?"

이 형사가 금시초문이라는 반응을 보이며 물었다. 대답대신 김 형사는 눈을 한 번 찡긋해 보였다.

"근데 왜 하필 저 아이에요?"

김 형사는 창원 지역에 머물고 있는 노숙자의 대부분을 범인이 감시하고 있거나 혹은 알고 있을 것이라고 주장했다. 심하게 말해서 노숙인들 중에 범인이 있을 수도 있고, 또 직간접적으로 도움을 주고 있을 수도 있기 때문에 실제 노숙인을 섭외해서 감시 임무를 맡겼을 때 범인이 알아차릴 가능성이 매우 높다는 점을 피력했다.

"이 형사가 오기 전에 이미 다섯 번이나 형사들을 노숙인으로 위장시켜 노숙인들 사이로 투입시켰지만 그때마다 신기하게 노숙인들이 냄새를 맡고 아예 곁을 주지 않더라고."

"그럼 지금까지 노숙인을 섭외해 투입해 볼 생각은 안 해 봤단 말이에요?"

"시도해 봤지만 신통치 않았어."

김 형사는 무엇보다 노숙인들 대부분이 알코올중독에 가까운 술주정뱅이들이거나 복잡한 만형사 사건에 얽히고설켜 있는 경우가 대부분이라 자신의 신분을 노출하려 하지 않았을 뿐만 아니라 어렵게 섭외를 해서 비상금으로 얼마의 돈을 주면 그 돈을 가지고 잠적하거나 술을 마시고 처박혀 잠을 자버리니까 제대로 된 수사 진행이 어려웠다고 설명해 주었다.

"그렇기는 하겠네요."

김 형사로부터 설명을 들은 이 형사가 수긍하며 말했다.

"지금까지의 희생자들은 전부 건강한 남자 노숙인들 이었어. 여성은 한 사람도 없었거든. 즉, 범인은 여성 노숙인은 범행 대상에서 제외시키고 있음이 분명해. 그래서 저기 있는 예린이가 감시자로서 적격이라고 봐. 분명 범인이 눈여겨보지 않았을 테니까."

김 형사는 공형식과 함께 나란히 앉아 있던 박예린 곁으로 다가가 ㄱ 앞에 쪼그리고 앉았다.

공형식과 어느 정도 친해진 박예린의 눈가에 서려 있던 경계의 기운은 모두 사라졌다.

"예린아 아까도 물어봤지만 다시 물어볼게. 이제까지 너 노숙을 한 뒤로 누구에게도 혈액 검사 같은 거 받아 본 적 없지?"

김 형사가 마치 이 형사가 들으라는 투로 톤을 높여서 물었다.

"네."

박예린이 조금의 망설임도 없이 선뜻 대답했다.

"들었지? 이 아이는 범인으로부터 관리되지 않았어. 그러니까 일반 노숙인들의 접근만 적절히 차단하면 별 문제 없을 거야."

"무슨 말인지 알겠어요."

김 형사의 의도를 전반적으로 이해한 이 형사가 고개를 끄덕이며 말했다.

"그런데 아무리 노숙인이라고 해도 쟤는 미성년처럼 보이는데 보호자의 동의 없이 수사에 투입해도 될까요?"

이 형사가 당연하다는 듯이 물었다.

"나도 그 점이 고민이기는 한데, 예린의 주민등록번호를 조회해 보니까 얼마 전에 열아홉 살이 됐더라고. 게다가 이건 범죄단체에 위장 잠입하거나 수사를 하는 게 아냐. 그냥 단순히 카메라를 달고 평소처럼 생활하면 되는 거니까."

김 형사가 법적으로 문제가 없고 또한 위험하지 않다는 점을 돌려서 말했다.

"그럼 저 아이가 미성년자가 아니란 말이에요?"

"어려서 고아가 돼서 자기 나이를 제대로 몰랐던 것 같아."

"그런데 체구가 왜 작고 어려 보이는 거죠?"

"시설에 수용된 이후에 제대로 영양 섭취를 하지 못한 모양이지. 게다가 그곳에서도 도망쳐서 지금까지 노숙생활을 해왔으니 오죽했겠어."

김 형사와 이 형사는 누가 먼저랄 것도 없이 공형식과 함께 즐겁게 떠들며 웃고 있는 박예린을 쳐다봤다. 그때 김 형사와 비슷한 연배의 남성이 보통 크기 정도의 배낭을 양손으로 받쳐 들고 사무실로 들어왔다. 그는 첨단과학수사부의 기술요원이었다.

"다 됐습니다."

기술요원이 자신의 양손에 든 것을 김 형사의 책상 위에다 내려놓으며 말했다. 김 형사가 이 형사에게 그를 소개했다. 두 사람은 서로 인사를 나누었다.

"이게 그겁니까? 그런데 꽤나 무겁고 부피도 큰데요?"

김 형사가 내려진 물건을 들어 올려 크기와 무게를 가늠하며 물었다.

"아무래도 무선카메라의 전송신호를 증폭해 감시 차량에 손실 없이 전송하자면 그 정도는 돼야합니다."

기술요원이 자신이 들고 온 장비에 대해서 간략하게 설명을 했다. 들고 온 장비는 박예린에게 장착될 무선카메라의 신호를 증폭해 재전송해 주는 일종의 전파 중계기였다.

장비의 크기는 웬만한 핸드백 크기에다 무게도 5kg은 넘어 보였다. 게다가 급히 만들어 마감도 제대로 되어 있지 않았다.

"이거 누가 봐도 무슨 장치처럼 보이겠는데요?"

김 형사가 배낭을 열고 꺼낸 전파 중계기를 손에 들고 살피며 말했다.

"급히 만들다 보니 이렇습니다. 하지만 이걸 근처에 두기만 하면 웬만한 전파 방해나 건물 벽 같은 차폐물이 있다고 해도 일정 수준 이상의 선명한 영상을 수신할 수 있을 겁니다."

기술요원이 자신 있어 하는 투로 말했다.

"하지만 이 아이가 들고 다니기에는 너무 무겁고 커요."

김 형사가 곁에 앉아 있던 박예린을 가리키며 물었다.

"어쩔 수 없어요. 시간이 많으면 어떻게 해보겠지만."

김 형사의 지적에 기술요원은 어쩔 수 없다는 표정을 지어 보이며 말했다. 김 형사는 박예린에게 장비를 한 번 들어보라고 했다.

"무거워요."

책상 위에 있던 장비를 한 번 들어 보고 다시 내려놓은 박예린이 고개를 절레절레 흔들며 말했다.

김 형사는 난감해졌다. 누군가 전파 중계기를 들고 박예린과 일정 거리를 두고 있어야 했다.

"결국 누가 이걸 들고 예린이 근처에 항상 머물러 있어야 한다는 건데."

"제가 할게요."

김 형사의 말이 떨어지기 무섭게 공형식이 선뜻 자원하고 나섰다.

"어? 그럼 되겠네. 쟤는 백수니까 24시간 투입해도 문제없잖아요."

이 형사가 맞장구를 치며 말했다.

"저런 덜렁이를 잠복 지원을 맡긴다고? 불안한데."

반색하는 이 형사와는 달리 김 형사는 썩 내켜 하지 않았다. 고단하고 위험한 임무에 자원한 것은 고마웠지만 어디까지나 공형식 역시 박예린과 마찬가지로 일반인 신분이었다. 게다가 그는 행동이 산만하고 신중하지 못해 사고를 칠 가능성이 다분했다. 하지만 나름 장점도 있었다. 어느 정도 밑바닥 생활을 해봐 주위 노숙인들로부터 공연한 의심을 살 가능성은 없었다. 또 범죄자들과 생활을 해 본 경험이 있어 그 세계의 은어나 습성도 어느 정도 파악하고 있어 대화 중에 실수할 확률도 적었다.

"에이 잘 할 수 있어요. 시켜주세요."

의외로 공형식은 적극적이었지만 김 형사는 망설였다. 그의 적극적인 태도에 이 형사와 의논한 끝에 허락했지만 어떤 상황 하에서도 자신과 이 형사의 통제에 따라야 한다는 조건을 달았다.

"걱정 마세요. 김 형사님 시키는 일 빼고는 절대로 하지 않을 테니까."

공형식이 자신 있다는 투로 말하고 박예린을 향해 주먹을 쥐어 보였다. 그런 그를 보며 박예린도 씨익 웃어 보였다.

"그럼 일단 준비는 끝났고, 다들 저녁 먹으러 가자."

김 형사의 제안에 모두 반색을 하며 동의했다.

"아함!"

김 형사가 크게 기지개를 켰다. 시간을 확인해 보니 모니터를 지켜 본 지 4시간째였다. 새벽 1시가 가까워지고 있었다. 옆을 돌아보니 잠시 쉬겠다던 이 형사가 좌석에 몸을 기댄 채 쪽잠을 자고 있었다. 김 형사가 조용히 일어나 조수석에 있던 무릎담요를 꺼내 이 형사를 덮어 주었다. 무료했다. 예상과는 달리 특이한 상황도 없었고, 박예린이나 공형식에게 접근해오는 노숙인도 없었다. 모든 것이 역사 내에 설치된 CCTV의 녹화 영상을 보는 것과 다르지 않았다. 그런데 공형식한테 설치한 카메라의 영상이 건물 바닥을 보여주고 있었다.

"공형식 빨랑 일어나!"

김 형사가 급히 무전기를 집어 들고 말했다. 그러나 반응이 없었다. 답답해진 김 형사가 다시 한 번 더 무전기에다 대고 말했다. 곧 화면이 멀리 보이는 박예린을 비추기 시작했다.

"깜빡 졸았네."

김 형사가 쓰고 있는 헤드폰을 통해 공형식의 음성이 그대로 전달돼 왔다.

"졸리면 허벅지라도 꼬집어."

"내가 수절 과부에요?"

"임마! 졸면 큰일 나."

"알았어요."

무전기를 내려놓은 다음에도 김 형사는 마음을 놓지 못하고 공형식의 모니터를 응시했다.

"……!"

그때였다. 박예린에게 장착된 카메라의 영상에 누군가 정면으로 다가오고 있는 게 보였다. 김 형사는 긴장했다.

"누가 예린이한테 접근하고 있어."

김 형사가 모니터를 응시한 채 다시 무전기를 집어 들고 말했다.

"어떡할까요?"

헤드폰을 통해 들려오는 공형식의 목소리에도 긴장감이 진하게 배어 있었다.

"일단 지켜 봐."

접근하고 있는 이는 후줄근한 복장에 긴 생머리를 뒤로 질끈 동여맨 165cm정도의 여성이었다. 입고 있는 옷 때문에 완연히 드러나고 있지는 않았지만 키에 어울리는 볼륨감 있는 몸매를 가진 것처럼 느껴졌다. 그러나 얼굴에 땟국물이 가득해 나이를 가늠하기는 힘들었다.

"괜찮아요. 아는 아줌마에요."

두 사람의 대화를 듣고 있던 박예린이 걱정하지 말라는 투로 나직이 말했다.

"아는 아줌마?"

김 형사가 모니터 상에 접근 중인 문제의 중년 여성을 주시하며 물었다.

"절 많이 도와주는 분이에요."

박예린의 목소리에서 반가움이 느껴졌다. 그의 말에 김 형사의 긴장감이 다소 풀어졌다. 문제의 중년 여성은 어느새 서로 얼굴 표정을 확인할 수 있는 거리만큼 가까워져 있었다.

"어이 공! 혹시 모르니까 잘 지켜봐."

비록 박예린이 아는 사람이라 괜찮다고 했지만 김 형사는 완전히 마음을 놓을 수 없어 근처에 있던 공형식에게 잘 지켜볼 것을 지시했다.

"알았어요."

공형식이 짧게 대답했다. 김 형사는 헤드폰의 볼륨을 바짝 올려 박예린과 문제의 여성이 나누는 대화를 들으려 집중했다.

"예린아 여긴 어쩐 일이야?"

문제의 여성은 박예린의 이름을 알고 있었다. 서로 아는 사이인 것이 확실했다. 박예린에게 가까이 다가오자 여성의 얼굴이 또렷이 보였다. 그는 거리에 노숙하는 이답게 입고 있는 옷과 신발 따위가 후줄근하고 온통 더러운 때로 얼룩져 있었지만 얼굴만은 보통 중년 여성이라면 으레 있을 주름 따위가 전혀 보이지 않을 만큼 팽팽하고 미끈했다. 게다가 살짝 화장을 하고 있어 화사한 느낌마저 들었다. 김 형사는 미스매치가 마음에 들지 않았다.

"날이 풀려서 바람 좀 쐬려고요."

박예린의 목소리에는 전혀 긴장감이 없었다. 김 형사는 박예린이 아는 인물이라 마음을 놓고 있는 게 분명하다고 생각했다. 여성은 곧 익숙한 동작으로 담배를 꺼내 피워 물었다. 그리고는 박예린의 앞에 털썩 주저앉았다.

"언제는 무섭다고 하더니, 너도 이 생활에 점점 익숙해지는 모양이다."

여성이 소리 없이 웃으며 말했다.

"그런 편이죠."

"하지만 여긴 위험해. 아까 저놈들 근처를 지나 올 때 널 안주감 삼아 술 처먹더라. 조심해야 해. 알았지?"

"네."

여성은 진심으로 박예린을 걱정하고 있는 것 같았다. 박예린도 그걸 느끼

는지 헤드폰을 통해 들려오는 목소리에 안정감이 깃들어 있었다. 김 형사도
마음을 놓았다.

"참, 너 그날이지?"

여성이 흰 담배 연기를 한 차례 뿜어낸 후 물었다. 박예린은 선뜻 대답하
지 못하고 망설였다. 김 형사는 피식 웃었다.

"짜식 너도 여자구나."

김 형사는 박예린이 자신과 공형식이 듣고 있는 것을 알고 생리 기간이 아
니냐고 묻는 중년 여성의 물음에 대답을 하지 못하는 것이라 여겼다. 중년
여성은 박예린의 대답도 듣지 않고 메고 있던 낡은 가방을 벗어서 지퍼를 열
고는 비닐 뭉치 하나를 꺼내 건넸다.

"자."

"감사합니다."

여성이 꺼내든 것을 받아든 박예린이 감사의 인사를 건넸다.

"갔다 와."

"지금은 좀."

"괜찮아. 갔다 와. 갈 때가 됐잖아."

두 사람의 대화를 통해 김 형사는 박예린이 받아든 것이 생리대라는 것을
유추해 냈다. 그리고 자신을 지켜보고 있다는 것을 알고 화장실에 가는 것을
주저하고 있다는 것도 알아차렸다.

"예린아! 잠시 모니터 끄고 있을 테니까 갔다 와."

김 형사가 가만히 무전기의 송신 버튼을 누르고 조용히 말했다.

"왜 무슨 문제 있어?"

예전과 다르게 망설이는 박예린을 의아하게 바라보며 여성이 물었다.

"아뇨. 그럼 갔다 올게요."

박예린이 내려놓았던 가방을 주섬주섬 챙겨들고 자리에서 일어났다.

"같이 가자. 저놈들이 엄한 짓 할지 모르잖아."

여성이 힐끔 뒤를 돌아보며 말했다.

"괜찮은데."

"나도 급해서 그래. 가자."

"네."

두 사람은 곧 몸을 돌려 화장실로 향했다. 곧 모니터에 화장실 팻말이 보였다. 김 형사는 곧 약속대로 박예린의 몸에 부착된 카메라 영상을 보여주는 모니터를 껐다. 그리고는 공형식의 몸에 부착된 카메라의 영상을 보여주는 모니터로 시선을 옮겼다. 박예린과 문제의 여성은 곧 화장실로 사라졌다.

"어이 공! 화장실로 누가 쫓아 들어가지 않는지 잘 봐."

김 형사가 서둘러 지시했다. 심야에 그것도 인적이 드문 여자 화장실은 성폭행하기 좋은 장소였기 때문이다.

"OK!"

김 형사의 의도를 파악한 공형식이 간단명료하게 대답했다. 김 형사는 모니터를 쳐다보며 두 사람이 나오기를 기다렸다. 비록 모니터는 껐지만 카메라에 부착된 마이크를 통해 현장의 생생한 오디오가 헤드폰을 통해 김 형사의 두 귀에 고스란히 전달되고 있었다. 두 사람이 화장실에 머문 시간은 생각보다 길었다. 그들이 화장실로 들어간 지 근 10여분이 지나서야 박예린이 다시 모습을 드러냈다. 김 형사는 곧 꺼진 모니터를 다시 켰다. 그런데 함께 들어갔던 중년의 여성은 그때까지 모습을 드러내지 않고 있었다. 잠시 화장실 앞에서 머뭇거리던 박예린이 다시 아까 머물던 장소로 걸어갔다. 그때 문제의 여성이 화장실에서 나오는 것이 공형식의 카메라에 잡혔다. 그런데 손에 흰 종이 뭉치 같은 것을 접어서 들고 있었다. 언뜻 보기에 검은 얼룩이 져 있는 것처럼 보였다. 김 형사가 자세히 바라보니 쓰고 난 생리대가 분명했다.

'저걸 왜 가지고 나왔지?'

김 형사는 의아했다. 쓰고 난 생리대는 통상 쓰레기통에 버리는 게 일반적이었다. 그런데 지금 문제의 여성은 쓰고 난 것이 분명해 보이는 생리대를 소중하게 고이 접어 비닐봉지에 싸서 가방에 넣고 있었다.

"저 여자 누구예요?"

어느새 잠이 깬 이 형사가 곁으로 다가와 자리에 앉아 벗어 두었던 헤드폰을 쓰면서 물었다.

"예린이가 잘 아는 여자래. 같은 노숙자 같은데."

김 형사가 모니터에 시선을 고정시킨 채 말했다.

"어? 저 여자 얼굴이 익은데요?"

이 형사가 모니터에 얼굴을 바짝 들이밀며 말했다.

"그래?"

"어디서 봤더라."

두 눈을 부비며 졸음을 쫓은 이 형사는 잠시 인상을 쓰며 골똘히 생각에 잠겼다.

"하도 노숙자들을 많이 만나고 다니니까 그런 거 아닐까?"

김 형사가 말했다.

"아! 맞다!"

머릿속을 뒤지며 생각에 잠겼던 이 형사가 맞장구를 치며 말했다.

"생각났어?"

"저 여자 6번째 피해자인 박 씨의 여자 친구가 분명해요."

이 형사가 확신에 찬 어조로 말했다. 그 말에 김 형사는 다시 모니터에 비치는 중년 여성을 자세히 살폈다. 그러고 보니 머리와 옷차림이 눈에 익었다.

"그러네. 그때 박찬영이와 함께 식당에 들어왔었지."

김 형사는 수사 도중 식사를 하려고 잠시 들른 식당에서 오만 원권을 흔들어 보이던 박찬영의 곁에 앉아 있던 중년 여성을 어렵지 않게 떠올렸다. 지금 문제 여성의 옷차림과 머리 스타일이 그때와 거의 똑같았다. 묘하게 자꾸만 관심이 가는 여자였다.

"예린이와 잘 아는 모양이네요."

어느새 얼굴에 눌어붙어 있던 잠기운을 완전히 떨쳐버린 이 형사가 물었다.

"그런 것 같아. 게다가 생리대도 나눠주더라고."

"생리대를요?"

"그래."

두 사람이 대화를 나누는 도중에 여성은 인사를 하고 박예린의 곁을 떠나고 있었다. 김 형사가 기다렸다는 듯이 무전기의 송신 버튼을 누르고 함께 있던 여성에 대한 것을 물었다. 그러나 기대했던 것과는 달리 박예린도 문제의 여성에 대해서 아는 것은 없었다.

"저도 그 언니에 대해 자세한 건 몰라요. 나이가 많은 것 같고, 전에 창녀였데요. 마지막으로 머물고 있던 업소에서 거액의 빚을 지고 도망친 이후 지금까지 쭉 노숙을 해오고 있다는 것 정도. 아참 노숙하는 남자들 상대로 옛날 기술을 활용해 용돈 벌이를 하고 있다고 했어요. 옛날 기술이 뭔지 궁금한데 혹시 아세요?"

박예린이 주위를 두리번거리며 마이크에다 대고 혼잣말로 말했다. 김 형사는 굳이 조금 전에 박예린이 언급한 아는 언니의 옛날 기술을 알려주려 하지 않았다. 그런데 어딘가 모르게 찜찜한 생각이 들기도 했다.

'왜 하필 생리대지? 여자는 생리대도 서로 나눠 쓰나? 남자들이 담배를 나눠 피우 듯? 그런 걸까?'

고민 끝에 김 형사는 슬쩍 이 형사를 쳐다봤다. 그러나 차마 묻지는 못하고 질문을 속으로 삼켰다. 나중에 이 형사에게 따로 물어보는 게 좋을 듯싶어서였다.

"알았어. 그런데 그 아줌마가 왜 생리대를 주는 거지?"

김 형사가 물었다.

"처음 봤을 때부터 필요할 거라며 주던 걸요. 언뜻 듣기에 그 언니가 노숙하는 여자들한테는 다 준다고 하던데요."

"마음씨 좋은 아줌마구만."

사실이라면 선한 사람이 분명하다고 김 형사는 생각했다.

"벌써 새벽 3시에요. 그만 철수시키죠?"

이 형사가 모니터에 표시되고 있는 시간을 보며 말했다.

"그래야겠다. 첫날부터 무리를 할 수는 없지."

김 형사도 박예린을 현장에서 철수시켜야겠다고 마음먹고 있던 차였다.

"예린아 그만 철수해. 공은 예린이 뒤를 잘 살피고. 노숙자들이 따라 붙으면 곤란하니까."

김 형사가 무전기를 통해 두 사람에게 철수 지시를 내렸다. 지시를 받은 두 사람은 곧 몸을 일으켰다.

"이거 방석이라도 준비를 해야겠어요. 궁뎅이가 시려 죽겠어요."

차디찬 바닥에 주저앉아 있던 공형식이 몸을 일으키며 말했다.

"알았으니까 빨리 예린이 쫓아가."

김 형사가 출입구를 향해 움직이고 있는 박예린의 동선을 살피며 말했다.

"알았어요."

대답을 마치기 무섭게 공형식이 달리다시피 박예린의 뒤를 쫓았다. 덕분에 영상이 좌우로 심하게 흔들리고 있었다. 다행이 박예린의 뒤를 쫓는 이는 없었다. 모니터에 멀리 주차해 있는 승합차의 윤곽이 보였다. 김 형사가 쓰고 있던 헤드폰을 벗고 자리에서 일어나 문을 열었다. 곧 박예린이 보였다. 얼굴에는 피곤함이 역력했다. 그리고 그 뒤로 연신 뒤를 살피며 공형식이 걸어오고 있었다.

"수고했다. 피곤하지."

김 형사가 차에 오르는 박예린을 향해 말했다.

"조금요."

"가서 좀 쉬자."

김 형사의 말에 박예린이 웃으며 고개를 끄덕였다.

"출출해 죽겠네. 가서 뭐 좀 안 먹어요?"

공형식이 차에 올라 문을 닫으며 말했다.

"돌아가서 설렁탕이라도 시켜 먹자."

"좋죠. 김 기사 그럼 출발!"

"이게 어따 취직시키고 있어."

김 형사가 발끈하며 공형식의 머리를 가볍게 때렸다.

"아 참네. 기사나 형사나 둘 다 사자 돌림인데."

"한 대 더 맞을래?"

"이야! 시민의 처절한 봉사의 대가가 고작 이런 대우란 말인가?"

공형식이 눈을 흘기며 말했다.

"오늘 정말 수고하셨습니다요, 시민님! 됐냐?"

"뭘 바래. 어서 출발하시죠. 예린이 좀 쉬게."

공형식의 말에 이 형사도 빨리 돌아가자며 김 형사를 재촉했다. 박예린의 핑계를 댔지만 자신도 무척이나 피곤한 상태였다. 또 얼마간 눈을 붙여야 낮에 일을 할 수 있었다.

"그러자. 나도 피곤하다."

김 형사는 운전석으로 넘어가 시동을 걸고 차를 출발시켰다.

9. 천재일우의 기회

연쇄살인범을 잡기 위한 잠복수사에 들어간 지 벌써 4일이 흘렀다. 시작했을 때의 처음 의욕과 기대와는 달리 잠복수사의 성과는 신통치 않았다. 앞서 몇 달 전에 실시했었던 잠복수사들처럼 별 성과 없이 몸만 빠르게 피곤에 절어가고 있었다.

"수고했어."

김 형사가 잠복지에서 철수해 문을 열고 차에 오르는 박예린과 공형식을 향해 말했다. 돌아온 그들의 옷에서 강한 냉기가 흘러나오고 있었다.

"와, 추위가 풀린 것 같더니 다시 춥네요."

공형식이 몸을 부르르 한 차례 떨며 말했다.

"히터 좀 올려요."

추위에 꽁꽁 얼다시피 한 박예린의 손을 어루만지던 이 형사가 김 형사를 향해 말했다. 걱정스럽게 바라보는 이 형사를 향해 박예린이 미소를 지어 보였다. 아직 앳된 여자 아이의 미소에 이 형사는 마음이 짠했다.

"잠시만 기다려."

대답과 동시에 운전석으로 넘어간 김 형사가 히터의 세기를 최대로 높였다. 곧 뜨끈한 바람이 김 형사의 얼굴 위로 쏟아졌다. 그는 바람 방향을 뒤쪽으로 돌려놓은 후 경찰청으로 향했다.

"오늘 저녁은 외곽 지역으로 가 보자고."

김 형사가 운전대를 잡고 전방을 주시한 채 말했다. 그는 이미 일 주일 동안 잠복할 지역을 사전에 선정해 둔 상태였다. 피해자들을 선별하여 관리하고 있다는 가정이 맞는다면 연쇄살인범은 분명히 노숙자들이 모이는 곳을 면밀히 살피고 있을 가능성이 높았다. 그간 박예린은 혼자 생활을 하다시피 해 범인의 눈에 띄지 않았을 가능성이 높다고 김 형사는 판단하고 있었다.

"이제 그만 샤워하면 안 돼요? 몸에서 냄새 나는 건 그렇다고 해도 가려워서 미치겠어요."

모자를 벗고 머리를 마구 긁적이던 공형식이 하소연 하듯 말했다.

"금방 익숙해질 거예요."

박예린이 뭘 그까짓 걸 그러냐며 별 대수롭지 않게 말했다.

"언제쯤 익숙해지는데?"

공형식이 따지듯 물었다.

"모든 것을 체념했을 때쯤이요."

한참 뜸을 들인 박예린이 우울한 표정을 지으며 말했다.

김 형사가 운전을 하다 말고 고개를 돌려 박예린을 쳐다봤다. 그 사이 박예린의 눈가에 물기가 비치고 있었다.

'체념?'

아직 어린 소녀의 입에서 나올 말은 아니었다. 하지만 나이에 비해 세상을 너무 앞서 살아버린 박예린의 삶에 있어서 가장 필요한 것이었을 수도 있다고 김 형사는 생각했다. 어차피 가질 수 있는 게 거의 없었기에 어쩌면 체념은 노숙 소녀 박예린이 험난한 세상을 살아가는 데 있어서 가장 훌륭한 무기였을 지도 몰랐다.

"짜식아! 넌 더 숙성시켜서 익혀야 돼. 그래야 다른 노숙자들이 의심을 안

하지."

김 형사가 재빨리 화제를 돌리며 말했다.

"그런가요? 할 수 없지 뭐. 냄새가 나더라도 참는 수밖에. 이야 이거 대한민국 경찰들이 나한테 감사장이라도 줘야 하는데."

공형식도 박예린의 눈치를 살피며 다소 과장된 동작을 해가며 우스꽝스럽게 말했다.

"범인만 검거하면 내가 사비 털어서 하나 해 줄게."

이 형사도 맞장구를 치며 말했다. 덕분에 분위기는 조금 나아졌다. 그런데 골목을 빠져나가기 위해 우회전을 하려는 김 형사의 눈에 왼쪽 골목길 안쪽에 이상한 물체가 언뜻 보였다.

"뭐지?"

김 형사는 차를 세우고 스위치를 눌러 차창을 내렸다. 그리고는 고개를 내밀어 골목길 깊숙한 곳을 살폈다. 그러나 골목길 안쪽에는 가로등이나 여타 다른 불빛이 없어 무척이나 어두웠다. 이내 어둠에 익숙해진 김 형사의 눈에 물체의 정체가 어슴푸레 보이기 시작했다. 그것은 작은 텐트였다. 텐트 안에는 사람이 있는 듯 작은 플래시 불빛이 아주 작게 그리고 끊임없이 움직이고 있었다.

"골목길 안쪽에 웬 텐트지?"

김 형사가 골목길을 살피며 말했다.

"노숙자가 자는 모양이죠. 어서 가요. 배고파요."

이 형사가 빨리 차를 출발시키라고 재촉했다.

"알았어."

김 형사는 곧 창문을 올리고 차를 다시 출발시켰다. 김 형사는 차를 모는 내내 우스갯소리를 해가며 분위기를 전환시키기 위해서 노력했다. 그런 노력 탓에 박예린의 입에서 간간히 웃음소리가 흘러나왔다. 그러는 사이에 차는 경찰청으로 들어서고 있었다. 그런데 갑자기 건물 내에서 십 수 명의 사람들이 우르르 쏟아져 나와 주차장으로 다급하게 뛰어가고 있었다.

"어? 다들 어디 가지?"

지금 막 건물 안에서 뛰쳐나오다시피 한 사람들이 자신이 속한 부서 사람들이라는 것을 안 김 형사가 주차장 쪽으로 차를 몰며 말했다. 그때 김 형사의 핸드폰이 울렸다. 강 반장이었다. 시계를 보니 새벽 4시를 막 넘기고 있었다.

"네, 반장님. 무슨 일 있습니까?"

김 형사가 전화를 귀에 대기 무섭게 말했다.

"어디야?"

전화기를 통해 들려오는 강 반장의 목소리에는 긴박감이 가득 묻어 있었다.

"주차장이요."

"잘 됐군."

강 반장은 곧 전화를 끊었다. 김 형사는 의아하게 생각하며 주차장에다 차를 집어넣었다. 곧 헤드라이트 불빛에 건장한 체격의 중년 남성이 비쳤다. 강 반장이었다. 강 반장은 곧 김 형사의 차를 향해 걸어왔다.

"무슨 일입니까? 다들 어디 가는 겁니까?"

김 형사가 차에서 내리며 물었다.

"사건이 터졌어!"

"……!"

"일단 시간이 없으니까 어서 차에 타."

"네."

김 형사는 대답을 하고는 차에서 내려 곁에 선 이 형사에게 먼저 들어가 공형식과 박예린을 챙길 것을 부탁하고는 급히 강 반장이 탄 차에 올랐다.

"출발해!"

김 형사가 차에 타기 무섭게 강 반장이 차를 출발시켰다. 곧 그 뒤를 따라 한 무리의 차량들이 급히 주차장을 빠져 나왔다.

"사건 현장이 어디입니까?"

"남산공원 인근 골목이야."

"네?"

강 반장으로부터 사건 현장을 전해들은 김 형사는 자신도 모르게 소스라치게 놀라고 말았다. 잠복수사를 하다 조금 전 철수한 현장이 바로 남산공원 근처였기 때문이다. 근거를 알 수 없는 불안감이 김 형사의 심장을 갑자기 뛰게 했다.

"왜 그렇게 놀라?"

강 반장이 김 형사를 쳐다보며 의아해하며 물었다. 그러나 김 형사는 별것 아니라며 급히 둘러댔다. 하지만 불안했다. 그리고 그런 불안감은 타고 있는 차가 경찰청을 빠져나와 남산공원으로 빠르게 달려갈수록 더욱 커졌다.

'젠장. 불길해.'

차는 김 형사가 조금 전 자신이 지나 온 길을 정확히 되짚어 달리고 있었다. 김 형사는 재빨리 머릿속으로 조금 전 잠복근무를 하면서 혹 자신이 놓친 것은 없는지 빠르게 되짚었다. 그러나 특이한 것은 없었다. 그날 본 노숙자들 중에서 특이한 이도 없었고, 그런 노숙자에게 접근하는 이들 중에도 특이한 이도 없었다. 모든 게 지루할 정도로 평범했었다. 생각다 못한 김 형사는 이 형사에게 전화를 걸어 그날 녹화된 것을 서둘러 점검해 볼 것을 부탁했다. 피해자나 용의자가 녹화되어 있을 수도 있었다.

얼마 후, 김 형사가 탄 차는 사건 현장으로 접근하기 위해서 승용차 두 대가 겨우 교행 할 수 있을 정도로 좁은 골목길로 접어들고 있었다.

'젠장!'

김 형사는 속으로 탄식을 해댔다. 그 골목길은 조금 전 자신이 잠복수사를 위해서 승합차를 주차시켜 두었던 곳으로 통하고 있었다. 자신이 머물던 코앞에서 사건이 벌어진 것이다. 우연일까? 아니면 자신을 잡기 위한 수사를 비웃기 위해서 벌인 의도적인 살인일까? 수도 없이 피어난 질문들이 김 형사를 괴롭혔다. 하지만 김 형사는 차가 멈춘 곳을 보고는 망연자실하고 말았다. 그곳은 바로 자신이 눈여겨봤던 텐트가 있던 골목길 앞이었기 때문이었다.

"다들 내려!"

차가 멈춤과 동시에 문을 열고 내려서며 강 반장이 말했다. 김 형사도 다른 동료들과 함께 차에서 내렸다. 주위에는 먼저 출동해 주변을 통제하고 있는 경찰관들과 기동대 전경들이 분주하게 움직이고 있는 가운데 감식반이 사건 현장 주변에 조명을 설치하고 있었다.

"……!"

강 반장을 쫓아 사건 현장을 향해 걸어가던 김 형사는 피해자가 발견된 사건 현장을 바라보던 순간 갑자기 숨이 멎는 듯했다. 사건 현장은 자신이 텐트를 봤던 바로 그 자리였다. 김 형사는 그제야 조금 전까지 마치 폭풍처럼 자신을 짓누르던 불안감의 원천이 사건 현장에 있던 텐트였다는 것을 알아차렸다.

"반장님! 범인은 얼마 가지 못했습니다!"

김 형사가 앞서 걸어가고 있는 강 반장을 향해 소리쳤다. 그 소리에 강 반장을 비롯한 모든 수사진들이 깜짝 놀라 김 형사를 돌아다봤다.

"무슨 소리야?"

강 반장이 급히 김 형사 옆으로 다가와 물었다.

"범인은 아직 근처에 있을 수 있다고요."

김 형사가 떨리는 목소리로 말했다.

"알아듣게 좀 말해 봐."

강 반장이 버럭 성질을 내며 물었다. 김 형사는 그제야 자신이 피해자가 발견된 곳에서 봤던 텐트와 그 안에서 움직이고 있던 불빛을 설명했다.

"그걸 왜 이제 말해!"

"죄송합니다. 설마 했어요."

김 형사가 면목 없다는 투로 말했다. 강 반장은 급히 경찰청 상황실로 전화를 걸어 창원 시내 및 외곽으로 이어지는 주요 교통로에 위치한 검문소에 비상을 걸도록 지시했다. 또한 경찰과 행정기관에서 통제하고 있는 주요 도로 및 보안 지점에 설치된 CCTV 영상 중에서 사건 발생 시간대에 녹화된 영상을 모두 보존하도록 요청했다.

"다들 모여!"

통화를 마친 강 반장이 전 수사진과 정복 경찰관, 전경들을 모이도록 했다.

"잘 들어! 지금 범인이 근처에 있을 수 있다. 각 차량별로 조를 나눠 주변을 수색한다! 피해자의 장기를 가지고 있을 개연성이 크니까 장기 보존이 가능한 가방이나 장치를 가진 자를 찾으면 될 것이다! 빨리 움직여!"

강 반장의 지시가 끝나기 무섭게 수사관들이 자신이 타고 온 차를 향해 흩어졌고, 경찰관들과 전경들이 주변 수색을 위해서 일제히 흩어졌다.

"김 형사는 이곳에 남아 피해자의 시신과 주변을 살펴 봐. 그리고 생각나는 게 있으면 바로 전화주고."

"네. 그리고 죄송합니다."

"김 형사가 잘 못 한 건 없어. 단지 범인이 운이 좋았던 거야. 그것뿐이야."

강 반장이 김 형사의 어깨를 한 번 다독이고는 기다리고 있던 차에 올랐다. 차는 곧 후진으로 골목길을 빠져 나갔다.

'바보. 멍청이.'

사건 현장에 남겨진 김 형사가 자신을 힐난했다. 텐트를 조금만 더 자세히 봤더라면 범인을 잡을 수도 있었다. 너무나 아쉬웠다. 노름판에서 크게 판돈을 딸 수 있는 기회에서 어처구니없는 실수로 그 기회를 날려버린 노름꾼처럼 아쉬워했다. 그리고 참을 수 없는 화가 치밀어 올랐다. 코앞의 범인을 알아보지 못한 자신과 어딘가 음침한 곳에서 인간의 몸에서 훔쳐낸 장기를 어루만지며 웃고 있을 범인 때문에.

김 형사는 품에서 전화를 꺼내 이 형사에게 사건 현장에 대해서 설명했다. 이 형사 역시 크게 놀랐다. 이 형사는 박예린과 공형식을 쉽게 한 뒤에 사건 현장으로 오겠다고 말하고는 급히 전화를 끊었다.

김 형사는 전화를 끊고 힘없이 노란색 통제선을 넘어 사건이 벌어진 골목길로 천천히 걸어 들어갔다. 현장 조사를 위한 준비에 한창이던 과학수사반 대원들이 김 형사에게 인사를 건넸다. 다들 표정이 좋지 않았다. 꼬리를 물고 발생하는 연쇄살인 사건에 사기가 꺾일 대로 꺾인 탓이었다.

사건 현장 입구에 놓인 발전기가 수사진들의 의기소침을 비웃기라도 하듯

이 힘차게 돌아가고 있었다. 동시에 골목길 피해자 주변에 설치된 조명들이 일제히 켜졌다. 환한 조명 불빛이 골목길을 점령하고 있던 어둠을 주변으로 밀어내 버렸다. 곧 골목 담벼락 한쪽에 놓여 있던 침낭이 고스란히 드러났다. 늘 그런 것처럼 사건 현장은 아무것도 없이 횡했다. 차가 들어 올 수 없을 정도로 좁아 주차된 차도 없었고, 좁은 골목길에는 으레 있을 법한 대문조차 없었다. 범인과 노숙자들의 공통점이라면 아무도 찾지 않는 곳을 용케도 잘 찾아낸다는 점이라고 김 형사는 생각했다. 과학수사반 요원들이 침낭 주변으로 몰려들어 세세하게 살피기 시작했다. 아주 작은 증거라도 찾을 요량으로 사진을 열심히 찍어댔다. 김 형사는 그런 그들에게 방해가 되지 않게 천천히 침낭을 향해 걸어갔다.

"왔어?"

침낭 앞에서 한쪽 무릎을 꿇고 앉아 수술용 라텍스 장갑을 끼고 앉아 있던 국립과학수사연구소에서 나온 부검의가 김 형사를 알아보고 인사를 건넸다.

"새벽부터 고생하시네요."

김 형사가 곁으로 다가가 쪼그려 앉으며 말했다. 그런데 옆에 처음 보는 이가 앉아 있었다. 복장을 보니 부검의가 분명했다.

"새로 왔어. 서로 인사하지."

"박신후입니다. 잘 부탁합니다."

재빨리 자리에서 일어나 끼고 있던 장갑을 벗은 부검의가 악수를 청하며 자신의 이름을 밝혔다. 키 173cm 정도의 작은 키에 통통한 체구였다. 얼굴에 걸친 검은 뿔테에 박힌 두툼한 안경알은 그가 꽤나 많은 공부를 한 이라는 것을 알려주고 있는 듯했다.

"김형철이라고 합니다. 저 역시 잘 부탁합니다."

장소가 장소인지라 서로 간략하게 인사를 한 다음, 다시 침낭 주위에 앉았다. 선임 부검의의 지시에 따라 박신후가 천천히 침낭의 지퍼를 열었다. 늘 그렇듯 침낭의 지퍼가 열리면서 안쪽으로 잔뜩 구겨져 있던 비닐 뭉치가 툭하고 터지듯 부풀어 올랐다. 비닐 아래에 붉은 피가 그대로 비치고 있었다.

박신후는 그 비닐을 지그시 누르며 지퍼를 끝까지 열었다. 선임 부검의가 천천히 시신을 감싸고 있던 비닐을 펼쳤다. 비닐의 크기는 매번 자로 잰 듯 똑같았다. 세로 2m, 가로 2.5m. 침낭을 완전히 열어 옆으로 펼친 다음, 선임 부검의와 박신후는 비닐의 양쪽을 잡고 옆으로 펼쳤다. 비닐 때문에 침낭에는 피가 전혀 스며들지 않은 상태였다. 대신 비닐 안쪽에는 피와 장기에서 떨어져 나온 붉고 야들야들한 살점과 노란 피하지방 따위가 서로 엉겨 고여 있었다. 골목길을 따라 불어오는 바람에 날아오른 피 냄새가 진동했다. 역했다. 곧 선임 부검의가 능숙한 동작으로 피에 젖은 옷가지를 뒤져 피해자의 신분을 확인할 만한 것들을 찾았다. 순식간에 끼고 있던 아이보리색 라텍스 장갑이 새빨갛게 물들어 버렸다.

"별게 없군."

대충 유류품 수색을 마친 선임 부검의가 혼잣말로 말했다. 김 형사 역시 큰 기대를 하지 않았다. 항상 그랬기 때문이다. 곧 근처에 대기 중이던 과학 수사반원 하나가 완전히 개방된 침낭 내의 시신의 사진을 찍기 시작했다. 카메라의 플래시가 터질 때마다 피해자의 얼굴이 더욱 창백하게 보였다. 두 눈을 잃은 채 희미하게 웃고 있는 모습. 만약 두 눈이 제자리에 붙어 있었더라면 분명 꽤나 매력적으로 보였을 그런 미소였다. 매번 볼 때마다 섬뜩하지 않을 수 없었다. 사후경직 때문에 미소가 풀리지도 않았다. 그래도 고통에 일그러진 모습보다는 미소라도 간직한 채 죽은 것이 다행이 아닐까?

"필로폰 때문일까요?"

김 형사가 피해자가 미소를 짓고 있는 이유를 물었다. 그간 범인은 피해자를 프로포폴로 마취시킨 다음 필로폰을 투약한 상태에서 장기를 적출한 것으로 밝혀진 상태였다.

"그런 것 같아. 도대체 이유를 모르겠어. 프로포폴만 해도 충분했을 텐데. 왜 추가로 필로폰을 투약했을까?"

선임 부검의 역시 왜 범인이 피해자를 죽일 때 프로포폴 뒤에 필로폰을 투약하는지 그 이유가 궁금했다. 옆에서 듣고 있던 김 형사 역시 그 이유가 궁금하다고 속으로 되뇌었다.

"일단 시신을 옮겨야겠어."

대충 시신을 살펴본 선임 부검의가 일어서며 말했다. 뒷정리는 박신후에게 맡기고 그는 차로 돌아갔다. 시신을 옮기려면 들것이 필요했기 때문이다. 그런데 박신후는 아까부터 주위에 조명이 환히 켜져 있음에도 불구하고 피해자의 얼굴에 플래시를 비춰가며 뭔가를 살펴보고 있는 중이었다. 김 형사는 그의 곁으로 다가가 앉았다.

"뭐 좀 나왔어요?"

김 형사가 이유를 궁금해 하며 물었다.

"이게 좀 이상해서요."

박신후가 피해자의 인중을 플래시로 비추며 말했다. 그가 비춘 것은 인중 위에 묻은 아주 작은 물방울이었다. 마치 작은 주사기 바늘에서 떨어진 물 한 방울 크기 정도로 작았다. 그 작은 물방울을 박신후는 고개를 요리조리 돌려가며 아주 끈덕지게 살펴보고 있는 중이었다.

"그게 뭐죠?"

김 형사가 박신후가 들여다보고 있는 작은 물방울의 정체가 궁금해서 물었다.

"글쎄요. 처음에는 단순히 콧물인줄 알았는데 자세히 보니 무슨 체액 같은데요. 코 안에서 뭔가 채취한 흔적 같기도 하고."

박신후가 자신의 의견에 확신을 하지 못한 듯한 뉘앙스로 말했다. 그는 가방을 뒤져 아주 작은 주사기를 꺼내 조심스럽게 체액을 채취했다. 그리곤 플래시를 피해자의 콧속을 비추며 안쪽을 살폈다.

"뭐가 보여요?"

김 형사가 고개를 숙여 피해자의 콧속을 살피며 물었다.

"글쎄요. 일단 연구소로 돌아가 자세히 봐야할 것 같은데요. 지금으로서는 별다른 게 안 보입니다."

박신후가 플래시와 장비를 다시 가방에 넣으며 말했다.

"사인과 관계가 있을까요?"

"그건 아닙니다."

박신후가 확정적으로 선을 그으며 말했다. 그 말에 김 형사는 곧 호기심을 접었다. 과학수사반이 사진 촬영을 끝내는 것을 기다렸다가 박신후는 펼쳤던 비닐을 조심스럽게 다시 접은 다음 침낭의 지퍼를 올렸다. 그때 선임 부검의가 들것을 가지고 왔다. 두 사람은 침낭을 양쪽에서 움켜잡아 들것 위에 올렸다.

"혹시 뭔가 새로운 게 나오면 꼭 알려주세요."

김 형사가 막 자리를 뜨려는 박신후에게 명함을 건네며 말했다.

"그러죠."

명함을 받아든 박신후가 가볍게 웃어 보인 후 선임 부검의와 함께 들것을 밀고 걸어갔다. 김 형사는 그 모습을 묵묵히 바라보고 있었다. 지금 보고 있는 피해자가 연쇄살인의 마지막 희생자이길 바라면서……

10. 추적의 실마리

점심시간이 되기 전이었다. 7번째 공식적인 연쇄살인 사건이 발표도 되기 전에 냄새를 맡은 전국 각지의 온·오프라인 기자들이 특별수사부 사무실에 벌 떼같이 모여들어 장사진을 치고서 여왕벌에 들러붙듯 착 달라붙어 수사 관계자들에게 집요한 질문을 해대고 있었다. 그들 중 가장 괴롭힘을 당하고 있는 이는 당연히 강 반장이었다. 수사와 관련된 상부 지휘부가 별다른 멘트를 하고 있지 않은 상황에서 정보에 목마른 기자들이 매달릴 수 있는 가장 확실한 정보루트였기 때문이다. 그러나 기자들을 상대하는데 이골이 난 강 반장은 능수능란하게 기자들을 요리하고 있었다.

"자자, 밖으로 나가서 커피나 한잔합시다. 여러분들한테 부탁할 것도 있고."

강 반장이 마치 점령군처럼 사무실 여기저기를 들쑤시고 다니던 기자들에게 정보를 말해 줄 것 같은 뉘앙스를 풍기며 유인해 밖으로 데리고 나갔다. 순간 떠들썩하던 사무실이 조용해지며 여기저기서 오랜 시달림 끝에 나올 법한 탄식과 한숨이 흘러나왔다.

"이 형사, 아까 그거 줘봐."

김 형사는 기자들이 사무실을 빠져 나가기 무섭게 이 형사에게 말했다. 이 형사는 재빨리 책상 서랍에 숨겼던 파일을 꺼내 김 형사에게 건넸다. 파일에는 피해자 인적 사항이 담겨 있었다.

"이름은 이용기. 나이 39세. 원 거주지는 서울이더군요. 물론 가족들과는 연락이 안 되고요."

곁으로 다가온 이 형사가 주위의 눈치를 살피며 7번째 피해자의 인적 사항을 나직이 말해 주었다.

"혈액검사 결과 이번 피해자 역시 아주 건강한 상태였다고 해요. 없어진 장기 역시 앞서 발생한 사건과 정확히 일치하고. 특이한 것은 위에서 반쯤 소화된 날것 상태의 쇠고기가 발견됐다고 하더군요. 아마 육회겠지요."

김 형사가 힘없이 파일을 닫아 책상 위에 놓으며 말했다.

"육회?"

김 형사가 되물었다. 지금껏 피해자의 위에서 쇠고기가 발견된 적이 없었기 때문이다. 그것도 날것으로.

"아님 날것을 먹었거나요."

이 형사가 심드렁하게 말했다.

"참, 과학수사반에서 연락이 왔는데 현장에서 별다른 증거를 찾지 못했다고 하네요."

이 형사가 보조의자를 가져와 김 형사 옆에 앉으며 말했다.

"제발 다른 게 좀 있었으면 좋겠어."

김 형사가 넋두리 하듯 말했다. 피해자가 달라지는 것 빼고는 매번 똑같았다. 증거도 없었고, 증인도 없었다. 따라서 수사에 대한 진전 역시 없는 상태였다.

"위에서 육회가 발견됐잖아요."

이 형사가 재미있다는 표정을 지으며 말했다.

"됐어. 재미없으니까 그만 해."

김 형사가 살짝 인상을 구기며 말했다.

"그래도 이번에 김 형사님이 사건이 벌어지는 현장을 목격하기는 했잖아요."

이 형사가 어깨가 축 처진 김 형사를 다독이듯 말했다.

"그렇기는 하지 뭐. 바보처럼 그걸 그냥 보아 넘기다니."

김 형사는 그때만 생각하면 분통이 터졌다. 내려서 확인만 했어도 범인을 잡을 수 있었기 때문이었다.

"죄송해요. 제가 그때 빨리 가자고 재촉하지만 않았어도."

"괜찮아. 그때 나도 솔직히 별다른 의심을 하지는 않았거든."

"그래도 계속 화가 나요."

"그러다 화병 걸려. 잊어버려. 그래도 범인이 피해자를 죽일 때 텐트를 사용한다는 사실은 알아냈잖아."

그나마 수확이라면 범인이 텐트를 이용해 살인을 저지른다는 사실을 알아낸 거였다. 이로서 피해자의 피가 왜 사방으로 튀지 않았냐하는 의문이 풀렸다. 지능적이라고 김 형사는 생각했다.

"범인이 텐트를 폐기하려 할 텐데. 쓰레기 수거와 관련된 각 행정관청에 분리수거 되는 텐트를 보존해달라고 요청할까요?"

이 형사가 의욕을 보이며 물었다.

"소용없을 거야."

"왜요?"

"보나마나 버린다면 쓰레기 수거용 봉투나 자루에 넣어 버릴 텐데, 그걸 어떻게 일일이 뜯어서 확인해 보겠어. 시간대나 구역의 범위가 너무 광범위하고 불특정해. 게다가 범인이 수사에 혼선을 주기 위해서 텐트를 대구나 혹은 서울에서 버리면 어떡할 거야?"

김 형사의 말을 들은 이 형사가 고개를 끄덕였다. 범인의 거주지나 활동 지역에 대해서 밝혀진 것도 없었고, 또한 범인이 사용하고 난 텐트를 버렸는지 아니면 앞으로 버릴 것인지조차 특정할 수 없었다. 그렇게 따지면 범인이 텐트를 버릴 장소는 대한민국 전역이 될 수도 있었고, 시간대 역시 무한대나 마찬가지였다.

"듣고 보니 그러네요."

"앞으로 순찰 경관들에게 심야나 새벽에 인적이 드문 골목길에 쳐져 있는 텐트에 대한 검문을 강화하라는 요청은 해둬야겠지."

김 형사가 이 형사를 향해 빙긋 웃으며 말했다.

"그런데 언론에 알려야할까요?"

이 형사가 물었다.

"아니. 이미 강 반장님하고 의논했어. 우리가 겨우 알아낸 범인의 범행 스타일을 일부러 바꾸게 할 필요는 없으니까."

김 형사나 강 반장은 애써 범인에게 정보를 줄 필요는 없다고 생각하고 텐트와 관계된 것을 철저히 함구하기로 했다. 언론을 통해 범인이 알게 되면 그간 고수해오던 범행 스타일을 바꿀 수도 있기 때문이다. 그렇게 되면 수사는 다시 답보 상태로 빠져들 수밖에 없었다. 어찌되었던 범인이 텐트를 사용해 범죄를 저지른다는 사실을 알았다는 것만 해도 진전이라고 김 형사는 생각했다. 그때 책상 위에 올려둔 핸드폰이 울렸다. 창에 뜬 전화번호가 낯설었다.

"네."

"안녕하세요. 부검의 박신후입니다. 기억하시죠?"

"그럼요."

김 형사의 목소리가 갑자기 밝아졌다. 전화기 너머에서 들려오는 박신후의 목소리에서 들뜬 기운을 느꼈기 때문이다.

"바쁘세요?"

박신후가 뜬금없이 물었다.

"아무래도 사건이 터졌으니 좀 바쁘죠."

"그래도 할 수 없죠. 일단 이리로 좀 오시겠습니까? 보여드릴 게 있습니다."

"뭐죠? 혹시 오늘 아침 피해자의 입술 언저리에 있던 액체에 대한 겁니까?"

김 형사가 새벽 상황을 떠올리며 넘겨짚어 물었다.

"정확히 그렇습니다. 전화상으로 설명이 곤란하니까 지금 바로 오셨으면

합니다."

"알겠습니다."

"그럼 기다리겠습니다."

김 형사는 전화를 끊자마자 책상 위를 정리하기 시작했다.

"누구에요?"

자리에서 일어서는 김 형사를 따라 이 형사가 일어서며 물었다.

"새로 온 부검의."

"부검의가 왜요?"

"오늘 아침 피해자에게서 색다른 게 발견되었거든."

"뭔데요?"

"아주 미세한 액체 방울."

"그게 왜요?"

"몰라. 일단 오래. 같이 가지."

"정신없는데 우리 둘이 자리를 비워도 될까요?"

이 형사가 이미 출입구를 향해 걸음을 옮기는 김 형사를 따라 나서며 물었다.

"괜찮아. 언제는 정신 있었어? 지금은 우리라도 정신 차리고 단서를 쫓아야 돼."

"그렇기는 하네요."

사무실을 빠져 나온 김 형사와 이 형사는 일부러 휴게실을 피해 다른 복도를 이용해 주차장으로 이동했다. 밖으로 나와 보니 근처 음식점에서 배달통을 싣고 배달 온 소형 오토바이로 인산인해를 이루고 있었다. 사건이 터져 밖으로 나가지 못하고 비상대기 중인 직원들이 시킨 음식 배달 때문이었다.

"사건이 터질 때마다 근처 배달 음식점들은 대박이 나는구나."

김 형사가 자신의 차에 올라타며 말했다. 이 형사는 주차된 차를 빼내기 위해서 운전대를 조작하고 있던 김 형사를 슬쩍 쳐다봤다. 사건 소식 이후에 굳어 있던 얼굴이 다소 풀어진 상태였다. 진심으로 미안했다. 새벽 골목길에 쳐진 텐트를 발견하고 유심히 살피던 김 형사를 재촉해 자리를 뜨게 했기 때문이다. 그때 조금만 더 살피도록 놔뒀더라면 범인을 잡을 수도 있었을 텐데. 거의 코앞까지 접근한 범인을 자신 때문에 놓친 것 같았다.

"그렇게 미안해 할 것 없다니까."

아까부터 자신에게 미안한 감정을 품고 있다는 것을 알고 있던 김 형사가 전방을 주시한 채 부드러운 음성으로 말했다.

"죄송해요. 범인을 잡을 수도 있었는데."

이 형사 역시 더 이상 자신의 감정을 숨기지 않았다. 7번째 살인 사건 발생 후부터 애써 외면했던 미안함과 죄스러움이었다. 특별수사부 전 동료들이 나아가 대한민국의 모든 국민들이 그렇게 잡고 싶어 하던 범인을 잡거나 파악할 수 있는 기회를 자신이 날려 버린 거나 마찬가지였다. 입을 통해 미안함을 끄집어내고 나니 마치 죄를 진듯 무거웠던 마음이 조금이나마 홀가분해진듯 했다. 그러나 스스로에 대한 자책은 털어지지도 덜어지지도 않았다. 여전히 명치끝에 씹지 않고 삼킨 갈비 한 점이 떡하니 걸려 있는 듯 온몸이 불편하기 이를 데 없었다.

"잡으면 되지 뭐. 그래도 범인이 텐트 속에서 범죄를 저지른다는 것은 알게 됐잖아."

김 형사가 빙긋 웃으며 다짐하듯 말했다. 그는 이 형사가 나름대로 범인을 잡기 위해서 자신 곁에서 누구보다 열심히 고생하며 수사해왔었다는 것을 잘 알고 있기에 지금 이 형사가 지고 있을 마음의 짐을 조금이라도 덜어 주고 싶었다. 하지만 아쉽기는 했다. 그때 조금만 더 오래 그곳에 머물렀다면 범인을 잡을 수도 있었을 것이다. 그러나 당시 잠복수사 현장 지휘자는 바로 김 형사 자신이었다. 판단의 몫은 자신이었고, 결과의 몫 역시 자신의 것이어야 한다고 생각했다. 비록 강 반장이 수사를 위해서 비밀로 하자고 했지만 자책에 의해 속이 불편한 것은 어쩔 수 없었다. 이 형사 속 역시 자신과 마찬가지일 것이라고 생각했다. 이번만은 자신에게 너그러워야 이 형사도 스스로에게 너그러워질 수 있을 것이라 여겼다.

"그래도 이번에는 많이 접근했죠?"

이 형사 역시 빙긋 웃는 얼굴로 말했다.

"그래. 웃자. 웃어야 이 형사지. 범인도 지금쯤 뉴스를 통해 자신이 이룬 업적을 보고 웃고 있을 건데 우리만 울상이면 불공평하잖아. 너 따위 곧 잡을 수 있다 자신 있게 웃어 줘야지."

"네."

경찰청을 벗어난 차는 국립과학수사연구원 남부분원이 위치한 경남 양산을 향해 달리기 시작했다.

약 한 시간 가량을 달려 경남 양산에 위치한 국립과학수사연구원 남부분원에 도착한 김 형사와 이 형사는 차를 주차장에 세워 두고 건물을 향해 걸어갔다.

부산 동삼동에 있던 것을 2011년에 현재의 경남 양산 물금읍으로 이전한 남부분원은 신축한 청사답게 건물 외관과 주변 풍경이 산뜻하고 신선해 보였다. 남부분원은 영남권 광역시 경찰청과 총 55개 경찰서에서 발생하는 각종 사건 및 사고에 필요한 과학수사를 지원하고 있었다.

두 사람은 정문 경비에게 신분증과 용무를 밝히고 박신후가 기다리고 있는 부검실로 향했다. 미리 전화를 한 덕분에 박신후는 부검실에서 모든 준비를 마치고 두 사람을 기다리고 있었다.

"이걸 입으세요."

박신후는 부검실로 들어가기 전에 푸른색 모자와 위생복을 김 형사와 이 형사에게 건넸다. 두 사람은 그것을 착용하고 박신후를 따라 부검실 안으로 들어갔다. 그런데 그는 두 사람을 일반부검실이 아닌 특수부검실로 안내해 들어갔다. 부검실 안은 의외로 쾌적하고 깨끗했다. 고성능 환풍기가 작동하고 있는 탓에 으레 나야할 포르말린 또는 소독약 냄새가 전혀 느껴지지 않았다. 안으로 들어가자 스테인리스로 제작된 부검대 2개가 설치되어 있었다. 그 중 한 곳에 이번에 발생한 7번째 연쇄살인 사건의 피해자가 뉘어져 있었다. 물론 피해자의 몸통은 완전히 절개된 채 속이 훤히 들여다보였다. 부검실과 묘하게 어울렸다.

"이쪽으로 오시죠."

박신후는 두 사람을 피해자가 누워 있는 부검대로 안내했다.

"이렇게 오시라고 한 건 이것 때문입니다."

박신후가 파일 하나를 내밀었다. 김 형사가 파일을 펼쳐 내용을 살폈다. 그러나 내용은 다분히 전문적인 단어들로 작성되어 있어 짧은 시간에 읽고 파악하는 것은 힘들었다.

"뭐죠?"

"오늘 아침 피해자의 인중에서 채취한 액체에 대한 분석 결과입니다."

"죄송합니다. 뭔지 잘 모르겠는데."

김 형사가 멋쩍은 웃음을 지어 보이며 파일을 다시 박신후에게 건네며 말했다.

"분석 결과 그건 뇌척수액이었습니다."

"뇌척수액?"

의외의 말에 김 형사가 되물었다.

"그렇습니다. 정확히 말하면 뇌하수체에서 분비되는 호르몬이 다량 포함된 뇌척수액이었습니다."

"이제까지 연쇄살인 사건 피해자에게서는 발견된 적이 없었는데."

색다른 증거에 김 형사가 반색하며 말했다. 박신후의 설명은 단서에 목말라 있던 그의 호기심을 자극하기에 충분하고도 남았다.

"저도 선배 부검의들한테 확인해 봤는데 그렇다고 하더군요."

"그런데 이게 왜 피해자의 인중에 묻어 있던 거죠?"

궁금증을 참지 못한 이 형사가 대화에 끼어들었다.

"그것까진 잘 모르겠습니다. 하지만 범인이 피해자의 머릿속에서도 뭔가 가져가려 했거나 가져간 것만은 분명해 보입니다."

뜻밖의 말에 김 형사와 이 형사는 깜짝 놀라며 서로를 동시에 쳐다봤다. 지금까지 강제로 적출된 피해자의 장기는 심장, 간, 폐, 신장 그리고 두 눈이었다. 뇌와 관련된 것은 없었다. 그것은 부검을 통해서도 확인된 바였다. 그런데 이제 새로운 주장이 제기된 것이다. 다른 것은 무조건 좋았다. 그것은 범인에게로 인도해 줄 등대와 같은 것이기 때문이었다.

"제가 기억하기로 피해자의 두개골이 개봉된 사례는 없었는데요."

김 형사가 피해자의 주요 특징을 떠올리며 말했다. 그는 신중했다.

"그렇죠. 일단 이걸 한 번 보시죠."

박신후가 이번에는 두 사람을 컴퓨터 모니터 앞으로 안내했다.

"잘 보고 계세요."

박신후는 두 사람에게 모니터를 잘 보라고 말을 한 후에 본체에 기다란 전선으로 연결된 내시경을 들고 피해자의 콧속으로 집어넣었다. 내시경 끝에 달린 미니 전등이 켜지며 곧 콧속이 환해졌다. 이어 모니터에 피해자의 콧속이 선명하게 보였다.

"여길 잘 보세요."

박신후는 내시경을 거침없이 피해자의 콧속 깊숙이 집어넣었다. 난생처음 접하는 콧속의 영상을 두 사람은 신기하게 여기며 바라봤다. 그러다 영상은 어느 부위에서 멈추었다. 보니 점막에 출혈이 된 부분이 아주 작은 빨간 점처럼 보였다.

"저게 뭐죠?"

심각한 표정으로 모니터를 살피던 김 형사가 물었다.

"출혈 반점인데 크기로 봐서 아마도 주삿바늘이 삽입 된 흔적인 것 같습니다."

"주삿바늘이요?"

이 형사가 물었다.

"그렇습니다. 정확히는 의료용 정밀 드릴로 뚫은 구멍 속으로 주사기를 집어넣은 흔적이라 보는 게 타당할 듯싶습니다."

"범인이 왜 저길 드릴로 뚫은 다음에 주삿바늘을 삽입시켰을까요?"

김 형사가 고개를 갸웃거리며 물었다.

"답은 여기에 있는 것 같습니다."

내시경을 빼낸 박신후가 이번에는 피해자의 머리 쪽으로 걸어갔다. 그리고는 절개된 두개골의 상부를 잡아 떼어냈다. 곧 용기의 뚜껑이 분리되듯 두개골 상부가 분리되자, 그 아래에 들어 있는 피해자의 뇌가 고스란히 외부로 드러났다. 내시경을 내려놓은 박신후가 두 손을 사용해 뇌를 모두 끄집어내 바로 옆에 놓인 스테인리스 통에다 담았다. 그리고는 다시 내시경을 머리 안쪽으로 조심스럽게 집어넣었다. 곧 모니터에 두개골 바닥 쪽 영상이 보였다. 그러자 이번에도 붉은 반점 같은 미세한 출혈자국이 보였다.

"바늘이 아까 본 비강에서 이리로 뚫고 나온 것 같습니다."

박신후가 두 사람을 쳐다보며 말했다.

"이 끝에는 뭐가 있죠?"

이 형사가 콧속, 즉 비강을 가리키며 물었다.

"좋은 질문입니다. 이제 이리로 오시죠."

내시경을 내려놓은 박신후가 이번에는 두 사람을 방금 전 피해자의 두개골에서 꺼낸 뇌를 담은 그릇 앞으로 오도록 했다.

"여길 한 번 보시죠."

박신후가 뇌의 한 부분을 가리키며 말했다. 두 사람은 그가 가리키는 곳을 자세히 살폈다. 역시 아주 작은 출혈 반점이 보였다. 반점의 크기는 조금 전에 봤던 출혈 반점과 형태가 크기 면에서 거의 같았다.

"바늘의 종착역은 바로 여기입니다."

뜻밖에도 박신후가 가리킨 곳은 뇌하수체였다. 크기가 보통 사람의 새끼손톱 크기 정도로 아주 작았을 뿐만 아니라 그 위치 역시 뇌의 아랫부분에 감춰져 있다시피 했다. 김 형사와 이 형사는 고개를 숙여 박신후가 가리킨 뇌하수체 부위를 살폈다. 역시 붉은 출혈 반점이 나 있었다.

"세 출혈 반점을 연결해 보면 일직선상에 위치합니다. 따라서 범인은 뇌하수체에서 뭔가 채취한 게 분명해 보입니다."

박신후가 확신에 찬 어조로 말했다.

"뇌하수체가 어떤 역할을 하죠."

다시 상체를 바로 한 김 형사가 물었다.

"주로 생체 활동에 필요한 각종 호르몬을 분비하는 곳이라 보면 됩니다."

박신후가 이해하기 쉽게 간략하게 설명했다.

"호르몬?"

김 형사는 쉽사리 이해가 가질 않았다. 왜 범인이 호르몬을 채취했을까? 박신후의 설명에 따르면 그곳에서 생산 분비되는 호르몬의 양은 매우 적은 양이라고 했다. 심하게 표현해서 의미가 없다고 단정적으로 말했다. 하지만 그 의미 없는 것을 범인은 가져가려 했던 것이 분명했다. 그렇다면 적어도 범인에게는 의미가 있는 게 분명하다고 김 형사는 판단했다. 빈약하기만 했던 범인에 대한 증거가 또 하나 추가되는 순간이었다. 김 형사는 흥분했다.

"보고서에 이걸 추가하실 건가요?"

김 형사가 다소 흥분한 목소리로 물었다.

"그럼요."

"그렇다면 보고서가 준비되면 우선 저에게 보내주세요."

"그러죠. 대신 비공개입니다."

박신후가 다짐하듯 말했다.

"그런데 앞서 발견된 피해자들도 이와 같은 흔적이 있었을까요?"

이 형사 역시 기대감을 드러내며 물었다.

"앞서 시행된 피해자에 대한 부검 소견을 살폈는데 뇌에 대한 부분은 빠져 있었습니다. 사인이 분명했으니 그랬겠죠. 그리고 살펴보려고 해도 피해자의 시신이 이미 화장된 뒤라 살펴볼 수도 없고요."

박신후가 안타까워하며 말했다. 그의 말대로 5번째와 6번째 피해자의 시신은 이미 절차를 밟아 화장한 뒤였다. 결국 범인이 피해자의 뇌 속에서 뭔가 가져가려 한다는 것을 확인하기 위해서는 차기 피해자가 발생하기를 기다려야 한다는 불편한 결론에 도달했다. 잔혹하고도 아이러니한 기다림이 아닐 수 없었다. 그 상충되는 이해의 충돌에 김 형사는 입맛을 다셨다. 단숨에 흥분이 안타까움으로 변했다.

"그럼 결국 범인이 다시 살인을 저지르기를 기다려야 한다는 말이군요."

이 형사가 난감해하며 말했다.

"꼭 그렇지만도 않아요."

박신후가 묘한 표정을 지으며 말했다.

"왜죠?"

김 형사가 재빨리 물었다. 범인이 다시 살인을 하지 않아도 확인할 수 있다는 의미로 들렸기 때문이다. 다시 말해 범인이 저지른 살인 중에서 아직 공개되지 않은 것이 있다는 말이었다.

"의대 해부 실습 조교로 일할 때 이와 비슷한 것을 본 적이 있었거든요."

박신후의 말에 김 형사는 다시 흥분하기 시작했다.

"좀 자세히 설명을 해 주시죠?"

김 형사가 다그치듯 말했다.

"한 2년 전에 대학병원 인턴 겸 의대 조교로 근무할 때 학부생들 해부 실습을 도와 준 적이 있었는데, 그때 우연히 보게 됐죠. 그때 기억으로 두개골을 절단하고 꺼낸 뇌를 살펴보던 중에 뇌하수체에 찔린 흔적을 찾았거든요. 이상해서 콧속도 살펴봤더니 비슷한 흔적이 있었어요. 그때 모두 2구의 시신에서 지금 보는 것 같은 출혈 반점 흔적이 콧속과 뇌하수체에 각각 나 있었던 걸로 기억해요."

박신후는 자신의 기억을 떠올리며 그때의 상황을 비교적 상세하게 설명해 주었다. 설명을 들은 김 형사와 이 형사는 수첩을 꺼내 박신후의 양해를 구해 재빨리 조금 전 증언 내용을 수첩에다 받아 적기 시작했다. 그리고 무차별적으로 질문을 해대기 시작했다. 박신후는 약간 당황하면서도 귀찮은 내색도 없이 일일이 대답을 해 줬다.

"혹시 해부에 사용된 시신의 신원을 알 수 있을까요?"

계속 질문을 하는 김 형사의 얼굴에 기대감이 가득했다.

"그럼요. 제가 조교로 근무하던 병원에 가면 있을 겁니다. 그런데 그때 들기로 그 시신 2구는 노숙자라고 했던 것 같은데?"

"노숙자요?"

김 형사는 자신의 귀를 의심하며 물었다.

"음…, 뭐라더라 부산역에서 노숙생활을 하던 노숙자였는데, 필로폰 과용으로 사망했고, 연고자가 없어 시신 해부용으로 기증됐다고 했던 것 같은데."

"……!"

필로폰 과용으로 사망한 노숙자라니? 그렇다면 지금 연쇄살인 피해자와 해부에 사용된 시신들 간에 적어도 3가지의 공통점이 있다는 말이었다. 김 형사는 그들 역시 연쇄살인 사건의 연장선상에 있는 희생자들이라고 단정 지었다.

"그럼 그 당시 그들 역시 장기가 모두 적출된 상태였나요?"

뜻밖의 상황에 고무된 이 형사가 확인하듯 물었다.

"아뇨. 모두 있었어요."

"그래요."

이 형사는 다소 실망했다. 장기가 그대로 있었다면 연쇄살인 사건과 연관 지을 수 없는 노릇이었다. 이 형사가 김 형사를 쳐다봤다. 김 형사는 그때까지 수첩에다 뭔가를 빠르게 휘갈겨 쓰고 있는 중이었다.

"건강 상태는 어떻든가요?"

김 형사가 쓰던 것을 멈추고 물었다.

"별루였어요. 오랜 노숙생활로 결핵도 좀 있었고, 간도 많이 손상된 상태였어요."

"프로포폴이 사용된 흔적은요?"

조금 전 박신후가 한 말을 모두 수첩에 기록하기 무섭게 김 형사가 또 질문을 던졌다.

"그것까진 알 수 없었죠."

박신후가 빙긋 웃으며 대답했다. 김 형사는 고개를 끄덕였다. 김 형사의 질문은 다시 몇 가지 더 이어졌다. 모두 지금 벌어지고 있는 연쇄살인 사건과의 연관성을 확인하는 질문들이었다. 많은 질문에 지칠 법도 했지만 박신후는 친절하고 성실히 대답을 해 줬다. 원하는 대답을 모두 들은 김 형사는 정중하게 감사의 인사를 한 다음 이 형사와 함께 부검실을 나와 주차장으로 향했다.

"어떻게 생각해?"

김 형사가 차 문을 열고 이 형사에게 물었다.

"좀 더 알아봐야 할 것 같아요. 하지만 몇 가지 특징이 부합하는 걸로 봐서 연관성이 없다고 부인하긴 어렵네요."

이 형사가 자신의 생각을 솔직하게 밝혔다. 이번 연쇄살인 사건의 가장 큰 특징인 장기 적출이 없다는 것을 감안하면 연관성이 전혀 없지만 시신의 신분이 노숙자라는 것, 사인이 필로폰 과용이라는 것, 그리고 콧속을 통해 뇌하수체에서 뭔가를 주사기로 채취한 흔적이 있었다는 것을 고려해 볼 때 연관성을 완전히 부인하기는 어려웠다. 좀 더 많은 자료가 필요했다.

"같은 생각이야. 그럼 난 이 길로 시신을 해부했던 병원하고 부산경찰청에 들려서 당시 사건을 조사한 수사관을 만나고 들어갈게. 이 형사는 여기서 기다렸다가 부검 보고서를 받아 가지고 경찰청으로 돌아가. 부검 보고서는 내가 돌아올 때까지 공개하지 말고."

김 형사는 들고 있던 자동차 키를 이 형사에게 넘겼다.

"어떻게 이동하려고요?"

키를 건네받은 이 형사가 물었다.

"택시 타고 갈게."

이 형사와 헤어진 김 형사는 수첩을 들고 정문 쪽으로 걸어갔다.

'어쩌면 수사 방향을 제대로 가늠할 수 있는 단서가 될 수도 있다.'

정문 밖 도로로 향하는 김 형사의 발걸음은 자신의 들뜬 기분만큼이나 가벼웠다. 범인에게 이르는 지름길을 찾은 듯 기뻤다.

"택시!"

김 형사가 막 손님을 내리고 출발하려는 택시를 힘차게 불러 세웠다.

김 형사가 다시 특별수사부로 돌아온 것은 이 형사가 7번째 피해자에 대한 부검 보고서를 가지고 온 직후였다.

"어떻게 됐어요?"

가지고 온 부검 보고서를 토대로 회의 자료를 만들고 있던 이 형사가 상기된 표정으로 막 사무실로 들어서는 김 형사에게 물었다.

"월척이야!"

김 형사가 흥분된 표정으로 자리에 앉으며 말했다. 그리고는 가져 온 서류들을 책상 위에 늘어놓고 살펴보기 시작했다. 그때 강 반장이 사무실로 들어와 김 형사와 이 형사 앞으로 왔다.

"이제 온 거야?"

강 반장이 김 형사를 반기며 물었다. 낮에 전화 통화를 통해 상황을 보고받은 그 역시 새로운 증거의 출현에 고무된 상태였다.

"지금 전화로 말씀드린 자료를 정리 중입니다."

김 형사가 빠르게 손을 놀려 책상 위에 널브러진 서류들을 정리하며 말했다.

"두 사람 자료가 준비되는 대로 회의실로 와."

"그러죠."

"최대한 서둘러."

"네."

김 형사가 대답을 하기 무섭게 강 반장은 자신의 책상에서 수첩을 집어 들고 회의실로 들어갔다. 그때 이 형사는 자신의 자리에서 복사된 서류를 나누어 정리하기 시작했다. 서류를 정리하는 두 사람의 손놀림이 매우 분주해졌다.

"다 돼가요?"

서류를 모두 분류하고 철한 이 형사가 자리에서 일어서며 김 형사에게 물었다.

"나도 끝났어. 가자고."

김 형사가 정리를 마친 서류와 수첩을 들고 일어서며 말했다.

"네."

이 형사와 김 형사가 회의실로 들어갔다. 회의실에서는 강 반장이 수첩에 적힌 메모를 읽으며 두 사람을 기다리고 있었다.

"시작해 봐."

두 사람이 자리에 앉기 무섭게 강 반장이 말했다. 김 형사와 이 형사는 각자 준비한 서류를 강 반장과 서로에게 나누어 줬다. 서류를 받아든 강 반장은 그것을 빠르게 읽기 시작했다. 서류를 검토하는 동안 잠시 침묵이 흘렀다.

"일단 이 형사부터 말해 봐."

서류 읽기를 마친 강 반장이 이 형사를 향해 말했다. 이 형사는 부검 보고서의 내용을 자신이 김 형사와 함께 박신후로부터 들었던 것을 종합해 말했다.

"그러니까 범인이 신체 주요 장기뿐만이 아니라 희생자의 머릿속에서도 뭘 가져간 흔적이 있다는 거지?"

끈기 있게 이 형사의 설명을 듣던 강 반장이 내용을 요약해 물었다.

"네. 거의 확실해 보입니다."

"아직 그게 뭔지는 모르고?"

"지금 부검의가 다각도로 분석해 보고 있는 중입니다."

이 형사는 강 반장에게 뇌하수체의 역할과 기능에 대해서 부연 설명을 해 줬다. 강 반장은 비교적 난해한 내용임에도 불구하고 그것을 수첩에 꼼꼼히 메모해가며 경청했다.

"좋아. 이번에는 김 형사가 말해 봐."

이 형사의 설명이 끝나기 무섭게 강 반장이 김 형사에게 말했다.

"결론부터 말하자면 부검의가 말한 시신의 주인공들은 모두 노숙자들로 부산역 인근 골목에서 시신으로 발견되었습니다. 그리고 사인은 필로폰 과다 복용이었고요."

"상습 투약자들이었나?"

"당시 참고인 조사를 받았던 동료 노숙인들에 따르면 그들 모두 필로폰 투약과는 거리가 멀었다고 합니다."

김 형사의 설명을 들은 강 반장은 천천히 고개를 끄덕였다. 연쇄살인 사건의 희생자들 역시 필로폰 상습 투약과는 거리가 먼 사람들이었다. 그는 누군가 필로폰을 강제 투약했을 개연성이 높다고 생각했다.

"프로포폴이 사용된 흔적은?"

강 반장이 다시 물었다.

"안타깝게도 그건 확인할 수 없었습니다. 당시 사인이 분명해 추가적인 검사는 하지 않았다고 합니다. 그런데 당시 부산역 인근에서 필로폰 과용으로 숨진 노숙자가 2명이 아니라 모두 다섯 명이었다고 합니다."

"다섯 명?"

"당시 조사를 맡은 수사관이 확인해 줬습니다. 그리고 제가 드린 서류 중에 당시 수사조서가 들어 있습니다."

김 형사의 말에 강 반장이 다시 서류를 살펴보기 시작했다.

"발견된 장소는 부산역과 해운대 인근이로군. 그런데 왜 언론에는 알려지지 않은 거지?"

"사건 발생 기간이 3개월에서 4개월 간격을 두고 발생했고, 또 피해자 신분이 노숙자들인 탓에 크게 주목을 끌지 못했다고 수사관이 말했습니다."

"서로 연관 지을 수는 있는 거야?"

"단정할 수는 없지만 분명 어느 정도 연관성은 있습니다."

"설명해 봐."

강 반장이 팔짱을 끼고 의자 등받이에 몸을 기대며 물었다.

"일단 연쇄살인 사건 희생자와 2년 전 부산 지역에서 변사한 희생자의 신분이 노숙자라는 점이 일치합니다. 또 두 건 모두 필로폰이 사용되었습니다. 무엇보다 중요한 것은 부산에서 공식 확인된 필로폰 과용에 의해 5명의 노숙자 중 4번째와 5번째 희생자의 콧속과 뇌하수체에서 주삿바늘에 의한 것으로 추정되는 출혈 반점이 발견되었다는 점입니다. 우연으로 치부하기에는 희생자들에게서 발견되는 공통점이 너무도 정확히 일치하고 있습니다."

김 형사가 확신에 찬 어조로 말했다.

"하지만 장기 적출에서는 다르지 않나?"

강 반장이 대번 두 사건 희생자 간의 가장 상이한 점을 파고들듯 물었다.

"가장 상충되는 부분이죠. 하지만 두 사건에서 발생한 희생자들의 특징 중 하나일 뿐입니다."

잠시 고민하던 김 형사가 말했다.

"특징?"

"전 두 사건을 동일범에 의한 소행이라고 보고 희생자의 특징을 다섯 가지로 분류했습니다. 첫 번째는 프로포폴, 두 번째는 필로폰, 세 번째는 뇌하수체의 출혈 반점, 네 번째는 장기의 강제 적출, 다섯 번째는 희생자의 신분입니다. 이 중 세 가지가 일치하고 한 가지는 확인이 불가능하며 한 가지는 다릅니다. 확인이 불가능한 프로포폴 사용 여부를 빼고 나면 4가지 중에서 3가지 특징이 일치합니다. 따라서 서로 연관이 있다고 봐도 무리가 없다는 것이 제 결론입니다."

김 형사의 설명을 들은 강 반장은 잠시 고민했다. 만일 언론에 공개되면 당장 대서특필 감이었고, 사건은 경남이 아니라 부산까지 어쩌면 서울까지 확대되어 전국 노숙자들에 대한 전수 조사가 시행될지도 모를 일이었다. 좀 더 심도 깊은 사전 조사가 필요하다는 것이 그의 생각이었다.

"저도 같은 의견입니다."

이 형사도 김 형사의 의견에 동조하고 나섰다. 고민하던 강 반장 역시 두 사람의 의견에 동의하기로 마음먹었다. 김 형사 말대로 두 사건의 희생자들 간에 드러난 공통점들이 상당 부분 일치하고 있었기 때문이다. 하지만 장기의 강제 적출이라는 점에서는 분명 다른 만큼 추가 조사가 필요하다고 판단했다.

"좋았어. 그럼 앞으로 계획은?"

강 반장이 김 형사에게 물었다.

"일단 오늘 일은 두 사건이 동일범에 의한 것이라는 사실이 공식 확인될 때까지 우리 세 사람만 알고 있는 것이 좋을 듯합니다."

김 형사가 당분간 비공개로 하자고 제안했다. 언론에 공개되었을 때의 부담감 및 범인에게 수사 상황을 고스란히 전해 줄 위험성 때문이라고 부연 설명했다.

"동감이야. 이 형사도 동의하지?"

강 반장이 이 형사를 향해 물었다.

"네."

이 형사 역시 비공개에 동의했다.

"좋아. 두 사람은 앞으로 두 사건의 연관성을 밝히는 데에만 매진해. 그리고 작은 거라도 있으면 보고하고."

의견 일치를 본 강 반장이 호쾌한 목소리로 말했다.

"네."

강 반장의 지시에 김 형사와 이 형사가 거의 동시에 대답했다.

"수고했어. 빨리 범인을 잡아서 발 뻗고 잠 좀 자보자."

강 반장이 얼굴에 환한 미소를 지으며 말했다. 오랜만에 보는 그의 미소라고 두 사람은 생각했다. 강 반장은 곧 자리에서 일어나 자료와 수첩을 챙겨들고 먼저 회의실에서 나갔다.

"이제 어떻게 할 거에요?"

이 형사가 앞으로의 계획을 물었다.

"일단 부산 쪽 수사를 진행해 보자고."

"그럼 잠복수사는요?"

"그것도 함께. 어차피 야간에만 하잖아. 물론 체력적으로 힘들기는 하겠지만."

김 형사가 다소 미안한 표정을 지어 보이며 말했다.

"그나저나 이거 수사의 진전이라고 부르는 게 맞죠?"

이 형사가 고무된 기분 그대로 기분 좋게 미소를 지으며 물었다.

"당연하지! 이제 우린 범인에게 접근할 수 있는 통로를 얻은 셈이야."

김 형사가 확신에 찬 어조로 말했다. 그때 김 형사의 스마트폰이 울렸다. 전화를 받아보니 공형식과 박예린이 사무실에 와 있다는 거였다. 김 형사는 알았다고 대답하고는 전화를 끊었다.

"벌써 잠복 나갈 시간이 됐나봐."

김 형사가 자리에서 일어나 서류를 주섬주섬 챙기며 말했다.

"그러네요."

이 형사도 서둘러 자리에서 일어나 서류를 챙겨 회의실을 나가는 김 형사의 뒤를 쫓았다.

11. 엇갈린 선택, 엇갈린 운명

그간 답답한 공전을 계속하던 수사가 국립과학수사연구원 남부분원에 갓 부임한 부검의 박신후에 의해 급물살을 타기 시작했다. 그가 작성한 부검 보고서와 증언을 토대로 김 형사와 이 형사는 이번에 새롭게 밝혀진 부산 지역 노숙자들의 죽음을 면밀히 살펴보기 시작했다. 특히 노숙자들이 어떤 경로로 필로폰을 입수했는지를 밝히는데 오전을 다 할애하고 있는 중이었다. 그렇게 김 형사가 사건 당시 필로폰 유통 관련 자료를 살펴보고 있던 그때 7번째 연쇄살인 사건의 희생자에 대해서 탐문 수사를 나갔던 이 형사가 뜻밖의 소식을 가지고 돌아왔다.

"7번째 희생자인 이용기가 숨지기 1주일 전에 서울로 올라갔었다는 증언을 확보했어요."

필로폰 관련 자료를 보느라 반쯤 혼이 나가 있던 김 형사는 이 형사의 말에 정신이 번쩍 들었다. 노숙자들이 겨울을 나기 위해서 남쪽, 특히 부산이나 경남을 찾는 경우는 흔했다. 그러다 겨울이 끝나면 다시 서울로 돌아가곤 했다. 그러나 서울로 올라갔다가 겨우 1주일 만에 다시 내려오는 경우는 흔하지 않았다. 노숙자의 생활 여건상 경제력이 빈약해 장거리 이동을 하는 것 자체가 쉽지 않기 때문이다.

"자세히 말해 봐."

호기심이 바짝 동한 김 형사가 의자를 내주며 말했다.

"남산공원 인근에서 이용기와 이번 겨울 내내 함께 노숙생활을 했던 노숙인을 찾아냈는데, 그가 하는 말이 이용기가 죽기 전에 그간 모아뒀던 돈으로 열차표를 사서 서울로 올라갔다 하더라고요."

이 형사가 다소 흥분된 목소리로 자신이 알아낸 정보를 자랑하듯 김 형사에게 설명했다.

"혹시 볼일이 있어 잠시 다니러 간 것은 아니고?"

김 형사가 확인하듯 물었다.

"그건 아닌 것 같아요. 그 노숙인이 말하기를 이용기가 지역 토박이 노숙자들과 자주 마찰을 일으켜 올라가면서 두 번 다시는 안 내려온다고 했었데요."

"마찰을?"

"여자 친구 때문이었다고 말하더군요."

이 형사는 자신이 조사해온 내용을 소상히 설명했다. 그러나 김 형사는 시선을 아래로 둔 채 골똘히 생각에 잠겨 있었다.

'여자 친구?'

그의 머릿속에서 죽은 박찬영의 노숙인 여자 친구가 떠올랐다.

"무슨 생각하고 있는 거예요?"

자신의 이야기를 흘려듣고 있다고 생각한 이 형사는 김 형사에게 약간 언성을 높이며 말했다. 그럼에도 김 형사는 여전히 생각에 잠겨 있었다. 이 형사는 김 형사가 도대체 무슨 생각을 하고 있는지 궁금했다.

"이용기가 왜 다시 서울에서 창원으로 내려왔는지 말 안 했어?"

생각에 잠겨 있던 김 형사가 갑자기 이 형사에게 물었다.

"그는 이용기가 서울에서 내려온 것조차 모르고 있던 걸요."

이 형사로부터 질문에 대한 답을 들은 김 형사는 다시 생각에 잠겼다. 창원에서 서울까지 이동하려면 열차를 타야 했을 것이다. 이용기는 서울에서 노숙생활을 하던 자였다. 분명 추위를 피해 서울에서 창원으로 왔다면 겨울이 끝나면 다시 올라가려고 편도 요금 정도는 모아 뒀거나 준비를 해 뒀을 것이다. 그리고 추위가 누그러지기 무섭게 서울로 올라갔다. 노숙인 특성상 장거리 이동을 한 뒤 1주일 후에 다시 장거리 이동을 한다는 것은 쉽지 않다. 더군다나 다시 창원으로 돌아오지 않을 것이라 공언했던 그가? 직감적으로 누군가 이용기를 쫓아 서울로 올라가 설득해 그를 데리고 왔을 가능성이 높다고 판단했다. 어느덧 머릿속에 한 가지 가설을 세운 김 형사는 스스로에게 질문을 했다.

'그렇다면 누가 서울까지 쫓아 올라가서 이용기를 창원으로 데리고 왔을까?'

김 형사는 그게 누구인지가 궁금해졌다. 그리고 그가 이용기의 죽음에 직간접적으로 관여했을 가능성이 높을 것이라 여겼다. 어쩌면 그가 범인일지도 모른다는 생각이 들었다. 김 형사는 갑자기 마음이 급해졌다.

"이 형사, 아무래도 이용기를 누군가 서울까지 쫓아 올라가서 데리고 내려온 것 같아."

잠시 생각에 잠겨 있던 김 형사가 자신을 물끄러미 쳐다보고 있던 이 형사를 향해 말했다.

"그게 무슨 말이에요?"

이 형사는 웬 뜬금없는 소리냐는 반응을 보였다. 김 형사는 이 형사에게 자신의 가설을 설명했다.

"그럴싸한데요."

김 형사가 내놓은 가설에 이 형사가 맞장구를 치며 말했다. 그대로 있을 수 없다고 판단한 김 형사는 보고 있던 서류를 대충 정리하고 자리에서 일어났다.

"어딜 가게요?"

의자에 걸쳐 둔 외투를 걸치고 밖으로 나가려는 김 형사에게 이 형사가 물었다.

"아무래도 이용기와 함께 노숙했다는 동료를 좀 만나봐야겠어."

김 형사의 말은 곧 이 형사에게 이용기의 노숙 동료가 있는 곳을 안내해달라는 말이었다.

"가요."

김 형사의 말귀를 알아들은 이 형사가 책상 위에 놓아둔 가방을 챙겨들고 자리에서 일어서며 말했다.

갑작스레 경찰청을 빠져 나온 김 형사와 이 형사는 숨진 이용기의 노숙 동료가 있는 남산공원으로 향했다. 때마침 퇴근 무렵이라 도로는 슬슬 교통 체증이 시작되고 있었다.

"아직 그 자리에 있을까?"

마음이 급해진 김 형사가 속도가 현저히 느려지고 있는 차들 사이를 요리조리 피해나가며 말했다.

"있겠죠. 그곳에서 노숙한지 5년째라고 했으니까요."

이 형사가 걱정하지 말라는 투로 말했다.

"그럼 다행이고."

그러나 김 형사는 차의 속도를 높이고 있었다. 급차선 변경을 하는 경우가 많아 이 형사는 자신도 모르게 손잡이를 잡은 손아귀에 은근히 힘이 들어갔다.

"만약 누군가 서울까지 쫓아 올라가 이용기를 데리고 내려왔다면 그는 살아 있는 이용기를 목격한 증인인 셈이야. 따라서 반듯이 알아내야 해."

김 형사가 스스로에게 다짐하듯 말했다.

"맞아요. 그리고 그가 범인 또는 범인과 깊은 관련이 있을 수도 있구요."

"그렇지."

이 형사가 사뭇 진지한 표정을 지으며 말했다. 김 형사가 제법이라며 그를 향해 빙긋 웃어 보였다.

"만약 그렇다면 이유가 뭘까요?"

이 형사가 궁금해하며 물었다.

"일단 우리가 세운 가설이 맞는다고 치자고."

"그래서요?"

"범인은 장기의 공급과 수요를 모두 관리하고 있을 가능성이 커. 하지만 인체 장기라는 게 공장에서 찍어내는 공산품과는 달리 갖다 넣는다고 척척 이식되는 게 아니잖아."

"그렇죠. 조직 거부 반응이 없어야 하죠."

"아마도 범인에게 장기 주문이 들어왔고, 거기에 적합한 이가 이용기였겠지. 그런데 그가 갑자기 서울로 올라간 거야."

"그래서 범인이 서울까지 쫓아가서 주문자의 장기와 거부 반응이 없던 이용기를 데리고 내려왔다? 그런데 서울에서 살해해 장기를 적출하지 뭐 하러 수고스럽게 먼 창원까지 다시 데리고 내려왔을까요? 범인 입장에서 보자면 우리 수사에 혼선을 주려면 그게 더 효과적일 텐데요."

이 형사가 고개를 갸웃거리며 물었다.

"듣고 보니 그러네."

예상치 못한 질문에 김 형사의 표정이 다시 굳어졌다. 충분히 일리 있는 지적이라고 여겼지만, 거기에 맞는 합당한 대답을 찾지 못했다.

'왜 서울에서 하지 않고 먼 창원까지 데리고 와 살해하고 장기를 적출했을까?'

김 형사 자신도 거기에 맞는 해답이 궁금해졌다. 그러는 사이 차는 남산공원 인근 도로로 접어들었다. 김 형사는 차를 공원 입구에서 멀지 않은 도로에 세웠다.

"어디 있지?"

김 형사가 차의 시동을 끄면서 물었다.

"공원 옆 건물의 틈 사이로 난 골목에 모여 있었어요."

이 형사가 손으로 정면에 보이는 건물들을 가리키며 말했다.

"일단 내리자고."

김 형사와 이 형사는 차에서 내려 정면에 보이는 건물을 향해 걸어갔다.

155

건물의 전면은 각종 네온사인으로 휘황찬란하게 빛나고 있었지만 그 뒤쪽은 화장을 하지 않은 초로 여인의 민낯처럼 어둡고 초라하기 이를 데 없었다. 이 형사는 김 형사를 건물의 뒤로 안내했다. 각종 불빛들이 비추는 건물 전면의 번화한 도로변과는 달리 건물 뒤쪽은 군데군데 아무렇게나 설치된 보안등 몇 개가 힘겹게 빈 박스와 쓰레기 종량제봉투가 켜켜이 쌓여 있는 어두운 골목을 밝히고 있었다.

"이쪽이에요."

서로 마주보고 선 건물의 좁은 틈 사이로 난 골목길에는 10여 명 정도 되는 노숙인들이 삼삼오오 모여 술을 마시거나 종이박스를 깔고 덮은 채 잠을 청하고 있었다. 이 형사는 김 형사에게 잠시 기다리라고 말을 한 후에 근처 편의점으로 달려가 막걸리와 간단한 안주거리 몇 가지를 사 가지고 돌아왔다.

"그건 왜?"

김 형사가 이 형사의 손에 들린 봉지를 가리키며 물었다.

"뇌물이요. 이게 특효거든요."

이 형사가 눈을 찡긋 하고는 골목길에 모여 있는 노숙인들을 향해 다가갔다. 김 형사도 곧 그 뒤를 따라갔다.

"아저씨."

이 형사가 술을 마시던 노숙인들 중 하나를 가만히 불렀다.

"짭새 아가씨 또 왔네?"

이용기의 동료라는 노숙인은 김 씨라고 불리고 있었다.

"이거요."

이 형사는 대뜸 김 씨에게 막걸리와 안주가 든 검은 비닐봉지를 내밀었다. 그것을 받아든 김 씨는 봉지 속에 든 내용물이 막걸리라는 것을 알고는 뜻밖의 선물을 받은 아이처럼 환호성을 올리며 재빨리 한 병을 꺼내 뚜껑을 따 컵에 붓고는 재빠르게 입속에다 털어 넣었다.

"캬~! 야! 니들도 한 잔 해."

김 씨의 말에 옆에 있던 노숙인들도 앞다투어 잔을 내밀었다. 곧 좁은 골목길 한쪽에 거나하게 막걸리 판이 벌어졌다. 이 형사와 김 형사는 잠시 그들 곁에 쪼그리고 앉아 막걸리 마시는 것을 지켜봤다. 어두침침하고 적막하던 작은 틈새 골목 안이 갑자기 왁자지껄해졌다.

"또 뭘 알고 싶은 거야?"

연거푸 막걸리 세 잔을 털어 넣은 김 씨가 진한 막걸리 냄새를 풍기며 물었다. 이 형사는 죽은 이용기가 서울에서 누구와 같이 내려왔는지에 대해 물었다.

"글쎄. 아까도 말했지만 난 그놈이 서울에서 내려왔다는 것도 몰랐다니까. 그놈이 죽었다는 것도 아가씨가 말해줘서 알았어."

다소 투박하기는 했지만 김 씨의 말에서 진정성이 느껴졌다. 그러나 어딘가 이상했다. 김 씨는 죽은 이용기와 절친하게 지낸 편이었다. 서울에서 내려왔다면 당연히 김 씨를 찾았어야 했다. 그리고 이용기가 살해당한 곳은 평소 노숙을 하던 곳에서 불과 수십 미터밖에 떨어지지 않은 곳이었다. 상황이 어딘가 묘하게 어긋나고 있었지만 정보가 부족한 김 형사로서는 당시 상황을 재구성할 수 없었다.

'도대체 어떻게 된 건지? 이용기가 다시 서울에서 내려와 이곳으로 오던 도중에 죽임을 당했다는 건가? 그렇다면 누가 이용기를 골목길로 유인한 걸까? 아니면 납치했나? 그러나 시신에는 반항한 흔적이 전혀 없었는데.'

뭔가 알아낼 것이라는 기대를 품고 찾아왔던 김 형사는 살짝 실망했다. 그러나 확인해 볼 것은 많았다.

"그럼 혹시 이용기 씨가 생전에 자신의 피를 팔거나 또는 피를 뽑아 건강검진 같은 것 하지 않았습니까?"

김 형사가 미리 준비해 둔 질문 중 하나를 김 씨에게 물었다.

"이 씨가 쪼록을? 글쎄 금시초문인데."

쪼록은 노숙자들 사이에서 통하는 매혈을 가리키는 은어였다. 김 씨는 죽은 이용기가 매혈을 했는지 정확히 알지 못하고 있었다.

"또 그놈 얘기여?"

그때 김 씨 옆에 있던 50대 초반의 노숙인이 대화에 끼어들었다.

"왜? 조 씨 뭐 아는 거 있어?"

김 씨가 대화에 끼어든 조 씨라는 노숙인을 향해 물었다.

"이 씨가 쪼록을 하기는 했었지."

조 씨라는 노숙인이 컵에 남아 있던 막걸리를 모조리 입속에 털어 넣고 입맛을 다시며 말했다.

"확실합니까?"

김 형사가 반색을 하며 조 씨에게 확인하듯 물었다.

"그래. 내가 봤어. 어디 보자 한 3주 정도 됐나? 밤에 이 씨가 누굴 만나더라고. 어두워서 자세히 보지 못했는데 이 씨 팔에서 피를 뽑아 가는 건 확실히 봤어."

조 씨로부터 말을 듣는 순간 김 형사는 속으로 쾌재를 불렀다. 범인이 매혈을 통해 피해자들을 관리해 왔다는 자신의 추정이 맞았다고 확신했다.

"혹시 장소 기억하세요? 여기에요?"

김 형사가 조바심을 내며 물었다.

"여긴 아니고. 그래, 버스터미널 앞이었어. 그때 추워서 대합실에서 게기고 있다가 경비한테 쫓겨났었거든."

조 씨는 자신의 기억을 떠올려 가며 비교적 상세하게 그날의 상황을 설명해 줬다. 그런데 조 씨의 설명 중에 김 형사의 호기심을 강하게 끄는 대목이 있었다.

"모자를 쓰고 아이스 가방을요?"

김 형사는 조 씨 설명을 중단 시키고 재빨리 조금 전 들었던 내용을 확인하기 위해 되물었다.

"그래. 그 양반이 사각형 아이스 가방을 메고 있더라고. 왜 그 낚시하는 양반들이 메고 다니는 거 있잖아."

"……!"

김 형사의 머릿속에 6번째 연쇄살인 사건이 발생한 폐가 앞에서 만났던 범인의 모습이 떠올랐다. 당시 폐가 근처에서 마주친 범인도 모자를 쓰고 아이스 가방을 메고 있었다. 지금 조 씨가 설명하는 매혈꾼과 그때 만났던 범인의 인상착의가 매우 흡사했다.

"이 형사, 그때 6번째 살인 사건이 발생한 폐가 근처에서 만났던 범인 기억하지?"

김 형사가 자신의 추리를 검증받기 위해 이 형사에게 물었다.

"그럼요. 혹시 김 형사님도?"

김 형사의 예감대로 이 형사 역시 매혈꾼과 그 당시 마주쳤던 범인이 동일인이 아닐까하고 추측하고 있는 중이었다.

"그래. 지금 설명하고 있는 매혈꾼과 범인이 동일 인물일 가능성이 아주 높아 보이는데."

자신의 추측이 논리 정연하게 완성되자, 김 형사는 갑자기 마음이 급해졌다.

"그만 가자."

김 형사가 몸을 일으키며 말했다.

"어디를요?"

이 형사도 따라 일어서며 물었다.

"일단 경찰청으로 돌아가자. 아무래도 오늘 잠복은 터미널 쪽으로 나가야겠어."

"아무래도 그래야겠죠."

김 형사와 이 형사는 서둘러 차를 주차해 둔 곳으로 향했다. 그때 마침 경찰청에서 대기 중이던 공형식에게서 전화가 걸려왔다.

"어디에요? 오늘 잠복 안 나가요?"

전화기를 통해서 들려오는 공형식의 목소리에는 불만이 가득했다.

"지금 가니까 조금만 기다려."

차에 도착한 김 형사는 전화를 끊고 차에 올랐다.

"만약 매혈꾼이 우리 추측대로 연쇄살인범이라면 말이야 그간 품었던 의문이 하나 해소돼."

김 형사가 시동을 걸고 안전벨트를 매면서 말했다.

"의문? 어떤 의문이요?"

이 형사가 궁금해하며 물었다.

"지금까지 살인 사건 피해자들에게서 반항의 흔적을 전혀 찾아 볼 수 없었잖아."

"그렇죠. 방어흔이라든가 저항한 흔적은 전혀 없었죠."

이 형사의 말처럼 모두 7차례 벌어진 연쇄살인 사건 피해자들의 시신들에서 저항한 흔적은 전혀 발견되질 않았다. 그것은 면식범에 의한 살인일 가능성을 강하게 시사해 주는 대목이라고 김 형사와 이 형사를 비롯한 수사진의 공식적인 견해였다. 그런데 막상 수사를 해보니 숨진 피해자들 주변에는 그런 일을 저지를만한 친지나 동료는 전혀 찾을 수 없었고, 있다고 해도 거론되는 이들 모두 당일 알리바이가 확인되었다. 더군다나 피해자들의 경우 고도의 숙련된 외과 의료인이 아니면 할 수 없는 장기 적출이 이루어졌다. 지금까지 김 형사와 이 형사는 그런 공통요소를 가진 자를 피해 노숙인 주변에서 찾지 못하고 있었다. 그리고 그것은 수사진의 난제 중 하나였다.

"만약 매혈꾼이 피해 노숙자들에게 접근해 제법 오랜 세월 매혈을 해왔다면 적어도 그에 대해서 의심을 하지 않았을 거야. 그리고 매혈을 핑계로 인적이 드문 곳으로 유인하기도 쉬웠을 거고. 그리고 매혈을 하는 척 하다가 프로포폴을 주사할 수도 있고."

"맞아요!"

김 형사의 설명을 들은 이 형사가 손뼉을 치며 말했다. 그간 막혀 있던 의문이 봄날 쌓인 눈이 녹듯 순조롭게 풀려 나가는 듯했다. 이 형사는 흥분했다. 김 형사의 추리를 단순히 추리가 아닌 기정사실로 확신한 것이다. 마치 눈앞에 범인이 보이는 듯했다.

"모든 게 자연스럽게 연결 되지 않아."

김 형사가 자신의 추리에 짜릿한 쾌감을 느끼며 말했다.

"그런데 지금까지 숱한 조사를 했지만 매혈꾼은 없었잖아요."

흥분을 감추지 못하던 이 형사가 자신의 머릿속에 떠오른 의문을 입 밖으로 끄집어냈다. 김 형사는 생각에 잠겼다. 이 형사의 지적처럼 범인이 피해자들을 관리하는 데 혈액 검사를 이용했을 것이라는 가정을 세우고 수사를 펼쳤을 때 매혈꾼에 대한 단서는 단 하나도 없었다. 매혈 자체가 불법이기에 더욱 그랬다. 물론 노숙인들을 대상으로 한 탐문 수사 중에 6번째 사건의 피해자인 박찬영처럼 매혈에 대한 단편적인 단서는 얻을 수 있었다. 그러나 직접 매혈을 해왔거나 해 본 노숙인은 아직 만나지 못한 상태였다. 김 형사도 그 점이 마음에 걸리기는 했다.

　"그건 그렇지. 하지만 그렇기에 매혈꾼이 범인일 가능성이 더욱 높지 않을까?"

　김 형사가 역설적으로 물었다. 이 형사는 고개를 끄덕였다. 김 형사는 매혈꾼이 연쇄살인범이라면 매혈 역시 굉장히 은밀하게 이루어졌을 가능성은 충분하며, 또 거기에는 노숙인들이 뿌리치지 못할 상당한 현찰이 입막음용으로 건네졌을 가능성이 높다는 것도 설명했다.

　"그렇기는 하네요. 뭐 어쨌든 매혈꾼을 잡고 보면 해결될 의문이네요. 어차피 매혈도 불법이니까요."

　"일단 매혈꾼을 잡는 데 주력하자고."

　김 형사가 단호한 어조로 말했다. 이 형사도 동의했다. 김 형사는 차의 속도를 높이며 매혈꾼을 잡기 위한 구체적인 방안들을 이 형사와 의논했다.

　의욕을 가지고 매혈꾼을 검거하기 위한 잠복에 들어간 지도 벌써 5일이 지났다. 그러나 늘 그렇듯 의욕만 앞설 뿐 구체적인 성과는 아직 없는 상태였다.

　"오늘도 허탕인가?"

　김 형사가 쓰고 있던 헤드폰을 벗고 기지개를 켜며 말했다. 옆에는 역시 무료한듯 멍한 표정으로 무의미하게 보이는 영상들을 이 형사가 지켜보고 있었다. 김 형사는 시계를 쳐다봤다. 벌써 새벽 2시를 훌쩍 넘기고 있었다. 영상에 보이는 터미널 근처 노숙자들 대부분은 서리와 찬바람을 막아줄 적당한 공간으로 흩어지고 있었다. 노숙자 몇몇이 터미널 앞 광장 으슥한 곳의 희미한 가로등 불빛 아래에서 소주잔을 기울이며 왁자지껄 떠들고 있었다.

"오늘은 이만 철수하는 게 좋겠어요."

이 형사가 피곤한 목소리로 말했다. 마침 김 형사도 같은 생각을 하고 있었다. 거듭되는 심야 잠복근무에 피곤이 쌓이고 있는 중이었다. 더욱이 성과가 없어 느껴지는 피곤은 더 했다.

"아무래도."

김 형사가 힘없이 대답하며 자리에서 일어나 차 밖으로 나왔다. 겨울이 거의 끝나가는 무렵이었음에도 아직 밤공기는 무척이나 차가웠다. 하지만 콧속으로 들어오는 공기는 의외로 상쾌했다. 덕분에 눈가에 쌓였던 잠이 한순간에 달아나 버렸다. 김 형사는 차가 주차된 골목길에서 벗어나 터미널이 보이는 곳까지 걸어갔다. 멀리 잠복 중인 박예린과 그로부터 20여 미터 정도 떨어진 곳에 대기 중인 공형식이 보였다. 비록 얼굴 표정은 알아 볼 수 없었지만 잔뜩 웅크린 자세만으로도 지금 그들이 느끼고 있을 추위가 느껴졌다.

'너무 고생시키는 데.'

김 형사는 새벽 늦게까지 추위와 싸우며 자신들을 대신해 잠복에 나서준 박예린과 공형식에 대해 고마움을 느꼈다. 그리고 미안했다. 서둘러 범인을 잡아 저들의 수고에 보답을 해야겠다고 마음먹었다.

'오늘은 여기까지.'

김 형사는 잠복을 중단하기로 마음먹고 다시 차로 돌아가기 위해 몸을 돌렸다. 그런데 그때 터미널 좌측 어두운 곳에서 웬 사람들이 서 있는 것이 눈에 들어왔다. 언뜻 보기에 노숙인 같아 보였다. 두 사람 중 하나가 잠자리에 쓰려는 것으로 짐작되는 납작하게 접힌 종이박스를 들고 서 있었기 때문이다. 그들은 거리에 세워진 가로등의 불빛이 비치지는 않는 중간 사각 아래에 서 있었다. 그때 어둠 속에 서 있던 두 사람이 몸을 돌려 골목길 쪽으로 걸어가기 시작했다. 곧 그들이 가로등 불빛 언저리에 살짝 닿았고, 어둠 속에 어슴푸레하게 보이던 형태가 좀 더 분명히 보였다.

"저건!"

두 사람 중 다소 건장한 사람이 한쪽 어깨에 줄을 길게 늘어뜨린 사각형 가방을 메고 있었다. 아이스박스가 분명했다. 김 형사는 본능적으로 그들의 뒤를 쫓아야겠다고 생각하고 앞뒤 가리지 않고 도로로 뛰어들어 달리기 시작했다. 다행히 새벽 시간이라 도로 위에는 간간히 지나가는 택시 외에는 차가 거의 없었다. 그런데 김 형사가 도로를 막 건넜을 무렵, 두 사람의 모습은 보이지 않았다.

'어디로 사라진 거야!'

김 형사는 그들이 들어갔을 법한 골목길을 미친 듯이 살펴보기 시작했다. 하지만 어디에서도 그들을 발견하지 못했다. 갑자기 조바심이 난 김 형사는 재빨리 전화기를 꺼내들었다. 이 형사에게 지원을 받을 요량이었다.

"예린이랑 형식이는 어떡하죠?"

이 형사가 박예린과 공형식의 잠복 중단 여부를 물었다.

"할 수 없지. 예린이는 불러들여 차에서 대기하라고 하고 공은 일단 내 쪽으로 보내."

"알았어요."

전화기를 통해 다급함을 느낀 이 형사가 서둘러 전화를 끊었다. 통화를 마친 김 형사는 본격적으로 골목길 구석구석을 뒤지기 시작했다. 그러나 혼자 미로처럼 사방팔방으로 뻗어 있는 골목길을 일일이 다 뒤진다는 것은 거의 불가능했다. 마음만 다급했지 너무 막막했다. 범인이 어디에 있냐고 마구 소리치고 싶을 정도였다. 그때 누군가 뛰어 오는 소리가 들렸다. 김 형사가 소리가 들려오는 곳으로 급히 뛰어 갔다. 가서 보니 이 형사와 공형식이었다. 김 형사는 일단 두 사람에게 매혈꾼으로 추정되는 이에 대한 인상착의와 추정 위치를 설명해 주고 즉시 수색에 나설 것을 지시했다. 곧 새벽녘 한산하던 골목길에 사람들의 뜀박질 소리가 거침없이 울려 퍼지기 시작했다. 요란한 발걸음 소리에 놀란 동네 개들이 잇따라 짖어대기 시작했다. 그 바람에 혹시 범인이 내는 소리가 묻혀 버릴까 조바심이 났다. 정신없이 뛰어가던 김 형사는 눈앞에 나타난 막다른 골목에 급히 멈춰야 했다.

"어때?"

막다른 골목 앞에서 김 형사가 잠시 숨을 돌리며 이 형사에게 전화를 걸었다. 그러나 전화기 너머의 이 형사 역시 별 소득이 없다며 가쁜 숨을 몰아쉬고 있었다. 김 형사는 전화를 끊고 다시 왔던 길을 되짚어 이면도로까지 뛰어 나왔다. 그리곤 더 깊숙이 안쪽으로 뛰어갔다. 주위에는 셔터를 내린 상가들이 즐비하게 늘어서 있었다. 대부분 조명이 꺼져 있어 을씨년스런 분위기를 연출하고 있었다.

'도보로 이동한 게 분명한데 왜 보이지 않지?'

차가 아닌 보통 사람의 걸음걸이로 이동했다면 분명 근처에서 보여야 했다. 김 형사는 연신 거친 숨을 삼키고 뱉어가며 머리를 굴렸다. 매혈의 기본은 직접 사람의 인체에서 채혈을 해야만 했다. 그러자면 사람의 눈을 피해 눕거나 최소한 앉을 수 있는 공간이 확보되어야 할 것이라고 김 형사는 생각했다. 그런데 김 형사가 이면도로 안쪽에 자리 잡은 상가를 지나쳐 갈 때 아주 잠깐 뭔가 김 형사의 시선을 끌었다. 김 형사는 걸음을 멈추고 고개를 돌렸다.

"잘 못 봤나?"

그 자세로 십여 초 정도 멈춰 섰지만 별다른 것은 보이지 않았다. 김 형사는 자신이 잘못 본 거 같다 여기며 다시 걸음을 옮기려 했다. 그때 이면도로 안쪽 골목길 쪽에서 아주 잠깐 희미한 빛이 보이는가 싶더니 다시 사라졌다. 김 형사는 발소리를 죽여 가며 빛이 보인 곳을 향해 조심스럽게 걸어갔다. 가 보니 이면도로 안쪽 구석진 곳에 위치한 방치된 상가에 딸린 부속 창고였다. 김 형사는 숨을 죽이고 잠시 기다렸다. 그러자 창고의 문틈으로 또다시 빛이 새어 나왔다 사라졌다. 그리고 다시 보였다 사라졌다. 김 형사는 아주 조심스럽게 창고 출입문 앞으로 바짝 다가갔다. 창고 출입문을 지키던 자물쇠와 걸이는 어디로 갔는지 보이지 않았다. 김 형사는 얼굴을 문틈에다 바짝 갖다 대고 안을 살폈다. 불빛 아래 누워 있는 사람의 신체 일부가 보였다. 그리고 불빛은 헤드랜턴이었다. 김 형사는 본능적으로 헤드랜턴을 쓴 이가 매혈꾼이라는 것을 알아차렸다.

'넌 오늘 죽었어!'

김 형사는 권총을 꺼내 오른손에 단단히 움켜쥐고 왼손으로 문의 고리를 잡고 안으로 뛰어들 준비를 했다. 그런데 그때 김 형사의 휴대폰이 요란하게 울렸다.

"젠장!"

화들짝 놀란 김 형사는 다시 전화벨이 울리기 전에 문을 박차고 안으로 뛰어 들어갔다.

"꼼짝… 악!"

김 형사가 사격 자세를 취하기도 전에 안쪽에서 강한 불빛과 함께 뭔가 날아와 그의 얼굴을 강타했다. 날아든 물체는 액체가 가득 든 비닐봉지 같다는 느낌을 받기 무섭게 끈적끈적한 액체가 얼굴 전체를 뒤덮어 버렸다. 덕분에 김 형사는 시야가 완전히 마비되어 버렸다. 앞을 보지 못하게 된 김 형사는 총을 쥐지 않은 손으로 서둘러 얼굴을 타고 흐르는 액체를 닦기 위해서 안간힘을 썼다. 입술을 비집고 입 안으로 흘러 든 액체의 맛을 본 김 형사는 그것이 피라는 것을 알아차렸다. 매혈꾼이 급한 김에 피가 가득 든 혈액 백을 찢어 김 형사에게 던진 것이다. 김 형사가 얼굴에 흥건한 피를 닦는 사이에 매혈꾼이 저돌적으로 달려들어 그대로 김 형사를 밀어붙이고 달아났다. 그때까지 휴대전화가 울리고 있었다. 전화를 건 주인공이 이 형사가 분명하다 판단한 김 형사는 급히 손을 더듬어 전화를 받았다.

"이 형사 빨리 와! 놈이 여기 있어!"

계속 흘러내리는 피 때문에 제대로 눈을 뜨지 못한 김 형사가 다급하게 말했다.

"어디에요?"

"젠장! 어딘지 모르겠어!"

당황한 김 형사는 몸을 일으키며 밖으로 나왔다. 그러나 눈을 제대로 뜨지 못해 자신의 위치를 파악할 수 없었다. 그대로 있다가는 범인을 놓칠 수 있다고 판단한 김 형사가 허공에다 총을 한 발 발사했다.

"총소리 들려?"

"네! 지금 곧 갈게요!"

김 형사가 발사한 권총 소리를 듣고 위치를 잡은 이 형사가 전화를 끊었다. 김 형사는 셔츠를 빼내 얼굴을 닦고 주변을 두리번거렸다. 그때 골목길 안쪽에서 급히 뛰어가는 발걸음 소리가 희미하게 들렸다. 매혈꾼이 틀림없다고 여긴 김 형사는 급히 소리가 들리는 방향으로 전속력으로 뛰어갔다. 발걸음 소리가 더욱 가까이서 들려왔다. 다행히 골목길은 갈래 없이 한 방향으로만 이어지고 있었다. 전속력으로 달리느라 부족해진 산소를 흡입하기 위해서 벌려진 입 안으로 피가 계속 흘러들었다. 비릿한 피 냄새와 약간 쓴 피 맛이 동시에 느껴지고 있었지만 김 형사는 개의치 않았다. 범인이 코앞에 있었다. 그때 앞쪽에서 앙칼진 여자 목소리가 들려왔다. 이 형사였다. 김 형사는 이 형사가 매혈꾼을 잡은 것이라고 여기고 더욱 뛰는 속도를 높였다. 그런데 그때 다시 여자의 비명 소리가 울렸다. 그리고 다시 치고 박는 소리가 들렸다. 불길했다. 김 형사가 골목길 모퉁이를 돌자 바닥에 쓰러진 이를 발로 짓밟고 있는 이와 바닥에 쓰러진 채 악을 써대며 그의 다리를 양팔로 움켜잡고 놓지 않고 안간힘을 쓰며 버티는 이가 보였다.

"이거 놔!"

김 형사는 바닥에 쓰러진 이가 이 형사라는 것을 알고는 달리는 탄력 그대로 몸을 공중으로 띄워 강력한 옆차기를 날렸다.

"퍽!"

김 형사의 발은 매혈꾼의 가슴팍을 그대로 강타했다. 순간 매혈꾼의 몸이 공중으로 붕 떴다가 골목 담벼락으로 떨어져 내리며 부딪쳤다. 충격이 워낙 강했던 터라 매혈꾼은 정신을 차리지 못했다. 김 형사는 그 틈을 놓치지 않고 매혈꾼에게 달려들어 수갑을 채우려 했다. 그러나 그보다 먼저 매혈꾼이 몸을 비틀거리며 오른손을 옆으로 마구 휘저었다. 김 형사가 흠칫 놀라며 주춤 뒤로 물러났다. 그때 입고 있던 점퍼의 가슴 부분이 픽 소리와 함께 위아래로 갈라져 버렸다. 곧 충전물 따위가 툭하고 터져 나와 주변으로 흩어졌다. 놀란 김 형사가 급히 자세를 바로하며 매혈꾼의 다음 공격에 대비했다. 아니나 다를까 발차기의 충격에서 벗어난 매혈꾼이 앞으로 나서며 다시 팔을 마구 휘둘렀다.

"어딜!"

김 형사는 뒤로 물러서지 않고 스텝을 바꿔 옆으로 피하며 왼손으로 매혈꾼의 팔을 가로막아 손목을 낚아챘다. 그의 손에는 수술용 메스가 쥐어져 있었다. 공격이 차단된 매혈꾼은 당황하며 다시 손을 빼내 재차 메스를 휘두르려 했다. 그것을 본 김 형사가 피식 웃으며 권총을 꺼내 조금도 망설이지 않고 매혈꾼의 허벅지를 향해 방아쇠를 당겼다.

탕! 탕!

연달아 두 번의 총소리가 울리기 무섭게 매혈꾼은 그대로 쓰러져 버렸다. 김 형사는 재빨리 매혈꾼에게 달려들어 메스를 빼앗아 멀리 던져 버린 후에 팔을 뒤로 비튼 다음 수갑을 채웠다. 그리곤 이 형사에게 달려갔다.

"이 형사! 괜찮아?"

김 형사가 바닥에 쓰러진 채 신음을 흘리고 있는 이 형사를 안아 일으키며 물었다.

"방심하다 당했어요."

이 형사가 복부에 가져가 있던 자신의 손을 보여줬다. 복부에서 피가 솟구치다시피 흐르고 있었고, 상처 주위는 피로 흥건했다. 당황한 김 형사가 서둘러 이 형사의 점퍼와 셔츠를 들어 올려 상태를 확인했다. 상처는 제법 깊었다. 피가 계속 흘러나오고 있어 신속한 지혈이 필요했다. 김 형사는 일단 자신의 벨트를 풀고 손수건을 꺼내 상처에 대고 압박을 가했다. 그때 마침 공형식이 달려왔다.

"빨리 119 불러!"

김 형사가 전화기를 던지며 말했다. 전화기를 건네받은 공형식은 119에 전화를 걸어 구급차를 요청했다.

"불렀어요! 이게 어떻게 된 거에요? 두 사람 다 부상이에요?"

119와 통화를 마친 공형식이 울상이 된 채 김 형사와 이 형사를 번갈아 살피며 물었다.

"난 괜찮아!"

김 형사가 이 형사를 부축해 일으키며 말했다.

"얼굴에 피가 홍건한데 뭐가 괜찮아요. 머리에 빵꾸 난 거에요?"

사색이 된 공형식이 김 형사의 얼굴에 묻은 피를 가리키며 말했다.

"괜찮다니까. 시간 없으니까 넌 저 놈이나 끌고 와."

김 형사의 말에 공형식이 허벅지를 감싸 쥐고 비명을 질러대고 있는 매혈꾼을 강제로 일으켜 세워 이 형사를 들쳐 업은 채 근처 이면도로를 향해 뛰어 가고 있는 김 형사를 쫓아갔다.

"조금만 참아."

이면도로로 나온 김 형사가 초조하게 구급차를 기다리며 말했다. 그러나 이 형사는 신음 소리만 흘릴 뿐 아무런 말이 없었다. 이 형사의 복부와 맞닿은 등 쪽이 점점 따뜻해지고 있었다. 출혈된 피 때문이었다. 아무래도 안 되겠다고 느낀 김 형사가 도로를 향해 뛰어 가려고 할 때 총성을 듣고 출동한 순찰차 3대가 맹렬한 속도로 달려오고 있었다. 뒤이어 공형식의 신고를 받고 출동한 구급차도 함께 달려왔다.

"꼼짝 마!"

순찰차가 멈추기 무섭게 문을 열고 내린 경찰관들이 김 형사를 향해 총을 겨눴다. 김 형사는 일단 구두로 신분을 밝히고 품속에서 지갑을 꺼내 신분증을 보여줬다. 곧 매혈꾼을 들쳐 업다시피 부축한 공형식도 이면도로로 나왔다. 김 형사는 일단 구급요원들에게 이 형사와 매혈꾼의 상처를 살피도록 한 후에 출동한 경찰관들에게 상황을 설명했다.

"아무래도 둘 다 병원으로 옮겨야 할 것 같습니다. 출혈이 너무 심해요."

김 형사는 일단 이 형사부터 구급차에 태워 근처 병원으로 출발시켰다. 그리고 매혈꾼은 순찰차에 태워 그 뒤를 따르도록 했다. 김 형사는 직접 순찰차에 올라탔다.

"넌 예린이 데리고 경찰청으로 와."

"알았어요. 꼭 전화 줘요."

"갑시다."

김 형사를 태운 순찰차는 요란한 사이렌을 울리며 이미 출발한 응급차를 쫓아 이면도로를 쏜살같이 달려갔다. 현장에 남겨진 공형식은 총성과 사이렌 소리를 듣고 몰려든 근처 주민들을 통제하느라 정신이 없는 경찰관을 뒤로하고 승합차가 세워져 있는 곳으로 향했다. 아직도 가슴이 떨렸다. 정신없는 추격과 흥건한 피. 그리고 새벽 공기를 여지없이 뒤흔들어 버린 총성. 모든 게 실제 상황이었다. 영화와는 많이 달랐다. 특히 칼에 찔린 이 형사는 보통 걱정이 되는 게 아니었다.

"괜찮아야 할 텐데."

공형식은 병원으로 실려 간 이 형사를 걱정하며 조심스럽게 대로를 건너 승합차를 향해 걸어갔다.

"예린아 늦어서 미안…응?"

승합차 문을 열고 안으로 들어간 공형식은 난감했다. 돌아와 있어야 할 예린이의 모습이 보이지 않았기 때문이다. 다시 밖으로 나온 공형식은 근처를 살펴보았지만 어디에도 박예린의 모습은 보이지 않았다. 불현듯 불안감이 몰려들었다. 공형식은 급히 터미널로 뛰어갔다. 그러나 그곳에도 박예린의 모습은 보이지 않았다. 급한 마음에 터미널 일대 노숙인들에게 박예린의 생김새를 말해주고 행방을 물었지만 돌아오는 대답은 모두 모른다 였다.

"도대체 어떻게 된 거야?"

공형식은 혹시 그 사이에 박예린이 승합차로 돌아와 있지 않을까 싶어 서둘러 차로 뛰어갔다. 그러나 박예린은 없었다. 불안감은 더욱 커졌고 온갖 상상이 밀려왔다. 아무래도 안 되겠다고 생각한 공형식은 김 형사에게 전화를 걸었다.

"예린이가 안 보인다니? 그게 도대체 무슨 말이야?"

박예린이 승합차로 돌아오지 않았다는 말에 김 형사는 대경실색했다. 전화를 끊고 5분도 채 지나지 않아 순찰차를 타고 김 형사가 승합차로 돌아왔다.

"아직 안 왔어?"

김 형사가 승합차에 올라타기 무섭게 물었다. 얼굴과 옷에는 아직 피를 다 닦지 못해 온통 얼룩이 져 있었다.

"아직이요."

자신의 잘못이 아닌데도 공형식이 미안해하며 말했다.

"도대체 어떻게 된 거야?"

김 형사의 관심사는 오직 박예린의 행방에만 쏠려 있었다. 그때 김 형사는 박예린의 몸에 무선 카메라와 마이크가 부착되어 있다는 사실을 떠올렸다.

"그렇지."

김 형사는 반색을 하며 서둘러 박예린의 몸에 부착된 카메라와 연결된 모니터를 다시 켰다. 그러나 모니터에는 아무것도 보이지 않았다. 오디오도 마찬가지였다. 모두 먹통이었다.

"이게 왜 이래?"

답답해하던 김 형사의 눈에 공형식이 메고 있던 배낭이 눈에 들어왔다. 박예린에게 부착된 무선장치의 전파를 증폭시켜 주는 중계기가 그 속에 들어 있었다. 박예린이 보내는 영상을 승합차에서 보기 위해서는 공형식이 박예린의 근처에 있어야만 가능했다. 그것은 또 다른 사실을 말해 주고 있었다. 박예린이 수신 거리를 벗어나 있다는 거였다. 김 형사는 박예린의 몸에 부착된 무선장치의 수신 도달 거리가 최대 50m라는 것을 떠올렸다. 하지만 그것은 중간에 장애물이 없는 직선거리였다.

"너 지금 밖으로 뛰어 다녀!"

생각다 못한 김 형사가 공형식에게 말했다. 지금 박예린의 위치를 알아내기 위해서는 박예린의 무선장치에 공형식이 가진 중계기를 최대한 근접시키는 수밖에 없었다.

"지금요?"

김 형사의 의도를 이해하지 못한 공형식이 물었다. 김 형사는 답답해하며 이유를 설명해 주었다.

"최대한 원을 그리며 멀리 돌아다녀."

"알았어요."

설명을 듣고 이해한 공형식이 배낭을 고쳐 멘 다음 승합차의 문을 열고 밖으로 나갔다. 차에 홀로 남은 김 형사는 초조하게 아무런 신호가 잡히지 않고 있는 모니터에 영상이 보이기를 기다렸다.

"설마? 아닐 거야."

머릿속에 떠오르는 갖가지 억측 중에서 점점 설득력을 얻어가고 있던 것이 있었다. 박예린이 연쇄살인범에게 납치됐을 수도 있다는 거였다. 생각만으로도 불길했다.

"그럴 리 없어. 매혈꾼이 잡혔는데."

이 형사가 큰 부상을 입으면서까지 잡은 매혈꾼이 연쇄살인범이 분명하다고 김 형사는 판단하고 있었다. 그렇기 때문에 박예린이 연쇄살인범에게 잡혀 갔을 리 없다고 단정했다. 그러나 가슴 한편에서는 왠지 진한 불안감이 자꾸만 솟구쳐 오르고 있었다.

"지금 어디야?"

기다리다 못한 김 형사가 공형식에게 전화를 걸었다.

"터미널 남쪽에서 동쪽으로 크게 원을 그리며 달리고 있어요."

뛰는 와중에 전화를 받은 공형식은 잔뜩 숨이 차오른 상태에서 말을 하고 있었다. 김 형사는 서둘러 지도를 꺼내 위치를 확인해 보니 공형식은 현재 터미널을 중심으로 반경 500m정도 떨어진 곳에 있었다. 그 지역은 인구밀집도가 비교적 높은 주택지였다. 또한 기존 주택에 비해 신축 주택 비율도 높았다.

"좀 더 남쪽으로 내려가."

김 형사는 공형식에게 인적이 드문 지역으로 이동할 것을 지시하고 전화를 끊었다. 그러나 모니터와 스피커에는 아직 아무런 신호나 소리가 들리지 않고 있었다. 박예린이 승합차로 돌아오고 있지 않나 하는 기대감에 김 형사는 문을 열고 밖으로 나가 주위를 살폈다. 하지만 박예린의 모습은 보이지 않았다.

'젠장 도대체 어떻게 된 거야?'

시간은 벌써 새벽 3시 30분을 훌쩍 넘고 있었다. 점차 끝을 보이며 끝나가는 겨울을 추억하는 듯 새벽녘의 공기는 아직 한겨울 추위가 그대로 묻어나고 있었다. 속으로 김 형사는 박예린에게 휴대폰을 주지 않은 것을 후회했다. 혹 잠복근무 중 무의식중에 휴대폰을 사용할 수 있어 그런 조치를 취했지만 지금 같은 경우에는 그런 자신의 결정을 크게 후회했다. 그때 전화가 울렸다. 공형식이었다.

"아직 입니까?"

공형식은 거친 호흡을 토해 내며 물었다.

"잠깐 기다려."

김 형사는 혹시나 싶어 서둘러 승합차로 들어갔다. 그러나 모니터에는 여전히 아무런 신호도 잡히지 않고 있었다.

"아무것도 잡히지 않아."

"너무 막연해요."

공형식의 목소리는 힘들어 하는 기색이 역력했다.

"그래도 할 수 없어. 조금만 더 뛰어다녀."

김 형사는 전화를 끊었다. 온갖 생각이 들었다. 그러다 김 형사는 경찰청 인근 작은 병원에서 직접 매혈꾼을 취조하고 있는 강 반장에게 전화를 걸었다. 혹시 매혈꾼이 연쇄살인 사건에 대해 자백을 하지 않았나 하는 기대 때문이었다. 그러나 전화를 받은 강 반장은 김 형사의 기대와는 전혀 다른 반응을 보였다.

"범행 자체를 강하게 부인하고 있지만 수사를 해보면 뭔가 나오겠지."

일단 강 반장은 매혈꾼의 연쇄살인에 대한 혐의 입증에 강한 자신감을 보이고 있었다. 특히 이 형사에게 상해를 입히는 데에 사용한 수술용 메스 부분에서는 흥분하기까지 했다. 하지만 목소리 한구석에서는 다소 김이 빠진 듯한 느낌을 주고 있기도 했다. 강 반장은 현장에서만 거의 20년을 뛴 산전 수전 다 겪어낸 수사 베테랑이었다. 그는 자신의 감을 대단히 신봉했다. 마치 종교와도 같았다. 지금 목소리에서 느껴지는 아련한 느낌은 바로 그 감이 다를 경우 김 형사가 느끼곤 하던 그것과 비슷했다.

'만약 매혈꾼이 연쇄살인범이 아니라면? 그래서 박예린이 연쇄살인범에게 납치된 것이라면?'

갑자기 김 형사를 괴롭히던 불안한 생각이 비약적으로 커져 그의 머리와 심장을 강하게 압박하기 시작했다. 손이 떨리고 맥박이 여기저기 미친듯 날뛰며 고동치기 시작했다.

"그런데 빨리 복귀하지 않고 무슨 일이야? 이 형사도 병원으로 실려간 마당에 김 형사라도 있어야 제대로 된 범인 심문을 할 것 아냐."

강 반장이 김 형사를 향해 왜 밖에서 꾸물대고 있느냐며 빈정거리는 투로 말했다. 김 형사는 망설이지 않고 박예린이 감쪽같이 사라졌노라 사실대로 말하고는 도움을 요청했다.

"뭐야! 그걸 왜 이제 말해!"

박예린이 사라졌다는 말을 들은 강 반장은 불같이 화를 냈다. 휴대폰을 통해 무시무시한 질타가 한바탕 쏟아졌다. 그 질타 후, 김 형사는 대충 자초지종을 설명하고는 서둘러 와달라고 말하고는 위치를 알려줬다. 당장 출발하겠다는 대답과 함께 강 반장이 전화를 끊었다.

"……!"

김 형사가 전화를 끊자마자 모니터에서 아주 잠깐 흐릿한 신호가 잡혔다가 사라졌다. 김 형사는 두 눈을 크게 뜨고 모니터를 응시했다. 하도 순식간이라 자신이 잘못 본 것일 수도 있다고 여겼기 때문이다. 그때 다시 모니터의 잡신호들이 출렁이듯 일렁거렸다. 모니터에 영상 신호가 잡히기 시작했다고 판단한 김 형사는 바로 휴대폰을 집어 들고 공형식에게 전화를 걸었다.

"지금 거기 어디야?"

김 형사는 공형식이 전화를 받기 무섭게 위치부터 물었다.

"모르겠어요. 주위에 작은 공장들이 많아요."

"공장?"

김 형사는 차량 실내등을 켜고 휴대폰을 손에 든 채 한 손으로 지도를 급히 펼쳤다. 차량 실내등이 흐릿해 지도를 등 가까이에 갖다 대고 위치를 찾았다. 공형식이 말한 곳은 시외버스터미널 남쪽으로 상가와 소규모 공장이 밀집한 지역이었다. 김 형사도 비교적 잘 아는 곳으로, 최근 개발붐을 타고 공장 지대를 밀어내고 아파트를 짓기 위해 부지 매입이 한창인 곳이었다. 따라서 그곳에 입주해 있던 상가와 공장의 철거가 비교적 빠르게 진행되고 있었다.

"신호가 잡히는 것 같으니까 일단 그곳 위치를 기억해 둬."

"위치를요?"

"그래. 일단 그곳을 중심으로 도보로 동서남북으로 움직여 봐."

"길이 서로 교차하는 곳이 아닌데 어떻게 동서남북으로 움직여요."

"그래도 움직여 봐! 시간 없어!"

"알았어요."

전화를 끊은 김 형사는 다시 모니터에 집중했다. 그러나 시간이 꽤 흘러도 모니터에는 아무런 변화가 없었다. 그때 차가 급히 멈춰 서는 소리가 들렸다. 그리곤 차 문이 열렸다. 강 반장이었다.

"어떻게 됐어? 애는 찾았어?"

문을 열고 안으로 들어서며 강 반장이 다그치듯 물었다.

"아직입니다."

헤드폰을 눌러 쓴 김 형사가 모니터에서 시선을 떼지 않은 채 말했다.

"그럼 도대체 어딜 갔다는 거야?"

강 반장이 간이 의자를 가져와 앉으며 재차 물었다. 그러나 김 형사는 온 신경을 모니터의 잡신호에 집중하고 있었다.

"그걸 왜 들여다보고 있어!"

강 반장은 자신의 물음에 대답하지 않고 모니터만 들여다보고 있는 김 형사를 못마땅하게 여겼다. 그럼에도 김 형사는 아랑곳하지 않고 여전히 모니터만 들여다보고 있었다. 그러다 휴대폰을 꺼내 들었다.

"야! 아까 표시해 둔 곳으로 다시 돌아가!"

김 형사는 전화를 걸기 무섭게 공형식에게 원 위치로 돌아갈 것을 지시했다. 그리곤 전화를 끊었다.

"미치겠네."

김 형사가 쓰고 있던 헤드폰을 벗어 던지며 말했다.

"나도 미치겠다. 설명 좀 해봐."

김 형사는 그제야 강 반장에게 상황을 설명했다.

"그래서 지금 형식이가 중계기를 메고 밖을 헤매고 있다는 말이야?"

"지금으로서는 그게 최선입니다."

김 형사가 잔뜩 긴장한 목소리로 말했다. 그때 휴대폰이 울렸다. 공형식이었다. 그는 표시해 둔 곳에 도착했으며 이번에는 반대편으로 움직인다는 말과 함께 전화를 끊었다.

"그나저나 이 형사는 어때요?"

뒤늦게 이 형사의 부상이 생각난 김 형사가 물었다.

"오는 길에 연락 받았는데 출혈이 심했지만 다행히 생명에는 지장이 없대."

"그나마 다행이네요."

"그래. 다행이지."

김 형사는 이 형사의 부상이 심하지 않다는 강 반장의 말에 안도했다. 그의 손에는 미처 닦지 못한 이 형사의 피가 묻은 채 굳어 있었다. 차에 있던 물티슈를 한 장 꺼내 급히 피를 닦아내자 곧 물티슈가 붉게 변했다.

"어? 뭔가 보였어!"

강 반장이 모니터에 고개를 갖다 대며 외치듯 말했다. 김 형사는 즉시 벗어 뒀던 헤드폰을 다시 뒤집어쓰고는 모니터를 응시했다. 그러자 조금 전 보다 훨씬 크게 모니터의 잡신호들이 춤추듯 움직였다. 김 형사는 즉시 휴대폰을 들어 공형식에게 전화했다.

"형식아! 모니터에 영상이 잡히는 것 같아! 일단 멈춰 봐!"

김 형사가 다급하게 말했다.

"알았어요."

휴대폰을 통해 들리는 공형식의 목소리는 거칠기 짝이 없었다. 지금까지 근 1시간 가까이 쉼 없이 뛰어 다니고 있어 숨이 턱 아래까지 차오른 상태였다.

"주위에 뭐가 보여?"

크게 외치는 김 형사의 목소리는 이미 초조함과 갈증으로 갈라져 있었다.

"낡은 공장들뿐이에요!"

공형식의 외침 역시 말소리보다 거의 터질 듯 뿜어져 나오는 숨소리가 더 많이 섞여 있었다.

"그럼 현 위치 기억하고 천천히 앞으로 움직여봐."

"그럴게요."

김 형사는 전화를 끊고 모니터를 응시했다. 옆에 있던 강 반장도 긴장한 표정이 역력했다. 두 사람 모두 행방이 묘연해진 박예린이 무사히 돌아오거나 발견되길 간절히 빌었다. 그렇게 되면 김 형사의 추론처럼 지금 경찰청에 잡혀 있는 매혈꾼이 연쇄살인범일 가능성이 매우 농후해지는 것이고, 그 반대라면 생각하기도 싫지만 박예린이 연쇄살인범의 8번째 희생자가 되는 셈이었다. 두 사람 모두 바람은 전자였지만 느껴지는 불길한 기운은 본능적으로 자꾸만 후자를 떠오르게 만들고 있었다. 두 사람 모두 지금 느끼고 있는 불길한 기운을 입 밖으로 꺼내기 싫었다. 만약 밖으로 꺼냈다가는 고스란히 현실이 되고 말 것 같았기 때문이다. 그때 모니터에 서서히 영상 신호가 잡히기 시작했다. 김 형사는 휴대폰을 집어 들고 전화를 걸어 공형식에게 당장 멈출 것을 지시했다.

"지금 예린이한테 부착된 카메라와 마이크 수신 거리가 어떻게 돼?"

강 반장이 물었다.

"차단물이 있으면 50미터 가량이고, 없으면 100미터 정도랍니다."

"그렇다면 적어도 직경 100미터에서 200미터 정도에 있다는 말이군."

강 반장이 가느다랗게 한숨을 내쉬며 말했다. 생각보다 수색 범위가 넓었다. 김 형사는 공형식에게 다시 진행하던 방향으로 나아갈 것을 지시했다. 이번에는 휴대폰을 끊지 않았다. 하지만 공형식이 나아갈수록 모니터 상의 영상 신호는 점점 더 약해지고 있었다. 김형사는 공형식에게 다시 원래 위치로 되돌아갈 것을 지시했다. 그러자 신호는 다시 뚜렷한 형태를 갖췄지만 아직도 박예린에 부착된 카메라가 비추고 있는 대상이 무엇인지 분간해내기에는 약하기 그지없었다.

"옆에 뭐가 있어?"

아무래도 다른 방향으로 움직일 필요가 있다고 느낀 김 형사가 공형식에게 주위 지형지물을 물었다.

"건물 벽하고 담장이요."

"높아?"

"넘을 수는 있어요."

"그럼 일단 넘어봐."

"방향을 잘 기억해 둬."

"전화나 끊어요."

곧 전화가 끊어졌다. 담장을 넘자면 아무래도 두 손이 자유로워야했기 때문이다. 김 형사와 강 반장은 다시 숨을 죽이고 모니터를 응시했다. 시간이 꽤 흘렀음에도 불구하고 모니터의 영상 신호는 나아질 기미를 보이지 않고 있었다. 방향이 틀렸다고 판단한 김 형사는 공형식에게 다시 반대 방향으로 움직이라고 지시하고는 전화를 끊었다. 약 1분 정도 시간이 흐르자, 신기하게도 모니터의 영상 신호가 점점 더 강해지기 시작했다. 하지만 여전히 물체를 분간하지 못하는 상태였다. 그런데 김 형사가 끼고 있던 헤드폰에서 알 수 없는 소리가 들리기 시작했다. 김 형사는 양손으로 헤드폰을 힘껏 누르고 소리의 정체를 알아내기 위해 온 신경을 집중시켰다.

"왜 그래?"

옆에서 낌새를 알아차린 강 반장이 급히 물었다. 김 형사는 중지를 입으로 가져가 조용히 하라는 신호를 보냈다.

"뭔가 들리는데 무슨 소린지 분간할 수 없어요."

김 형사가 쓰고 있던 헤드폰을 강 반장에게 넘기며 말했다. 김 형사로부터 헤드폰을 넘겨받은 강 반장은 그것을 뒤집어쓰고 김 형사가 그랬듯 미간을 잔뜩 찌푸리고 들려오는 소리의 정체를 알아내려 애를 썼다. 김 형사는 휴대폰을 들고 최대한 목소리를 낮춰 공형식에게 지금 나아가고 있는 방향으로 더 빨리 나아갈 것을 지시했다. 그러자 얼마 안 있어 강 반장의 입에서 비명에 가까운 외침이 터져 나왔다.

"젠장! 이건 옷을 잘라내는 소리야!"

드디어 소리의 정체를 알아낸 강 반장이 아연실색했다. 그와 동시에 모니터에 서서히 잡신호가 걷히고 영상이 제 모습을 갖춰 가고 있는 중이었다. 두 사람은 누가 먼저랄 것도 없이 모니터에 얼굴을 바짝 갖다 대고 점차 선명해지고 있는 영상에 온 신경을 집중시켰다.

"저건!?"

모니터의 영상이 80% 가량 선명해졌을 때 김 형사와 강 반장은 경악했다. 아까부터 움직이던 물체는 소형 랜턴 불빛이었고, 비록 어둡기는 했지만 간간이 강한 랜턴 불빛에 비치는 영상의 뒤 배경은 텐트가 분명했다. 몸부림치도록 싫었던 상상하기조차 두려웠던 그런 원치 않는 결말이 너무도 성급하게 모니터를 통해 펼쳐지고 있는 중이었다. 박예린은 운이 없게도 연쇄살인범에게 납치당한 것이다. 그것도 지금 장기를 적출당하기 일보 직전이었다. 그나마 다행이라면 박예린을 납치한 이는 박예린의 가방을 텐트 안에 그것도 두 사람의 모습이 비교적 잘 보이는 곳에다 놔둔 상태였다. 그는 가방에 매달린 것이 카메라와 마이크라는 것을 모르고 있었다. 덕분에 살인범을 추적해 박예린을 살릴 수 있는 실낱같은 희망이 남아 있었다.

"반장님 모니터 좀 봐 주세요!"

상황이 급박하다는 것을 인지한 김 형사가 얼굴이 사색이 되어 급히 자리에서 일어나며 말했다.

"어딜 가?"

강 반장이 잔뜩 인상을 찌푸리며 물었다. 그의 목소리는 가늘게 떨리고 있었다. 자신도 상황을 어떻게 풀어야할지 갈피를 잡을 수 없었다.

"형식이한테 가야죠. 그리고 경찰청에 전화해서 지금 동원 가능한 기동타격대 전부를 이쪽으로 보내달라고 요청해 주세요!"

김 형사가 급히 운전석으로 넘어가며 말했다.

"알았어."

김 형사는 시동을 켜고 차를 거칠게 출발시켰다. 단숨에 좁은 골목길을 빠져 나온 차는 도로로 뛰어들었다. 차 안이 심하게 흔들렸다. 그러나 강 반장은 의자에 몸을 단단히 고정하고는 휴대폰을 꺼내들었다. 상황이 심상치 않았다. 박예린은 비공식적으로 잠복수사를 하고 있던 민간인이었다. 그런 민간인이 잠복수사 중에 납치된 것이다. 그리고 이제 곧 8번째 희생자가 될 판이었다. 강 반장은 즉시 도경찰청 상황실로 전화를 걸어 상황을 발동하고 5분 대기조를 출동시키라고 지시했다.

"형식아! 지금 그쪽으로 가고 있어. 그러니까 넌 계속 지금 움직이고 있는 방향으로 움직여! 알았지!"

김 형사 역시 휴대폰을 통해 공형식에게 다음 행동을 지시했다.

"빨리 오세요! 힘들어 죽겠어요!"

1시간 넘게 무거운 장비를 메고 뛰어 다닌 때문에 공형식은 이제 지칠 대로 지쳐 있었다.

"조금만 기다려!"

그러나 공형식의 투정에는 아랑곳하지 않고 전화를 끊은 김 형사는 가속페달을 깊숙이 밟으며 속도를 높였다.

"김 형사! 놈이 메스를 들었어! 빨리 가!"

뒤쪽에서 모니터를 들여다보고 있던 강 반장이 비명을 지르듯 외쳤다. 제대로 방향을 잡은 공형식이 앞으로 나아가자, 영상은 모든 것이 구분될 정도로 선명해졌고, 오디오 역시 또렷해져 있었다. 너무나 또렷해 소름이 끼칠 정도였다. 강렬해 보이는 랜턴은 헤드랜턴이었고, 영상 속에 보이는 이의 머리에 부착되어 있어 머리를 움직일 때마다 랜턴의 불빛 역시 따라서 움직이고 있었다. 그래서 강 반장은 안타깝게도 지금 박예린의 옷을 수술용 메스로 잘라내고 있는 이의 얼굴을 볼 수 없었다.

"이거 녹화되고 있어?"

극도로 흥분한 강 반장이 김 형사에게 물었다.

"당연하죠!"

거의 차가 낼 수 있는 최대 속도로 거칠게 차를 몰고 있던 김 형사가 당연하다는 투로 대답했다. 마음이 급했다. 옷이 다 잘려 나갔다면 이제 박예린의 장기를 싸고 있는 껍데기는 살갗뿐이었다. 수술용 메스 앞에 그 보드라운 살갗은 아무런 보호막이 될 수 없다는 것을 김 형사는 너무나 잘 알고 있었다. 빨리 가야했다. 그런 김 형사의 바람을 알았는지 새벽 시간대 거리는 지나쳐 가는 택시 몇 대 뿐이었다.

"빨리 가! 저 새끼가 준비를 마쳤나 봐!"

안절부절못하며 모니터를 지켜보고 있던 강 반장이 다시 한 번 비명에 가깝게 외쳤다.

"거의 다 왔어요!"

김 형사가 차량의 불빛에 비치는 크고 작은 공장 건물을 쳐다보며 말했다. 김 형사는 곧 차를 적당한 곳에 세우고 휴대폰을 꺼내들고 공형식에게 전화를 걸었다.

"어디야!"

김 형사는 대뜸 위치부터 물었지만 어두운 데다가 처음 와 보는 곳이라 공형식은 제대로 위치를 설명하지 못했다. 할 수 없었다. 직접 뛰어가 육성을 들으며 찾는 수밖에 없었다. 김 형사는 차량의 시동을 켠 채로 강 반장이 있는 곳으로 넘어와 모니터를 쳐다봤다. 범인은 이제 소독용 솜을 꺼내 박예린의 몸 이곳저곳을 닦고 있는 중이었다.

"일단 전 밖으로 나가서 수색을 할 테니까 반장님은 전화로 상황을 계속 알려주세요."

"알았으니까 빨리 가 봐."

김 형사가 문을 열고 밖으로 나가자, 강 반장은 다시 모니터와 헤드폰에 신경을 집중했다. 정보가 부족했다. 박예린이 있는 위치를 정확히 알아내자면 무엇이 되었든 정보가 필요했다.

"기동대는 왜 아직이야!"

강 반장은 성질을 내며 휴대폰을 집어 들었다. 그러나 곧 다시 내려놔야했다. 김 형사가 언제 전화를 할지 몰라서였다. 무전기가 없는 게 안타까웠다. 그때 납치범이 작은 주사기를 꺼내 들었다. 주사기 안에는 맑은 액체가 가득 담겨 있었다. 그는 그것을 박예린의 팔에다 놓았다. 강 반장은 그것이 필로폰이라는 것을 알았다.

"뭘 기다리는 거지?"

강 반장은 필로폰을 놓고 난 후 시계를 확인하며 기다리는 납치범의 행동에 의아해 하며 중얼거리듯 말했다. 그러나 기다림은 오래가지 않았다. 필로폰을 투여한지 1분이 채 되지 않았을 때 갑자기 소형 모터가 빠르게 회전하는 소리가 들렸다. 마치 치과에서 이의 썩은 부분을 갈아낼 때 쓰는 소리와 흡사한 그런 소리였다. 치과에서의 기억이 떠오른 강 반장은 소름이 끼쳤다. 모니터를 통해 소음의 주인공이 마치 주삿바늘처럼 생긴 가늘고 기다란 비트가 장착된 작은 의료용 드릴임을 알 수 있었다. 납치범은 그 드릴을 정확히 박예린의 콧속으로 집어넣었다. 곧 드릴이 빠르게 회전하는 소리와 함께 드릴 비트가 뼈를 뚫어내는 끔찍한 소리가 들려왔다. 절로 강 반장의 인상이 일그러졌다. 마치 자신의 콧속이 뚫리는 듯했다. 곧 피부조직이 소량의 피와 맑은 액체가 드릴의 몸통을 타고 아래로 흘렀다. 그러나 납치범은 개의치 않고 계속 드릴로 박예린의 콧속을 후벼 파고 있었다. 그럼에도 박예린은 미동조차도 없었다. 마취된 것이 분명했다. 강 반장은 납치범이 프로포폴을 사용해 박예린을 수면마취하고 있음을 알아차렸다. 곧 드릴 소리가 멈췄다. 납치범은 드릴을 빼내고 드릴의 비트와 거의 같은 길이의 기다랗고 가느다란 바늘이 꽂힌 엄지손가락 굵기의 빈 주사기를 집어 들고는 조심스럽게 박예린의 콧속에다 불빛을 비춰가며 집어넣었다. 바늘이 거의 박예린의 콧속으로 사라졌을 때쯤 주사기를 잡아당겼다. 곧 주사기에 검붉고 다소 맑아 보이는 액체가 차오르기 시작했다. 주사기에 액체가 반쯤 차올랐을 때 납치범은 빼내 바늘을 제거하고 옆에 열어둔 케이스에 담았다. 그리곤 주저 없이 수술용 메스를 집어 들었다. 헤드랜턴의 불빛에 메스의 날에서 푸른 광채가 피어올랐다. 순간 강 반장은 숨이 멎을 듯했다. 푸른 광채가 사라지기 무섭게 새하얀 박예린의 가슴 위를 메스가 지나갔다. 곧 가슴 가운데 붉은 줄이 명확히 생겨났다. 그리고 이내 붉은 줄은 좌우로 굵게 자라났다. 강 반장은 그것이 피라는 것을 금세 알 수 있었다. 강 반장은 급히 휴대폰을 집어 들었다.

"김 형사! 어떻게 됐어! 저 죽일 놈이 예린이 가슴을 열려고 해! 빨리 서둘러!"

강 반장의 입에서 나온 다급한 소리는 절규에 가까웠다.

"배낭 벗어!"

휴대폰을 끊은 김 형사가 공형식을 보고 말했다.

"어쩌려고요?"

"시간 없어. 벗어서 높은 곳에다 올려놓고 따로 움직인다. 서둘러."

이제는 시간과의 싸움이었다. 1초도 허비할 여유가 없었다. 공형식은 중계기가 든 배낭을 벗어 높은 담장 위에다 올려놓고는 김 형사가 시키는 대로 인근 공장 지대를 수색해 나가기 시작했다. 수색 범위는 반경 50미터, 직경으로 따지면 100미터였다. 두 사람이 수색하기에는 범위가 너무 넓고 애매했다. 김 형사와 공형식은 서로 구역을 나눠 움직이기로 했다. 그것이 지금 취할 수 있는 가장 좋은 대안이었다.

"놈은 지금 텐트를 치고 있어. 그 점을 명심해."

지금 가진 정보는 그게 전부였다. 김 형사와 공형식은 신속한 수색을 위해서 담장을 넘는 방법을 썼다. 방향을 잃을 염려가 없었고, 멀리 돌아갈 필요가 없었다.

승합차에 홀로 남아 모니터링을 하고 있던 강 반장은 죽을 맛이었다. 납치범은 이제 박예린의 살가죽을 절개하고 본격적으로 장기 적출을 하기 위해서 갈비뼈들을 도려내고 있었다. 그가 작은 원형 톱이 달린 외과용 절단기를 꺼내들고 스위치를 켰다. 곧 절단기가 굉음을 내며 고속 회전했다. 잠시 훤히 드러난 갈비뼈들을 가늠하던 그가 절단기를 목 바로 아래 갈비뼈에 갖다 댔다. 그러자 곧 사방으로 피와 살점 그리고 뼛조각 따위가 튀었다.

"세상에! 어떻게 저럴 수가!"

본의 아니게 연쇄살인범의 범행을 보게 된 강 반장은 자꾸만 치밀어 오르는 구역질을 참느라 무던히 애를 쓰고 있었다. 그러나 강 반장은 범인이 절단을 마친 갈비뼈를 마치 그릇의 뚜껑처럼 집어 올리자 그만 참지 못하고 고개를 옆으로 돌리기 무섭게 구토를 하고야 말았다. 곧 장기들이 고스란히 노출되어 비쳐졌기 때문이다. 심장이 힘차게 뛰고 허파가 숨결에 따라 수축과 팽창을 하고 있는 광경은 가히 엽기적이었다. 죽은 이의 장기를 보는 것과는 또 다른 느낌이었다.

쿠에엑!

금세 강 반장의 입을 통해서 쏟아진 걸쭉한 토사물이 차 바닥에 질펀하게 쌓였다. 그간 죽은 피해자의 장기는 숱하게 봐온 그였지만 살아 숨 쉬고 있는 장기를 보는 것은 처음이었다.

"김 형사! 아직이야?"

손등으로 대충 입가에 묻은 토사물을 훔친 강 반장이 휴대폰으로 전화를 걸기 무섭게 다그치듯 말했다.

"상황은요?"

대답대신 김 형사는 연신 거친 숨을 토해 내며 물었다.

"절망적이야! 빨리 손을 쓰지 않으면 돌이킬 수 없어!"

그때 밖이 소란스러워졌다. 문을 열고 보니 전경기동대 버스가 근처에 도착하고 있었다.

"기동타격대가 도착했어! 어디로 보내?"

강 반장이 손짓으로 기동타격대 간부를 자신 쪽으로 부르며 물었다.

"일단 병력을 나눠 이곳으로 통하는 길목을 차단하고 나머지 병력은 제 쪽으로 보내주세요."

휴대폰을 끊은 강 반장은 김 형사가 요청한 대로 출동한 기동타격대 병력을 반으로 나눴다. 그때 비상대기 중이던 특별수사부 산하에 소속된 수사관들이 모두 도착했다. 강 반장은 일단 수사관들에게 기동타격대 병력을 인솔시켜 김 형사가 수색 중인 곳으로 보냈다. 그리고 자신은 다시 승합차 안으로 들어갔다.

"......!"

다시 승합차 안으로 들어와 모니터를 본 강 반장은 망연자실했다. 지금 막 납치범이 박예린의 한쪽 허파를 잘라내 미리 준비한 멸균 봉투에 담고 있었다. 그리곤 소형 펌프를 이용해 안에 들어 있던 공기를 모두 빨아내 진공 상태로 만들어 아이스박스에 집어넣었다. 이제 돌이킬 수 없었다. 박예린의 목숨은 사실상 끝난 것이나 마찬가지였다. 그렇다면 살인범이라도 잡아야만 했다. 그것이 지금 마지막 펌핑을 하고 있는 박예린의 심장에 대한 예의라고 강 반장은 생각했다.

강 반장으로부터 상황을 전해들은 김 형사는 다급한 김에 품에서 권총을 꺼내들었다.

"반장님! 지금 공포탄을 쏠 테니까 혹시 소리가 들리는지 봐 주세요."

김 형사는 궁여지책으로 납치범에게 경고와 거리를 측정할 요량으로 공포탄을 쏠 생각이었다. 총소리를 듣고 지레 겁을 집어먹고 도망쳤으면 하는 바람이었다.

"알았어."

대충 김 형사의 의도를 간파한 강 반장이 대답했다. 그의 말이 떨어지기 무섭게 김 형사는 허공에다 대고 연속으로 두 발의 공포탄을 발사했다.

"어때요?"

김 형사가 물었다.

"방금 아주 작지만 총성이 들렸어. 그리고 놈이 반응을 하는데?"

"작업을 중단했어요?"

김 형사가 혹시나 하고 물었다. 그는 납치범이 박예린을 버리고 도주하기를 은근히 바랬다. 그러나 그의 바램은 보기 좋게 틀어져 버렸다.

"젠장! 손을 더 빨리 놀리고 있어!"

강 반장이 분통을 터트리며 말했다. 납치범은 하던 작업을 마치고 도망칠 요량이 분명하다고 생각했다.

"놈은 가까운 곳에 있어요."

휴대폰을 통해 김 형사가 악다구니를 써대며 말했다. 납치범은 이제 간을 적출하고 있었다. 그때 강 반장을 지원하기 위해 여 형사 하나가 승합차 안으로 무심코 들어왔다가 기겁을 하며 손으로 코를 감싸 쥐었다. 강 반장이 토한 토사물에서 심한 악취가 났기 때문이다.

"이게 무슨 냄새예요?"

여 형사가 잔뜩 인상을 쓰며 물었다. 그러나 강 반장은 그런 물음에 답해 줄 정신적 여유가 없었다. 조금 전까지 박예린의 몸속에 간직되어 있던 간이 비닐봉지에 담겨지고 있었다. 장기 적출 장면을 쳐다보던 여 형사는 비위가 상해 밖으로 뛰어나가 버렸다.

김 형사는 총성을 듣고 모여든 동료 형사들과 기동타격대 대원들에게 상황을 설명하고 각각 구역을 할당해 수색에 나서도록 지시했다. 2명으로 하던 수색이 이제 30여 명의 인원이 동원된 대대적인 수색으로 바뀌었다. 그들은 텅 빈 공장과 상가는 물론이고 조업 중인 공장 안으로 뛰어 들어가 무차별적으로 수색을 해나갔다. 김 형사 역시 자신의 구역을 말 그대로 이 잡듯이 뒤졌다.

"도대체 어디 있는 거야!"

계속된 수색에도 납치범의 행방이 묘연하자, 김 형사는 결국 수색을 위해서 열어젖혔던 텅 빈 사무실 문짝을 걷어차며 분통을 터트렸다. 박예린의 심장이 금방이라도 비닐봉지에 담겨질 것만 같았다. 생각만으로도 살이 떨렸다. 불과 몇 십분 전까지만 하더라도 밝은 모습으로 심야의 잠복근무를 무던히 해내던 그였다. 그런 그녀가 이제 시체, 그것도 무참하게 장기를 모두 적출당한 상태로 차디찬 골목길 바닥이나 다 쓰러져 가는 낡아빠진 공장 바닥에 덩그러니 버려진 시체로 발견될 참이었다. 애써 부정하고 싶지만 부정할 수 없는 엄연한 현실이었다. 그때 휴대폰이 울렸다. 걸려온 전화번호를 보니 강 반장이었다. 김 형사는 잠시 휴대폰의 벨이 울리도록 그대로 뒀다. 받는 것이 무섭고 두려웠다. 박예린의 목숨이 끊어졌다고 말할 것만 같았기 때문이다. 김 형사는 휴대폰을 응시하며 잠시 그렇게 서 있었다.

"아니 이 자식은 왜 전화를 안 받아!"

강 반장은 버럭 화를 내며 전화기를 내동댕이쳐 버리고는 이를 악물고 다시 모니터를 응시했다. 조금 전 납치범은 맑고 투명하기 이를 데 없던 박예린의 두 눈동자를 적출해 봉지에 담았다. 이제 남은 것은 마지막까지 힘차게 뛰고 있던 심장뿐이었다. 살인범은 능숙한 동작으로 심장에 연결된 각종 혈관들을 수술용 겸자로 고정시키고 하나씩 잘라냈다. 잘려진 혈관에서 피가 왈칵 왈칵 쏟아져 나와 주변으로 뿜어졌다. 그럼에도 심장은 마지막까지 발악하듯 미친 듯이 벌떡이고 있었다. 그러나 살인범은 개의치 않고 수술용 가위를 오물조물 움직여 순식간에 심장과 몸을 연결시키고 있던 혈관들을 모두 잘라냈다. 드디어 살인범의 두 손에 박예린의 마지막 따뜻한 온기가 담긴 심장이 한가득 담겨졌다. 그 모습을 고스란히 지켜보고 있던 강 반장은 미칠 것만 같았다.

"지금 내가 보고 있는 게 과연 현실일까?"

강 반장의 입에서 자신도 모르는 탄식에 가까운 혼잣말이 흘러나왔다. 민을 수 없었다. 조악하게 만든 한 편의 괴기영화를 본 것 같은 느낌밖에 없었다. 도저히 사람이 하는 행위라고는 믿을 수 없었다.

이제 살인범은 태연하게 주위에 벌려났던 외과 장비들을 낚시용 가방에 담았고, 적출된 장기가 담긴 아이스박스는 사전에 준비한 얼음을 채워 담고는 뚜껑을 닫았다. 그리곤 태연스럽게 텐트를 들어 올리고는 한쪽으로 기울였다. 텐트에 기대져 있던 박예린의 가방이 갑자기 기우뚱하다가 다시 원래 위치로 돌아갔다. 덕분에 가방에 매달려 있던 카메라가 흔들려 모니터의 영상 역시 심하게 한 차례 흔들렸다가 다시 제 자리를 잡았다.

살인범은 랜턴을 비춰가며 처진 텐트의 끝을 쳐다보고 있었다. 텐트 안쪽에 묻어 있던 피가 기울어진 쪽으로 타고 흘렀다. 그 모서리 끝에는 작은 주머니 하나가 매달려 있었는데, 타고 흘러든 피는 모두 그 주머니 안으로 흘러들어가 고였다. 살인범은 랜턴을 비춰가며 피가 더 이상 흐르지 않는지 살피고는 그 피 주머니를 조심스럽게 떼어내 태연하게 모든 것을 적출당하고 텅 비어 버린 박예린의 가슴 속에다 쏟아 넣었다.

강 반장은 살인범의 치밀함에 치를 떨었다. 그러나 그 이상 할 수 있는 것은 없었다. 조금 전 김 형사가 쏜 공포탄으로 인해 주위에 경찰이 출동했다는 것을 인지했을 텐데도 살인범의 행동은 느긋했다. 마치 절대 잡힐 리 없다는 확신을 하고 있는 듯 보였다. 강 반장은 살인범의 확신의 배경을 밝히기 위해 정신없이 추리를 하고 또 했다. 그러나 딱히 떠오르는 추론은 없었다. 그러는 사이 범인은 재빠르게 텐트를 접고 있었다.

소형 텐트는 순식간에 꾸깃꾸깃 접혀져 낚시 가방 속으로 순식간에 사라져 버렸다. 그것을 본 강 반장은 텐트가 살인범이 범행을 위해서 특수하게 제작한 것이 분명하다고 여겼다. 이어 살인범은 마지막으로 몸에 걸치고 있던 비닐을 떼어내기 시작했다. 비닐은 농사용 비닐이 분명했고, 모두 테이프로 고정되어 있었다. 그러나 메스가 몇 차례 움직이자 비닐은 이제 막 벗은 뱀의 허물처럼 단숨에 부드럽게 벗겨졌다. 살인범은 그것을 뒤집어 피가 튀지 않도록 한 후에 잘 접어 부피를 줄인 다음 역시 가방에 쑤셔 넣었다. 살인범은

187

이제 일어서고 있었다. 놀랍도록 신속한 몸놀림이었다.

강 반장은 지금 살인범이 자신에게 수색망이 좁혀지고 있다는 것을 알고 있음이 분명한데도 전혀 당황한 기색 없이 일을 마무리 하는 것을 보고는 수 차례 경험을 한, 즉 자신이 그토록 잡고 싶어 하던 연쇄살인범이 분명하다고 단정했다. 살인범은 이제 얄밉도록 신속하고 신중하게 자신의 옷과 신발은 물론이고 가방과 아이스박스에 묻은 피까지 랜턴을 비춰가며 세세하게 점검 하고 난 다음에 몸을 일으켜 깔고 앉은 매트에서 물러나고 있었다. 그런 다음, 매트를 반쪽씩 이제는 시체로 바뀐 박예린의 몸을 차례대로 덮었다. 그리고는 아래쪽에서 뭔가 잡고 위로 당겼다. 지퍼였다. 강 반장이 매트라고 생각했던 것은 침낭이었다. 살인범은 두 눈을 잃고도 빙그레 미소 짓고 있는 박예린의 얼굴이 보이지 않을 때까지 침낭의 지퍼를 당겼다.

지퍼가 채워진 침낭은 마치 거대한 관을 연상시키는 실루엣을 연출하고 있었다. 살인범은 이제 볼일 다 봤다는 듯이 랜턴을 끄고는 가방과 아이스박스를 둘러메고 자리를 떴다. 살인범의 헤드랜턴 불빛이 사라지자 모니터는 완전히 어둠뿐이었다. 박예린에게 장착된 카메라는 적외선 기능이 있었지만 광량증폭식이라 최소한의 빛이 존재해야 야간에도 영상 식별이 가능했다.

강 반장은 다시 휴대폰을 집어 들었다. 두 가지 소식을 김 형사에게 전해야만 했다. 하나는 박예린이 숨을 거두었다는 것. 그리고 살인범이 현장을 떠났다는 것. 어느 것도 달갑지 않은 소식들이었다. 그러나 범인 체포를 위해서는 신속히 알려야만 했다.

"저긴!"

점점 사라져가는 살인범의 자세가 이상했다. 머리를 잔뜩 숙이고 있었고, 무엇보다 아주 미세하게 물 흐르는 소리가 들렸다. 터널이 분명했다. 강 반장은 그제야 지금 보고 있는 곳이 하수구 또는 지하임을 알아차렸다. 강 반장은 즉시 휴대폰을 집어 들었다.

"하수구요?"

강 반장의 전화를 받은 김 형사는 아연실색했다. 지금까지 지상만 살피고 있었기 때문이다.

"아무래도 하수구 같아! 빨리 하수구 뒤져 봐!"

강 반장이 휴대폰을 통해 다급하게 말했다.

"젠장! 반장님 지금 즉시 외곽 경비 중인 기동대에게 알려서 하수구 출구들을 살피라고 알려주세요!"

"알았어!"

김 형사는 급히 전화를 끊고 근처에 있던 모든 형사들과 기동타격대 대원들을 불러 모으고 지하, 특히 대형 하수구를 최우선으로 뒤지라고 지시를 내렸다.

이제 수색은 지상에서 지하로 확대되었다. 박예린의 목숨은 구하지는 못했지만 살인범은 잡아야만했다. 시간이 없었다. 소름끼치도록 대담하고 영리한 놈이라고 김 형사는 생각했다. 또한 창원 지역 지리에 정통한 놈이기도 했다. 범행 전 최악의 경우를 대비해 도주로까지 꼼꼼히 마련해 둔 것이 분명했다.

"김 형사님, 근처에 반장님이 말한 대형 하수구는 없어요."

힘들게 가까운 하수구 맨홀을 열고 안을 살피던 공형식이 난감해하며 말했다. 김 형사가 무릎을 꿇은 채 열려진 하수구 안을 플래시를 비춰가며 살폈다. 공형식의 말처럼 하수구는 사람이 웅크리고 지나야할 만큼 좁았다. 텐트를 칠만큼 크고 넓질 못했다.

"여긴 아냐!"

김 형사가 몸을 일으키며 말했다. 주변 지리에 대한 정보가 필요했다. 머뭇거릴 시간이 없었다. 대충 주변을 살피다 마침 야간작업 중인 소규모 공장을 발견하고 뛰어갔다.

"경찰입니다. 주변에 혹시 대형 하수도가 있습니까?"

김 형사가 무작정 불이 켜진 공장 안으로 들어가 그곳에서 기름때로 잔뜩 찌든 작업복을 입은 작달막하고 다소 뚱뚱한 체격을 가진 50대 후반의 중년 남성에게 경찰 신분증을 들이밀며 물었다.

"무슨 일 때문에 그러죠?"

중년 남성이 요란하게 돌아가던 기계를 끄며 물었다.

"살인 사건 수사 때문에 그럽니다."

"살인 사건요?"

"시간 없으니까 어서 말해 주세요."

김 형사가 답답해하며 다짜고짜 대답을 재촉했다.

"글쎄요. 잘 모르겠네요. 하지만 복개된 하천은 있어요."

철야 작업으로 인한 피로가 얼굴에 그대로 아로새겨진 중년 남성이 시큰둥하게 대답했다.

"복개된 하천?"

"네. 요 앞 골목길을 따라 아래로 내려가다 보면 큰 길 지하에 복개된 하천이 있어요."

복개된 하천. 감이 왔다. 김 형사는 인사도 하지 않고 재빨리 몸을 돌려 중년 남성이 말한 골목길을 따라 큰 길을 향해 달려갔다. 그 뒤를 영문도 모른채 공형식이 급히 뛰어갔다. 1분 남짓 후, 두 사람은 큰 길까지 나왔다. 그런데 그 앞에 놀랍게도 강 반장이 타고 있는 승합차가 나타났다. 그리고 승합차 뒤 3미터 지점에 맨홀 뚜껑이 있었다. 김 형사는 허겁지겁 달려가 맨홀 뚜껑의 손잡이를 빼서 들어 올렸다. 전체가 쇠로된 뚜껑이 힘겹게 열리며 하수구 특유의 역한 냄새와 함께 희미한 물소리가 들려왔다. 김 형사는 안을 제대로 살피지도 않고 무턱대고 맨홀 안쪽 벽면에 부착된 사다리를 타고 아래로 내려갔다.

"첨벙!"

바닥에 발을 디디기 무섭게 물소리가 남과 동시에 신발 속으로 물이 쏟아져 들어왔다. 플래시를 비춰 바닥을 살피니 온갖 쓰레기와 시커멓게 썩은 흙찌꺼기 따위가 바닥을 뒤덮고 있었다.

"휴우! 냄새!"

뒤이어 내려온 공형식이 코를 감싸 쥐며 말했다. 그는 더러운 흙을 피해

발을 디디려 애를 쓰고 있었지만 디디는 곳마다 진흙뿐이었다.

"조용히 하고. 넌 저쪽을 맡아. 난 이쪽을 맡을 테니까. 그리고 범인을 보더라도 절대 쫓아가면 안 돼. 알았어? 무조건 연락해!"

"알았어요."

두 사람은 동시에 몸을 돌려 반대 방향으로 조용히 걸어가기 시작했다. 김 형사는 물이 흘러가는 방향으로 움직였다. 최대한 물소리가 나지 않게 걸었다. 그러나 쉽지 않았다. 계속 진흙에 빠지며 몸이 휘청거렸다. 의도하지 않은 발자국 소리가 하수구 내를 조용히 울려댔다. 약 3미터 정도 걸어가자, 왼쪽에 사각 형태의 또 다른 하수구가 보였다. 지금 걸어가고 있는 하수구보다는 크기가 작았지만 허리만 살짝 굽힌다면 충분히 걸어 지나갈 만큼 컸다. 김 형사는 최대한 발자국 소리를 죽이며 그곳으로 걸어갔다. 가서 보니 합류되는 지점의 바닥에 물기가 전혀 없이 메마른 상태였다. 김 형사는 조심스럽게 플래시로 내부를 비췄다. 플래시의 강렬한 불빛이 기다란 하수구 내부의 어둠을 저 멀리로 밀어내 버렸다.

"······!"

순간 불빛 끝자락에 뭔가 보였다. 하수구에 쌓인 메마른 쓰레기처럼 보였다. 그러나 표면은 불빛에 반사되어 희미한 윤이 나고 있었다. 김 형사는 순간 숨이 멎을 듯했다. 그는 곧장 허리를 살짝 굽히며 안으로 뛰어 들어갔다. 발걸음이 빨라졌다. 하수구 내부가 갑자기 발자국 소리로 요란해졌다. 거리가 가까워질수록 불빛에 비친 물체의 윤곽이 점점 더 뚜렷해졌다. 침낭이었다. 김 형사는 침낭 앞에서 주저앉았다. 침낭은 머리 꼭대기까지 지퍼로 채워져 있었다.

"예린아!"

김 형사는 그토록 구하고 싶었던 박예린이라는 것을 직감적으로 알아차렸다. 차마 지퍼를 열 수 없었다. 그가 그토록 애써 유지하고 있던 냉정이 일순간 사라져 버릴 것만 같았기 때문이었다. 범인은 박예린을 강 반장이 타고 있던 승합차에서 불과 10여 미터 떨어진 곳에서 태연하게 살인을 저지른 것이었다. 그것도 모르고 김 형사는 엉뚱한 곳에서 범인을 찾고 있었다. 갑자기 가슴 속에서 뜨거운 것이 치밀어 올랐다. 범인을 잡아야만 했다. 당장 드는 생각은 그것뿐이었다.

김 형사는 다시 몸을 일으켜 앞으로 나아갔다. 하수구 합류 지점 부근에 발자국이 없는 것으로 보아 범인은 반대편으로 걸어간 것이 분명했다. 김 형사는 플래시를 앞으로 비춘 채 달려가기 시작했다. 허리를 살짝 굽힌 상태라 불편하기 짝이 없었다. 바닥은 완전히 메말라 있었다. 달리는 통에 손에 든 플래시가 사시나무 떨듯 흔들렸다. 그 흔들리는 불빛에 말라붙은 진흙 위에 사람 발자국이 어지럽게 찍혀 있었다. 발자국은 모두 같은 크기였다. 한 사람이 들어왔다가 다시 돌아나가는 발자국이 분명했다. 범인이 남긴 흔적이 분명했다. 곧 멀리 불빛이 보였다. 혹시 하는 마음에 김 형사는 뛰는 속도를 높였다. 그러나 불빛 가까이 다다랐을 때 김 형사는 그것이 가로등 불빛이라는 것을 알아차렸다. 그는 곧 보강 공사를 위해서 하수구 천정이 제거된 곳에 도달했다. 불빛은 제거된 하수구 천정을 통해서 흘러들어오고 있었다. 하수구 보강 공사 현장은 인근의 빌딩 건축 현장과 이어지고 있었다. 김 형사는 범인이 그 빌딩 건축 현장을 통해 지상으로 나갔을 것이라고 여기고 서둘러 지상으로 올라갔다.

하수구 연결 공사 현장과 연결된 건축 공사 현장은 바닥에 널브러진 각종 자재로 복잡하고 혼잡하기 이를 데 없었다. 김 형사는 조심스럽게 바닥을 비춰가며 주변을 수색하기 시작했다. 그때 뒤에서 인기척이 느껴졌다. 놀란 김 형사가 재빨리 몸을 돌려 플래시를 비췄다. 그러나 아무것도 없었다.

'멀리 가지 못했어!'

김 형사는 범인이 그다지 멀리 도망치지 못했을 것이라고 판단하고 양쪽 출입구가 잘 보이는 곳에 서서 끈덕지게 공사 현장을 수색했다. 만약 아직 공사 현장에 숨어 있던 범인이 현장을 벗어나려면 반드시 김 형사의 눈에 띄게 되어 있었다. 그때 구석진 곳에서 다시 인기척이 느껴졌다. 김 형사가 재빨리 그곳으로 플래시를 비추었다. 불빛에 희미한 먼지가 피어오르는 것이

어렴풋이 보였다. 뭔가 움직인 흔적이 분명했다. 김 형사는 플래시를 비추며 천천히 앞으로 걸어갔다. 발바닥이 지면에 닿을 때마다 삐걱 거리는 소리가 났다. 덕분에 김 형사의 움직임이 고스란히 노출되고 있었다. 하지만 김 형사는 걸음을 멈추지 않고 계속 앞으로 나아갔다.

"저건!"

김 형사가 인기척이 느껴진 커다란 사각형 콘크리트 기둥에 도착했을 때, 그 앞쪽에 상자의 모서리 같은 것이 살짝 보였다. 아이스박스가 분명했다. 반색을 하며 김 형사는 단숨에 그 앞으로 걸어가 상자를 살피기 위해서 허리를 굽혔다. 그런데 그때 목뒤가 따끔했다. 놀란 김 형사가 목의 아픈 부위를 한 손으로 감싸며 급히 몸을 돌렸다. 그러자 주사기를 손에 든 놈이 서 있는 게 보였다. 김 형사는 본능적으로 그놈의 얼굴을 확인하기 위해서 플래시를 치켜들었다. 그러나 그보다 먼저 그놈이 각목을 휘둘러 플래시가 들린 김 형사의 손목을 내리쳤다.

"악!"

손목에 강한 충격이 느껴졌다. 김 형사는 비틀거리며 뒤로 물러섰다. 기습을 당한 상황이었다. 결국 아이스박스는 자신을 유인하기 위한 미끼라는 것을 김 형사는 뒤늦게 알아차렸다.

'바보같이!'

그럼에도 김 형사는 만족스러워했다. 결국 연쇄살인범과 마주하게 된 것이라 여겼기 때문이다. 그는 품 안으로 손을 넣어 권총을 끄집어 내려했다. 그러나 그보다 먼저 놈이 전광석화와 같은 동작으로 몸을 날려 품속에 든 김 형사의 팔을 짓누르며 다리를 걸어 넘어뜨렸다. 불의의 일격을 당한 김 형사는 자신의 몸을 짓누르고 있는 남성을 밀쳐내기 위해서 아직 자유로운 나머지 한 손을 휘둘렀다. 그러나 그보다 먼저 그놈이 손으로 김 형사의 목을 강하게 졸랐다. 엄청난 악력이었다. 순식간에 기도가 좁혀지는 것이 느껴지며 숨이 막히기 시작했다.

"컥! 컥!"

김 형사는 고통스러운 상황에서 벗어나기 위해 발버둥을 쳤다. 그 와중에도 두 눈을 치켜 뜬 채 자신의 목을 짓누르고 있는 놈의 얼굴을 응시했다. 보고 싶었다. 당장 이대로 죽는다면 귀신이 되어서라도 쫓아가 복수하고 싶었다. 그간 무고한 사람들의 목숨을 앗아가고 또 자신의 목숨도 앗아갈 놈의 얼굴을 모른 채 죽고 싶지는 않았다.

　'얼굴을 봐야 해!'

　점점 더 조여 오는 질식의 고통 사이로 김 형사는 의식을 다잡았다. 그런데 뭔가 이상했다. 목에서 느껴지는 고통이 서서히 약해지는가 싶더니 갑자기 몸이 빠르게 이완되며 점점 무기력해졌다. 그와 동시에 의식이 천천히 아래로 아래로 가라앉는 듯한 느낌이 들었다. 이내 격렬하게 저항하던 김 형사의 몸이 서서히 잦아들고 있었다. 놈은 김 형사의 목을 조르고 있던 손을 풀고 천천히 일어섰다. 김 형사는 그제야 조금 전 자신의 목에 꽂힌 것이 주삿바늘이었고, 그 속에 프로포폴이 들어 있었다는 것을 깨달았다. 그러나 곧 그 생각마저 아련히 사라지고 있었다. 마치 꿈속에서 끝없이 펼쳐진 꽃밭을 뛰어다니는 느낌이었다. 그러다가 갑자기 롤러코스터를 타고 끝이 없는 아래로 내려가는 느낌이 들었다. 그런 가운데 놈이 희미하게 웃고는 벗어 두었던 아이스박스와 낚시 가방을 짊어지고 천천히 도로를 향해 걸어가고 있는 것이 보였다. 아니 느껴지고 있었다. 김 형사는 이제 그것이 꿈인지 현실인지 구분이 되질 않았다. 그리고 마지막으로 눈을 깜빡였을 때 모든 것이 암흑으로 변해 버렸다.

12. 8번째 행복한 피해자

"여기는?"

김 형사가 다시 눈을 떴을 때 가장 먼저 보인 것은 새하얀 천장이었다.

"괜찮아요?"

낯익은 목소리에 김 형사가 천천히 고개를 돌렸다. 놀랍게도 이 형사였다. 그의 한쪽 팔에는 목발이 끼워져 있었고, 또 다른 한쪽 팔에는 링거 주삿바늘이 꽂혀 있었다.

"이 형사가 왜 여기 있지? 칼에 찔렸잖아?"

김 형사가 몸을 일으키며 의아해하며 물었다. 이 형사는 분명히 매혈꾼이 휘두른 칼에 찔려 병원으로 실려 간 상태였다. 김 형사가 잠시 이 형사를 물끄러미 쳐다봤다.

"몸은 어때?"

김 형사가 걱정스럽게 물었다.

"견딜 만해요. 그나저나 김 형사님은 어때요?"

"내가 왜?"

이 형사가 김 형사를 측은한 눈길로 쳐다봤다. 내가 다쳤었나? 이상한 느낌에 김 형사가 자신의 몸을 살펴보니 이 형사가 입고 있는 환자복과 같은 환자복이 자신에게 입혀져 있었다.

"이게 어떻게 된 거지?"

김 형사가 의아해하며 물었다. 지금 몸 상태는 잠을 푹 자고 일어났을 때처럼 개운하고 상쾌했다. 물론 몸 여기저기에서 통증이 느껴지기는 했지만.

"정말 기억 안 나요?"

이 형사가 씁쓸한 표정을 지으며 되물었다. 김 형사는 이 형사의 씁쓸한 표정에 어젯밤의 일들이 순식간에 떠올랐다. 매혈꾼의 검거와 박예린의 납치 그리고 죽음. 갑자기 눈시울이 뜨거워졌다.

"예린이는?"

김 형사가 떨리는 목소리로 물었다. 그것은 예린이의 생사와 관련된 질문이 아니었다. 시신 수습에 관한 것이었다. 범인을 추적하다 불의의 기습을 당한 후, 강 반장에게 제대로 알리지 못했기 때문이다. 비록 주검으로 변했지만 불결하기 짝이 없는 하수구 바닥에 놔두고 싶지는 않았다.

"예린이는 부검을 위해서 국과수로 옮겨졌어요."

말끝에 이 형사의 눈에서 굵은 눈물이 흘러내렸다. 아직 꽃다운 나이였고, 비록 노숙 소녀였지만 꿈도 많았다. 그간 함께 잠복을 하느라 정도 들었었다. 특히 자신을 보고 언니가 생겼다며 무던히도 좋아하던 모습이 눈앞에 선했다.

"다 내 책임이야."

김 형사가 눈시울이 붉어진 이 형사를 쳐다보며 힘없이 말했다. 박예린의 죽음은 자신의 판단 착오 때문이나 마찬가지였다. 매혈꾼. 박예린의 납치와 죽음 직전에 검거한 매혈꾼이 연쇄살인범이라는 자신의 섣부른 판단 때문이라는 자책이 매섭게 양심을 할퀴어댔다. 동시에 뼈가 저리다는 말뜻이 절로 느껴질 정도로 후회가 됐다. 시간을 다시 되돌릴 수만 있다면. 그럴 수만 있다면 박예린이 죽게 내버려 두지 않을 것이라는 헛된 맹세가 온통 머릿속을 헤집고 돌아다녔다. 그러나 김 형사는 그것이 자기 합리화를 위한 쓸데없는 변명에 지나지 않는다고 자책했다. 갑자기 이대로 있을 수 없다는 생각이 밀려들었다. 김 형사가 갑자기 침상에서 벌떡 일어났다.

"어딜 가려고요?"

이 형사가 놀란 표정을 지으며 물었다.

"이대로 있을 수 없어. 빨리 가서 놈을 잡아야지."

"반장님이 파장이 수그러들 때까지 당분간 병원에 머물러 있으래요. 지금 경찰청 분위기가 아주 좋지 않다면서요."

차라리 몸이 아프거나 부상을 입었다면 좋았을 것이다. 정말 그 핑계를 대고 누워 있고 싶었다. 그러나 지금 김 형사의 몸 상태는 최상에 가까웠다. 몸은 개운했고, 쌓여 있던 피로도 모두 풀어진 듯 힘이 넘쳤다. 최근 10여 년간 이토록 개운한 잠을 자 본 적이 없을 정도였다. 지금의 상쾌함을 또 느끼고 싶은 욕구가 강하게 일었다. 모두 프로포폴의 약효 때문이라는 것을 김 형사는 뒤늦게 깨달았다.

"사지육신이 멀쩡한데 병원에 있고 싶지 않아. 가서 책임질 일이 있다면 책임져야지. 죄 없는 반장님 혼자 당하게 둘 수는 없어."

힘없이 침상에서 일어난 김 형사는 옷장에서 옷을 꺼내 화장실로 가서 옷을 갈아입고 나왔다. 박예린을 구한 것은 고사하고 코앞에서 그를 죽인 범인을 놓친 것도 면목이 없는데, 그토록 잡고 싶었던 범인에게 불의의 기습을 당해 프로포폴을 맞고 쓰러져 병원에 숨어 있을 정도로 김 형사의 낯짝이 그렇게 두껍지 못했다. 무심코 입은 옷은 지난밤의 일을 말해 주듯 하수구에서 묻은 각종 오물로 얼룩져 있었다.

"먼저 반장님한테 전화부터 해보세요. 가더라도 돌아가는 상황은 알아야죠."

이 형사가 천천히 의자에서 몸을 일으키며 말했다. 그는 아직 부상이 다 낫질 않아 행동이 부자연스러웠다.

"무슨 낯으로 전화를 해."

김 형사가 힘없이 대답했다. 그때 문이 열리면서 공형식이 들어왔다. 그는 며칠 잠을 자지 못한 사람처럼 초췌하기 이를 데 없는 몰골이었다.

"좀 괜찮아요?"

"그래."

김 형사는 공형식의 물음에 짧게 대답하고는 겉옷에 묻은 먼지를 대충 털어 버리고 걸쳤다.

"미안하다."

옷을 모두 갖춰 입은 김 형사가 문 쪽에 힘없이 서 있는 공형식을 쳐다보며 말했다.

"이제 어떻게 되는 거죠?"

공형식이 걱정스러운 눈초리로 물었다.

"모르겠다. 일단 경찰청으로 가 봐야지."

"지금 난리가 났어요. 연쇄살인범의 범행 동영상이 있다는 소문이 퍼져 방송사와 신문사 기자들이 벌 떼같이 몰려들어 경찰청 곳곳을 샅샅이 뒤지고 있어요."

공형식이 한바탕 불평을 터트리며 말했다.

"또 어떤 놈이 분 거야?"

문제의 동영상은 굉장히 민감한 수사 자료였다. 따라서 비공개로 철저히 분석해 그 영상 속에서 증거를 찾아내 범인 검거에 활용하는 것이 우선이었다. 만약 공개가 된다면 범인이 관련 동영상 속의 증거를 인멸할 수 있게끔 도와주는 셈이었다. 김 형사는 분명히 공명심에 혹한 동료가 친분이 있는 기자에게 제보한 것이 분명하다며 속으로 분통을 터트렸다.

"그런데 왜 여기는 조용해?"

이 형사가 공형식을 쳐다보며 물었다. 분명 동영상의 핵심 관련자는 김 형사였고, 전화 몇 번이면 소재 파악이 가능했다. 그런데도 너무 조용했다.

"강 반장님이 이번 일에 김 형사님이 관련되어 있다는 걸 철저히 함구하고 있는 모양이에요. 심지어 상부에도요. 아까 경찰청에 증언하려고 들렸을 때 이걸 주면서 어디 짱박혀서 먼저 살펴보고 단서를 찾으라했습니다."

공형식이 품에서 케이스에 담긴 디스크 한 장을 꺼내 김 형사에게 건넸다.

"......!"

그것을 건네받는 김 형사의 손이 심하게 떨렸다. 무서웠다. 만일 다시 본다면 영원히 깨지 못할 악몽을 꾸게 될 것만 같았다.

"그게 뭔데?"

아직 지난밤에 있었던 일의 전말을 모르는 이 형사가 김 형사에게 건네진 디스크의 정체를 궁금해 하며 물었다. 공형식이 귀엣말로 디스크에 담긴 내용을 이 형사에게 말해 줬다. 사실을 들은 이 형사는 크게 놀라며 김 형사를 쳐다봤다. 김 형사는 자신의 손에 들린 디스크를 뚫어져라 쳐다볼 뿐 아무런 말이 없었다.

"일단 우리 집으로 가요. 거긴 아무도 모를 테니까 마음 놓고 볼 수 있을 겁니다."

공형식이 담담하게 말했다.

"그래. 그게 좋겠어요. 조만간 이곳도 기자들에게 알려질 테니까."

이 형사가 김 형사의 곁으로 다가가 말했다. 그 말에 김 형사가 고개를 끄덕였다. 생각해 보니 딱히 갈 곳이 없었다. 자신의 집은 노출될 게 뻔했고, 여관은 생활하기에 불편했다.

"어서가요."

공형식이 멍하니 서 있는 김 형사를 잡아끌며 말했다.

"나중에 전화 줘요."

이 형사의 말에 김 형사가 고개를 끄덕이고는 여전히 침울해 하는 공형식과 함께 병실을 힘없이 빠져나갔다.

"김 형사가 붙잡은 놈의 정체가 겨우 장기 밀매범이었단 말이야?"

김 형사와 강 반장이 속한 특별수사부의 총책임자인 부장의 입에서 조소 섞인 헛웃음이 터져 나왔다.

"겨우가 아니죠. 이놈이 저지른 불법 장기 밀매 알선 행위만 현재 밝혀진 것만 200건이 넘습니다. 게다가 이놈과 연계된 또 다른 불법 장기 밀매 알선 조직 역시 10여 개가 넘는 것으로 추정되고 있습니다. 이 정도면 대박이라고 할 수 있는 것 아닙니까?"

강 반장이 따지듯 힘주어 말했다. 어떻게 해서든지 이번 일의 파장에서 김 형사를 보호해 줄 필요가 있다고 생각했기 때문이다.

"그나마 다행이군."

부장 역시 그 점은 인정하고 있었다. 사실 김 형사에 대한 징계를 내리지 않는 것도 그 덕분이었다. 이미 상부와 장기 밀매꾼 검거와 8번째 연쇄살인 사건을 별개로 다루기로 암묵적인 합의가 이루어져 있었다. 만약 김 형사가 장기 밀매범을 연쇄살인범으로 오판해 뒤쫓는 바람에 연쇄살인범을 유인하기 위한 비공식 잠복수사에 참여하고 있던 민간인 소녀가 살해당하도록 내버려 뒀다는 사실이 알려진다면 책임 소재 논란이 김 형사 개인에게 그치지 않을 것이라는 점이 적극 고려된 덕분이었다. 다행히 자세한 내막을 아는 이는 김 형사와 이 형사 그리고 강 반장뿐이었다. 강 반장 역시 어렴풋이 그 합의 내용을 인지하고 있었다.

"김 형사의 부상은 어때?"

부장이 넌지시 물었다.

"다행히 큰 부상은 아닙니다."

강 반장은 상부에 김 형사가 살해범을 뒤쫓다가 부상을 입고 입원했다고 거짓 해명을 한 상태였다. 그렇지 않았다면 김 형사는 지금쯤 상당한 수위의 징계를 받거나 혹은 감사반의 혹독한 감사를 받고 있을 터였다. 천만다행으로 정신을 잃고 쓰러져 있던 김 형사를 가장 먼저 발견한 이는 공형식이었고, 그가 강 반장에게 직통으로 알린 덕분에 간신히 보안을 유지할 수 있었다. 하지만 김 형사가 부상이 아니라 프로포폴을 맞고 수면마취로 쓰러져 있었다는 것을 알게 된 강 반장은 함구하기로 했다. 그저 김 형사가 살인범을 뒤쫓다가 부상을 당했다는 것이 차라리 여러모로 편했다.

"이건 30분 후에 있을 8번째 살인 사건 브리핑 자료입니다. 한 번 보시죠."

강 반장이 분위기를 환기시키기 위해 서둘러 미리 준비해 온 보도 자료를 부장에게 내밀었다.

"이리 줘봐."

강 반장이 내민 자료를 부장이 훑어보기 시작했다. 내용은 실상과 많이 달라져 있었다. 김 형사가 장기 밀매범을 쫓아가 검거하는 과정에서 연쇄살인범으로 의심되는 이를 뒤쫓게 되었다가 살해 현장을 발견하게 되었고, 또 격투 끝에 범인은 놓치고 부상을 당한 것으로 각색되어 있었다. 그러나 아귀가 딱딱 들어맞는 것이 부장의 구미에 맞았다.

"딴은 뭐 괜찮군. 그런데 동영상은 어떻게 하지?"

"아직 공개할 때가 아닙니다."

"그렇기는 하지. 하지만 기자들이 집요하게 물고 늘어지고 있어."

"상부의 의견은 어떻습니까?"

"우리와 크게 다르지 않아."

이른 새벽 동영상을 본 경찰청을 비롯한 국장급 간부 대부분이 공개는 절대 안 된다는 것으로 의견을 모은 상태였다. 일부 간부들은 강 반장과 마찬가지로 회의장에서 뛰쳐나가 구토를 했다는 후문도 있었다.

"그렇다면 이렇게 하는 것은 어떨까요?"

"무슨 좋은 방안이 있나?"

"마침 김 형사와 이 형사가 장기 밀매꾼을 뒤쫓아 가는 장면과 붙잡는 장면이 근처 골목길 CCTV에 잡힌 영상이 있습니다. 그걸 공개하고 와전됐다고 하는 것은 어떨까요?"

"그거 좋군. 그럼 그렇게 하고 준비 해줘."

"네."

"도대체 누가 언론에 흘린 거야? 파악은 됐어?"

"죄송합니다."

"그렇겠지. 동영상은 강 반장이 알아서 보관해. 사건 실마리가 풀릴 때까지 철저히 숨기고."

"걱정 마십시오. 필요한 조치는 이미 모두 취해 뒀습니다."

"알았어. 그만 나가봐. 기자회견 하려면 자료 좀 읽어 둬야지."

"그럼 전 가 보겠습니다."

강 반장은 목례를 하고 밖으로 나왔다. 그가 부장실에서 나와 복도를 나서는 순간 그를 알아본 기자들이 벌 떼처럼 몰려들어 질문 세례를 퍼부었다.

"조금 있다가 부장님께서 기자회견을 하실 거니까 질문은 그때 하세요."

강 반장이 기자들이 친 인의 장막을 뚫고 도망치듯 자신의 사무실로 돌아왔다.

"기자들 접근 금지시켜!"

사무실로 들어선 강 반장이 전경들에게 지시를 내렸다. 곧 강 반장을 따라 사무실로 들어오려는 기자들과 전경들 간의 몸싸움이 사무실 입구에서 벌어졌다. 들어오려는 기자들과 막는 전경들 간에 고성이 몇 차례 오가더니 누군가 기자실에서 회견이 있을 것이라는 소식을 전하고 난 다음에야 조용해졌다.

"어이구!"

북적대던 입구가 조용해지자 강 반장이 자리에 앉으며 깊은 한숨을 내쉬었다. 갑자기 피로가 몰려왔다. 생각해 보니 근 24시간 동안 잠 한숨 제대로 자지 못했음을 깨달았다. 앞으로도 24시간 동안 역시 잠을 자지 못할 것이라 생각했다. 쉴 수 없었다. 박예린이 죽은 현장에서 수거해 온 증거물에 대한 분석이 우선이었다. 또한 김 형사가 검거한 장기밀매범에 대한 조사도 김 형사가 없는 현재로선 자신의 몫이었다. 강 반장은 책상을 정리하고 박예린에 대한 부검이 이뤄지고 있는 국립과학수사연구원으로 가기 위해 주차장으로 향했다. 마주친 기자들은 더 이상 강 반장에게 관심을 보이지 않았다. 다들 곧 있을 기자회견을 놓치지 않기 위해서 급히 계단을 뛰어 오르느라 바빴다.

'골치 아픈 양반들.'

강 반장은 다행이라 여기며 발걸음을 서둘렀다.

쨍그랑!

난데없는 소리에 화장실에서 세수를 하고 있던 공형식이 놀란 토끼눈을 뜨고 튀어나왔다. 나와 보니 소주 냄새가 진동하는 가운데 TV 뒤쪽 벽 아래에 산산조각난 소주병 조각들이 나뒹굴고 있었다. 범인은 김 형사였다. 벌써 소주 병, 잔, 접시 등이 몇 차례 깨진 상태였다. 김 형사는 밤새도록 박예린이 장기를 적출당하는 동영상을 반복해서 보고 있었다. 보는 중간에 화를 참지 못한 김 형사가 손에 잡히는 대로 집어 던지는 통에 공형식의 옥탑방은 아수라장이 되어있었다. 그럼에도 공형식은 밤새 두말없이 깨진 것들을 치우고, 걸레로 흔적을 말끔히 닦았다.

"소주 사다드려요?"

공형식이 완전히 씻지 못한 비누 거품이 뿌옇게 묻은 얼굴로 물었다. 그러나 김 형사는 컴퓨터와 연결된 TV만 두 눈을 부릅뜨고 쳐다 볼 뿐 별다른 말이 없었다. 공형식은 말없이 익숙한 동작으로 소주병 조각들을 치우고 바닥을 훔친 다음 다시 화장실로 들어가 세수를 하고 나왔다.

"해장국 좀 사 올게요."

공형식이 김 형사를 쳐다보며 말했다. 그러나 김 형사는 여전히 분노가 서린 표정으로 무방비로 장기를 적출당하는 박예린과 범인을 쳐다보고 있을 뿐이었다. 가느다랗게 한숨을 내쉬며 공형식은 문을 열고 밖으로 나갔다.

"도대체 넌 누구야! 어떤 새끼냐고!"

마지막으로 심장을 떼어내 비닐봉지에 담고 있는 범인을 보며 김 형사가 악을 써댔다. 몇 번을 봤음에도 불구하고 힘차게 뛰는 박예린의 심장이 그대로 비닐봉지에 담기는 장면은 애처롭기 짝이 없었다. 그 장면 뒤에는 어김없이 스스로에 대한 질책이 무섭게 뒤따랐다. 내가 조금만 더 일찍 행동했더라면, 내가 좀 더 끈덕지게 놈을 붙잡고 늘어졌더라면. 아무 소용없는 후회와 질책들이 김 형사 스스로의 분노를 더욱 부추겼다. 갑자기 눈물이 흘렀다. 결코 짧지 않은 수사관 생활을 하는 동안 지금처럼 거의 완벽하리만치 현장에 단서를 남기지 않는 범인은 본 적이 없었다. 벌써 몇 번을 봤지만 동영상에는 범인을 암시하는 그 어떤 단서도 담겨 있지 않았다. 그게 더 화가 났다. 강 반장이 전해 준 현장 감식 결과 보고서와 박예린의 부검 결과 보고서 역시 아무런 도움이 되지 못했다.

"그때 사생결단을 냈어야 했어! 그때!"

결국 분을 참지 못한 김 형사가 두 팔에 고개를 파묻고 통곡하듯 울음을 터트렸다. 장기를 적출당한 채 죽음을 맞이한 박예린에게 너무도 미안했다. 파묻은 팔 사이로 부검 보고서가 보였다. 김 형사는 떨어뜨렸던 고개를 들고 떨리는 손을 뻗어 부검 보고서를 자신 쪽으로 끌어당겼다. 주검으로 변한 박예린의 얼굴 사진이 붙어 있었다. 희미하게 웃고 있었다. 다른 연쇄살인 사건 희생자들처럼. 온기가 식고 핏기 하나 없이 창백하기 이를 데 없는 얼굴에 머문 미소는 김 형사의 아픈 마음을 더욱 후벼 팠다. 다시 주체할 수 없는 분노가 일었다. 근처에 있던 물병이 날아가 벽에 부딪혀 박살나며 파편으로 변해 속에 든 물과 함께 주변에 우수수 흩어졌다. 그때 마침 공형식이 해장국이 든 비닐봉지를 들고 들어왔다.

"김 형사님. 이제 집어 던질 것도 없어요."

공형식이 컴퓨터의 동영상 재생 프로그램을 종료시키며 말했다. 그리고는 드라이브에 든 디스크를 꺼내 밖으로 가지고 나가 숨긴 뒤에 다시 돌아왔다.

"빨리 틀어!"

김 형사가 공형식을 노려보며 말했다.

"일단 식사부터하고요. 그런 다음 틀어 줄게요."

공형식이 사 가지고 온 해장국을 상을 가져와 차리며 말했다.

"다 필요 없어! 어서 DVD나 틀어!"

김 형사가 공형식이 애써 차려 놓은 상을 뒤집어엎으며 외쳤다. 순식간에 방바닥은 쏟아진 해장국으로 인해 흥건해졌다.

"알았어요! 알았어!"

공형식은 분통을 터트리며 걸레를 가져와 바닥에 쏟아진 해장국과 반찬들을 쓸어 담기 시작했다. 그것을 본 김 형사의 마음 한구석에 미안한 마음이 들었다. 따지고 보면 공형식은 아무런 잘못이 없었다.

"김 형사님 마음 이해해요. 백 번이고 천 번이고."

사실이었다. 공형식은 김 형사의 마음을 이해하고도 남았다. 박예린과 오랜 기간 함께 지내지는 않았지만 그가 죽음을 맞이하는 동영상은 너무도 안타깝고 가슴이 아팠다. 김 형사는 박예린의 안전을 책임지고 있었다. 지금 김 형사의 분노의 표적은 바로 자신이라는 것을 공형식은 잘 알고 있었다. 범인의 정체는 고사하고 윤곽조차 파악하지 못하는 자신의 무기력함에 대한 분노이자, 코앞에서 범인을 놓친 나약함에 대한 분노라는 것을. 그래서 더욱 마음이 아팠다. 그래서 그의 거친 행동이 이해가 갔다. 그때 휴대폰 벨소리가 울렸다. 공형식의 휴대폰이었다. 김 형사의 휴대폰은 이미 박살이 나 쓰레기통 속에 담겨진지 오래였다.

"어라? 갑수 아저씨네?"

공형식이 휴대폰 창에 뜬 이름을 보며 혼잣말을 하며 김 형사를 돌아봤다. 그러나 김 형사는 여전히 멍하니 아무것도 나오지 않는 TV만 응시하고 있었다. 공형식은 한숨을 내쉬며 전화를 받았다.

"오랜만이에요. 그간 잘 지냈어요?"

전화를 받은 공형식이 건성으로 인사를 건넸다. 박갑수는 창원 시외버스터미널 화장실에서 불법 장기 밀매 스티커를 붙이다 붙잡혀 김 형사의 정보원 노릇을 하게 된 인물이었다. 그간 그가 전해 준 정보는 거의 쓸모가 없었다. 그나마 처음 몇 일간 전하다 연락이 뚝 끊겼었다. 그랬던 그가 갑자기 전화를 걸어온 이유는 뜻밖에도 일본에서의 장기 밀매와 관련된 소식이었다.

"그게 무슨 소리야?"

공형식에게 박갑수와의 통화 내용을 전해들은 김 형사가 웬 뚱딴지같은 소리냐는 반응을 보였다.

"갑수 아저씨 말로는 우리나라에서 일본으로 장기를 밀수출하는 녀석이 있는 것 같답니다."

김 형사는 이에 대해 별 반응을 보이지 않고 그저 빨리 동영상을 틀지 않으면 가만 두지 않겠다는 엄포 아닌 엄포만 늘어놓았다. 그러다가 김 형사의 성화를 못 이긴 공형식이 밖에 숨겨 둔 디스크를 가지고 왔을 때는 태도가 완전히 달라져 있었다.

"볼펜이랑 메모지!"

공형식이 다시 방에 들어오기 무섭게 김 형사는 필기도구를 내놓으라고 다그쳤다.

"그건 왜요?"

"빨리 내놔!"

김 형사는 눈을 부라리며 막무가내로 필기도구를 내놓으라고 소리쳤다. 공형식은 그런 김 형사의 기에 눌려 책상에 쌓인 잡동사니를 뒤져 종이 몇 장과 볼펜을 찾아 건넸다.

"뭐하려고 그래요?"

공형식의 물음에 대답도 없이 김 형사는 미친 사람처럼 종이 위에 뭔가를 적기 시작했다. 공형식은 그런 김 형사를 고개를 갸웃거리며 쳐다봤다. 김 형사의 표정은 DVD를 볼 때와는 180도 달라져 있었다. 얼굴에는 알 수 없는 희열까지 보였다. 공형식은 그 이유가 궁금했지만 그저 바라보고만 있었다. 조금 전까지 무기력하고 어린아이처럼 투정만 부리던 것보다 훨씬 나아 보였기 때문이었다.

"일어나!"

거의 정신 나간 사람처럼 종이 십여 장에다 깨알 같은 글씨로 뭔가를 적어 내려가던 김 형사가 갑자기 자리에서 일어나 공형식에게 말했다.

"어딜 가게요?"

뜬금없는 김 형사의 행동에 놀란 공형식이 엉거주춤 일어서며 물었다.

"경찰청!"

"에? 왜요?"

김 형사로부터 행선지를 들은 공형식은 깜짝 놀랐다. 아직 강 반장으로부터 연락도 없었을 뿐만 아니라 조금 전까지 DVD에서 증거를 찾기 전에는 경찰청에 가지 않을 것처럼 행동했기 때문이었다. 또한 김 형사가 경찰청으로 돌아오면 여러 가지 복잡한 문제가 생기니, 연락할 때까지 적당한 곳에 숨어 있으라고 강 반장이 당부 아닌 당부를 전한 뒤였다. 그런데 갑자기 그가 경찰청으로 가려고 한다. 공형식은 그 이유가 너무도 궁금했지만 그냥 참기로 했다. 지금 김 형사의 표정으로 봐서는 대답을 해줄 것 같지 않아서였다.

"뭐해? 빨리 옷 입어!"

득달같이 현관으로 걸어가 아무렇게나 벗어 둔 신발을 찾아 신으며 김 형사가 말했다. 공형식은 영문도 모른 채 대충 옷을 걸치고 그를 따라 나섰다.

갑자기 김 형사가 경찰청에 모습을 드러내자 강 반장은 기겁하며 그를 뒷문을 통해 밖으로 서둘러 다시 내보내려했다. 그러나 그보다 먼저 기자 몇몇이 신선한 피 냄새를 맡은 상어처럼 득달같이 특별수사부 앞으로 몰려들었다.

"아, 수사에 방해되니까 다들 나가세요."

오랜 수사관 생활을 통해 기자 상대하는데 이골이 난 강 반장이 만면에 능글맞은 웃음을 지으며 김 형사를 둘러싸고 질문을 해대는 기자들을 우람한 두 팔을 쫙 벌려 문 쪽으로 몰아냈다. 근처에 있던 수사관들도 강 반장을 도왔다.

"야! 넌 여기 왜 나타나!"

겨우 기자들을 문밖으로 내보내고 어수선한 사무실 상황을 정리한 강 반장이 김 형사를 향해 소리쳤다. 강 반장의 성난 목소리가 사무실 내에 쩌렁쩌렁 울렸다. 그러나 김 형사는 그런 것에는 관심 없다는 듯이 공형식이 옆에서 지켜보는 가운데 아까부터 자신과 이 형사의 책상을 뒤지고 있었다. 더욱 화가 난 강 반장이 더 이상 참지 못하고 김 형사를 제지하고 나섰다.

"도대체 뭐하는 거야? 그리고 여긴 왜 왔어?"

강 반장이 더욱 분기탱천해 다그치듯 물었다. 상부에 거짓말을 해가며 김 형사를 보호하고자 했던 자신의 계획이 김 형사의 등장으로 보기 좋게 틀어져 버려 화가 난 것이다.

"찾을 게 있어서요."

김 형사는 자신의 팔을 잡고 있던 강 반장의 손을 뿌리치며 다시 책상을 뒤지기 시작했다. 보다 못한 공형식이 어제부터 지금까지 있었던 상황을 대충 설명해 주었다. 그러자 비로소 강 반장의 화가 조금은 누그러졌다.

"그러니까 일본으로 장기를 밀매하는 놈이 있다는 말을 듣고 난 직후부터 저랬다고?"

"그렇다니까요."

강 반장은 여전히 책상을 뒤지고 있는 김 형사를 보며 생각에 잠겼다.

"찾았다!"

곧 이 형사의 책상 위를 뒤지던 김 형사가 한 장의 메모지를 집어 들며 외쳤다.

"그게 뭔데 이 난리야?"

강 반장이 김 형사의 손에 들린 메모지를 쳐다보며 물었다.

"일단 조용한 곳으로 가시죠."

"대답부터 해 봐."

조금 전까지 불같이 화를 내던 강 반장이 이제는 자신의 궁금증에 대한 대답을 김 형사한테서 듣고 싶어 안달이 나 있었다.

"이제부터 그걸 알아 봐야죠."

김 형사가 씨익 웃으며 말했다. 그걸 본 공형식은 자신의 눈을 의심했다. 오늘 자신의 집을 나설 때만 해도 김 형사는 심하게 말해 폐인에 가깝게 행동했었다. 그런데 이제는 예전의 모습을 거의 되찾아가고 있었다.

"따라와!"

강 반장은 김 형사의 얼굴에 가득한 왠지 모를 자신감을 자신의 물음에 대한 대답으로 여기고는 김 형사와 공형식을 데리고 사용이 뜸한 같은 층에 있는 소회의실로 데리고 들어가서는 서둘러 문을 잠가 버렸다. 그리고 자신의 휴대폰 전원도 꺼 버렸다.

"이제 설명해 봐."

강 반장이 의자를 빼내 앉기 무섭게 맞은편에 앉으며 자신이 사무실에서 가져온 문서들을 펼쳐 놓는 김 형사를 향해 다그치듯 물었다.

"먼저 이걸 보세요."

김 형사는 대답 대신 종이 한 장을 강 반장 앞에 내밀었다.

"이게 뭐야?"

강 반장이 뭐냐는 반응을 보이며 되물었다.

"이 형사가 사건 초기에 작성한 연쇄살인범에 대한 일종의 프로파일입니다."

김 형사가 강 반장에게 내민 종이 위에 휘갈겨 쓰인 글씨들을 가리키며 말했다.

"'새벽의 살인자' 사건 프로파일?"

흥미가 생긴 강 반장은 종이에 쓰인 것을 빠르게 읽어 내려갔다.

제목 : '새벽의 살인자' 사건 프로파일

1. 희생자 모두 노숙자다.

2. 장기를 적출당했다.

3. 프로포폴과 필로폰을 투약한 상태다.

4. 희생자의 얼굴에 고통스런 흔적이 없고, 미소를 짓고 있다.

5. 살해 시간은 새벽 3시에서 새벽 4시 사이다.

5. 사건 발생 간격은 3개월 전후며, 꼭 한 건씩만 발생한다.

6. 장기 적출은 거의 프로급이다.

7. 따라서 살인범은 의사 또는 의료기관 종사자일 가능성이 높다.

단숨에 종이 위에 쓰인 내용을 모두 읽은 강 반장은 곧 흥미를 잃고 말았다. 제목만 거창할 뿐 정작 별다른 내용은 없었다. 이미 수사진이나 언론에서도 다루고 있는 내용이 대부분이었다.

"이게 뭐야? 이미 다 알고 있는 내용이잖아?"

강 반장이 한심하다는 듯이 말하고는 종이를 김 형사에게 다시 건넸다.

"그렇죠. 저도 처음 이 형사가 쓴 것을 보고 같은 반응을 보였으니까요."

김 형사는 세계 최초로 대단한 학설을 발견한 학자마냥 여전히 흥분을 감추지 못하고 있었다. 강 반장은 그런 김 형사의 얼굴을 쳐다보며 의아해하면서도 그의 말에 귀를 기울였다. 어딘가 모르게 확신에 차 있었기 때문이다. 금방이라도 뜻밖의 단서가 나올 것만 같았다.

"본론부터 말해 봐."

강 반장이 김 형사의 대답을 재촉했다.

"본론은 여기 있습니다."

김 형사는 핵심을 말하라는 강 반장에게 종이에 쓰인 프로파일의 제목을 가리키며 말했다.

"제목이 본론이라고? 무슨 뚱딴지같은 소리야."

"'새벽의 살인자'에 놈의 정체가 숨어 있다고요."

"좀 쉽게 말해 봐."

"일단 이걸 좀 보세요."

답답함을 감추지 못하고 자꾸만 추가적인 설명을 재촉하는 강 반장 앞에 김 형사는 또 다른 문서와 지도를 꺼내 놓았다. 김 형사가 내놓은 문서는 지금까지 벌어진 연쇄살인 사건과 얼마 전 부산 지역에서 확보한 노숙자 연쇄살인으로 추정되는 사건에 관한 보고서들이었다. 김 형사는 그 보고서와 경남과 부산 지역 지도를 번갈아 보며 지도 위에다 뭔가를 표시하고 있었다. 김 형사의 표정은 사뭇 진지했다. 강 반장과 공형식은 곁에서 그것을 유심히 쳐다봤다. 지도 위에는 곧 사건이 벌어진 지역을 표시하는 별모양의 표식이 사건 희생자의 수만큼 그려졌다. 김 형사는 들여다보고 있던 보고서를 한쪽으로 치우고 지도를 강 반장이 볼 수 있도록 앞으로 밀어 놓았다.

"지금 지도 위에 표시된 별 표시는 희생자들이 발견된 장소들입니다."

김 형사가 지도 위에 자신이 표기한 표식들을 가리키며 말했다.

"알았으니까 빨리 다음을 말해 봐."

강 반장이 자신의 궁금증을 빨리 해소해달라며 김 형사에게 추가적인 설명을 재촉했다. 김 형사는 자를 대고 경남과 부산 지역에 표시된 표식들을 번갈아가며 대각선으로 연결하기 시작했다. 곧 지도 위에는 부산과 경남 지역이 연결된 대각선 10여 개가 생겨났고, 자연스럽게 대각선이 교차하며 하나의 점이 그려졌다. 그리곤 함께 가져 온 컴퍼스로 경남 지역의 최외곽 표식과 부산 지역의 최외곽 표식을 원으로 연결했다. 그러자 조금 전에 그려진 대각선이 원 안에 포위되듯 담겨졌다.

"경남 지역에서 발생한 연쇄살인 사건의 희생자가 발견된 장소와 부산 지역에서 연쇄살인 사건으로 추정되는 희생자가 발견된 장소를 서로 연결해 보면 이렇게 교차점이 생깁니다. 그런데 이 교차점이 생긴 부근을 보세요."

김 형사가 지도 위에 그려진 대각선들을 가리키며 말했다. 강 반장은 김 형사가 손가락으로 가리키고 있는 곳을 들여다봤다. 손가락 끝에 깨알 같은 글씨가 쓰여 있었다.

"김해공항?"

공교롭게도 교차점 부근에는 김해공항이 자리 잡고 있었다.

"이게 무슨 의미지?"

강 반장이 궁금해 죽겠다는 표정으로 물었다.

"전 김해공항이야말로 사건이 왜 항상 새벽 3시에서 4시에 벌어졌는지가 해답이 될 수 있다고 봅니다."

"나도 해답 좀 알자. 자꾸 보기만 늘어놓지 말고."

"아까 이 형사가 작성한 프로파일의 제목에 답이 있다고 했잖아요."

"말 좀 돌리지 마, 어지러워."

"반장님 지금까지 우리는 범인이 희생자들로부터 적출한 장기를 국내에서 소비했을 것이라고 여기고 국내 장기 밀매 조직과 이식이 가능한 모든 병원과 의료진을 수사해 왔지 않습니까?"

"그랬지."

"하지만 별다른 성과가 없지 않았습니까?"

"그래. 그랬어. 그러니까 자꾸 묻지 말고 네가 묻고 네가 대답해."

강 반장이 자꾸만 반복되는 김 형사의 스무고개 같은 설명에 살짝 짜증을 내며 말했다.

"그렇다면 이런 추정이 가능하지 않을까요?"

"자꾸 묻지 말라니까!"

"만약 범인이 그동안 적출한 장기를 국내가 아닌 해외에 팔았다면요?"

"해외?"

'해외'라는 단어를 듣는 순간 강 반장은 더 이상 짜증을 내지 않았다. 대신 알 수 없는 쾌감이 머릿속 깊은 곳에서 빠르게 퍼져 나와 온몸을 짜릿하게 자극했다. 강 반장은 다시 지도에 표시된 교차점이 표시된 곳, 김해공항을 유심히 쳐다봤다. 만약 김 형사의 추정대로 장기를 비행기로 실어 해외로 반출시켰다면? 충분히 가능했다. 그것은 조금 전 공형식으로부터 전해들은 설명을 통해 유추해 냈던 자신의 추정과도 부합했다.

"김 형사는 그곳이 어디라고 봐?"

강 반장은 이제 진지함을 넘어 흥분하기 시작했다. 그것을 본 김 형사가 빙긋 미소를 지어 보였다.

"일본일 가능성이 대단히 높습니다."

"일본? 이유는?"

"조금 전에 우리 측 정보원이 일본에 정체를 알 수 없는 놈이 인체장기를 공급하고 있다는 첩보를 전해 줬습니다."

김 형사는 강 반장에게 박갑수가 전해 준 내용을 그대로 말해 주었다.

"진위는 확인했나?"

"아뇨. 국내가 아닌 일본에서 전해들은 것이라 출처가 불확실하다고 했습니다. 일본 내에서도 소문만 무성한 것 같습니다. 하지만 사건을 새롭게 바라볼 필요성은 충분할 것 같습니다. 보십시오. 지금 지도 위에 그려진 원의 반경이라면 김해공항까지 차로 1시간에서 1시간 30분이면 충분히 도착할 수 있습니다."

강 반장은 조용히 고개를 끄덕였다. 김 형사의 설명대로 만약 범인이 일본으로 장기를 밀수출한다고 가정했을 때 사건 현장은 분명히 김해공항을 중심으로 사건이 벌어진 것으로 해석될 수 있는 거리에 위치해 있었다. 한 번 사건에 대한 새로운 해석이 머릿속에 입력되자 사건에 대한 의문이 새롭게 떠오르기 시작했다. 따라서 추리력도 날카로워지고 있었다. 강 반장은 김 형사의 말처럼 사건을 새롭게 볼 필요가 있다고 여겼다.

"지금까지 저인망식 수사를 통해 국내에서 시행된 장기이식에 쓰인 장기가 희생자의 것으로 판명된 것은 단 한 건도 없었어. 그런 면에서 보자면 일본으로 장기의 밀수출은 분명 가능성이 있어."

이제 강 반장도 흥분으로 몸이 달아오르고 있었다.

"신체에서 장기가 적출되면 신속하게 이식이 이루어져야만 합니다. 그렇지 않으면 세포가 괴사해서 쓸모가 없어지니까요. 따라서 일본으로 장기를 밀수출 하는 놈이라면 최대한 장기의 신선도를 유지하고자 했을 겁니다. 그래서 심야보다는 새벽이 유리하다 판단하고 범행을 새벽에 맞춰 저질렀겠죠. 아마도 일본으로 떠나는 첫 비행기 출발 시간에 맞춰 범행을 저질렀을 가능성이 높다고 판단됩니다."

"하지만 김 형사, 살해된 후 반출된 장기가 일본 내의 최종 수요자에 이르자면 다소 시간이 걸릴 텐데."

강 반장이 김 형사의 이론에 걸림돌이 되는 의문을 하나 지적했다. 강 반장이 제기하는 의문은 지금 김 형사가 내세운 가설이 100% 신빙성을 지니기 위한 필요충분조건이나 마찬가지였다.

"그렇죠. 제가 연락해 본 장기이식 전문가에 의하면 완벽한 보관 용기가 구비된다면 최대 8시간까지도 이식이 가능하다고 했습니다. 만약 범인이 일본으로 가는 첫 비행기만 탔고, 또 일본에 사전에 연락을 취해 두었다면 충분히 가능한 시간이죠. 바로 이 점 때문에 사건 발생 기간이 3개월 전후로 발생했을 것이라는 유추도 가능합니다."

장기이식은 타이밍이 중요했기 때문에 연쇄살인 사건의 시기가 어느 정도 정기적인 성격을 띠는 것이라고 김 형사는 설명했다.

"좋아. 좋아. 그렇다면 또 두 가지 의문이 생기는데?"

강 반장이 김 형사가 내놓은 연쇄살인 사건의 새로운 해석에서 발견되는 두 가지 걸림돌을 또 제시했다. 하나는 적출된 장기의 일본 도착시까지의 보관이었고, 또 하나는 적출된 장기의 공항검색대 통과 문제였다. 강 반장이 생각하기에 둘 다 범인이 해결하기에는 쉽지 않은 문제임이 분명했다.

"일단 원칙론적 입장에서 접근하는 게 좋겠습니다."

일단 김 형사는 강 반장이 제시한 문제점에 대해서 신중한 반응을 보였다. 사실 미처 생각지 못한 부분이었기 때문이다.

"일단 이식 목적으로 장기를 일본으로 반출했다면 분명 냉장 시설이 설치된 케이스를 이용해야만 했을 겁니다. 그렇다면 대용량 배터리로 구동될 테고, 따라서 냉장 장치는 비교적 대형일 것입니다."

김 형사가 머릿속에 떠오르는 생각을 차분히 정리하면서 말했다.

"그랬을 거야. 그렇다면 숨겨 출국하기는 불가능할 테고, 정식 통관 절차를 거쳐야 하겠지. 그랬다면 출국 수속 시간이 통상보다 더 필요했을 가능성이 높을 거고."

강 반장이 김 형사의 설명을 보완하고 나섰다.

"그런데 인간의 장기를 지니고 어떻게 양국 세관을 통과할 수 있죠? 밀수나 테러 때문에 엑스레이 및 개봉 검사를 할 텐데요."

옆에서 가만히 두 사람의 의견을 듣고 있던 공형식이 이해할 수 없다는 표정으로 물었다. 그 질문에 김 형사와 강 반장은 동시에 말문이 막혔다. 자신들이 알고 있는 공항 검색과 검역 시스템은 상당히 정밀했다. 따라서 범인이 인간의 장기를 그것도 냉장 시설이 구비된 케이스에 넣어 공항을 통해 출국하는 것은 불가능했다.

"생각해 보니 그러네."

김 형사가 크게 한숨을 내쉬며 말했다. 인체의 장기 수출? 그런 게 있을까?

김 형사는 스스로에게 자문을 해봤다. 그러나 상식적으로 그에 맞는 적절한 대답은 없었다.

"연쇄살인과 일본으로의 장기 밀수출을 연결시키려면 아무래도 단서가 좀 더 필요할 것 같아."

강 반장 역시 크게 아쉬워했다.

"하지만 범행 시간과 일본으로 출발하는 첫 비행기 시간 사이에 연관성이 높다는 가정은 충분히 설득력이 있어."

강 반장이 의기소침해하는 김 형사를 의식하며 말했다. 자신 역시 장기의 일본 밀수출의 가능성을 완전히 배제하지 못했다.

"그렇죠?"

김 형사는 다시 반색했다.

"일단 거기서부터 시작하자고. 김 형사는 김해공항에 연락해서 각 사건 당일 첫 비행기로 일본으로 출국한 승객 명단과 수화물 리스트 체크해 봐. 잘 뒤져보면 뭔가 걸려들겠지."

강 반장이 의욕적으로 말했다.

"알겠습니다."

김 형사가 힘주어 말하며 책상 위에 펼쳐놓은 지도와 서류들을 정리했다.

"상부에는 김 형사의 수사가 구체성을 띠면 보고하자고."

"좋습니다."

"하지만 김 형사, 방금 김 형사가 내세운 것은 어디까지나 가설이야. 알았지? 절대 무리해선 안 돼. 명심해."

강 반장은 김 형사의 추론을 뒷받침할 증거를 찾을 때까지는 신중하라고 주문하고는 자리에서 일어나 가볍게 김 형사의 어깨를 다독였다.

"김 형사, 제법이야."

강 반장이 씨익 한 번 웃고는 회의실에서 나갔다. 김 형사는 서류를 정리하며 피식 웃었다.

"전 뭐하죠?"

공형식이 넌지시 물었다.

"넌 일단 바로 박갑수를 만나서 좀 더 구체적으로 알아봐. 일본으로 연락 가능한 루트가 있으면 그쪽을 알아오고."

공형식에게 지시를 내리는 김 형사는 잔뜩 고무되어 있었다. 연쇄살인범의 정체가 곧 드러날 것이라는 확신이 얼굴에 가득했다.

"그럴게요."

지시를 받은 공형식도 덩달아 들떠 있었다. 김 형사가 다시 의욕적인 모습을 되찾은 것이 좋았고, 김 형사가 박예린을 해친 범인을 곧 잡을 수 있을 것만 같았기 때문이다.

"자, 나가자. 이 형사가 퇴원하면 깜짝 놀랄 소식을 들려주자고."

"좋죠."

김 형사의 활기찬 모습이 공형식은 좋았다.

13. 새로운 해석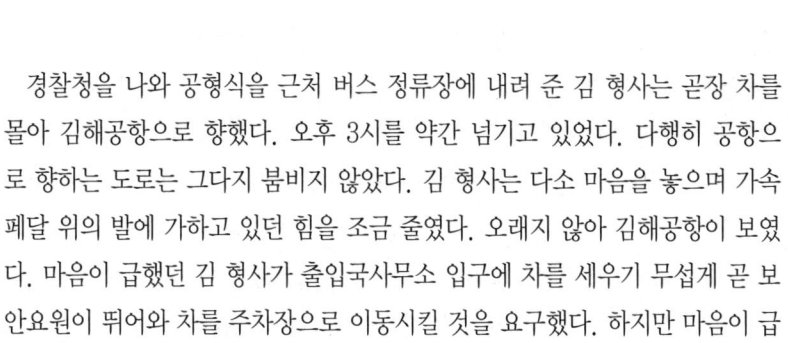

경찰청을 나와 공형식을 근처 버스 정류장에 내려 준 김 형사는 곧장 차를 몰아 김해공항으로 향했다. 오후 3시를 약간 넘기고 있었다. 다행히 공항으로 향하는 도로는 그다지 붐비지 않았다. 김 형사는 다소 마음을 놓으며 가속 페달 위의 발에 가하고 있던 힘을 조금 줄였다. 오래지 않아 김해공항이 보였다. 마음이 급했던 김 형사가 출입국사무소 입구에 차를 세우기 무섭게 곧 보안요원이 뛰어와 차를 주차장으로 이동시킬 것을 요구했다. 하지만 마음이 급했던 김 형사는 차에서 내리며 경찰 신분증을 보이고는 그대로 안으로 뛰어들어갔다.

내부는 출입국 관련 민원인들로 무척이나 붐비고 있었다. 김 형사는 로비에 내걸린 청사 안내 표지판을 보고 출입국 관련 기록을 열람할 수 있는 부서로 향했다.

"수사 때문에 그러니 이 날 첫 출발한 일본행 비행기에 탑승한 승객들의 명단을 볼 수 있을까요?"

사무실로 들어간 김 형사가 출입국 관련 담당자를 찾기 무섭게 사건 당일 일본으로 떠난 첫 비행기에 탑승한 승객 명단을 요구했다.

"잠시만 기다려 주세요."

담당자가 김 형사가 내민 경찰 신분증을 살펴보고 되돌려 주며 말했다. 그는 키보드를 두드리며 김 형사가 요구한 특정한 날짜를 입력하고 잠시 기다렸다. 곧 책상 위에 올려져 있던 프린터에서 승객의 이름이 깨알같이 찍힌 인쇄물이 계속해서 토해져 나왔다.

"여기 있습니다."

김 형사에게 건네진 명단은 상당히 두터웠다.

"감사합니다."

서류를 건네받은 김 형사는 주위를 살피다 근처 민원인을 위한 둥근 테이블과 의자가 있는 것을 발견하고는 다가가 서류를 내려놓고 앉았다. 품속에서 수첩과 볼펜을 꺼내 차근차근 명단을 살피며 빈도수가 많은 이름 옆에 체크를 하기 시작했다. 집중해서 살피느라 눈이 금세 뻑뻑해져왔다. 그리고 약 1시간 후, 탑승객 리스트 검토가 끝났다.

"지민기와 김지혜라."

두 사람의 이름이 첫 번째 연쇄살인 사건이 발생한 날부터 최근에 벌어진 연쇄살인 사건이 발생한 날까지 김해공항에서 일본 하네다 공항으로 떠나는 첫 비행기에 탑승한 탑승객 기록에 계속 등장하고 있었다. 김 형사는 재빨리 지민기와 김지혜라는 이름을 수첩에 적고는 리스트를 집어 들고 사무실을 빠져나왔다. 이번에는 세관으로 가야했다. 당시 두 사람이 휴대했던 수화물을 확인할 필요가 있었다. 만약 적출된 인체의 장기를 해외로 반출하려면 어떤 정당한 물품으로 위장했을 게 분명했다. 그랬다면 단순한 수화물이 아니었을 게 분명했다.

김해공항 검역소는 출입국관리사무소와 인접한 곳에 있었다. 서두를 필요가 없을 정도로 가까운 거리였지만 내딛는 걸음걸이가 빨라져 있었다. 한시라도 빨리 확인하고 싶었기 때문이다. 검역소 앞에 도착한 김 형사는 주저 없이 문을 열고 안으로 들어갔다.

"어서 오세요."

김 형사가 안으로 들어가자, 말쑥하게 유니폼을 차려 입은 여 직원이 그를 반갑게 맞아 주었다. 김 형사도 웃으며 인사를 하고는 경찰 신분증을 꺼내 내보였다.

"무엇을 도와드릴까요?"

"여기 있는 이 두 분 혹시 출국할 때 여기서 휴대품 검역을 받았는지 알아볼 수 있을까요?"

김 형사가 탑승객 기록을 건네주며 말했다. 탑승객 기록지에 지민기와 김지혜의 인적 사항에 볼펜으로 동그라미가 쳐져있었다.

"잠시만 기다려주세요."

여 직원이 리스트를 들고 자기 자리로 돌아가 책상 위의 컴퓨터를 조작하는 사이에 김 형사는 수첩에다 지금 머릿속에 떠오르는 숱한 의문들을 빠르게 정리했다. 지금 당장 정리하지 않으면 마치 샘솟듯 솟아오르는 숱한 의문들에 묻혀 언제 잊힐지 몰라서였다. 여 직원이 조금 전 김 형사가 건넸던 리스트와 새롭게 프린트된 출력물을 들고 돌아왔다.

"여기 있습니다."

김 형사는 출력물을 받아들기 무섭게 내용을 확인했다. 그런데 그들이 휴대했던 검역 대상 물품은 전혀 뜻밖이었다.

"쇠고기요?"

예상 밖의 결과에 살짝 당황한 김 형사가 물었다. 그가 기대한 것은 어떤 것이든 인체장기와 관련이 있거나 의료용으로 위장된 물품 따위였다. 그런데 쇠고기라면 달랐다. 인체장기와 모양부터 달랐다. 따라서 검역 과정에서 쉽게 발각될 게 뻔했다.

"네."

여 직원이 출력물에 기록된 것을 친절하게 설명해 주었다. 친절한 설명이 끝나갈 무렵, 김 형사가 가졌던 확신의 강도가 약해지고 있었다. 여 직원은 설명 끝에 지민기와 김지혜가 제출했던 검역증명서 사본을 추가로 복사해 건

넜다.

"육안 검사는 실시하신 거죠?"

검역증명서를 건네받은 김 형사는 다소 김빠진 목소리로 물었다.

"그럼요."

김 형사는 그들이 쇠고기를 담아 온 용기에 대해서 물었다.

"배터리가 장착된 휴대용 냉장고였어요. 공항에 있는 카트 크기 정도 되는."

"그래요?"

김 형사는 그 내용을 수첩에 적고는 서류를 챙겨들었다.

"무슨 일이죠?"

사무실 안쪽에서 남자 직원이 나오다 김 형사가 여 직원에게 뭔가 계속 질문하는 것을 보고 물었다. 김 형사는 다시 신분증을 내보이며 자신이 온 용무를 밝혔다.

"아, 이 두 분."

리스트의 인적 사항을 확인한 남자 직원이 아는 체 했다.

"두 분을 잘 아세요?"

"그럼요. 부산에서 유명한 육회집을 운영하고 있어요."

남자 직원은 다소 과하리만치 지민기에 대한 칭찬을 늘어놓았다.

"육회요?"

그 말을 듣는 순간 김 형사는 자신의 확신에 대해 반신반의했다. 인체의 장기를 적출하려면 최소한 의료인이어야만 했다. 그런데 두 사람은 모두 요식업에 종사하고 있었다. 물론 조사를 더 해 볼 필요는 있었지만, 조사를 한다고 해도 그 두 사람을 의료인 그것도 현장에서 장기 적출을 해낼 스킬을 가진 전문 외과의로 연결 짓는 것은 아무래도 어려울 듯했다. 김 형사는 자신이 내세운 가설의 기반이 흔들리는 것을 느꼈다.

"가게 이름이 '살육'인데 아주 유명해요. 맛도 기가 막히고."

"살육?"

지민기가 운영한다는 업소 이름을 듣는 순간 김 형사는 친숙한 느낌을 받았다. 그러고 보니 일전에 용의자를 추적할 때 한 번 가 본 곳이었다. 해운대 달맞이 고개 정상 부근에 있는 음식 값이 무척 비쌌던 것으로 기억하고 있었다.

"그런데 무슨 일 때문에 그러신 거죠?"

검역 사무소의 남자 직원이 넌지시 물었다.

"아, 별것 아닙니다."

김 형사가 대충 얼버무리며 말했다. 그는 '살육'이라는 음식점에 대한 정보가 상세한 것으로 보아 남자 직원은 지민기와 김지혜라는 인물과 어느 정도 일면식이 있는 게 분명하다고 생각했다. 뒷조사를 하려면 보안을 유지할 필요가 있었다. 김 형사는 대충 별것 아니라는 말을 하고는 강한 호기심을 보이는 남자 직원에게 감사하다는 인사를 하고 검역 사무소를 나왔다. 시간을 보니 벌써 오후 5시가 지나고 있었다.

"이게 아닌데."

김 형사가 검역 사무소에서 복사해 온 지민기와 김지혜가 제출한 서류를 들여다보며 말했다. 서류에는 그 두 사람이 냉장고에 담아 일본으로 반출한 것으로 등재된 한우고기는 경북 고령의 한 축협공판장에서 도축 가공된 것으로 기록되어 있었다. 그 축협공판장은 최근 어렵사리 광우병 청정 지역 지위를 되찾은 덕분에 시범적으로 재개된 한우의 일본 수출을 위한 수출 검역 시행장으로 지정된 곳이었다. 일본의 한우 수출은 보통 까다로운 일이 아니었다. 그런 만큼 수출 검역이 허투루 이루어 질리는 만무했다.

'이게 뭐야?'

뜻밖에 맞닥뜨린 이질적인 사실에 김 형사는 맥이 풀려가고 있었다. 자신이 내세운 가설의 기반 한쪽이 무너지고 있었다. 처음 출입국관리사무소를 찾았을 때만하더라도 사건이 벌어진 날 출국한 이들 중 빈도가 높은 인물이 있다면 반드시 의료인이거나 적어도 관련 종사자라고 생각했다. 그런데 막상 확인해 보니 엉뚱하게도 요리사였다. 그것도 부산 해운대에서 유명한 육회집을 운영하는 사장과 매니저. 도저히 장기 적출과 그 두 사람을 연결시킬 수 없었다. 그래도 김 형사는 포기하지 않았다. 어찌되었든 사건이 벌어질 때마다 두 사람은 일본으로 가는 첫 비행기의 탑승객 목록에 포함되어 있었다. 그것만으로도 두 사람을 용의선상에 올려놓기 충분하다고 생각했다.

"내일 일단 여길 가 봐야겠다."

김 형사는 내일 아침 일찍 경북 고령으로 가 봐야겠다고 마음먹고는 결코 가볍지 않은 발걸음으로 차를 주차시켜 둔 곳으로 향했다.

경찰청 주차장에 차를 주차하고 김 형사는 힘없이 차에서 내렸다. 한우의 수출 검역 시행장으로 지정된 경북 고령의 축협공판장에서 돌아오는 길이었다. 물론 별다른 성과는 없었다. 김 형사는 다소 무거운 마음을 안고 사무실로 들어갔다. 강 반장이 잔뜩 기대감 품은 얼굴을 한 채 김 형사를 기다리고 있었다.

"따라와."

강 반장은 김 형사가 사무실로 들어오기 무섭게 자리에서 일어나 그를 취조실로 데리고 들어갔다. 다른 사람보다 우선 김 형사가 가지고 온 정보를 알고 싶어서였다.

"어떻게 됐어?"

강 반장이 자리에 앉기 무섭게 질문부터 던졌다.

"별게 없었습니다."

김 형사가 다소 맥 빠진 목소리로 말했다.

"별게 없다니?"

"축협공판장에 요청해 지민기가 일본으로 가져간 쇠고기에 대한 자료를 열람해 본 결과 별다른 게 없었습니다. 쇠고기는 지민기가 직접 키우거나 우시장에서 역시 직접 구입해 온 소를 도축했고, 도축된 쇠고기는 지민기가 원하는 부위만 검역을 마친 후에 담당자의 입회하에 포장되어 검인 도장이 찍힌 것만 가져갔다고 합니다."

"공모했을 가능성은?"

역시 실망감을 감추지 못한 강 반장이 그래도 의심의 끈을 늦추지 않고 물었다.

"수출 검역 시행장인데다가 어렵사리 재개된 한우의 일본 수출이라 관리가 엄격했습니다. 곳곳에 CCTV는 물론이고 검역 역시 까다로웠습니다. 만약 지민기가 그곳에서 인간의 장기를 쇠고기로 둔갑시키기는 불가능해 보였습니다."

절대 원하지 않은 암을 확진 받은 환자처럼 김 형사의 대답에는 잔뜩 맥이 풀려 있었다. 수사를 진행할수록 범인이 적출한 장기를 신선한 상태에서 당일 일본에 판매하기 위해 새벽에 범행을 저질렀을 것이라는 가설과 멀어지는 사실들만 드러나고 있기 때문이었다.

"젠장! 충분히 의심은 가는 데 증거가 없구만."

강 반장이 안타까워하며 말했다. 그는 김 형사가 내세운 가설이 상당히 설득력이 있다고 여기고 있었다. 그래서 더욱 그랬다.

"과장님은 뭐라고 하던가요?"

김 형사가 조심스럽게 상부의 반응을 물었다. 어차피 수사의 계속 진행 여부는 그들이 쥐고 있었기 때문이다.

"끌리기는 하지만 지나친 억측이 아닐까하는 조심스러운 반응이야. 아마도 연쇄살인 사건의 유력 용의자로 요리사를 수사선상에 올렸을 때 일반 여론이 이를 수긍할지 신경이 쓰이겠지."

그것은 강 반장도 마찬가지였다. 지금까지 특별수사부에서는 외과 수술에 능한 의료인 혹은 장기 밀매 조직을 유력한 용의자로 보고 추적해 왔었다. 그런 와중에 하나의 가설을 세우고 거기에 맞는 자, 특히 요리사를 유력 용의자로 지목한다면 자칫 여론의 뭇매를 맞을 가능성이 농후했다. 그럼에도 불구하고 강 반장은 김 형사의 가설을 지지하는 입장에는 변함이 없었다. 사건 당일 줄곧 일본행 첫 비행기에 오른 자가 있다는 것은 엄연한 사실이기 때문이다.

"두 사람에 대한 신원 조회는 어떻게 됐습니까?"

김 형사가 기대감을 드러내며 물었다.

"두 사람 모두 깨끗해. 흔한 교통딱지 하나 없었어. 그런데 김지혜는 일본 국적을 가진 교포인데 3년 전에 취업비자를 받아 입국했더군."

강 반장이 두 사람의 전과 조회에서 별 신통한 건수를 발견하지 못했다며 아쉬워했다.

"두 사람에 대한 탐문 수사를 해 보는 수밖에 없네요."

"그건 두 사람을 연쇄살인 사건과 연관시킬 수 있는 증거가 드러나면 진행하자고. 무턱대고 별 혐의도 없는데 찔러 볼 수는 없어. 자칫 엄청난 후폭풍과 맞닥뜨릴지 몰라. 그러니까 신중하자고."

강 반장이 두 사람에 대한 본격적인 수사를 중단시켰다. 아직까지 두 사람을 연쇄살인 사건과 연관시킬만한 뚜렷한 증거가 없었다. 사실 혐의를 두기에도 미흡한 수준이었다. 만약 일이 틀어지면 김 형사를 보호할 수 있는 아무런 장치가 없는 상황이었다. 더군다나 지금은 김 형사에 대한 징계가 거론되고 있는 중이었다.

"알겠습니다."

평소 같으면 불평 열 마디 정도는 늘어놓으며 떼를 썼을 그였지만 지금은 그러지 않았다. 사안이 사안이었고, 또한 가설과 사실을 연결시킬 그 어떤 증거도 확보하지 못한 상황이었다. 따라서 신중히 접근하자는 강 반장의 말에 동의할 수밖에 없었다. 섣불리 접근했다가 두 사람에 대한 수사가 원천 봉쇄되는 상황에 맞닥뜨릴 수 있는 위험성도 내재해 있었기 때문이다.

"당분간 연쇄살인 사건에 대한 수사는 내가 알아서 진행할 테니까, 김 형사는 두 사람을 연쇄살인 사건과 연결시킬 수 있는 증거를 뒤져봐. 비공식적으로 말이야."

강 반장이 비공식적이라는 단어에 힘주어 말했다. 비공식적으로 할 수 있는 최선을 다해 조사하라는 의미였다. 김 형사는 그 말의 진의를 파악하고 씩 웃으며 고개를 끄덕였다. 앞으로의 계획을 의논한 두 사람은 취조실을 나왔다. 김 형사는 자신의 자리로 돌아와 수사 자료를 챙겨 사무실에서 나왔다. 이 형사에게 갈 참이었다. 가서 자신의 가설과 그간 수사 진행 상황을 설명하고 의견을 들어볼 생각이었다.

"그거 나 주려고 사 온 거에요?"

이 형사가 병실 문을 열고 들어 선 김 형사의 손에 들린 케이크를 가리키며 물었다.

"난 안 보이냐?"

문을 닫고 병실로 들어선 김 형사가 어이없다는 투로 말했다.

"물론 보이죠. 하지만 배가 살짝 고픈 지금 그게 더 땡기는 걸 어떻게 해요. 그렇다고 선배를 먹을 수 없잖아요."

"그래. 내가 맛이 없어 보이기는 하지."

"그러니까 진즉에 맛깔나게 좀 씻고 뿌리고 포장 좀 하고 다니세요. 그게 뭐예요. 꼭 상한 음식 같잖아요."

이 형사가 김 형사의 더부룩한 머리칼과 턱 아래 까맣게 돋아난 수염을 가리키며 말했다.

"배가 고프긴 고프구나. 날 먹을려는 걸 보니까."

김 형사가 들고 온 케이크를 침대 옆 탁자 위에 올려놓으며 말했다. 그리곤 냉장고를 열었다.

"뭐야? 먹을 건 없고 죄다 마실 것 뿐이잖아."

김 형사의 말처럼 냉장고에는 음료수만 빼곡히 쌓여 있었다.

"병문안 오는 사람마다 마실 것만 가지고 오더라고요. 덕분에 화장실만 들락날락해요."

이 형사가 웃으며 말했다. 다행이었다. 김 형사는 미소 짓는 이 형사를 쳐다보며 생각했다. 이 형사가 칼을 맞을 당시만 해도 김 형사는 어떻게 되는건 아닌지 무척이나 걱정했었다.

"좀 어때?"

김 형사가 간이 의자를 가져와 앉으며 물었다.

"많이 좋아졌어요. 이제 걸어도 안 아파요."

"다행이네."

김 형사는 자신이 가져 온 케이크를 꺼내 찻숟가락으로 잘라서 찻잔 접시에 담아 이 형사에게 건넸다.

"음, 너무 맛있다."

이 형사가 케이크가 올려진 접시를 건네받기 무섭게 재빨리 한 입 떠 넣으며 말했다.

"한 조각 더 줘?"

이내 접시를 깨끗이 비워 버리는 것을 본 김 형사가 이 형사에게 물었다.

"네."

김 형사가 다시 케이크를 한 조각 잘라 이 형사에게 건넸다. 이번에도 이 형사는 그것을 맛있게 먹었다. 김 형사는 이 형사가 케이크를 먹는 동안 자신의 가설과 그간의 수사 내용을 말해 주었다. 이 형사는 케이크를 입 안에 떠 넣으며 조용히 경청했다.

"살육이라면 우리가 가 본 곳인데."

이 형사가 연쇄살인 사건의 유력 용의자로 여기던 주상형을 미행하던 중에 들린 적이 있던 음식점을 용케 떠올리며 말했다.

"그래 맞아."

"장기 적출을 목적으로 한 연쇄살인 사건의 범인이 요리사라는 선배의 가설은 허점이 너무 많은 게 사실이지만 그래도 나름 설득력은 있네요. 하지만 그 허점을 보완하기 위해서는 발에 땀 좀 나겠는데요."

이 형사는 김 형사의 가설에 대해 냉정히 접근했다. 수사가 난항에 빠질 때에는 제3자의 시선이 뜻밖의 실마리를 제공하기도 했다.

"너무 땀이 나서 무좀이 생길 지경이야. 솔직히 이 형사의 의견이 필요해. 아주 신선한 것으로."

김 형사는 자신의 의도를 숨기지 않았다.

"나라면 '왜'라는 질문을 던져 보겠어요."

"갑자기 웬 왜야?"

"선배, 왜 요리사가 장기 적출을 동반한 연쇄살인 사건을 저질렀을까하는 질문을 자신에게 해 본 적 있으세요?"

"……!"

질문을 받는 순간 김 형사는 신선한 충격을 받았다. 충격은 순식간에 김 형사의 머릿속에서 수많은 질문을 유발시켰다.

'왜 그랬을까?'

가장 원초적이고도 기본적인 질문이었다. 그래 요리사가 범인이라면 어떻게 장기를 적출했을까? 만약 할 수 있었다면 왜 인간의 장기가 필요했을까? 순식간에 수많은 질문이 생겨났지만 무엇 하나 연쇄살인 사건과 요리사를 연결할 수 있는 것은 없었다. 또다시 혼란스러워졌다. 연쇄살인범이 의사에서 요리사로 바뀌게 되는 터라 혼란이 더 할 수밖에 없는 노릇이었다.

"지민기라는 사람에 대해서 조사는 해 보셨어요?"

이 형사가 뭔가 골똘히 생각하고 있는 김 형사를 향해 물었다.

"별다른 것은 없었어. '육회'의 달인으로 손꼽히는 데다가 방송 출연도 많이 하고, 매출이 웬만한 중소기업을 능가하더라고."

김 형사는 지민기가 한마디로 아쉬울 것이 없는 사람이라고 설명했다. 특히 의료 쪽으로의 연결점은 전혀 없다고 잘라 말했다.

"김지혜는 일본 교포 출신이라 알아 볼 수 없었어. 하지만 간접 확인해 본 결과 그쪽 역시 별다른 혐의점은 없는 것 같아."

김 형사는 지민기 쪽에서 혐의점을 찾는 편이 더 나을 것이라고 판단하고 있었다. 하지만 혹시 몰라 일본 쪽에 김지혜에 대해 알아봐 줄 사람을 물색하고 있었다. 솔직히 지금은 물에 빠진 사람이 지푸라기라도 붙잡는 심정이라고 털어놨다.

"선배가 내세운 가설 저도 설득력이 있다고 여겨요. 하지만 지금 드러난 사실만으로는 그 가설과 연쇄살인 사건을 연결시키기에는 무리가 있다고 봐요."

"그걸 확인하고 싶은데 핑계거리가 없어. 반장님 역시 이 형사와 같은 생각이셔. 그래서 수사 확대를 반대하고."

"확인 사살을 하고 싶은 거겠죠."

이 형사가 강 반장의 의도를 정확히 짚어내어 말했다.

"사실 나도 확인 사살을 하고 싶지만 건더기가 없어. 젠장."

김 형사는 대화 도중에 자신이 세운 가설이 절벽에 부딪치는 것을 느꼈다. 이 형사는 병상에 누워 입맛을 다시며 답답해하는 김 형사를 쳐다보며 생각에 잠겼다. 잠시 침묵이 흘렀다. 이 형사는 지난 사건들을 가만히 되짚어 가며 놓친 것이 있는지 찾으려 애썼다. 그러다 뭔가가 갑자기 떠올랐다.

"아 맞다!"

뭔가를 떠올린 이 형사가 갑자기 손뼉을 치며 말했다.

"왜?"

생각에 잠겨 있다 화들짝 놀란 김 형사가 눈을 동그랗게 치켜뜨고 물었다.

"육회."

"육회라니? 그게 무슨 소리야?"

"생각 안 나요? 죽은 이용기의 위에서 반쯤 소화된 쇠고기가 발견됐잖아요."

이 형사가 반색을 하며 말했다. 이용기는 7번째 연쇄살인 사건의 희생자였다. 이 형사는 그 당시 이용기의 위에서 반쯤 소화되다 남은 날 쇠고기를 떠올렸다.

"그랬지. 그런데 그게 왜?"

"지민기가 육회의 달인이라면서요? 혹시 연관이 있을 수 있잖아요."

"……!"

김 형사의 머릿속이 비상이 발동된 군 기지 마냥 갑자기 복잡하게 돌아가기 시작했다. 왜 그걸 미처 생각하지 못했지. 7번째 희생자인 이용기와 새롭게 연쇄살인 사건의 유력 용의자로 떠오른 지민기 그리고 김지혜 그 둘 사이에 육회라는 틀실한 연결고리로 연결되었다. 김 형사는 스스로 자책하면서도 뜻밖의 발견에 흥분했다. 당시 이 형사 외에는 아무도 거들떠보지 않았던 것이 중요한 추적 단서가 되는 순간이었다.

"그만 가 봐야겠어."

확인 욕구에 바짝 몸이 달아오른 김 형사가 갑자기 벌떡 몸을 일으키며 말했다.

"벌써 가요? 나 심심한데."

이 형사가 실실 웃으며 말했다. 그러나 마음은 정반대였다. 그는 속으로 자신은 걱정 말고 어서 가서 범인을 추적하길 바랬다.

"혼자 심심해해. 난 안 심심해."

김 형사가 수첩을 꺼내 휘갈겨 쓰듯 메모를 하며 말했다.

"이제 선배답네. 그래 잘 해봐요."

이 형사는 김 형사를 향해 가볍게 주먹을 쥐어 보였다.

"그럼 안녕."

힘차게 주먹을 쥐어 보인 김 형사는 병실을 나와 서둘러 국립과학수사연구원 남부분원이 있는 양산으로 향했다. 가는 도중에 박신후에게 전화를 걸어 이용기의 위에서 나온 내용물들이 아직도 보관되어 있는지 확인했다. 다행히 샘플을 보관 중이라고 했다. 김 형사는 다행이라 여기며 차의 속도를 높였다.

"이건 뭐하려고요?"

박신후가 자신을 찾아 온 김 형사에게 죽은 이용기의 위속에 들어 있던 쇠고기의 일부가 담긴 작은 유리병을 건네며 물었다.

"뭐 좀 알아 볼 게 있어요."

김 형사가 유리병 속 투명한 보관 액에 잠긴 손톱 크기 정도의 쇠고기 조각을 들여다보며 말했다.

"중요한 단서인가 보죠?"

박신후가 궁금해하며 물었다.

"이제부터 알아봐야죠. 이거 DNA 분석은 가능하겠죠?"

김 형사가 건네받은 유리병을 외투 안쪽 주머니 속에 넣으며 말했다.

"그럼요."

박신후는 당연하다는 듯 씨익 웃으며 말했다

"그럼 됐습니다. 협조 감사합니다. 나중에 전화 드릴게요."

김 형사는 대충 인사를 하고 서둘러 남부분원을 나와 다시 차를 몰았다. 이번 행선지는 국립농산품질평가원 부산경남지원 조사분석과가 위치한 부산 연제구였다.

자신의 예상대로 퇴근 시간을 무려 1시간이나 넘겨 국립농산품질평가원 부산경남지원 조사분석과에 도착한 김 형사는 서둘러 안으로 들어갔다.

"어떻게 오셨습니까?"

사무실 안에서 흰 가운을 입고 잔뜩 불만스런 표정을 지은 채 모니터를 들여다보고 있던 여 직원이 안으로 들어서는 김 형사를 보며 자리에서 일어나 물었다. 김 형사는 냉큼 안으로 들어가 자신의 신분을 밝혔다.

"샘플은 가져오셨어요?"

퇴근을 하지 못하고 대기하고 있던 여 직원이 억지 미소를 지으며 물었다.

"아, 그거. 여기 있습니다."

김 형사는 재빨리 품속에서 의뢰할 샘플이 담긴 유리병을 꺼내 건넸다.

"저 때문에 퇴근이 늦으셨네요."

"괜찮습니다."

괜찮은 목소리가 아니라고 김 형사는 생각했다. 분명 과장의 지시로 남은 것이 분명했다. 마음속으로 미안해지려 했다.

"결과는 내일 오후 5시쯤 전화로 알려드릴게요. 연락처 하나 주시겠어요?"

샘플을 넘겨받은 여 직원이 메모지를 건네며 말했다.

"더 빨리는 안 됩니까?"

메모지에 자신의 핸드폰 번호를 써서 건네며 물었다.

"그것도 오늘 야근을 해서 가능한 겁니다."

여 직원이 메모지를 건네받으며 다소 날선 목소리 말했다. 야근이라는 말에 미안해진 김 형사는 부탁한다는 말을 하고는 사무실을 나왔다. 한시바삐 자신이 사라져 줘야 분석 결과가 더 빨리 나올 것 같았다.

"이제 뭘 하나?"

갑자기 할 일이 없어진 김 형사가 스스로에게 반문을 하며 차에 올랐다. 시간을 확인해 보니 저녁 8시에 가까워지고 있었다. 김 형사는 일단 경찰청으로 돌아가야겠다고 생각했다.

김 형사는 모든 일에서 손을 놓은 채 책상 위에 놓인 전화기만 쳐다보고 있었다. 도저히 일이 손에 잡히지 않았다. 휴대폰을 켜 시간을 확인하니 오후 5시가 넘어 있었다.

"왜 아직 안 오는 거야?"

한시바삐 결과를 알고 싶어 안달이 난 김 형사가 침묵을 지키고 있는 사무실 한쪽에 놓인 팩스를 노려보며 혼잣말로 중얼거렸다. 어제 맡긴 죽은 이용기의 위에서 나온 쇠고기에 대한 DNA 분석 결과를 오후 4시에 팩스로 보내 주겠다고 오전에 연락이 왔었다. 그런데 아직도 감감무소식이었다. 그때 팩스에서 신호음이 울렸다. 순간 김 형사는 자리에서 벌떡 일어나 팩스 앞으로 달려갔다. 번호를 보니 부산 쪽이었다. 국립농산품질평가원 부산경남지원 조사분석과 전화번호와 유사했다. 팩스에 표시되는 용지의 수가 10매가 넘었다. 곧 종이에 인쇄되어 나오기 시작했다. 김 형사는 양손을 허리에 얹고 팩스가 모두 인쇄되어 나오기를 초조하게 기다렸다. 곧 첫 장이 인쇄되어 나왔다. 김 형사는 그것을 잽싸게 집어 들고 읽기 시작했다. 그러나 인쇄되어 나온 것은 자신에게는 쓸모없는 자료였다. 사실 DNA 분석 결과를 읽어 낼 만한 지식이 자신에게는 없었다. 그에게 필요한 자료는 문서의 끝부분에 있었다.

"됐어!"

마침내 원하고 바랐던 것을 직접 확인하는 순간 김 형사는 쾌재를 부르며 팩스 1부를 복사해 자신의 책상 위에 올려놓고 곧장 강 반장에게 달려갔다.

"보십시오!"

김 형사가 득의양양한 표정을 한 채 방금 들어와 아직도 온기가 남아 있는 팩스를 강 반장의 책상 위에 올려놓으며 말했다.

"왔어?"

팩스는 강 반장도 기다리고 있었다. 김 형사는 강 반장이 바로 볼 수 있도록 쇠고기가 도축돼 유통된 경로를 담은 부분을 펼쳤다.

"살육에 공급됐다. 이걸 어떻게 해석해야하는 거야?"

단숨에 팩스의 내용을 모두 읽은 강 반장이 물었다. 그 역시 살짝 흥분하고 있었다. 강 반장과 김 형사 모두 그간 자신들을 괴롭혀왔던 장기 적출 연쇄살인 사건의 주요 용의자를 색출해 내는 성과를 올리기 직전이었다.

"보시면 아시겠지만 그날 도축된 쇠고기는 총 7군데로 팔려나갔습니다. 그중 육회 요리를 하는 곳은 '살육' 뿐입니다. 죽은 이용기의 위에서 발견된 쇠고기는 육회였습니다. 따라서 죽은 이용기가 생전에 살육에 들렀거나 그곳에서 만든 육회를 제공받은 것이 확실합니다."

"공감은 가지만 죽은 이용기의 위에서 나온 쇠고기를 직접적으로 '살육'에 연결하기에는 허점이 너무 많은 것 같아."

강 반장이 마음에 걸리는 부분을 조심스럽게 밝혔다.

"허점이요?"

"죽은 이용기는 노숙자잖아. 그날 '살육'에 들른 누군가가 먹다 남아 버린 것을 먹을 수도 있지 않았을까?"

"글쎄요. 제가 직접 확인했는데 '살육'에서는 맛의 비법을 지키기 위해서 포장판매는 일체 하지 않는다고 합니다."

"그래? 그렇다면 제법 그럴싸한데."

"반장님, 수색영장 좀 받아주십시오. 추가 증거를 확보하기 위해서는 '살육'에 대한 압수 수색이 필수적입니다. 더군다나 살육은 해운대에 있지 않습니까?"

김 형사는 이용기가 죽기 전후로 부산 해운대에 갔을 리가 없다는 점을 강

조했다. 왜냐하면 이용기는 살해 당일 서울에서 창원으로 내려왔다는 것이 확인되었기 때문이었다.

"알았어. 일단 윗분들과 상의해보지."

지금 '살육'에 대한 수사를 진척시키기 위해 안달을 내고 있는 김 형사를 달랜 강 반장은 DNA 분석 결과 팩스를 사건 파일에 끼워 들고 사무실을 나갔다. 김 형사는 자기 자리로 돌아와 다시 한 번 더 팩스를 찬찬히 살폈다. 그러다 뭔가 생각이 나 수첩을 뒤지기 시작했다.

"이용기가 죽던 날 새벽에 서울에서 내려왔다? 혹시?"

만약 '살육'의 누군가가 서울에 올라갔다면, 그것도 이용기가 죽은 전날 그랬다면 연관성은 더욱 짙어진다고 김 형사는 생각했다. 김 형사는 조금 전 떠오른 것을 수첩에 메모하고는 곧바로 공형식에게 전화를 걸었다.

"여보세요?"

전화기 너머로 잔뜩 잠에 취한 공형식의 목소리가 들려왔다.

"뭐야? 초저녁인데 벌써 자?"

김 형사가 한심하다는 투로 말했다.

"어제 좀 달렸더니 죽겠어요. 무슨 일이에요?"

"일이 생겼다."

"무슨 일요?"

"너 '살육'알지?"

"해운대에 있는 육회전문점이요? 알아요."

"오늘부터 그곳 사장 미행 좀 해."

"에? 뜬금없이 무슨 말이에요?"

"자세한 건 나중에 설명할 테니까 빨리 출발해. 그리고 통장 번호 불러."

"통장 번호는 왜요?"

"활동비 입금해 줄게. 너 돈 없잖아. 일단 허름한 중고차 하나 사."

"오예."

활동비를 입금해 준다는 말에 공형식은 쾌재를 불렀다.

"문자로 보내 놔. 알았지?"

"넵!"

김 형사는 전화를 끊고 서둘러 자리에서 일어났다. 이 형사에게 가기 위해서였다. 그에게 가서 조언을 구할 참이었다. 자신의 논리에 허점이 있으면 보완을 해야 했다. 다음 수순은 '살육'에 대한 압수 수색이었다. 그러자면 검찰 또는 법원을 설득해야만 했고, 무엇보다 경찰청 수뇌부를 설득해야 했다. 앞서 강 반장이 지적했듯 연쇄살인과 지민기를 서로 연관시키기 위해서 필요한 증거가 부족했다. 물론 정황적 증거는 충분했다. 그러나 압수 수색을 하기 위한 증거로는 다소 부족했다. 그렇다면 논리를 보강해야 했다. 김 형사는 이 형사가 이 부분을 해결해 줄 수 있을 것이라 기대했다. 병원으로 향하는 김 형사의 발걸음이 갑자기 빨라졌다.

14. 압수 수색

다음날 아침, 특별수사부 사무실에는 소속 수사관 전원이 비상 대기하고 있었다. 그 중에는 김 형사도 끼어 있었다. 전날 잠을 설친 덕분에 얼굴이 까칠했다. 책상 아래 쓰레기통 안에는 그가 마시고 버린 커피 잔이 가득 차 있었다. 초조했다. 오전 8시면 떨어질 것이라던 '살육'에 대한 압수수색영장이 10시가 가까워져 오는데도 소식이 없었다.

"이거 아무래도 틀어진 것 같아."

옆자리에 앉아 무료하게 마우스를 조작하며 인터넷포털 이슈를 검색하고 있던 동료 수사관이 다소 시무룩한 목소리로 말했다. 김 형사도 어느새 그의 말에 공감하기 시작했다. 어제저녁 압수수색영장 신청을 두고 특별수사부장 이하 간부들 사이에 한바탕 설전이 있었다는 전언 탓에 더욱 그랬다. 아무래도 증거가 부족하다는 것이었다. 무엇보다 가장 쟁점이 된 것은 법의학자의 의견이었다. 그들은 한결같이 전문 지식이 전혀 없는 요리사가 어떻게 장기 적출을 수반한 연쇄살인 사건을 저지를 수 있느냐는 의문을 제기했다. 절개부터 장기 적출까지 고도의 외과 수술 스킬을 보유한 이가 아니면 불가능하다는 게 그들의 공통된 의견이었다. 특별수사부의 부장 역시 법의학자들과 같은 견해였다. 다행히 오랜 세월 현장에서 활약해온 강 반장을 신뢰하는 다른 간부들이 압수 수색의 필요성을 지지해 준 덕분에 일단 영장을 신청해 법원의 판단에 따라 수사 방향의 틀을 새로 짜자는 것으로 회의는 마무리됐었다.

"떨어졌어!"

사무실 내 수사관들 사이에 오가는 잡담이 점점 시장 난장 수준으로 높아졌을 때 갑자기 문이 활짝 열리면서 흥분한 강 반장이 사무실로 뛰다시피 들어오며 외쳤다. 김 형사가 반색을 하며 자리에서 벌떡 일어섰다.

"압수 수색에 대한 간단한 사전 브리핑이 있을 거니까 전원 회의실로 모여!"

다소 흥분한 표정의 강 반장이 특유의 크고 우렁찬 목소리로 외쳤다. 새벽 일찍 사무실로 출근해 대기한 탓에 축 늘어져 있던 수사관들의 몸동작이 갑자기 빨라졌다. 김 형사도 사전에 마련한 브리핑 자료를 챙겨들고 강 반장의 뒤를 따라 허겁지겁 회의실로 뛰다시피 향했다.

"다들 조용!"

곧 있을 '살육'에 대한 압수 수색을 현장 지휘할 특별수사부 수사1과의 과장이 단상 위에 올라가 소란한 실내를 정리하고 나섰다.

"모두들 알다시피 그간 우리를 괴롭히던 연쇄살인 사건에 대한 중요한 진전이 있었습니다. 총 8건의 사건이 벌어지는 동안 우리는 사건 현장에 버려지다시피한 피해자의 처참한 주검만 무기력하게 지켜봐 왔습니다. 하지만 이제부터는 달라질 것이라 확신합니다. 드디어 살인자의 실체를 확인할 수 있는 중요한 단서를 확보할 수 있게 된 것입니다. 오늘 압수 수색에 만전을 기해 그간 우리를 열나게 삥이 치게 한 살인자의 낯짝 좀 봅시다! 알겠습니까!"

"네!"

회의실 내에 모여 있던 20여 명의 수사관들이 일제히 결연한 표정으로 힘차게 대답했다.

"좋습니다! 오늘 압수 수색에 대한 간단한 브리핑을 듣도록 하겠습니다."

수사1과장이 단상에서 내려가며 곁에 서 있던 강 반장을 향해 고개를 끄덕였다. 곧 미리 준비하고 있던 김 형사가 자료를 챙겨들고 단상 위로 올라가섰다. 그는 연쇄살인 사건과 '살육'의 대표인 지민기에 대한 관련성에 대해서 설명하고 곧장 압수 수색의 핵심 사안에 대해서 설명하기 시작했다.

"오늘 반드시 확보해야 할 증거는 이동식 냉장고입니다. 앞서 설명했듯 지민기와 김지혜는 일본으로 출국할 때 항상 이동식 냉장고를 휴대했다고 합니다. 따라서 그들이 휴대한 이동식 냉장고에 강제 적출된 인간의 장기가 담겼을 가능성이 매우 높습니다. 공항 관계자의 증언에 따르면 이동식 냉장고의 크기는 가로와 세로 그리고 높이가 약 1m~1.5m가량이며 휴대용 대형 배터리가 장착된 스테인리스 재질로 제작된 것이라고 합니다. 크기가 제법 큰 것으로 추정되는 만큼 육안으로 쉽게 찾을 수 있을 것이라 여겨집니다. 이 냉장고는 연쇄살인 사건과 지민기 간의 연관성을 밝혀줄 매우 중요한 증거가 될 것입니다. 따라서 반드시 확보해야 합니다."

김 형사가 설명을 마치고 단상에서 내려왔다. 곧 각 반별로 역할이 부여되었다.

"모두 역할을 잘 숙지했을 것으로 믿고 출발합시다."

브리핑이 끝나고 출발 명령이 떨어졌다. 수사관들은 차량이 대기 중인 건물 정문 앞으로 뛰어갔다. 김 형사도 강 반장과 함께 지정된 차량으로 뛰어갔다.

"잘 될 테니까 걱정하지 마."

강 반장이 승합차에 올라 안전벨트를 고리에 채우며 말했다. 김 형사는 그런 그를 바라보며 씩 웃어 보였다. 그러나 한편으로는 마음이 편치 못했다. 이번 압수 수색에서 별다른 성과를 올리지 못한다면 김 형사의 거취는 매우 위험해질 수도 있었다. 그간 용의자를 전문의료인으로 추정해 수사를 해왔는데 갑자기 용의자를 요식업 종사자라며 수사 방향을 전환한 것에 대해 안팎으로 잡음이 많이 일고 있었다. 김 형사는 그런 잡음을 이번 압수 수색으로 단숨에 잠재울 수 있을 것이라는 자신감이 충만했지만……

'틀림없어. 그놈이 범인이야.'

김 형사는 스스로에게 힘주어 말했다. 수사관들을 태운 승합차와 승용차들이 일제히 정문을 향해 움직이기 시작했다.

경상남도 경찰청 소속 특별수사부의 수사관을 태운 차량 행렬이 조용히 해운대 달맞이 고개로 올라서고 있었다. 짙푸른 녹음이 우거진 해운대 송림의 좌측 너머로 푸른 바다가 보였다. 도심에 우뚝 솟은 건물의 회색빛에 길들여 있던 수사관들은 자신의 눈이 갑자기 시원해져 오는 것을 느꼈다.

"앞에 간판이 보인다. 입구에 차를 대는 즉시 압수 수색을 실시한다."

'살육'이라 쓰인 입간판이 눈에 들어오기 무섭게 무전기를 통해 수사1과장의 목소리가 들려왔다. 차 안에는 긴장감이 흘렀다. 김 형사는 머릿속으로는 이미 '살육'의 수색 동선을 짜고 있었다. 압수 수색의 핵심은 시간이었다. 수색을 실시하는 입장에서 증거를 찾을 시간이, 당하는 입장에서는 증거를 숨길 시간이 필요하기 때문이었다. 그렇기 때문에 압수 수색은 보안 유지가 중요했다. 그 보안을 토대로 상대방이 전혀 의도치 못한 시간에 실시해서 원하는 증거를 확보하는 것이 압수 수색의 키 포인트였다.

몇 차례 이어지던 차량 내 무전이 끊기자 차량들은 '살육'으로 들어가기 위해 일사분란하게 좌회전을 했다. 그리고 곧장 음식점 앞에 줄지어 주차했다. 정문 입구에 삼삼오오 모여 커피를 마시며 잠시 휴식을 취하고 있던 '살육'의 직원 몇몇이 깜짝 놀라며 엉거주춤 자리에서 일어섰다.

"빨리 들어가!"

무전기를 손에 든 수사1과장이 차의 문을 열고 내리며 일제히 쏟아져 나오는 수사관들을 향해 외쳤다.

"저기 어디서 오셨습니까?"

'살육'에서 주차장 관리를 전담하는 직원이 급히 뛰어와 두 눈을 동그랗게 치켜뜨며 수사1과장을 향해 물었다.

"경남경찰청 특별수사부 소속입니다. 사장님 되십니까?"

"사장님은 아직 출근 전……."

직원의 말이 채 끝나기도 전에 수사1과장 이하 수색에 참여한 수사관들이 일제히 안으로 뛰어 들어갔다.

"무슨 일이죠?"

카운터에서 당일 예약 상황을 점검하다 갑자기 쏟아져 들어오는 정체불명의 사내들을 보고 놀란 김지혜가 막 입구로 들어서는 수사1과장의 앞을 가로막으며 물었다.

"사장님 되십니까?"

수사1과장이 다분히 사무적인 말투로 물었다.

"아닙니다."

"그럼 어떻게 되시죠?"

"전 여기 총괄매니저입니다."

"사장님은 어디 계시죠?"

"아직 출근 전이세요."

"그렇다면 할 수 없군요. 여기 압수수색영장이 있습니다."

수사1과장이 품에서 종이 한 장을 꺼내 김지혜에게 내밀었다.

"압수수색영장이요? 그럼 경찰?"

"경남경찰청 특별수사부 소속 수사1과 과장 주영균입니다. 압수 수색에 적극 협조해 주시기 바랍니다. 지금 즉시 전 직원들을 밖으로 내보내 주십시오."

수사1과장의 말이 끝나기 무섭게 수사관들이 일제히 '살육'의 내부를 향해 쏟아져 들어가 수색을 시작했다. 받아든 압수수색영장을 읽는 김지혜의 손이 사시나무 떨듯 떨렸다. 그는 뒤에 서 있던 직원에게 전 직원들을 건물 밖으로 나가 대기하도록 지시를 내렸다. 마침 영업 시작 전이어 손님이 없어 불필요한 마찰은 없었다. 곧 영문도 모른 채 '살육'의 직원들이 하던 일을 멈추고 일제히 밖으로 나갔다.

"철저히 수색해!"

수사관들은 사전에 수집된 정보를 토대로 할당된 구역으로 빠르게 흩어졌다. 강 반장과 김 형사는 동료들과 함께 음식물 보관 장소와 주방을 수색하기로 되어 있었다. 특히 주 수색 대상은 주방 내에 설치된 사장실이었다.

"문이 잠겼습니다!"

사장실 안으로 들어가려던 한 수사관이 강 반장을 향해 말했다.

"매니저 불러와."

강 반장이 입구 근처에 있던 한 수사관을 향해 말했다. 곧 김지혜가 당혹감 가득한 얼굴을 한 채 주방으로 들어왔다.

"이 문 열어주십시오."

강 반장이 사장실을 가리키며 말했다.

"비밀번호는 사장님 밖에 몰라요."

"그럼 할 수 없죠. 이봐! 김 형사 만능 키를 써!"

"네, 반장님."

강 반장의 말을 들은 김 형사가 씩 웃으며 한 발을 들어 있는 힘껏 문을 차 버렸다. 그러자 굳게 닫혀 있던 문이 힘없이 뒤쪽으로 열렸다.

"만능 키 성능 한 번 좋고."

뒤에서 보고 있던 한 수사관이 재미있다는 듯 피식 웃으며 말했다. 문이 열리자 김 형사가 가장 먼저 안으로 들어갔다.

"문 수리비는 이곳으로 청구하도록 하세요."

강 반장이 잔뜩 굳은 표정을 한 채 서 있던 김지혜에게 명함 한 장을 내밀었다.

"반장님!"

먼저 들어간 김 형사가 강 반장을 불렀다. 강 반장이 안으로 들어가 보니 김 형사가 대형 냉장고 앞에 서 있었다.

"무슨 일이야?"

강 반장이 냉장고 앞으로 다가서며 물었다.

"이거요."

김 형사가 냉장고에 설치된 디지털잠금장치를 가리키며 말했다.

"이건 만능 키로는 어림없겠는데."

강 반장이 다시 김지혜를 안으로 불러 냉장고의 문을 열어줄 것을 부탁했다.

"이것 역시 사장님 밖에 번호를 몰라요."

김지혜가 억지웃음을 지어 보이며 말했다.

"어떡하죠?"

난감해진 김 형사가 강 반장에게 물었다.

"글쎄. 이거 부수면 경리계장이 아주 싫어하겠는데."

강 반장이 보기에도 고가로 보이는 냉장고를 쳐다보며 말했다.

"그렇다고 내부를 안 들여다 볼 수도 없지 않습니까?"

김 형사가 냉장고의 손잡이를 잡고 힘껏 잡아당기며 말했다.

"그렇기는 하지. 할 수 없지. 가서 문 열만한 것 가져와."

강 반장은 냉장고의 문을 강제로 열기로 마음먹고 뒤에 서 있던 수사관에게 도구를 가져오도록 지시했다.

"그럴 필요 없습니다."

갑자기 등 뒤에서 묵직한 남자의 목소리가 들려왔다. 강 반장과 김 형사가 동시에 뒤를 돌아다봤다.

"사장님."

김지혜가 사무실 안으로 들어서는 남자를 보며 말했다. 바로 '살육'의 사장인 지민기였다. 순간 김 형사와 지민기의 시선이 서로 마주쳤다.

'저 자식이!'

훤칠한 키에 당당한 체구도 모자라 훈남 얼굴까지 가진 지민기의 입가에 비록 미소가 지어져 있었지만 어딘가 모르게 싸늘한 느낌을 주는 사내라고 김 형사는 생각했다.

"내가 열겠습니다."

지민기가 담담한 표정으로 냉장고 앞으로 다가가 숫자패드를 눌렀다. 곧 맑은 신호음과 함께 잠금 장치 풀리는 소리가 들렸다.

"자, 열렸습니다. 보시죠."

지민기가 냉장고의 문을 열어 내부를 가리키며 말했다. 강 반장과 김 형사는 누가 먼저랄 것도 없이 상체를 내밀어 냉장고 안을 살폈다. 그런데 사람이 들어설 수 있을 정도로 넓은 냉장고 내부에는 실망스럽게도 새끼손가락 굵기와 크기 정도의 유리병 5개가 선반에 올려져 있을 뿐 다른 것은 아무것도 없었다. 상식적으로 잘 이해가 되지 않았다. 디지털잠금장치가 달려 있어 내부에 중요한 증거가 숨겨져 있을 것이라 여겼던 김 형사는 실망감을 감출 수 없었다.

"저건 뭐죠?"

강 반장이 선반 위에 가지런히 정리된 채 올려져 있는 작은 유리병을 가리키며 물었다. 다섯 개 중에서 세 개는 속에 노란색의 맑은 액체가 담겨 있었고 나머지는 비어 있었다.

"요리에 쓰는 일종의 소스입니다."

지민기가 미소를 지어 보이며 말했다.

"소스?"

김 형사가 무심코 작은 유리병을 집어 들려고 했다.

"손으로 집으면 안 됩니다."

지민기가 냉장고 안으로 향하는 김 형사의 손길을 막고 나서며 말했다. 갑작스런 행동에 놀라 주춤한 김 형사가 뒤로 물러서며 지민기의 얼굴을 쳐다봤다. 분명 입에는 미소가 그려져 있었지만 가늘게 뜬 눈꺼풀 아래의 눈동자에서는 섬뜩한 기운이 뿜어져 나오고 있었다. 그의 입가에 그려져 있는 미소가 억지라는 것이 확연히 드러날 정도였다.

"왜죠?

김 형사가 의아해하며 물었다.

"사람 체온이 닿으면 변질될 수 있습니다."

"그렇군요. 그런데 성분이 뭐죠?"

김 형사가 고개를 끄덕이며 물었다. 유리병에 담긴 액체의 노란색이 너무도 맑고 투명해 보였다.

"그건 말할 수 없습니다. 저만의 비법이니까요."

지민기가 열려져 있던 냉장고의 문을 천천히 닫으며 말했다. 곧 냉장고의 문이 자동으로 잠겼다.

"잘 알겠습니다. 그만 나가 주시죠. 수색을 해야하니까요."

강 반장이 지민기와 김지혜를 향해 말했다. 두 사람은 서로 눈빛을 교환하고 밖으로 나갔다.

"빨리 뒤져 봐."

강 반장이 김 형사를 향해 말했다. 그러나 이미 김 형사는 눈으로 사무실 내부를 뒤지고 있는 중이었다. 강 반장은 그런 김 형사를 내버려 두고 책상에 달린 서랍을 하나씩 열어 내부를 확인하기 시작했다. 김 형사도 곧 붙박이로 제작된 옷장을 열어 보는 등 증거가 숨겨져 있을 만한 곳을 샅샅이 뒤지기 시작했다. 그러나 사무실 안에는 별다른 것이 없었다.

"별거 없는데."

사무실에 대한 수색을 마친 강 반장이 다소 실망한 목소리로 말했다. 별다른 소득을 올리지 못한 그는 상체를 일으키며 책상 위에 놓여 있던 노트북을 챙겨 뒤에 서 있던 부하에게 건넸다. 김 형사 역시 강 반장과 마찬가지로 별다른 걸 발견하지 못한 채 뒤지고 있던 옷장의 문을 닫았다. 그때 재료 저장실 수색에 나섰던 한 수사관이 뛰어와 압수 수색의 주목표인 이동식 냉장고를 발견했음을 알려왔다.

"빨리 가 봐. 여긴 내가 마무리할 테니까."

강 반장이 김 형사를 향해 말했다.

"네."

김 형사는 곧장 재료 저장실로 급히 뛰어갔다. 이동식 냉장고는 수사관들에 의해 이미 저장실 밖으로 운반되어 어느새 식당 출입구 앞에 놓여 있었다.

"이거야?"

드디어 원하는 증거물을 손에 넣게 된 김 형사가 냉장고를 살피며 고무된 목소리로 주위에 서 있던 동료들에게 물었다. 일단 외형을 자세히 살펴보니 공항 CCTV에 찍힌 거랑 일치하는 것 같았다. 김 형사는 위쪽 뚜껑을 열어 내부를 살폈다. 안은 말끔하게 청소된 상태였고, 아무것도 담겨져 있지 않았다. 이미 예상했던 바였다. 그러나 국립과학수사연구원의 조언에 따르자면 안쪽에 인간의 혈액이 극히 미량이라도 남아 있다면 DNA 추출은 어렵지 않다고 했다.

"일단 밖으로 가져가자."

김 형사가 근처에 서 있던 후배 수사관을 향해 말했다. 냉장고는 이내 김 형사와 후배 수사관에 의해 밖으로 운반되어졌다. 밖에서 뒤늦게 연락을 받고 현장에 도착한 변호사와 함께 수사1과장에게 압수 수색의 부당성을 따지고 있던 지민기가 이동식 냉장고가 끌려 나오는 것을 보고는 급히 앞을 가로막고 나섰다. 그러나 잔뜩 불안한 표정을 한 채 지민기의 곁에 서 있던 김지혜가 그보다 먼저 김 형사에게 거의 몸을 던지다시피 거칠게 제지하며 강하게 항의했다.

"이건 왜 가져가는 거죠?"

얼떨결에 김지혜에게 이동식 냉장고의 손잡이를 빼앗긴 김 형사는 수사에 필요한 증거물이라며 완력으로 다시 되찾으려 했다. 그러나 웬일인지 김지혜는 필사적으로 김 형사의 앞을 가로막아 섰다. 곧 이동식 냉장고를 사이에 두고 김 형사와 김지혜 사이에 몸싸움 아닌 몸싸움이 벌어졌다. 그 틈을 비집고 지민기가 재빨리 이동식 냉장고를 자신 앞으로 끌어당겼다.

"도무지 이해할 수가 없군요. 도대체 왜 내가 연쇄살인 사건에 연루됐다고 여기는 거죠? 이건 엄연한 공권력 남용입니다."

수사1과장과 변호사에게서 압수 수색의 취지와 합법성에 대해 상세히 설명을 들었음에도 불구하고 지민기가 다시 한 번 더 강하게 항의했다. 곧 변호사가 이동식 냉장고를 경찰들에게 내어 줄 것을 당부했다. 지금은 압수 수색에 협조할 수밖에 없음을 강조하며 지민기를 설득했다. 압수 수색의 부당성과 손해배상 청구는 법원에 정식재판을 구할 수밖에 없다는 점을 강조했다. 수사1과장과 주위에 대기하고 있던 수사관들은 불필요한 충돌을 피하기 위해서 주위에서 잠시 대기했다. 김 형사는 가까스로 이동식 냉장고를 지민기로부터 거의 빼앗다시피 돌려받았다. 변호사의 거듭된 조언에 지민기는 별다른 저항 없이 뒤로 물러섰다. 하지만 얼굴엔 분노와 당혹감으로 점철된 묘한 표정이었다.

"빨리 실어!"

이때다 싶은 김 형사가 주위 동료들의 도움을 받아 이동식 냉장고를 승합차 뒤쪽에 싣고 문을 닫았다. 잠시 숨을 돌리던 김 형사가 필요 이상의 반응을 보이며 자신을 저지하던 김지혜를 슬쩍 쳐다봤다. 김지혜의 얼굴은 불안감으로 잔뜩 경직되어 있었다. 게다가 지민기의 곁에 서서 수사1과장에게 강력히 항의를 하고 있었다. 김 형사는 그런 김지혜에게서 범인들이나 유력용의자들에게서 보곤 하던 과잉 방어적인 행동 양상을 발견하고는 흥미롭게 바라보며 다시 가게 안으로 들어갔다.

"다 끝났습니다."

내부의 압수 수색을 마친 강 반장과 김 형사가 밖으로 나와 근 1시간 가량 실시된 압수 수색이 끝났음을 수사1과장에게 알렸다.

"그럼 철수합시다."

수사1과장이 수사관들에게 철수를 지시하는 한편 여전히 불만스런 표정으로 서 있던 지민기에게 협조에 대한 감사를 표했다.

"이번 압수 수색으로 입은 영업 피해가 매우 큽니다. 또한 정신적으로도 큰 충격을 받았구요. 재판을 통해 그에 대한 보상을 청구하겠습니다."

지민기가 수사1과장을 향해 힘주어 말했다.

"그럼 이만."

수사1과장은 자신은 법대로 했을 뿐이라는 태도를 보이고 곧장 차에 올랐

다. 이어 주위에 대기하고 있던 수사관들도 앞 다퉈 차에 올랐다. 곧 '살육'의
입구를 점령군처럼 막고 서 있던 승합차와 승용차들이 일제히 빠져나갔다.

15. 딜레마

증거나 당위성이 부족하다는 경찰청 안팎의 일부 지적에도 수사 실무진의 강력한 건의로 시행된 '살육'의 압수 수색을 통해 확보된 증거들은 별다른 것이 없었다. 그날 확보된 소형 1톤 트럭 한 대분에 이르는 증거들 중에서 연쇄살인 사건과의 관련성을 나타내는 것은 단 하나도 없었다. 남은 것은 애초 가장 중요한 증거로 지목된 이동식 냉장고에 대한 국립과학수사연구원의 혈흔 및 DNA 분석뿐이었다.

"아직이야?"

관련 간부 회의를 마치기 무섭게 사무실로 돌아온 강 반장이 전화기 옆에서 외출나간 주인을 기다리는 강아지마냥 죽치고 앉은 김 형사를 향해 물었다.

"아직입니다."

책상 앞에 앉아 있던 김 형사가 자세를 고쳐 앉으며 다소 맥 빠진 목소리로 말했다.

"제발 쓸 만한 게 나와야 할 텐데."

들고 있던 수첩을 책상 위에다 툭 던지고 자리에 앉는 강 반장이 걱정스럽게 말했다.

"위쪽 분위기는 어때요?"

김 형사가 조심스럽게 물었다.

"별로 안 좋아. '살육'의 사장이 변호사를 통해 우리 청을 상대로 손해배상을 청구한 모양이야. 그리고 각종 언론에다 압수 수색의 부당성을 호소하고 있기도 하고. 이래저래 골치가 아프게 생겼어."

그 역시 김 형사와 마찬가지로 이동식 냉장고에서 뭔가 상황을 반전시킬 증거가 나오기를 고대하고 있는 형편이었다. 사실 아직 상부에서는 김 형사에 대해 곱지 않은 시선을 보내고 있는 중이었다. 만약 그러한 상황에서 이번 압수 수색이 무위로 돌아간다면 김 형사의 거취는 매우 불투명해질 것은 뻔했다. 잘못되면 박예린에 대한 감사 건이 다시 불거질 수도 있었다. 따라서 어떻게 해서든지 증거가 발견돼야만 했다. 강 반장은 여전히 책상 위의 전화기를 응시하고 앉아 있는 김 형사를 슬쩍 쳐다봤다. 덜렁대고 다소 엉뚱해서 반원들 중에서 가장 많은 충돌이 있기는 해도 나름대로 유능한 수사관이란 게 그에 대한 평가였다. 무엇보다 자신의 부하였다. 이제 얼마 있지 않으면 퇴직하게 되는 그는 자신보다 먼저 퇴직하는, 그것도 불명예스럽게 퇴직하게 되는 부하는 두고 싶지 않았다. 그렇게 되면 은퇴 생활 내내 괴롭고 안타까울 것만 같았다. 이래저래 마음이 괴로웠다.

그때 전화가 울렸다. 김 형사와 강 반장의 시선이 일제히 신호가 울리는 전화기로 향했다.

"네, 특별수사부 강력수사 1반입니다."

두 번째 전화벨이 울리기 무섭게 김 형사가 수화기를 집어 들었다. 자리에서 벌떡 일어난 강 반장이 김 형사 곁으로 날듯이 다가와 귀를 기울였다.

"알겠습니다. 지금 곧 가죠."

통화는 짧게 끝이 났다. 통화를 마친 김 형사의 얼굴이 언제 그랬나 싶게 밝아져 있었다.

"좋은 소식이야?"

강 반장이 잔뜩 기대감 가득한 표정으로 물었다.

"반반입니다."

"반반?"

"인간의 혈흔은 끝내 찾지 못했다고 합니다. 발견된 혈액은 모두 소의 것으로 판정되었다고 합니다."

그다지 좋지 못한 소식이었다. 그런데도 강 반장은 김 형사의 표정이 왜 밝아졌는지 궁금해졌다.

"그렇다면 다른 반 쪼가리는?"

"이동식 냉장고에서 인간의 호르몬 성분이 발견되었다고 합니다."

잔뜩 고무된 김 형사가 활짝 웃으며 말했다.

"그래? 확실해?"

"사본을 팩스로 보내준답니다."

김 형사의 말이 끝나기 무섭게 사무실 한쪽에 있던 팩스의 벨이 울렸다. 두 사람은 누가 먼저랄 것도 없이 그 앞으로 뛰어갔다. 팩스에서 이내 10여 장이 차례대로 인쇄되어 나왔다. 김 형사와 강 반장은 인쇄된 문서가 쌓이기 무섭게 집어 들고 읽기 시작했다.

"이 정도면 됐어!"

보고서의 첫 장에 요약된 분석 결과를 읽은 강 반장이 쾌재를 부르며 말했다. 보고서에는 '살육'에 대한 압수 수색을 통해 확보한 이동식 냉장고에서 미약하나마 인간의 호르몬, 특히 뇌 속에서 분비되는 호르몬이 분석되었으며, 이 호르몬에서 DNA를 추출하기 위해서 추가적인 분석 작업을 실시하고 있다고 쓰여 있었다. 곁에 있던 김 형사 역시 흥분을 감추지 못하고 있었다. 마치 그동안 풀지 못해 방치해 두었던 수학 문제를 겨우 풀어낸 수험생처럼 기뻐하고 있었다.

"인간의 호르몬이 발견되었다면 그 속에 어찌되었던 인간의 신체 일부가 담겨져 있었다는 사실과 연관 지을 수 있지 않겠습니까?"

김 형사가 흥분을 감추지 못하며 말했다.

"그렇지. 그런데 왜 뇌 속의 호르몬이 발견된 거지? 지금까지 범인은 뇌를 적출해간 적은 없었는데?"

강 반장은 발견된 것이 왜 하필 뇌 호르몬인지 궁금했다.

"그게 좀 이상하기는 하네요. 하지만 추가 분석 작업을 하고 있다고 하니까 결과가 나오면 명확해지겠죠."

김 형사가 보고서를 복사기에 집어넣으며 말했다.

"아무래도 그렇겠지. 나는 일단 부장님과 과장님에게 보고하고 올 테니까, 김 형사는 앞으로 수사 계획을 잡아봐. 저쪽에서 대비할 수 있으니까 이 보고서의 내용은 당분간 함구하고."

"네, 반장님."

김 형사가 복사가 끝난 보고서의 사본을 건네며 말했다. 보고서를 받아 든 강 반장이 사무실에서 나갔다. 김 형사는 보고서를 들고 자리로 돌아와 정독을 했다. 보고서의 내용은 두 가지 사실을 명확히 규정하고 있었다. 인간의 혈액은 발견되지 않았고, 대신 인간의 호르몬이 발견되었다는 것. 하지만 뇌하수체에서 분비되는 호르몬으로 추정될 뿐 보다 상세한 것은 추가적인 분석 작업이 끝나야만 알 수 있을 것이라는 국립과학수사연구원의 의견으로 보고서는 마무리되고 있었다.

"이 정도면 구속영장 청구 사유는 될 것 같네."

김 형사는 연쇄살인 사건에 대한 또 다른 진전을 이뤄낸 것 같아 왠지 가슴 뿌듯함을 느꼈다. 그는 수첩을 펼쳐 앞으로 수사에 대한 계획을 적기 시작했다. 이제 수사에 대한 포커스를 지민기에 맞춰야 했다. 그만큼 수사 범위가 좁아진 것이다. 그런 만큼 수사에 대한 부담이 덜했고, 집중도는 더할 수 있다. 그러자면 당장 시급히 해결해야 할 의문이 있었다.

"요리사가 어떻게 장기 적출을 했을까?"

가장 핵심이자, 지민기가 연쇄살인 사건의 범인일 것이라는 김 형사의 가설에서 가장 취약한 부분이었다. 지금까지 발견된 피해자의 장기 적출은 모두 전문적인 의료인이 아니면 하기 힘든 게 사실이었다. 이는 자문을 해 준 관련 의료인들의 한결같은 의견이기도 했다. '살육'에서 압수한 증거물들 중에서 의료와 관련된 도구는 단 하나도 없었다. 물론 다른 곳에 숨겼을 수도 있었다. 지민기가 연쇄살인 사건의 범인이기 위해서는 환경이 열악하기 짝이 없는 노상에서 인간의 장기를 적출할 수 있다는 것을 증명해내야만 했다. 그리고 또 하나. 이 형사가 제시한 의문에 대한 답이었다. 왜 지민기가 연쇄살인 사건을 저질렀을까 하는 이유였다. 바로 살인의 이유였다. 열쇠는 역시 지민기 자신이었다. 김 형사는 지민기의 과거 행적에 대한 광범위하고 심도 깊은 수사의 필요성을 느꼈다. 곧 그는 며칠 전부터 지민기를 미행시킨 공형식을 떠올렸다.

"상황은 어때?"

공형식이 전화를 받자마자 김 형사가 대뜸 물었다.

"아직 별다른 움직임은 보이지 않는데요. 그런데 이상한 점이 있어요."

"뭐?"

"지민기는 예전과 달라진 게 없는데. 다른 사람들의 행동이 이상해요."

"누구?"

"매니저하고 부주방장이요."

"어떻게?"

"밖에서 수시로 만나서 뭔가를 상의해요. 처음에는 두 사람이 사귀는 사인가 싶었는데 아무래도 이상해요."

"구체적으로 말해 봐."

"지민기가 나타나면 대화를 중단하고 안으로 급히 들어가고, 또 지민기가 사라지면 또 만나고. 퇴근하고 둘이서 어딘가로 가요."

"그래?"

공형식의 미행 보고를 받은 김 형사는 잠시 고민했다. 하지만 이내 생각을 정리했다. 어차피 범인은 지민기일 가능성이 매우 높았다. 따라서 매니저와 부주방장은 수사 대상에 올릴 필요가 없었다. 그 두 사람은 언제든지 참고인으로 불러 조사할 수 있었다. 지금은 지민기에 대한 수사에 집중해야만 했다.

"어떻게 할까요?"

"일단 지민기를 쫓아."

김 형사가 단호하게 말했다. 지금 중요한 것은 매니저나 부주방장이 아니라 지민기였기 때문이었다. 그의 머릿속에는 지민기가 연쇄살인 사건의 주범일 가능성이 높다는 결론으로 가득 차 있었다.

"알았어요. 그런데 매니저 있잖아요. 왠지 낯이 익어요."

"매니저 낯이 익다니? 김지혜?"

웬 엉뚱한 소리냐는 투로 김 형사가 물었다.

"굉장히 낯이 익은데 어디서 봤는데."

"아는 사람 아냐?"

"그런 건 아니고. 에라 모르겠다. 생각나면 전화 할게요."

"그래 수고해라."

통화를 끝낸 김 형사는 잠시 생각에 잠겼다. 김지혜? 꽤나 미인이지. 몸매도 좋고. 일반적으로 볼 수 있는 흔한 미인스타일. 그래서 눈에 익었을 수도 있다고 김 형사는 생각했다. 공형식은 한때 룸살롱이나 노래주점 등의 유흥업소에서 아르바이트를 한 전력이 있었기 때문에 수많은 젊은 여자들을 봐왔을 터였다. 김 형사는 곧 공형식과의 마지막 통화 내용을 기억에서 털어내 버렸다. 그때 강 반장이 다시 사무실로 돌아왔다. 표정이 밝았다. 보고서의 내용이 상부에 먹힌 게 분명하다고 김 형사는 여겼다.

"잘 됐어. 이제 공식적으로 지민기에 대한 추가 수사를 진행해도 될 것 같다."

강 반장이 힘주어 말했다.

"바로 착수할까요?"

"그래. 한 번 제대로 파헤쳐 봐."

"네, 반장님."

김 형사는 수첩을 들고 자리에서 일어났다. 첫 번째 수사는 지민기에 대한 주변 조사였다. 거처는 물론이고 지인들까지. 특히 의료 관련 종사자와의 관련성이 있는 지에 대한 조사가 시급했다.

'일단 집부터 찾아가 보자.'

사무실을 나선 김 형사는 지민기의 집부터 조사하기로 마음먹었다.

의욕적으로 시작한 지민기에 대한 수사는 집 주변, 주민과 지인에 대한 탐문 수사부터 삐걱대고 있었다. 김 형사의 질문에 답하는 이들은 마치 짜기라도 한 듯 한결같이 들어가는 수사가 있었다. 절대 그럴 사람이 아니다. 성실한 사람이다. 효자다. 법 없이도 살 사람이다. 그보다 더 큰 문제는 지민기가 고교 졸업 학력 소지자라는 점이었다. 군대 역시 어려서부터 쌓은 조리 실력으로 사단장의 특별 조리병으로 복무하다 제대한 것으로 기록되어 있었다. 과거를 돋보기 들여다보듯 자세히 살폈지만 그의 과거 어디에도 장기를 적출할 의술을 쌓을 틈이 보이지 않았다. 또한 지민기는 '살육'을 열기 전부터 이미 업계에서 육회의 달인으로 소문이 나 사생활이 어느 정도 노출되어 있었다. 수사 초기였지만 나올 건 다 나온 듯 보였다. 과연 지민기가 장기를 적출할 수 있는 의료 지식이 있을까? 김 형사의 의욕과 자신감은 머릿속에서 계속 맴도는 의문 때문에 봄날 쌓인 눈이 녹듯 자꾸만 작아지고 있었다.

"네, 반장님."

경남 합천의 지민기의 고향 마을 언저리 슈퍼에서 목마름을 해결하기 위해 생수를 사서 마시며 잠시 숨을 돌리고 있던 김 형사는 강 반장으로부터 걸려온 전화를 받았다. 전화기 너머에서 들려오는 강 반장의 목소리는 잔뜩 맥이 풀려 있었다. 의논할 일이 있으니 즉시 돌아오라는 전화였다.

"무슨 일이지?"

김 형사는 마시고 있던 생수병을 휴지통에 버리고 자리를 털고 일어났다. 막 김 형사가 차를 출발시켰을 때 다시 휴대폰이 울렸다. 공형식이었다.

"형식이냐?"

"네, 김 형사님."

"그래 무슨 일이냐?"

"일본 쪽에서 갑수 아저씨한테 또 연락이 왔는데요. 그때 일본으로 인간의 장기를 밀수출하고 있는 한국인이 있다고 했었잖아요."

"그랬지."

"그쪽 판매 및 알선에 야쿠자가 관련된 것 같다는데요."

"야쿠자?"

"자세한 건 알 수 없는데 갑수 아저씨한테 정보를 주던 일본 측 정보원이 신변의 위협을 느껴 더 이상 조사를 할 수 없다고 잠적했다는 데요."

일이 묘한 방향으로 흐르고 있었다. 야쿠자라면 박갑수의 일본인 지인이 지레 겁을 먹고 도망칠 만했다. 적어도 일본 내에서 야쿠자라면 어둠의 지배자이자 영원한 '갑(甲)'이기 때문이다. 어쩔 수 없는 상황이었다. 아쉽지만 일본으로 장기를 밀수출하고 있다는 이에 대한 수사는 중단할 수밖에 없었다.

"알았어. 그나저나 지민기는 어때?"

"별다른 게 없어요. 평상시하고 똑같은데요. 다만 변호사 사무실에 뻔질나게 드나들어요."

공형식이 심드렁하게 대답했다. 변호사 사무실을 자주 찾는다는 것은 곧 경찰청에 대한 손해배상 청구 및 앞으로 있을 소환 등에 대비한 법적 자문을 구하기 위해서일 것이라고 김 형사는 생각했다. 현명한 대처였다. 이제 곧 입건될 테니. 알 수 없는 쾌감이 김 형사의 온 신경을 가볍게 했다.

"알았어. 그럼 계속 수고해. 그리고 임마, 카드 좀 그만 긁어!"

"뭘요? 다 필요해서 긁는 건데."

"마! 미행에 새 속옷이 왜 필요해? 선글라스는 또 뭐야?"

"아따 잔소리 좀 그만해요. 그럼 끊어요. 지민기가 또 움직여요."

갑자기 전화가 끊어졌다. 진짜 지민기가 움직여서 쫓느라 끊은 것인지 아니면 잔소리가 싫어 끊은 건지 모르지만 그래도 공형식의 존재가 나름 든든했다.

'짜식. 이러다 한 건 하는 거 아냐?'

생각해 보니 공형식이 연쇄살인 사건 수사에 알게 모르게 제법 많은 도움을 주고 있었다. 그중에는 제법 쓸만한 의견이나 정보가 있었다. 이번 사건이 잘 해결되면 강 반장님한테 말해서 경찰청장 표창이라도 줘야겠다고 마음먹었다.

"뭐라구요?"

근 1시간 30분여를 쉼 없이 달려 도착한 김 형사에게 강 반장이 전한 소식은 압수 수색을 통해 확보한 이동식 냉장고에서 발견된 인간 뇌 호르몬에 대한 2차 분석 결과였다.

"이동식 냉장고에서 발견한 인간 뇌 호르몬에서 DNA를 분리하는 데 실패했다고."

크게 아쉬워하는 표정을 한 강 반장이 손에 들고 있던 보고서를 김 형사에게 힘없이 건네며 말했다. 김 형사는 믿을 수 없다는 표정으로 보고서를 건네받아 그 자리에서 정신없이 읽기 시작했다. 보고서에는 분리 실패의 이유를 이동식 냉장고에서 발견된 호르몬의 양이 극미량인데다가 알 수 없는 효소에 의해 변질되었기 때문이라고 쓰여 있었다. 결과를 손에 받아든 김 형사 역시 결과에 크게 아쉬워했다. 만약 발견된 호르몬에서 DNA만 추출해냈더라면 피해자의 DNA와 서로 대조해 이동식 냉장고에 피해자의 신체 일부가 담겼다는 사실을 증명할 수 있었을 것이었다.

"이제 어떻게 되는 거죠?"

김 형사가 크게 낙담하며 앞으로의 대처를 물었다.

"일단 호르몬이 인간의 뇌에서 분비되는 것과 90% 정도 유사하다는 판정이 최종적으로 내려졌으니까, 기존의 증거와 출국 기록을 토대로 소환 수사를 시작해야지."

강 반장의 목소리에는 힘이 없었다. 그는 결정적인 증거를 손에 쥐지 못한 탓에 힘겨운 싸움이 될 것이라고 생각하고 있었다. 김 형사도 마찬가지였다.

"대신 좋은 소식도 있어."

강 반장이 어깨가 축 처진 김 형사를 향해 씩 웃어 보이며 말했다.

"좋은 소식이요?"

좋은 소식이라는 말에 김 형사가 귀를 쫑긋 세우고 물었다.

"익명의 제보에 의하면 이용기가 죽기 전날 지민기가 서울로 올라갔었다고 하더군."

"서울이요?"

강 반장이 말한 소식은 말 그대로 좋은 소식이었다. 이용기는 주변 노숙인들의 증언에 의해 겨울이 끝나기 무섭게 원 근거지였던 서울로 올라간 것을 확인했었다. 그랬던 그가 돌연 서울에서 창원으로 내려왔고, 공교롭게도 그날 살해당했다. 서울에 있던 이용기가 다시 창원으로 내려왔다는 것은 어떤 동기가 작용했을 가능성이 매우 높았다. 그리고 그 동기는 범인이 제공했을 것이라는 게 지금까지 김 형사의 추론이었다. 지금 연쇄살인 사건의 주요 용의자로 의심 받고 있는 지민기가 이용기가 죽기 전날 서울로 올라갔다는 제보가 접수됐다. 분명 연관성이 있어 보였다.

"익명이라 제보자의 신원을 확인하지 못했지만 제보가 제법 구체적이야. 한 번 찔러 볼 필요가 있겠어."

아울러 강 반장은 지민기에 대한 소환 조사가 임박했음을 알려줬다. 지금까지의 증거로는 구속영장 청구는 어렵지만 본격적인 소환 조사는 충분히 가능하다는 것이 상부의 판단이라는 것이다.

"소환에 대비해 준비를 해야겠네요."

"아무래도. 이번 수사의 최대 난관은 지민기가 현장에서 장기 적출을 할 수 있는 스킬을 지니고 있느냐와 그 목적이 뭐냐는 거야. 지금까지 드러난 정황상 일본으로 장기를 밀수출하려 했다는 의혹을 받고 있기는 하지만 그건 어디까지나 추정일 뿐이고."

강 반장이 언급한 내용은 김 형사도 염두에 두고 있는 바였다. 어찌되었든 수사를 진행하고 나면 명확해질 것은 분명했다.

"잘 알고 있습니다."

"다시 한 번 말하지만 지민기가 연쇄살인 사건의 범인이라는 증거는 그 어디에도 없어. 신중하게 수사를 진행해. 자칫 김 형사가 옷을 벗을지도 몰라."

강 반장은 지민기의 소환이 김 형사에게 양날의 칼일 수도 있다는 점을 강조했다. 벌써 지민기가 법적인 대응을 시작했다는 소식이 공식, 비공식 루트를 통해 들어오고 있었다.

"명심하겠습니다."

"그럼 소환 조사 일정을 잡아서 알려 줘."

"곧 올리겠습니다."

대화를 끝낸 김 형사는 자신의 자리로 돌아와 그간의 수사 자료 및 보고서를 펼쳐 놓고 소환 조사용 질문지를 만들기 시작했다.

'첫 질문을 뭐로 하지?'

펜을 쥔 김 형사의 오른손이 새하얀 백지 위에 멈춰 있었다. 머릿속에서 퍼뜩 떠오르는 질문이 없었다. 김 형사는 잠시 고민했다. 신중하게 접근하라는 강 반장의 강조가 마치 협박처럼 김 형사 머릿속의 자유로운 생각을 옥죄고 있었다. 고민 끝에 김 형사는 펜을 놓고 자리에서 일어났다. 밖에 나가 커피라도 한 잔 마실 심산이었다. 지금 상태로 오랫동안 책상 앞에 앉아 있어도 백지를 채워줄 마땅한 질문이 떠오를 것 같지 않았다.

"어디냐?"

사무실 밖으로 나와 커피를 뽑아든 김 형사는 휴게실로 들어가 휴대폰을 꺼내 공형식에게 전화를 걸었다.

"지금 병원이요."

"병원? 너 어디 아파?"

"내가 아니고 지민기요."

"그 자가 왜 병원에 갔어?"

질문을 하며 김 형사는 무의식적으로 시간을 확인했다.

"난 의사가 아니거든요."

"알았어. 지금 갈 테니까 일단 만나자."

김 형사는 공형식으로부터 병원의 위치를 전해 듣고는 곧장 차를 몰고 지민기가 있다는 병원으로 출발했다.

오후 5시 무렵 병원에 도착한 김 형사는 곧장 지하 주차장으로 내려갔다. 지민기를 미행하던 공형식의 차가 그곳에 있기 때문이다.

"지민기가 왜 병원에 왔는지 알아봤어?"

김 형사가 조수석에 올라타기 무섭게 물었다. 질문하는 그의 얼굴에는 기대감이 가득했다.

"몰라요."

공형식이 천진난만한 표정으로 천연덕스럽게 대답했다.

"그걸 지금 대답이라고 하는 거야?"

김 형사가 왈칵 짜증을 내며 말했다.

"전 지금 저 차 쫓기도 버거워요. 생각해 봐요. 내가 차에서 내려 쫄래쫄래 쫓아가다 미행을 들키면 어쩌려고요. 그렇지 않아도 요사이 눈치가 이상한데."

공형식도 앞에 주차된 지민기의 검은색 외제 승용차를 가리키며 덩달아 짜증을 내며 말했다. 그 역시 계속된 미행에 지쳐 있었다. 김 형사는 살짝 미안해졌다. 사실 미행은 베테랑 수사관조차도 매끄럽게 하기가 어렵다. 하물며 수사관도 아닌 경험이 전무한 공형식이야 오죽하랴 싶었다.

"알았어. 잠시 안에 들어갔다 올 테니까 잘 지키고 있어."

"집 지키는 개처럼 얌전히 잘 있을 테니까 어서 다녀오시죠."

다소 화가 난 공형식이 강아지처럼 혀를 날름거리며 비꼬듯 말했다. 그 모습에 김 형사는 피식 웃고는 차에서 내려 곧장 주차장 엘리베이터를 타고 병원 로비로 올라갔다.

"이거 서울에서 김 서방 찾기구만."

병원 로비는 수많은 사람들로 넘쳐나고 있었다. 이 많은 인파 속에서 어디 있는 지도 모를 지민기를 찾는다는 것이 거의 불가능하다고 판단한 김 형사는 노력과 시간을 단축하기 위해 접수대로 걸어가 다짜고짜 신분증을 꺼내 보였다.

"무슨 일이죠?"

경찰 신분증을 본 접수원이 경계심을 드러내며 물었다. 김 형사는 환자 또는 내원객 중에 지민기라는 이름으로 등록된 이가 있는지 찾아봐 달라고 부탁했다. 잠시 기다려 달라는 말과 함께 접수원이 곧 키보드를 조작했다.

"잠깐만요. 자원 봉사자로 등록된 분 중에서 형사님이 찾는 분이 계시는 것 같은데요."

"자원 봉사자요?"

요리사가 병원에서 자원 봉사를 한다는 것에 김 형사는 고개를 갸우뚱했다.

"건강검진센터에서 자원 봉사자로 활동하고 계시네요."

접수원으로부터 건강검진센터 위치를 안내 받은 김 형사는 그곳으로 향했다. 건강검진센터는 병원 건물 6층에서 7층에 걸쳐 있었다. 다시 엘리베이터에 올라 탄 김 형사는 곧장 6층으로 올라갔다. 수많은 사람들로 붐비던 병원 로비와는 달리 건강검진센터 출입구에는 십여 명의 사람들이 차례를 기다리며 무료하게 앉아 있을 뿐 비교적 한산했다. 그때 멀리 70대로 보이는 할머니를 부축하며 걸어오는 건장한 남성이 보였다. 지민기였다. 자신을 알아볼까 싶었던 김 형사는 재빨리 근처에 있던 화장실 입구로 가 적당한 곳에 몸을 숨긴 채 잠시 그의 동태를 살폈다. 만면에 웃음을 띤 그는 거동이 불편해 보이는 노인의 검사 과정 내내 동행하며 돕고 있었다. 본 그대로만 따진다면 세상의 모든 아픔을 품은 익명의 독지가 모습이었다. 의외의 모습이었다. 갑자기 그가 왜 병원 건강검진센터에서 자원 봉사를 하고 있는지 이유가 궁금해졌다. 지민기가 검사를 위해 할머니를 데리고 또 다른 검사실로 들어가는 것을 확인한 김 형사는 몸을 숨기고 있던 화장실에서 나왔다.

"선생님, 뭐 좀 물어봐도 될까요?"

김 형사는 마침 근처를 지나가던 40대 후반의 여성 자원 봉사자 한 사람을 붙잡고 지민기를 가리키며 그가 건강검진센터에서 어떤 일을 하고 있는지 물었다.

"아, 지 사장님이요. 근데 왜 그러시죠?"

여성 자원 봉사자가 약간의 경계심을 드러내며 이유를 물었다. 김 형사는 자신이 아는 사람 같아서 그렇다며 대충 이유를 둘러댔다.

"가정 형편이 어려운 독거 노인을 데려다가 자비를 들여 건강검진을 받게 하고 있어요. 정말 훌륭한 분이세요."

뜻밖이었다. 여성 자원 봉사자는 지민기의 인격의 훌륭함에 대해서 칭찬을 아끼지 않았다. 벌써 5년째라고 했다.

'이거 기대와는 영 다른 결관데.'

김 형사는 여성 자원 봉사자에게 감사를 표하고 건강검진센터 안내 데스크로 다가갔다.

"건강검진 받으러 오셨어요?"

접수대에 앉아 있던 안내원이 김 형사가 다가오자 미소를 지으며 친절하게 물었다.

"뭐 좀 알아보려고 왔습니다."

김 형사는 자신의 신분을 숨기고 지민기에 대해서 물었다. 경찰이 자신을 조사하고 있다는 사실이 지민기의 귀에 들어가면 좋을 게 없었기 때문이다.

"아, 자원 봉사하고 계시는 지민기 씨요?"

질문에 답하는 안내원의 말투에 지민기에 대한 신뢰가 담뿍 담겨 있었다. 조금 전 들었던 여성 자원 봉사자의 답변과 다르지 않았다.

"그럼 지민기 씨가 여기서 주로 하는 일이 독거 노인의 검사를 돕는 일만 하는 건가요?"

괜한 기대감에 다소 실망한 김 형사가 의례적인 말투로 물었다.

"여러 가지 잡무도 도와주고 계세요."

"잡무요?"

"뭐, 예를 들어 건강검진을 받고 돌아간 고객들에게 안내문을 발송하는 일 같은 거요."

"그렇군요."

김 형사는 지민기의 병원 행에 대해 듣고 생겨난 기대감을 충족시킬만한 소득이 없었다. 오히려 지민기에 대한 자신의 의심이 혹 지나친 건 아닌가 하는 염려가 살짝 들었다. 이제 곧 공개 수사가 진행될 텐데 가진 카드가 많지 않아 걱정이었다. 숨통을 끊을 확실한 물증이 필요했다. 지금 자신이 가진 것은 모두 정황적 증거 뿐이었다. 무엇 하나 지민기와 연쇄살인 사건을 직접적으로 연결시킬만한 증거가 없었다. 갑자기 복잡해진 생각을 품고 김 형사는 주차장으로 돌아와 공형식의 차에 올랐다.

"어떻게 됐어요?"

공형식이 결과가 궁금해 물었다.

"별것 없어."

김 형사는 자신이 알아본 내용을 간단하게 설명해 주었다.

"훌륭한 일을 하고 있네요."

설명을 듣고 난 공형식이 고개를 끄덕이며 말했다.

"그래. 좋은 일을 하고 있는 건 틀림없지."

그러나 김 형사는 여전히 지민기에 대한 의심의 끈을 놓지 않았다. 어쩌면 위장일 수도 있다고 생각했지만 벌써 5년이나 됐다는 사실을 놓고 볼 때 수사에 혼선을 주기 위한 고도의 위장술이라고 여기기에는 무리가 있었다. 덮어놓고 지민기가 병원에 들른 것만으로 연쇄살인 사건과의 연관성을 찾으려 했던 자신의 성급함에 씁쓸함을 느낀 김 형사는 공형식과 함께 지민기가 자신의 차로 돌아오기를 기다렸다.

"왔어요."

근 1시간 넘게 전방의 엘리베이터 입구를 주시하고 있던 공형식이 의자등받이에 기대 깜빡 잠이 들어 있던 김 형사를 급히 흔들어 깨웠다.

"그래?"

김 형사는 선잠을 깬 아이처럼 두 눈을 비비며 전방을 살폈다. 지민기는 자신의 차에 조금 전 건강검진센터에서 봤던 할머니를 태우고 있었다.

"어떻게 할까요?"

공형식이 시동을 걸고 막 주차장을 빠져 나가려는 지민기의 차를 쳐다보며 물었다.

"오늘은 그만 하는 게 좋을 것 같다."

김 형사의 말에 공형식은 쾌재를 부르며 좋아했다.

"그렇게 좋냐?"

"덕분에 쉴 수 있게 됐잖아요."

"그래. 푹 쉬어라."

김 형사는 공형식에게 약간의 현찰을 건네주며 찜질방에 가서 좀 쉬라고 했다. 뜻밖의 현찰을 손에 쥔 공형식은 함박웃음을 지어 보이며 좋아했다. 그런 그를 안쓰럽게 쳐다본 김 형사는 간단한 인사를 한 후에 공형식의 차에서 내려 자신의 차로 돌아왔다.

"확실한 증거가 필요한데."

법원이 심증적 증거도 인정해 준다면 지민기는 지금 당장이라도 구속감이라고 김 형사는 생각했다. 그러나 현실은 달랐다. 법원은 언제나 중립적인 위치에 서 있었다. 때론 야속하리만치 어렵사리 얻어낸 증거조차도 무시하는 경우가 다반사였다. 덕분에 수사를 부실하게 했다며 수사를 지휘하는 검찰로부터 욕 아닌 욕을 얻어먹는 경우도 비일비재했다. 만약 이번 소환 조사에서 별다른 증거를 얻어내지 못한다면 욕을 꿰짝 채 얻어먹는 것으로 끝나지 않을 공산이 매우 컸다. 또한 현장 수사를 주도한 강 반장 역시 무사하기 힘들 것이다. 갑자기 부담감이 심장을 조여 왔다. 곧 자신도 모르게 커다란 한숨이 가슴 깊은 곳에서부터 터져 나왔다.

16. 소환 조사

출입문을 제외하고 사방으로 꽉 막힌 2평 남짓한 심문실에 놓인 테이블을 사이에 놓고 지민기와 마주앉은 김 형사는 차분히 머릿속으로 질문할 내용과 강도를 조율하고 있었다. 하지만 지민기의 바로 옆에 앉은 변호사가 문제였다. 그는 조사실로 들어서면서부터 자신의 법적인 지식을 자랑하려는 듯 절차를 들먹이며 김 형사의 기를 꺾어 놓으려들었다. 이미 소환 조사 전 전화 통화를 통해 어느 정도 원치 않게 안면을 튼 사이였지만 직접 마주하니 여간 거치적거리는 게 아니었다. 더군다나 지금 지민기의 곁에 앉아 있는 변호사는 아이러니하게도 창원지방검찰청 검사 출신이었다. 그에게 직접 수사 지휘를 받은 적도 있었다. 그런 만큼 경찰의 소환 조사에 대한 대처법이 유달리 뛰어났다. 심문을 하기 위한 질문을 던지기도 전에 경고성 답변이 변호사의 입에서 쏟아져 나왔다. 내부 사정에 능통한 동지였던 자가 적으로 바뀌었을 때 얼마나 위험할 수 있는지를 그대로 보여 주고 있다고 김 형사는 생각했다.

"변호사님, 지금 당신의 신분은 검사가 아닙니다. 수사관들을 하대하는 듯한 말투는 솔직히 기분 나쁘군요."

 마치 현역 검사인 것처럼 다소 거만하게 구는 변호사의 태도를 마땅치 않게 여기고 있던 강 반장이 강한 어조로 말했다. 곧 변호사의 입에서 주의하겠다는 말이 튀어나왔다. 김 형사는 그 틈을 놓치지 않고 재빨리 심문에 착수했다. 심문은 먼저 의례적인 사항부터 시작되었다. 이름, 주민등록번호, 주소, 직업 등. 강도 높은 사전 조사로 인해 이미 알고 있던 터라 질문하기조차 귀찮은 것들이었지만 그렇다고 건너 뛸 수 없는 노릇이었다. 대략 의례적인 심문을 마친 김 형사는 자신의 뒤쪽에서 뒷짐을 지고 서 있는 강 반장과 시선을 교환했다. 그것은 본격적인 심문을 시작하겠다는 신호였다. 강 반장이 가만히 고개를 끄덕였다. 김 형사는 심호흡을 한 차례 하고 특별히 작성해 둔 심문지를 꺼내 펼쳤다. 심문지에는 지난밤을 꼬박 세우다시피하며 뽑아낸 사건 관련 질문들이 빼곡히 적혀 있었다.

 "이 사람들 중에서 아는 사람이 있습니까?"

 김 형사는 먼저 연쇄살인 사건의 피해자 8명의 사진과 인적 사항이 담긴 서류철을 지민기에게 던지듯 건네며 물었다.

 "없습니다."

 건네받은 서류철을 차례로 넘기며 사진을 유심히 살핀 지민기가 서류철을 다시 김 형사에게 건네며 말했다.

 "사실입니까?"

 김 형사가 확인을 위해 재차 물었다.

 "네. 그런데 어떤 사람들이죠?"

 지민기가 오히려 궁금하다는 투로 되물었다.

 "연쇄살인 사건의 희생자들입니다."

 김 형사가 다음 질문을 체크하며 말했다.

 "그 사람들과 내가 무슨 관계가 있죠?"

 지민기가 따지듯 물었다.

 "관계가 있는지 없는지 알아보기 위해서 소환한 겁니다."

김 형사가 무미건조한 목소리로 말했다. 지민기는 뭔가 말하려다 그만뒀다. 변호사가 제지했기 때문이다. 그런 그를 슬쩍 쳐다 본 김 형사가 다시 서류 한 장을 지민기에게 건넸다.

"혹시 기억나는 날짜가 있습니까?"

김 형사가 자신이 내민 서류를 살피고 있는 지민기를 쳐다보며 물었다. 지민기가 받아든 서류에는 모두 8개의 날짜가 기록되어 있었다.

"없습니다."

지민기가 들고 있던 서류를 김 형사에게 돌려주며 말했다.

"확실합니까?"

"그렇다니까요."

김 형사의 거듭된 질문에 지민기가 살짝 짜증을 내며 말했다.

"그 날짜들은 연쇄살인 사건이 발생된 날임과 동시에 지민기 씨가 일본으로 출국한 날이기도 합니다."

김 형사의 말이 떨어지기 무섭게 지민기는 김 형사에게 다시 서류를 건네받아 살폈다.

"다시 보니 그렇군요."

지민기가 멋쩍어하며 말했다.

"살인 사건이 발생한 날짜와 지민기 씨의 출국 날짜가 모두 일치하는 것으로 조사됐는데 어떻게 생각합니까?"

김 형사가 지민기의 눈을 노려보듯이 똑바로 쳐다보며 물었다.

"우연이겠죠."

지민기가 다소 곤혹스러워하며 대답했다.

"우연이 여러 번, 무려 8번이 겹칩니다. 그 정도면 필연이라 할 수 있지 않을까요?"

"대답할 필요 없습니다."

변호사가 재빨리 두 사람의 대화에 끼어들었다. 그리고는 김 형사와 강 반장을 향해 유도심문을 하지 말 것을 요구했다. 그러나 김 형사는 변호사의 말을 무시하며 얼른 사진 한 장을 꺼내 지민기에게 내밀었다.

"뭔지 아시겠죠?"

김 형사가 자신이 건넨 사진을 살피는 지민기를 향해 물었다.

"네."

"어떤 물건이죠?"

"내가 일본 출장 때 가지고 다니는 휴대용 냉장고입니다."

"주로 어떤 용도로 쓰시는 거죠?"

"요리 재료 운반용입니다."

"어떤 재료죠?"

"한우고기입니다."

"고기만 담아 운반했습니까?"

질문을 하는 김 형사의 눈이 반짝였다. 질문 속에는 함정이 도사리고 있었다. 물론 그 함정의 근거는 지금 언급하고 있는 냉장고 안에서 발견된 인간 뇌 호르몬 성분에 기반을 두고 있었다. 물론 관련 분석 보고서는 절대 보안이 유지된 상태로 외부 유출 또는 열람이 철저히 통제된 상태였다. 그런 만큼 관련 사실이나 정황을 지민기 측이 절대 알 리 없었다. 따라서 사전에 준비된 답변이 나올 리 만무했다.

"그렇습니다."

지민기는 태연히 답변했다. 김 형사는 마치 기다렸다는 듯이 보고서를 지민기 앞에 내밀었다. 물론 내용은 냉장고에서 발견된 인체 뇌 호르몬 분석 1차와 2차 결과가 담겨 있었다. 지민기는 귀찮은 듯 보고서를 집어 들고 천천히 읽어 내려가기 시작했다. 그러다 첫 페이지 중간 쯤 읽어 내려갔을 때 지민기는 다소 흐트러져 있던 자세를 곧추세우고 보고서를 자세히 읽기 시작했다. 이내 첫 페이지가 넘어가고 또 넘어가고. 페이지를 넘기는 그의 손이 미세하게 떨렸다. 뒤에 서 있던 강 반장이 앞으로 걸어 나와 김 형사 옆에 의자를 빼고 앉았다. 김 형사는 강 반장에게 고개를 끄덕였다. 아직 영문을 모르는 변호사는 예상치 못한 분위기에 어리둥절하고 있었다.

"어떻게 생각합니까?"

김 형사 대신 강 반장이 직접 심문에 나섰다. 그는 지민기의 표정 전반에 흐르는 당혹감을 감지한 상태였다. 제대로 찌르기만 한다면 땅에서 뽑힌 줄기에 달린 감자처럼 당장 줄줄이 건수가 나올 것만 같았다.

"답변하지 마세요!"

뒤늦게 지민기로부터 보고서를 건네받아 허겁지겁 읽고 난 변호사가 사색이 된 채 그의 답변을 만류하고 나섰다. 그는 지금 지민기가 섣불리 잘못 답변을 했다가는 그대로 구속영장 청구로 이어질 수도 있다고 판단하고 있었다. 지민기는 즉시 함구했다.

"묵비권을 행사하실 겁니까?"

강 반장이 귀엣말로 빠르게 대화를 나누는 지민기와 변호사를 쳐다보며 다그치듯 물었다. 그럼에도 불구하고 두 사람 간의 귀엣말 대화는 제법 오랫동안 이어졌다.

"답변하실 겁니까?"

이번에는 득의양양하게 두 사람 간의 대화를 지켜보고 있던 김 형사가 지민기의 답변을 재차 촉구했다. 답변 시간을 많이 줘서 좋을 게 없다는 것을 너무도 잘 알고 있었기 때문이다.

"전 모르는 내용입니다."

변호사와의 오랜 상의 끝에 지민기가 답변을 내놓았다. 궁색하기 이를 데 없었지만 지금 당장 내놓을 수 있는 답변으로는 최선이라 여겼다. 지민기의 얼굴에 미세한 경련이 일고 있었다. 김 형사는 그 미묘한 표정 변화를 놓치지 않았다. 당황하고 있음이 확실하다고 판단했다.

"그래요? 분명 조금 전에 지민기 씨 입으로 냉장고에는 쇠고기만 담아 보관했다고 하지 않았습니까?"

김 형사는 조금 전 답변한 내용을 지민기에게 상기시키며 물었다.

"물론입니다. 어떻게 인간의 뇌 호르몬이 검출됐는지 저로서도 의문이군요."

지민기가 태연히 답변했다.

"편리한 답변이군요. 지금 보고서에 언급된 호르몬은 인간의 뇌 속에서만 형성되는 호르몬입니다. 그런 호르몬이 당신이 일본 출장에만 이용하는 냉장고에서 검출됐는데 어떻게 모를 수 있죠?"

모르쇠로 일관하는 지민기의 답변을 강 반장이 집요하게 물고 늘어졌다. 본능적으로 용의자를 밀어붙여할 때라는 것을 알았다.

"저도 알고 싶네요."

"인간의 장기를 냉장고에 담아 일본에 밀수출한 것 아닙니까! 그렇지 않고서야 어떻게 인간의 호르몬이 냉장고에서 검출된단 말입니까!"

강 반장이 한껏 언성을 높이며 다그쳤다.

"이건 명백히 유도심문입니다! 그리고 이와 관련된 내용은 추후 검찰 수사에서 해명하도록 하겠습니다. 게다가 보고서에는 냉장고에서 발견된 물질이 인간 뇌 호르몬일 확률이 90%입니다. 오차가 무려 10%입니다."

발끈한 변호사는 그 짧은 순간에도 보고서의 약점을 끄집어내 방패막이로 삼았다. 강 반장은 몇 차례 더 관련 질문을 하며 지민기의 답변을 요구했다. 하지만 그럴 때마다 변호사가 검찰 수사에서 해명 자료를 내놓겠다며 더 이상 답변을 하지 않고 버텼다. 강 반장이 가느다랗게 한숨을 내쉬며 김 형사를 향해 고개를 끄덕였다. 그리고는 자리에서 일어나 다시 뒤로 걸어가 섰다.

"좋습니다. 지난 3월 21일부터 3월 22일 아침까지 알리바이를 확인해 줄 수 있습니까?"

김 형사가 지민기의 눈을 노려보며 차분히 다음 심문을 진행했다. 3월 22일은 7번째 연쇄살인 사건이 발생한 날이었고, 희생자는 이용기였다. 이미 제보를 통해 지민기가 3월 21일 오후에 서울로 올라갔다는 사실이 확인된 상태였다. 김 형사는 과연 지민기가 어떤 답변을 내놓을지 궁금했다. 지민기는 조금 전과 마찬가지로 즉시 답변을 하지 않고 다시 변호사와 상의했다.

"잘 기억이 나질 않습니다."

"이미 제보를 통해 그날 지민기 씨가 서울로 올라갔다는 사실을 알고 있습니다. 솔직하게 진술하세요."

김 형사가 그럴 줄 알았다는 듯이 호통을 치며 말했다. 자꾸만 능구렁이처럼 빠져나가는 지민기가 몹시도 얄미웠다.

"제보요?"

김 형사의 말이 끝나기 무섭게 지민기는 깜짝 놀랐다. 전혀 생각지 못했기 때문이다.

"누가 그런 제보를 했습니까?"

뜻밖의 내용에 당황한 변호사가 발끈하며 따지고 나섰다.

"누가 제보를 한 걸 묻는 게 아닙니다! 지민기 씨가 3월 21일 서울로 올라갔느냐 아니냐를 묻는 겁니다! 당신 의뢰인이 그런 사실이 없다면 걱정할 필요 없는 것 아닙니까!"

김 형사가 사사건건 질문을 가로막고 나서는 변호사를 향해 버럭 소리쳤다. 심정 같아서는 당장 그의 멱살을 잡고 심문실 밖으로 끌어내고 싶었다.

"좋습니다. 제보를 토대로 조사를 좀 해봤습니다. 지민기 씨는 지난 3월 21일 오전 11시 KTX를 이용해 서울로 갔다가, 그날 저녁 11시 30분경에 동대구역에서 하차를 하셨더군요. 그리고 다음날 아침 8시에 출발하는 첫 비행기로 일본으로 출국하셨고. 이틀 동안 무척 바쁜 일정을 소화하셨더군요. 맞습니까?"

김 형사가 자신이 조사한 당일 지민기의 행적을 구체적으로 언급하며 확인을 요구했다.

"맞습니다."

지민기는 담담하게 관련 사실을 인정했다. 하지만 그의 얼굴에는 김 형사의 입에서 나올 다음 질문에 촉각을 곤두세우고 있음이 여실히 드러나고 있었다.

"서울에서의 일정을 구체적으로 진술해 주시겠습니까?"

"개인적인 용무를 봤습니다."

"어떤 용무였습니까?"

"그건 밝힐 수 없습니다."

"왜죠?"

"요리 비법과 관련된 내용이라 그렇습니다."

지민기가 다소 격앙된 목소리로 말했다.

"이것 보세요! 당신은 지금 연쇄살인이라는 혐의를 받고 있습니다! 아시겠습니까! 요리 비법 따위가 중요한 게 아닙니다!"

"전 연쇄살인범이 아닙니다!"

지민기가 버럭 소리를 내질렀다. 김 형사와 지민기 모두 목소리가 잔뜩 격앙되어 있었다.

"그럼 서울에서 뭘 했는지 밝히세요!"

보다 못한 변호사가 지민기에게 3월 21일 당일 서울에서의 행적을 밝히라고 귀띔했다. 혐의를 벗는 것이 최선이라 판단했기 때문이다. 답변을 내놓지 못할 이유가 없었다.

"요리에 쓸 조미료를 구하러 다녔습니다."

고민 끝에 지민기가 답변을 내놓았다.

"조미료요? 좀 더 구체적으로 말씀해 주시죠."

답변이 다소 생뚱맞다고 여긴 김 형사가 답변을 거듭 요구했다.

"내가 만드는 육회에는 특별 조미료가 쓰입니다. 거기에 맞는 재료가 몇 가지 있는데 그걸 구하러 서울에 간 겁니다."

"그걸 확인해 줄 사람은 있습니까?"

"없습니다."

"요리 재료를 구하러 갔다면서요? 하다못해 재료상에라도 들렸을 것 아닙니까?"

"그런 차원이 아닙니다."

지민기의 답변을 듣고 난 김 형사는 어이없다는 듯이 소리 없이 웃으며 강 반장을 돌아다봤다. 강 반장의 표정이 잔뜩 굳어 있었다. 변호사 역시 그런 그를 이해할 수 없다는 듯이 쳐다봤다.

"서울에서 이용기를 만난 것 아닙니까? 그래서 답변을 못하는 거 아닙니까?"

김 형사가 잔뜩 화난 표정을 지으며 거칠게 되물었다.

"전 이용기라는 사람과 어떤 식으로든 알지 못합니다!"

지민기 역시 성난 표정을 지으며 말했다. 김 형사가 다시 서류 한 장을 툭 던졌다. 지민기가 냉큼 그것을 집어 들고 읽기 시작했다. 그러나 알 수 없는 단어들이 가득한 탓에 전체적인 의미를 파악하지 못한 채 그것을 변호사에게 넘겼다.

"이건 또 뭐죠?"

지민기가 서류의 정체를 궁금해 하며 물었다.

"죽은 이용기를 부검해 본 결과 위에서 미처 소화되지 못한 쇠고기가 발견됐습니다. 구체적으로 말하자면 육회로 요리된 날 쇠고기였습니다."

"……!"

김 형사의 답변을 듣는 순간 지민기는 서류의 정체를 단박에 알아차렸다. 쇠고기 이력증명서였던 것이다. 증명서에 기록된 구입자 명단에 '살육'이라는 이름이 보였다.

"그 쇠고기를 추적해 본 결과 도축된 뒤에 총 7곳으로 팔려 나갔더군요. 그 중에서 육회로 요리된 곳은 '살육'이 유일했고. 죽은 이용기는 겨울동안 창원에서 노숙을 하며 지내다가 서울로 올라갔었습니다. 그런데 당신이 서울에 올라갔다가 내려온 날 다시 창원으로 내려왔습니다. 그런 그의 위속에서 당신 가게에서 만든 '육회'가 발견됐습니다. 이런 정황을 고려해 보면 당신은 서울에서 이용기를 만나 함께 내려온 것이 확실합니다. 그래서 당일 행적을 밝히지 못하는 게 아닙니까!"

김 형사가 어디 빠져 나갈 수 있으면 나가 보라는 식으로 다그쳤다. 김 형사의 격한 다그침에 지민기는 아무런 대꾸를 하지 못했다. 보다 못한 변호사가 희생자가 노숙자이니 버린 음식을 먹었을 수도 있는 것 아니냐며 서둘러 변호를 하고 나섰다.

"죽은 이용기는 서울발 KTX를 탄 상태였습니다. 부산발이 아니라요. 이점 명심하세요!"

김 형사가 피식 웃으며 말했다. 그 말에 변호사는 다른 말을 하지 못했다. '살육'은 부산 해운대에 있었다. 따라서 변호사가 내세운 이론이 성립하기 위해서는 '살육'에서 육회를 구입한 손님이 부산발 KTX를 타고 서울에 도착해 서울역에 버린 것을 이용기가 주워 먹고 서울발 KTX를 타고 창원으로 내려왔을 것이라는 기막힌 우연이 수 없이 겹치지 않는다면 성립하기 매우 힘들었다. 게다가 육회는 날고기라는 특성상 쉽게 상하는 음식이라 며칠씩 들고 다니며 먹을 수 없었다.

"내가 이용기와 함께 KTX를 탔다는 증거 있습니까?"

잠자코 있던 지민기가 김 형사를 향해 물었다. 하지만 안타깝게도 그것을 증명할 수 없었다. 김 형사는 그런 증거는 없다고 말했다. 조사를 해 본 결과 이용기는 무임 승차를 한 것으로 추정될 뿐 그가 어떤 열차를 몇 시에 탔는지는 밝혀지지 않았다.

"그러나 당신이 죽은 이용기와 함께 열차를 타지 않았다는 증거 역시 없습니다. 혐의를 벗고 싶다면 이용기가 죽기 전후의 행적을 확실히 밝혀야 할 것입니다."

김 형사가 명심하라는 투로 말했다. 지민기는 다시 말문이 막혔다. 곁에 앉아 있던 변호사는 당시 행적을 제발 속 시원히 밝히라고 재촉 아닌 재촉을 하고 있었다. 그러나 지민기는 무표정하게 김 형사만 바라볼 뿐 침묵을 지키고 있었다. 지민기가 답변을 내놓지 않고 묵비권 아닌 묵비권을 행사하자 잔뜩 화가 난 김 형사가 삿대질을 하며 거의 고함에 가까운 소리를 질러대며 답변을 강요했다. 그럼에도 지민기는 더 이상 입을 열지 않았다. 덕분에 변호사와 김 형사 간에 고성에 가까운 설전이 오갔다.

"내가 왜 사람들을 죽이고, 또 장기를 적출해 일본으로 밀수출을 한단 말입니까?"

소란한 틈에 지민기가 태연하게 대답했다. 점점 흥분하는 김 형사와는 다르게 지민기는 점점 차분해져 가고 있었다.

"그건……."

순간 김 형사는 말문이 막혔다. 방금 질문은 지민기가 이번 연쇄살인 사건의 범인일 것이라는 가설 입증에 필요한 중요한 퍼즐 조각 중 하나였고, 아직 김 형사가 찾지 못한 상태였다. 이 형사가 언급한 살인과 장기 밀매의 목적, 즉 왜 지민기가 그랬을까? 젠장. 미리 대비를 했어야 했는데. 김 형사는 자신의 준비 부족을 자책했다. 그렇다고 마냥 그대로 있을 수 없었다. 뭐라도 지껄여야만 했다. 자칫 지민기에 끌려 갈 수도 있는 상황이었다.

"말 잘했소. 당신이 한 번 속 시원하게 말해 봐! 왜 그랬는지."

그때 관망하고 있던 강 반장이 김 형사의 얼굴에서 당혹감을 읽고 상황을 수습하고 나섰다. 하지만 질문을 하기 무섭게 변호사가 흥분한 얼굴로 지민기를 향해 어떤 말도 해서는 안 된다고 말하고는 조금 전 강 반장의 발언에 대해 법적인 조치를 취하겠다며 엄포를 놨다.

화가 잔뜩 난 김 형사는 가지고 있던 파일에서 연쇄살인 사건 피해자들의 살해 당시 찍은 사진들을 꺼내 지민기 앞에 던지다시피 펼쳐 놓았다. 사진에 담긴 연쇄살인 사건의 희생자들의 잔혹한 모습에 변호사가 인상을 쓰며 고개를 돌렸다.

"이 사람들을 다 모른다고 할 거야! 당신은 장기를 일본으로 밀수출할 목적으로 이 사람들을 살해했어! 그리고 장기를 당신이 일본 출장에 애용하는 이동식 냉장고에 담아 운반했고. 이식용 장기는 까다로운 검사를 거쳐야 하지. 따라서 분명 관리를 했을 거야. 아마도 혈액을 사는 방식으로. 그래서 장기이식 적합검사를 마친 이용기가 서울로 올라가자 쫓아가서 데리고 내려와 살해하고 장기를 강제 적출한 거야! 내 말이 맞지? 어디 대답해 봐!"

김 형사가 성난 사자처럼 지민기를 향해 그간 자신이 내린 결론을 거칠게 토해 냈다. 그의 말이 끝나기 무섭게 변호사가 다시 항의를 하고 나섰다. 하지만 지민기는 그런 두 사람의 설전에는 관심을 두지 않고 오로지 김 형사가 흩뿌려 놓은 사진을 하나하나 집어서 천천히 살피는 데에 열중하고 있었다.

뒤쪽에 서 있던 강 반장은 그것을 유심히 지켜보고 있었다. 마치 사진을 머릿속에 그대로 카피를 하겠다는 듯이 뚫어져라 쳐다보는 지민기를 바라보던 강 반장이 열을 내며 변호사와 설전을 벌이는 김 형사를 만류하고 나섰다.

"그런데 왜 이 사람들 모두 미소를 짓고 있는 거죠?"

소란스런 상황에서 지민기가 난데없이 질문을 하고 나섰다.

"몰라서 물어? 네가 필로폰이랑 프로포폴로 마취시켜서 그렇잖아!"

김 형사가 버럭 화를 내며 대답했다. 그 말을 들은 지민기는 천천히 고개를 끄덕였다. 그것은 마치 모든 것을 이해했다는 표정이었다. 입가에 희미한 미소마저 감돌고 있었다. 그것을 본 김 형사는 아주 짧은 순간 섬뜩함을 느꼈다.

'저 자식이 그걸 왜 묻지?'

갑자기 소름이 돋았다.

'왜 그런 질문을 했을까? 그냥 위장 질문인가? 아니면 나름 떠보는 건가?'

갑작스런 질문의 정체에 대해 갖가지 추리가 순식간에 김 형사의 머릿속을 가득 채웠다. 혼란스러웠다. 범인이면 그따위 질문을 할 이유가 없었기 때문이다.

"오늘은 그만 하지."

뒤에 서서 말없이 심문을 지켜보고 있던 강 반장이 짧게 말하고는 심문실을 나갔다.

"반장님!"

김 형사가 급히 불렀지만 심문실 문이 그대로 닫혔다. 아직 추궁할 것이 남아 있었다. 원래 계획대로라면 앞으로 3시간은 더 진행되어야 했다. 그런데 웬일인지 강 반장은 심문을 중단시켰다. 이해할 수 없었다. 할 수 없었다. 이미 강 반장으로부터 심문 중단 지시가 내려진 이상 더 진행할 수 없는 노릇이었다.

"언제든 다시 소환할 수 있으니까 주거 지역을 벗어나지 않도록 해 주세요."

김 형사가 책상 위에 널브러진 사진과 서류들을 챙기며 말했다. 그러나 지민기와 변호사는 아무런 대꾸도 없이 자리에서 일어나 심문실에서 나갔다.

홀로 남은 김 형사는 서류를 챙겨들고 잠시 생각에 잠겼다. 그때 심문실을 나갔던 강 반장이 다시 들어왔다.

"저놈은 범인이 아냐."

강 반장이 막 자리에서 일어나 뭔가 말을 하려던 김 형사를 향해 말했다.

"그게 무슨 말입니까?"

김 형사가 말도 안 되는 소리라는 투로 되물었다.

"아까 범행 사진을 보는 놈의 눈빛에서 굉장한 호기심이 느껴졌어."

"호기심이요?"

"그래. 호기심. 그놈은 사진을 통해 뭔가 새로운 호기심을 느낀 게 분명해."

"겨우 그겁니까?"

김 형사가 비꼬는 듯한 말투로 말했다.

"겨우? 야, 이 자식아! 내 평생 수사관 생활을 통해 체득한 감에다가 겨우라는 수식어를 갖다 붙이는 거야?"

강 반장이 김 형사의 머리를 한 대 쥐어박으려는 자세를 취하며 말했다. 순간 김 형사가 반사적으로 방어 자세를 취하며 뒤로 물러섰다.

"그놈의 감이 사람을 잡는구나."

"뭐야? 아무튼 그놈은 범인이 아냐."

"그럼 누구란 말입니까? 남는 건 김지혜라는 매니저뿐인데."

김 형사가 답답해하며 말했다. 그 말에 강 반장은 가볍게 한숨을 내쉬었다.

'여잔데?'

물리적으로 연쇄살인범을 가정하는데 여자는 제외해 왔다. 이유는 간단했다. 피해자들을 도구가 아닌 몸으로 살해 현장으로 옮긴 정황이 상당했기 때문이다. 더군다나 피해자들은 모두 프로포폴에 마취된 상태였다. 따라서 피해자가 자력으로 살해 현장으로 걸어가지 않은 이상 여성이 피해자들을 현장으로 옮기기에는 물리적으로 거의 불가능한 것이나 마찬가지였다.

"찾아보자. 일단 정리하고 나와. 과장님께 보고해야 하니까."

"과장님께 보고는 좀 기다려 주세요."

"왜?"

"감으로 보고하실 거예요?"

김 형사가 한심하다는 투로 말했다. 딴은 맞는 말이었다. 과장에게 오랜 수사관 생활을 통해 체득한 감으로 봤을 때 지민기는 범인이 아니라고 말할 수는 없었다.

"알았어. 빨리 추가 조사해 봐."

김 형사의 말에 일리가 있다고 여긴 강 반장이 추가 조사를 지시하고는 다시 심문실에서 나갔다.

"젠장! 내 감이 맞냐? 반장님 감이 맞냐? 이것이 문제로다."

김 형사는 지민기가 범인이라는 사실을 머릿속에서 지울 수 없었다. 그러나 아직 한 가지 퍼즐을 찾지 못하고 있었다. 바로 왜 장기를 적출해 일본으로 밀수출했느냐 하는 동기였다. 그것을 입증하기 위해서는 좀 더 증거가 필요했다. 아무래도 일본 쪽 정보가 필요했다. 지민기의 일본에서의 행적, 그러자면 일본 쪽과 끈이 연결되어 있는 박갑수의 도움이 필요했다. 그는 곧 전화기를 꺼내 들었다.

"형식이냐? 좀 만나자. 어디 있냐?"

"왜 보자고 한 거예요?"

김 형사를 보자마자 공형식이 물었다.

"당분간 지민기 대신 이 여자 좀 쫓아 봐. 그리고 박갑수한테 연락해서 일본 쪽에다 이 여자에 대해 알아보라고 해."

김 형사가 품속에서 사진을 한 장 꺼내 공형식에게 내밀었다.

"이 여자는 매니저 아가씨네요."

사진 속 인물의 정체를 단박에 알아 본 공형식이 흥미로워하며 말했다.

"그래. 아무래도 김지혜의 뒤도 한 번 캐 볼 필요가 있겠어. 지민기는 범행을 강하게 부인하고 있지만 지금까지 수사를 종합해 보면 지민기가 연쇄살인범일 확률이 90% 이상이야. 그런데 결정적인 증거를 찾지 못하고 있어. 지민기의 일본 출장 때마다 동행하는 걸로 봐서는 어떤 역할이 있을 수 있어."

김 형사는 김지혜를 교착 상태에 빠진 수사 진전의 돌파구로 여기고 있었다. 그런데 열변에 가까운 설명에도 공형식은 전혀 귀를 기울이지 않고 계속 사진만 쳐다보고 있었다.

"마! 듣고 있는 거야?"

건성으로 듣고 있는 공형식에게 김 형사가 버럭 화를 냈다.

"그럼요. 아무래도 이 여자 얼굴이 좀 눈에 익은데."

한참동안 사진을 들여다보던 공형식이 고개를 갸웃거리며 말했다. 생각해 보니 지난번에도 공형식은 김지혜의 얼굴이 눈에 익다고 했었다.

"지난번에도 그러더니. 사실이야?"

김 형사가 따지듯 물었다.

"어디서 본 듯한데 도무지 생각이 안 나네."

"혹시 니가 알바 하던 업소의 나가요걸이나 마사지걸들하고 혼동하는 거 아냐?"

"걔들하고는 분위기가 다르잖아요. 에이 모르겠다."

아무리 머릿속 기억을 뒤져도 떠오르지 않자 공형식이 사진을 김 형사에게 돌려주며 말했다. 사진을 돌려받은 김 형사도 사진 속에 활짝 웃고 있는 김지혜의 얼굴을 유심히 쳐다봤다. 미인이라는 사실 이외에는 별다른 것이 없었다.

"오늘부터 뒤를 쫓으면 되요?"

"눈치 못 채도록 조심해서 쫓아."

김 형사가 당부하듯 말했다.

"별 걱정을. 내가 쉐도우 아닙니까?"

"쉐도우? 참 어려운 말 쓴다. 암튼 조심해서 쫓아."

"어허, 걱정 말라니까요."

"그만 가자."

김 형사는 카운터로 가서 계산을 마치고 먼저 밖으로 나간 공형식을 쫓아 밖으로 나왔다.

"이상한 점이 있으면 바로 연락 주고."

"휴대폰이나 항상 켜 놔요."

공형식은 이내 차에 올라 주차장을 벗어났다. 김 형사는 그의 차가 주차장을 벗어나 도로로 접어드는 것을 보며 서 있었다.

'김지혜 쪽에서 뭔가 찾아야 할 텐데.'

그때 주차장 입구에 주차 중이던 검은색 SUV 한 대가 공형식의 차가 주차장을 벗어나기 무섭게 출발하는 것이 보였다. 차에 오르려던 김 형사는 잠시 막 모퉁이를 돌아 반대편으로 사라져 가는 검은색 SUV의 뒷모습을 바라봤다. 그냥 흔히 보는 검은색 SUV일 뿐인데 불안한 생각이 불현듯 들었다.

'뭐지?'

근원을 알 수 없는 불안감에 김 형사는 고개를 갸웃거리며 차에 올라 시동을 걸고 주차장을 벗어났다.

17. 김지혜

 월요일 아침 평범한 근로자라면 분주해야 할 시간에 공형식은 허름한 자신의 차 안에서 방금 전 편의점에서 사온 삼각김밥으로 허기진 배를 달래고 있었다.

 "젠장. 좀 데울 걸 그랬나?"

 함께 사온 생수로 잔뜩 곤두선 밥알을 억지로 삼킨 공형식은 김지혜의 집을 힐끗 쳐다보고는 다시 삼각김밥을 한입 베어 물고서 꾹꾹 씹어댔다.

 김지혜의 집은 부산 송도해수욕장이 잘 내려다 보이는 암남동 언덕에 위치한 1층 단독주택이었다. 지중해풍으로 새하얀 벽체와 붉은 기와가 올려진 집은 한눈에 보기에도 돈 냄새가 물씬 풍길 만큼 고급스러워 보였다. 식당 매니저 월급으로 보유하기에는 무리가 있을 정도였다. 주위의 다른 주택들 역시 고급스러워 부촌임을 알 수 있었다.

 '식당 매니저 월급이 어느 정돈데 저런 고급 주택에 사는 걸까?'

 공형식은 김밥을 씹어대며 김지혜의 배경에 대해 별별 상상을 하고 있는 중이었다. 집은 분명히 김지혜 명의로 되어 있었다. 또한 인근 부동산 영감님한테 김 형사로부터 우려낸 피 같은 활동비를 찔러 주고 알아본 바에 의하면 주택은 현찰로 구입했고, 구입 시점은 그가 '살육'에 입사하기 한 달 전인 것으로 파악됐다.

"히야! 전망 하나는 죽이는구먼."

김지혜의 집과 다소 떨어진 골목길에 주차했는데도 송도해수욕장과 건너편 영도가 잘 찍힌 풍경사진처럼 느껴질 정도로 주변 풍광이 훌륭했다. 돈을 벌면 와 살고 싶은 마음이 생길 정도로 전망이 훌륭했다.

"이른 아침부터 어딜 가는 거야?"

주변 풍경을 감상하고 있는데 주차장 출입문이 갑자기 천천히 위로 올려지는 것을 본 공형식이 들고 있던 생수병을 황급히 내려놓으며 말했다. 매주 월요일은 1주일 중에 유일한 '살육'의 정기휴일이었다. 휴일이라 늦게 움직일 것이라는 예상은 보기 좋게 빗나갔다. 곧 열려진 주차장에서 김지혜의 차가 빠져 나왔는데 차의 종류가 달랐다. 분명 어제 집으로 들어갈 때만해도 김지혜의 차는 국산 중형 승용차였다. 그런데 지금 나오는 것은 놀랍게도 벤츠, 그것도 최신형이었다. 그녀의 집 앞에서 감시하고 있는 동안 승용차를 끌고 방문한 이도 없었다. 결론은 김지혜의 차였다.

"식당 매니저 월급이 얼만데 고급 외제차에 고급 주택까지 가지고 있냐? 어?"

김지혜의 벤츠승용차가 옆을 지나치자 공형식도 황급히 시동을 걸고 뒤쫓았다. 이제 막 오전 7시를 넘어서고 있었다. 이른 아침부터 어딜 가는 걸까? 공형식은 김지혜의 목적지를 궁금해하며 속도를 올려 조심스럽게 미행을 시작했다.

도로는 본격적인 출근 시간 전이라 그다지 막히지는 않았지만 점점 불어나는 차들로 인해 차량 앞뒤 간격이 좁아져 뒤를 쫓는데 제법 애를 먹고 있었다. 운전이 능숙하지 못한 공형식은 몇 차례 진땀을 빼야했다. 다행히 김지혜의 목적지는 인근 감천항이었다.

감천항은 주로 수입 수산물 관련 선박과 인근에 위치한 조선소에 수리를 요하는 선박들이 이용하는 중소형 항구였다. 그런 곳에 김지혜가 무슨 볼일이 있는지 공형식은 궁금해지기 시작했다.

　크고 작은 어선들과 화물선들이 빼곡히 정박해 있는 항구를 향해 접근하던 김지혜의 벤츠승용차가 항구 언저리에서 방향을 바꿔 각종 냉동 창고와 수산물 관련 회사 건물들이 즐비하게 들어선 사이로 난 도로로 접어들었다. 벤츠승용차는 허름한 3층 건물 아래쪽에 멈춰 섰다. 공형식도 곧 적당한 곳에 차를 세우고 재빨리 카메라를 꺼내들고 지나가는 남자들이 한 번은 돌아봄직한 볼륨감 있는 몸매가 그대로 드러날 정도로 착 달라붙는 회색 트레이닝복에 모자를 눌러쓰고 건물 안으로 들어가는 김지혜를 몇 차례 찍었다.

　"여기는 무슨 일로?"

　공형식은 김지혜가 들어간 건물의 외양을 살폈다. 지은 지 꽤나 세월이 흐른듯 겉에 칠해진 페인트가 벗겨져 있었고, 외벽 콘크리트는 곳곳이 깨져 있어 보기 흉할 정도로 녹슨 철근이 그대로 드러나 보였다. 차에서 내린 공형식은 주변을 두리번거렸다. 김지혜가 들어간 건물에 대한 정보를 얻을 만한 곳을 찾기 위해서였다. 마침 근처에 외국인을 상대로 음식 재료를 파는 작은 마트를 발견하고 그곳으로 걸어갔다.

　"안녕하세요."

　마트 안으로 들어간 공형식이 목소리를 높여 인사를 했다. 그때 50대 후반으로 보이는 중년 여성이 진열 작업을 멈추고 입구로 걸어 나왔다.

　"뭘 드릴까?"

　중년 여성이 얼굴에 활짝 웃음을 지어 보이며 물었다. 공형식은 진열대를 두리번거리다 우유와 빵 그리고 미행 중 먹을 주전부리용 과자 몇 가지를 집어 들었다.

　"이것만 하시게?"

　"네."

　"잠시만 기다리슈."

중년 여성은 공형식이 골라온 물품의 가격을 계산기에 찍으며 봉지에 담았다.

"아주머니 혹시 저기 저 건물에 입주한 사람들 좀 아시나요?"

공형식이 조금 전 김지혜가 들어간 건물을 가리키며 물었다.

"저기?"

"네."

"에이 잘 몰라."

중년 여성이 계산을 마친 봉지를 건네며 손사래를 치며 말했다.

"그래요?"

"드나드는 사람들도 별로 없고. 어쩌다 일본말을 쓰는 남자들이 한 두 사람 드나들긴 하더라고."

"일본인?"

"밖에서 청소하다 언뜻 들으니까 일본말로 전화 통화를 하던데."

일본인이라는 말에 공형식은 귀가 솔깃했다. 김 형사에게 듣기로 김지혜는 일본 교포 출신이라고 했다.

'요것 봐라. 그렇다면 지민기와 일본 야쿠자를 연결하는 사람이 김지혜라는 말이 되는 건가?'

공형식은 자신의 추리에 놀라워하며 쾌재를 불렀다. 일본 쪽 판매책과 직접 연결된 것은 지민기가 아니라 김지혜일 가능성이 높았다. 공형식은 땅바닥에 주저앉아 근처에 있던 나뭇가지를 주워 자신의 추리를 바탕으로 김지혜와 지민기 그리고 야쿠자 간의 연결 조직도를 그리며 정리했다. 지민기가 장기를 마련하고 위장 출장을 통해 일본으로 건너간 후에 김지혜가 일본 야쿠자에게 팔아넘긴 것이 분명하다고 생각했다.

"그럴싸한데!"

공형식이 땅바닥에다 그린 범죄 연관도에 만족감을 드러내고 있는 사이에 건물 안으로 들어갔던 김지혜가 나와 다시 차에 올라탔다. 그것을 본 공형식은 들고 있던 막대기를 던져 버리고 재빨리 자신의 차에 올라 시동을 걸고 막 출발하는 김지혜의 벤츠승용차를 쫓아갔다.

공형식의 차가 사라진 뒤 뒤쪽 골목 모퉁이에서 한 남자가 걸어 나와 조금 전 공형식이 땅바닥에 그린 연관도를 내려다 봤다. 바로 지민기였다. 그는 자신을 미행하는 공형식의 정체를 파악하기 위해서 역으로 미행하는 중이었다. 그런데 뜻밖에도 자신의 미행자는 식당의 매니저인 김지혜도 미행하고 있었다. 지민기는 공형식이 그린 연관도를 발로 지워 버리고 바로 옆 가게로 걸어 갔다.

"조금 전에 어떤 젊은 남자가 들렸을 텐데, 뭘 물어 보던가요?"

순식간에 10여만 원에 달하는 뜻밖의 매출에 즐거워하며 자신이 주문한 물건을 담고 있던 중년 여성에게 물었다.

"뭐 별 건 아니고, 저기 건물에 입주한 사람들에 대해서 물었어요."

"그래요?"

"그래서 내가 잘은 모르고 일본인들이 드나드는 것 같다고 말해 줬지. 뭐 다른 필요한 건 없수?"

중년 여성이 주문한 물품이 담긴 묵직한 봉지를 지민기에게 건네며 말했다.

"없습니다. 감사합니다."

봉지를 받아든 지민기는 가게를 나와 김지혜가 들어갔다던 건물 앞으로 걸어가 한참동안 건물 안팎을 살펴 본 후에 들고 있던 봉지를 근처에 내던져 버리곤 자신의 차로 걸어갔다.

"별 미친 놈 다 보네."

가게 밖에서 지민기의 행동을 유심히 지켜보던 중년의 가게 주인이 지민기가 버리고 간 봉지들을 주워들며 투덜거렸다.

"돈이 썩어나나? 멀쩡한 걸 왜 버리고 지랄이여."

하지만 가게 주인 여자의 얼굴에는 뜻밖의 횡재에 미소가 그려졌다.

공형식의 차가 사라진 방향으로 지민기의 차도 쏜살같이 달려갔다.

김지혜의 벤츠승용차가 다시 멈춰 선 곳은 부산 사상구의 허름한 공장들이 밀집해 있는 공장 지대였다.

"여긴 또 웬일이야?"

공형식이 김지혜의 벤츠승용차가 멈춰선 20여 평쯤 되어 보이는 퇴락하다 못해 바스러지기 일보직전처럼 보이는 작은 공장이 건너다보이는 곳에다 차를 세우고 동정을 살피며 혼잣말을 했다. 공장은 금방이라도 어디선가 굴삭기와 인부들이 나타나 때려 부술 듯한 분위기였다. 낡은 공장과 그 앞에 주차된 최신형 벤츠승용차가 묘한 이질감을 빚어내고 있었다. 공형식은 도무지 어울리지 않는 곳에 김지혜가 온 이유가 궁금했다.

차에서 내린 김지혜는 한참동안 조심스럽게 주변을 살피다 공장 출입문 앞으로 걸어갔다. 그녀가 잠시 시선을 돌린 사이 공형식은 차에서 재빨리 내려 김지혜의 차가 주차된 근처로 숨어들었다. 그러는 사이 김지혜는 공장 출입문 우측 은밀한 곳에 위장된 채 숨겨져 있던 작은 함을 열었다. 공형식은 뒤쪽에서 그 광경을 지켜봤다. 놀랍게도 공장 건물은 허름하기 짝이 없었지만, 그 출입문에 은밀하게 설치된 자물쇠는 지문인식 방식의 최신형이었을 뿐만이 아니라 열려진 출입문 역시 두께가 30cm에 달할 정도로 육중했다. 공형식은 허름한 공장 내부를 상당한 비용을 들여 개조했음이 분명하다 여겼다.

'도대체 안에 뭐가 있기에 저렇게 돈을 들여 개조했을까?'

재개발 직전의 허름한 공장을 왜 최신 출입시설을 설치하고 CCTV를 설치한 이유가 공형식은 궁금했다. 몸을 숨기고 있던 골목에서 나온 공형식은 김지혜가 들어간 공장 건물 근처까지 다가갔다가 깜짝 놀라면서 서둘러 몸을 숨겨야했다. 가까이 다가가 보니 출입문을 비롯한 공장 건물 곳곳에 초소형 CCTV가 설치돼 있었기 때문이었다.

"니미럴! 거지같은 건물에 웬 명품 액세서리냐! 설마 찍힌 건 아니겠지?"

골목에 몸을 숨기고 고개만 내민 채 공장 건물을 살피던 공형식이 놀란 가슴을 진정시키며 투덜거렸다. 별수 없이 골목에 숨어 김지혜가 다시 나오기를 기다리는 수밖에 없다고 판단하고 근처에 떨어져 있던 부서진 블록을 하나 가져다 깔고 앉았다. 그때 다시 차 한 대가 빠르게 달려와 김지혜의 벤츠 승용차 옆에 멈춰 섰다.

"또 누구래?"

또 다른 차의 등장에 공형식은 몸을 일으켰다.

"어라? 저 양반이 여긴 웬일이지?"

멈춰선 차량에서 내린 인물은 놀랍게도 살육의 부주방장이었다. 의외의 인물 등장에 흥미를 느낀 공형식은 골목에서 나와 앞쪽에 주차된 낡은 트럭 뒤에 몸을 숨겼다. 덕분에 열려진 문 안쪽으로 조금 전 들어간 김지혜가 서 있는 것이 보였다. 그런데 부주방장을 맞는 김지혜의 얼굴은 상당히 굳어 있었고, 대하는 태도 역시 굉장히 사무적이었다. 그때 두 사람이 안쪽으로 사라지고 문이 닫히는 아주 짧은 순간 공장 안쪽의 내부가 살짝 보였다. 언뜻 연구실에서나 봄직한 실험기기 같은 장비가 보였다. 그러나 공형식이 시선을 가다듬고 미처 자세히 살필 겨를도 없이 이내 문이 닫혀 버린 탓에 자세한 것은 파악할 수 없었다.

"또 기다려야 하는 건가?"

공장 건물을 빙 둘러 설치된 CCTV 때문에 공형식은 별 수 없이 원래 몸을 숨기고 있던 골목으로 다시 돌아와야 했다. 두 사람이 다시 밖으로 나오기를 기다리는 수밖에 없었다. 자칫 무리하게 접근했다가 CCTV에 찍혀 감시당하고 있는 사실을 두 사람이 알아차리기라도 하는 날에는 김 형사에게 무슨 고초를 겪을지 몰랐다. 타고 온 차들이 주차되어 있어 몰래 빠져 나갈 수는 없다고 여긴 공형식은 겨울과 봄의 틈바구니에 다다른 계절의 따사로운 햇살을 즐길만한 적당한 곳에 자리를 잡고 앉아 휴대폰을 꺼내 들었다. 김 형사에게 조금 전의 상황을 보고하기 위해서였다.

"무슨 일이냐?"

전화를 받는 김 형사의 목소리에는 기대감이 가득했다. 그간 공형식이 먼저 전화를 걸 때는 상황에 뭔가 변화가 생길 때가 대부분이었고, 그 상황의 변화는 뜻하지 않는 수확으로 연결되는 경우가 많았기 때문이다.

"김지혜가 지금 부주방장을 만나고 있어요."

"어디서?"

공형식의 말이 끝나기 무섭게 김 형사의 호기심 어린 질문이 뒤따랐다.

"사상에 위치한 공장에서요."

"사상?"

사상은 부산의 대표적인 공업 지역이었다. 그런 곳에서 김지혜와 부주방장이 만난다? 확실히 연애활동은 아닌 게 분명했다.

"어떻게 할까요?"

"뭘 물어? 빨랑 건물에 접근해서 둘이 뭘 하는지 알아봐."

"공장 주위에 CCTV가 쫙 깔렸어요."

"정말이냐?"

"어찌 형사들은 그렇게들 남의 말을 한 번에 안 믿어요?"

공형식이 빈정거리는 투로 말했다. 말이 끝나기 무섭게 김 형사가 발끈하며 몇 마디 의례적인 잔소리를 해댔다. 공형식은 휴대폰을 잠시 귀에서 뗐다가 다시 귀에 갖다 댔다. 하지만 여전히 잔소리는 허공을 맴도는 모기 소리처럼 들려오고 있었다.

"어떡하라고요? 그냥 문을 열고 안으로 처들어가요?"

오랜 미행에 지쳐 짜증이 난 공형식이 버럭 소리를 질렀다.

"마! 그러다 눈치 채."

"그러니까 어떻게 하라고 지시 좀 내려 봐요! 하나마나한 잔소리 그만 하고!"

"이게 오늘 좀 엉기네?"

"내가 담쟁이유? 엉기게?"

"말을 말자. 공장에는 접근하지 말고 김지혜 뒤만 쫓아."

"부주방장은요?"

"그놈은 놔둬. 지금 중요한 건 김지혜와 지민기니까."

김 형사가 미행의 핵심을 짚어 주며 지시 사항을 말했다.

"그러죠."

다시 잔소리가 이어지고 전화가 끊어졌다.

"이거 점점 전화하기가 겁나는구만."

휴대전화를 주머니에 넣은 공형식이 고개를 내밀어 공장 정문을 살피며 말했다. 최근 신경질적으로 변한 김 형사가 한편으로는 걱정도 되었다. 박예린의 죽음과 관련된 상사들의 질책과 동료들의 차가운 시선이 그를 괴롭히고 있음이 분명하다고 공형식은 생각했다. 그런 탓에 범인 검거에 더욱 혈안이 될 수밖에 없었다. 그럼에도 불구하고 소득은 좀체 없었다. 그런 와중에 유력한 용의자로 떠오른 지민기. 김 형사는 갑작스레 유력한 용의자로 떠오른 지민기에 대해 거의 병적이다시피 집착하며 수사를 진행시켰다. 그러나 수사를 진행하면 할수록 그에 대한 혐의는 오히려 옅어 지고만 있었다. 범인 검거에 대한 조급증이 지민기를 용의자로 만들고 있는 것은 아닌지. 공형식도 그 점이 걱정되었다. 결국 지민기는 사건의 돌파구가 필요한 김 형사에게 양날의 칼인 셈이었다. 만약 그에게 아무런 혐의가 없다면? 그 결과에 대한 후폭풍은 김 형사를 순전히 휩쓸어 가게 될 것이 분명했다.

'김지혜한테서 뭘 좀 건져야 할 텐데.'

김 형사의 기대가 그런 것처럼 공형식 역시 속으로 김지혜에게서 지민기의 범죄를 밝혀줄 수 있는 연결고리를 발견하게 되기를 고대하고 있었다. 그러나 그런 공형식의 바람에도 불구하고 공장 주변은 조용했다. 십여 분을 지켜봤음에도 아무런 움직임이 없자, 공형식은 두 사람이 안에서 뭘 하고 있는지 궁금하기 시작했다. 조금 전 두 사람이 만났을 때 분위기를 봐서는 연애와 관련된 행동을 하고 있을 것 같지는 않았다. 그렇다면 안에서 과연 뭘 하고 있을까? 자꾸 생각하다가는 궁금증에 못 이겨 공장으로 접근할 것만 같았다.

"사각이 없을까?"

공형식은 CCTV 카메라가 설치된 장소를 살피며 접근할 수 있는 루트를 찾기 위해 공장 곳곳을 찬찬히 살폈다. 그때 공장 건물 반대편 도로 쪽에 눈에 익은 사람이 보였다.

"누구지?"

공형식은 조금 전 본 사람을 찾아 고개를 돌렸다. 그러나 분명 그 자리에 있어야 할 사람이 보이지 않았다. 공형식은 자신이 잘못 본 것 같지는 않아 다시 살폈지만 역시 아무도 보이지 않았다. 기억을 더듬어 조금 전 자신이 본 이의 얼굴을 기억해내려고 안간힘을 썼다. 그때 공장 문이 열렸다. 깜짝 놀란 공형식은 서둘러 몸을 숨기고 공장의 입구를 살폈다. 안에서의 볼일이 끝났는지 두 사람 모두 밖으로 나와 문을 잠그고 있었다. 그런데 들어 갈 때 는 분명히 빈손이었는데 나올 때는 두 사람 모두 커다란 여행용 가방을 하나 씩 들고 서 있었다. 김지혜의 허리까지 오는 커다란 여행용 가방은 공형식의 호기심을 끌기에 충분했다.

"뭐가 들었을까?"

공형식이 가방에 대해 궁금증을 품는 사이에 김지혜와 부주방장은 들고 있 던 가방을 부주방장의 차에 실었다. 그리곤 마주보고 서서 이야기를 나누고 있었다. 두 사람 모두 표정이 심각했다. 간간히 가벼운 언쟁도 벌였다. 귀를 있는 대로 쫑긋 세우고 두 사람의 대화를 엿들으려 했지만 안타깝게도 거리 가 멀어 아무것도 들을 수 없었다. 그러는 사이에 두 사람은 대화에 종지부 를 찍고 서로의 차에 올라타고 있었다.

"어라?"

공형식은 최대한 몸을 낮춰 자신의 차로 돌아와 시동을 걸고 막 공장 건물 을 떠나는 김지혜의 차를 뒤쫓았다. 그때 공형식은 빠르게 스쳐가는 주변 풍 경 속에서 낯익은 차를 발견했다. 조금 전에 본 낯익은 얼굴 그리고 낯익은 차. 어디서 봤을까? 궁금증에 몸이 단 그는 그 두 가지 낯익음 속에서 드디 어 공통분모를 찾았다.

'지민기?'

꼼짝 없이 차 안에 갇힌 공형식은 무료했다. 살육의 매니저인 김지혜를 쫓 아다닌 지도 벌써 1주일이 지났다. 1주일 전 감천과 사상을 다녀온 것을 제 외하고는 김지혜의 일상은 매우 단조로웠다. 아침 8시경 집에서 나와 해운대의 '살육'으로 출근했다가 오후 8시 30분쯤 영업을 마치면 송도의 집으로 돌아왔다. 그리고 집으로 들어간 김지혜는 더 이상 밖으로 나오지 않았다.

어둠이 진하게 배어든 골목에 주차된 차 안에서 김지혜의 집을 살피고 있던 공형식은 갑자기 강한 허기를 느꼈다. 시계를 보니 벌써 저녁 9시를 넘기고 있었다. 근처에는 간단한 요깃거리를 살 수 있는 편의점조차 없었다. 제일 가까운 편의점은 한참 아래쪽 도로변에 있었다. 그래서 편의점에 가려면 지금의 위치를 떠나야했다. 그랬다가 김지혜가 외출이라도 하면 낭패가 아닐 수 없었다. 그때 휴대전화가 울렸다. 김 형사였다.

"어쩐 일이셔?"

공형식이 다소 퉁명스러운 목소리로 전화를 받았다.

"어쩐 일이기는 교대해 주려고 왔지."

"교대?"

교대를 해 줘? 그 말은 곧 근처에 와 있다는 말이었다. 갑작스런 김 형사의 출현에 공형식은 휴대전화를 귀에 갖다 댄 채 주위를 두리번거렸다. 그때 김 형사가 운전석 차창에 쑤욱 고개를 디밀었다. 괴기스런 모습에 깜짝 놀란 공형식이 소스라치게 놀라며 들고 있던 휴대폰을 떨어뜨렸다.

"왜 그렇게 놀래?"

김 형사가 아무렇지도 않은 듯 태연하게 차 문을 열며 말했다.

"기척 좀 내지! 깜짝 놀랐잖아요!"

공형식이 차에서 내리면서 버럭 소리를 질렀다.

"아 짜식이 성질은. 내일 아침까지 내가 있을 테니까 넌 가서 좀 쉬어."

"정말이요?"

김 형사의 말에 공형식은 반색하며 반겼다. 그렇지 않아도 몸이 찌뿌듯한 게 영 개운치가 않았다. 김지혜를 쫓는 내내 찜질방 생각이 간절했다.

"특이 사항은 없었어?"

김 형사가 김지혜의 집을 바라보며 물었다.

"사상에서 돌아온 이후 퇴근하면 쭉 집안에 처박혀 있는데요."

공형식은 비교적 자세하게 김지혜의 당일 행적을 설명했다. 김 형사는 가볍게 한숨을 내쉬었다.

'역시 김지혜 쪽도 별게 없어. 이제 어떡한다?'

김 형사는 김지혜에 대한 미행에서도 별다른 성과가 없는 것 같아 적잖이 실망하고 있었다. 물론 그동안 지민기에 대해서도 강도 높은 추가 조사를 실시했지만 별다른 게 없었다. 한 가지 특이한 게 있다면 그가 범죄를 저질렀다는 것을 증명하지 못했지만 지민기 역시 어찌된 일인지 자신의 무죄를 증명할 어떤 자료도 제출하지 못하고 있다는 점이었다. 특히 일본 출장 때 애용한 휴대용 냉장고에서 발견된 인간의 뇌 호르몬이 발견된 것과 관련된 해명 자료를 아직도 제출하지 못하고 있었다. 그것이 지민기와 범죄를 연관 지을 수 있는 가장 강력한 끈이었다. 그것은 경찰청 수뇌부가 명쾌하게 수사 중단을 지시하지 못하고 있는 이유이기도 했다. 하지만 더 이상 수사를 진전시킬 단서가 없었다. 사실 김 형사가 김지혜의 집 앞에 나타난 이유는 공형식에게 미행을 중단시키기 위해서였다. 어찌되었든 공형식은 민간인 신분이었다. 그런 그에게 계속 미행을 맡겨둘 수는 없었다. 그리고 그간 고생도 많이 했다. 이제 자신의 생활로 돌아가야 할 때라 여겼다.

"알았어. 빨리 가서 밥 먹고 좀 쉬어."

김 형사가 미리 준비한 봉투를 내밀며 말했다.

"어라? 웬 봉투?"

김 형사가 건네는 봉투를 덥석 받은 공형식이 반색하며 말했다.

"수고비다. 내 사정이 허락하는 한 넉넉히 넣었다. 가서 친구들이랑 술이라도 한잔 해."

"우와 150만 원? 이렇게 많이 줘요?"

봉투에 담긴 돈의 액수를 확인한 공형식이 깜짝 놀라며 말했다.

"짜식이 뭘 확인하고 그래. 어쨌건 수고했어. 그리고 강 반장님이 활동비를 준다고 했으니까 그것도 나오면 너 줄게."

"아이고 고마워라."

뜻하지 않은 횡재에 입이 귀에 걸린 공형식이 활짝 웃으며 말했다.

"그만 가 봐."

"그럼 수고해요."

간단한 인사를 한 공형식은 봉투를 바지주머니에 찔러 넣고는 차에 올라타 차를 출발시켰다. 그런데 갑자기 차가 멈춰 섰다.

"참! 내가 생각해 봤는데요. 지난번에 예린이한테 생리대 주던 여자 노숙인이요. 내가 누구와 닮았다고 했잖아요? 그게 곰곰이 생각해 보니까 김지혜더라구요. 그럼 가요!"

말이 끝나기 무섭게 공형식의 차는 빠르게 달려 나갔다. 김 형사는 바지주머니에 손을 넣은 채 공형식의 낡은 차 뒷모습이 보이지 않을 때까지 바라보고 서 있었다.

'김지혜와 닮았어?'

김 형사는 잠시 서서 공형식이 던진 말을 곰곰이 되짚어봤다. 그러고 보니 체형이 비슷했다. 하지만 왜 잘 나가는 김지혜가 더군다나 지금 눈앞에 있는 고급 저택을 소유할 정도로 부유한 그녀가 왜 노숙생활을 하겠는가? 합리적인 답변이 떠오르지 않았다.

'나중에 좀 더 생각해 보자.'

일단 공형식이 던진 화두를 접어둔 김 형사는 다시 지민기의 아킬레스건이 뭘까 고민하며 자신의 차로 걸어갔다. 그때 검은색 SUV 한 대가 천천히 김 형사의 곁을 지나갔다. 깜짝 놀란 김 형사가 황급히 옆으로 비켜섰다.

"운전하는 꼬락서니하고는."

김 형사가 조금 전 공형식의 차가 사라진 방향으로 사라지고 있는 검은색 SUV의 뒷모습을 보며 투덜거렸다.

18. 9번째 피해자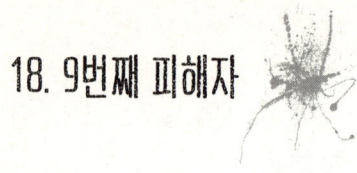

새벽 3시를 막 넘긴 하단오거리 인근의 유흥가는 거나하게 취해 비틀거리는 걸음을 내딛으며 귀가를 서두르는 취객들로 넘쳐나고 있었다.

"자식들아! 한 잔 더 하고 가! 내가 산다니까!"

오랜만에 친구들을 만나 1차와 2차에 이은 술자리와 노래방 비용까지 포함해 단단히 한턱을 낸 공형식이 잔뜩 술에 취한 채 길 한가운데에 서서 역시 술에 취해 몸을 제대로 가누기 힘든 친구들을 향해 호기롭게 외쳤다.

"임마. 많이 마셨다. 내일 출근해야 하니까 내일 마저 마시자."

"그래. 오늘 덕분에 정말 잘 마셨다. 오래 살다보니까 네놈이 술을 사는 꼬라지를 보는구만. 이러다가 내일은 해가 서쪽에서 뜨는 건 아닌가 모르겠다."

뜻밖의 연락을 받고 술자리를 가진 공형식의 친구들이 저마다 거나하게 취해 혀 꼬부라진 소리로 한마디씩 했다.

"알았어. 알았어. 오늘은 그만 하자고. 내일은 니들이 한잔 사는 거다."

"아이고 꼴에 오늘 한잔 샀다고! 알았어! 내일은 우리가 낸다!"

"좋았어! 그럼 들어가라! 들어가! 임마들아!"

제대로 몸을 가누지 못할 정도로 허우적거리며 길 한가운데에 서 있던 공형식이 몸을 돌려 택시를 잡기 위해서 도로로 비틀비틀 걸어가고 있는 친구들을 향해 손을 흔들어 대며 말했다. 친구들 역시 뒤돌아 손을 높이 들어 흔들어 보인 후 다시 터덜터덜 걸어갔다.

"아우! 취한다! 취해!"

술에 잔뜩 취한 공형식은 자신의 차가 있는 에덴공원 근처로 걸음을 옮겼다. 오늘은 그냥 차에서 자고 술이 깨면 자취방으로 돌아갈 요량이었다. 어차피 자취방에 가 봐야 반겨줄 이도 없고, 또 다음날 해장할 식어빠진 국도 없었다. 무엇보다 대리 운전비가 아까웠다.

인근에 조성된 대규모 공단으로 인하여 하단오거리는 환락가에 가까운 신흥 유흥가로 발돋움했지만 평일 새벽이라 인적이 빨리 끊기고 있었다. 오가는 사람들이라고는 대리운전 기사들이 대부분이었다.

"젠장! 신호가 오네! 신호가 와!"

길을 걸어가던 도중에 소변이 마려워진 공형식은 적당히 해결할 만한 곳을 찾아 두리번거렸다. 에덴공원 입구가 보였다. 공형식은 소변을 보기에 안성맞춤이라고 여기고 지퍼를 내리며 걸어갔다.

"아우 싸겠네. 이것들아 조금만 기다려! 씨발! 내가 내보내 줄게!"

공원 입구에 다다른 공형식이 열린 바지 지퍼 안으로 손가락을 넣어 팬티를 까 내리고 자신의 성기를 밖으로 끄집어냈다. 곧 굵은 오줌 줄기가 바닥으로 쏟아져 내렸다.

"으! 시원하다!"

볼일을 마친 공형식이 한차례 몸을 부르르 떨며 바지 지퍼를 올렸다. 그때 바로 머리 위에 켜져 있던 가로등이 갑자기 꺼져 버렸다.

"어라? 너도 필름이 끊기냐? 해장국 사주랴?"

공형식은 투덜거리며 주위를 둘러봤다. 그런데 가로등이 꺼진 곳은 자신의 머리 위에 있는 것뿐이었다. 순식간에 공형식이 서 있던 곳은 칠흑 같은 어둠에 휩싸여 버렸다. 그때 누군가 다가왔다.

"누구세요?"

갑작스런 인기척을 느낀 공형식이 겨우 몸을 가누고 뒤를 돌아보며 물었다.

"대리운전 부르셨죠?"

낯선 이가 기분이 나쁠 정도로 낮은 저음의 목소리로 말했다.

"대리운전? 나 돈 없는데. 아니 안 쓸 건데. 그냥 가면 되는데."

"가시죠. 특별 서비스입니다."

가로등이 꺼진 탓에 얼굴을 분간할 수 없었지만 술에 잔뜩 취한 공형식은 낯선 이가 시키는 대로 걸어갔다. 그런데 가는 방향이 이상했다. 자신의 차가 주차된 골목이 아니라 에덴공원 안으로 가고 있었다.

"아저씨 차는 저쪽에 있는데."

공형식이 혀 꼬부라진 소리로 말했다.

"지름길입니다."

낯선 이가 공형식을 부축한 상태로 말했다.

"아하! 지름길 좋지! 가자구요! 가!"

공형식은 대리운전 기사라고 신분을 밝힌 낯선 이가 이끄는 대로 비틀거리며 공원 깊숙한 곳으로 걸어 들어갔다. 그런데 자신을 부축하고 있는 이의 어깨에 두툼하고 기다란 가방이 메어져 있었다.

"기사 아저씨! 이건 뭐 하는 가방이에요?"

공형식이 낯선 이의 어깨에 메진 가방을 손으로 가볍게 톡톡 치며 물었다.

"텐트입니다."

낯선 이가 묘한 웃음을 지어 보이며 말했다.

"텐트요? 텐트는 뭐 하려고 가지고 다녀요? 그냥 여관에 가서 자면 되지."

"조금 있다가 용도를 보여 줄게요."

낯선 이는 하얀 이가 살짝 보이도록 웃어 보였다. 섬뜩한 느낌의 웃음에 공형식은 갑자기 소름이 돋았다. 비록 술에 취했지만 공형식은 본능적으로 뭐가 잘못되었다는 것을 깨달았다. 하지만 워낙 술에 취한 상태라 제대로 판단을 내릴 수 없었다. 그때 목 뒤가 따끔했지만 술에 취한 공형식은 그 따끔함을 제대로 감지할 수 없었다. 따끔했던 목덜미만 겨우 손으로 문질렀다.

"씨발! 모기가 물고 지랄이야!"

공형식은 모기가 문줄 알았다. 그런데 이상하게 시간이 갈수록 몸을 제대로 가눌 수 없게 되는 게 아닌가. 술기운이 아니었다. 갑자기 하체가 풀리고 있었다. 만약 낯선 이가 부축하지 않았다면 땅바닥에 그대로 큰대 자로 누울 판이었다.

"여기 잠시 쉬고 있어. 준비 좀 하고 올게."

낯선 이가 근처 벤치에 공형식을 앉히며 말했다. 공형식은 자신의 몸을 점점 잠식해 들어오는 마비감에 당황하기 시작했다. 분명 술기운은 아니었다. 곧 팔다리마저 제대로 쓸 수 없을 만큼 마비감이 온몸을 휘감았다.

"준비 끝났어. 가자."

낯선 이가 공형식을 번쩍 안아 올리며 말했다.

'무슨 준비요? 어딜 가요?'

비록 술에 취한 상태였지만 말을 하려고 했다. 그러나 머릿속에서만 맴돌 뿐 입 밖으로는 나오지 않았다. 그때 공중으로 들어 올려 졌던 공형식의 몸이 다시 아래로 내려졌다. 마비감으로 인하여 둔하기는 했지만 등에 푹신함이 느껴졌다. 이상한 느낌에 공형식은 겨우 손바닥을 아래로 향하여 바닥을 더듬었다.

'이건 침낭?'

공형식은 자신이 깔고 누운 것이 침낭이라는 사실을 깨달았다.

'침낭 위에 내가 왜 누워 있지?'

"얌전히 있어."

축 늘어진 공형식을 침낭 위에 뉘인 낯선 이가 공형식을 쳐다보며 말했다. 잠시 후 허공으로 뭔가가 가려지는가 싶더니 눈앞까지 쑤욱 내려왔다. 그리곤 대기와 두 사람 사이를 완벽하게 차단시켰다. 공형식은 눈동자를 굴려 지금 자신을 씌운 물체의 정체가 2인용 텐트라는 사실을 알아차렸다.

"어때 아늑하지? 아까 말했잖아 텐트의 용도를 말해 준다고."

낯선 이가 공형식의 귓불을 간지를 정도로 입을 바짝 갖다 대고 속삭이듯 말했다. 비록 술에 취했지만 공형식은 텐트와 침낭 그리고 마취제의 조합을 통해 자신이 처한 상황을 뒤늦게 깨달았다. 소리를 지르고 싶었다. 팔다리를 마구 휘둘러 저항하고 싶었다. 그러나 아무것도 할 수 없었다.

"이제 시작해 볼까."

낯선 이는 가방에서 비닐로 된 우의를 꺼내 입고 라텍스장갑을 끼고 얼굴에는 보안경을 착용했다. 그런 다음에 테이프로 소매와 바지 단을 단단히 봉한 다음 헤드랜턴을 켰다. 준비를 마친 그는 마지막으로 가방에서 두루마리를 꺼내 펼쳤다. 가벼운 금속음을 내며 펼쳐진 두루마리에는 크고 작은 칼들이 촘촘히 꽂혀 있었다. 낯선 이는 그 중에서 가장 작고 폭이 좁은 칼 하나를 꺼내 들었다.

"아프지는 않을 거야."

말이 끝나기 무섭게 칼날이 공형식의 눈 주위로 날아들었다. 놀란 공형식의 두 눈동자가 칼끝을 피해 이리저리 피하고 있었다. 그러다 칼끝이 곧 아래로 향하기 무섭게 가슴께가 시원해져오는 것이 느껴졌다. 그리고 시원함이 무뎌지기도 전에 가슴 부근의 살갗이 뭔가에 밀려 내려가며 잘려지는 듯하더니 따뜻한 액체가 가슴을 타고 흐르는 느낌이 들었다. 그리고 공형식은 지금까지 들어 본 소리 중에 가장 공포스럽고 소름끼치는 소리를 들었다.

서걱! 서걱! 서걱!

그것은 숟가락으로 호박이나 박속을 긁어 대는 소리와 흡사했다. 소리가 들릴 때마다 극심한 고통이 온몸을 엄습해왔다. 공형식은 가슴 부근에서 느껴지는 고통을 통해 그 소리가 바로 자신의 가슴뼈가 절단되고 있는 소리라는 것을 깨달았다. 그 끔찍함에 비명을 질렀지만 비명은 머릿속에서만 맴돌 뿐 입 밖으로는 나오지 않았다. 그러나 희한하게도 고통이 느껴지고 있었음에도 불구하고 의식이 점점 희미해지고 있었다. 그것은 마치 아파트 건설 현장에서 철야로 막노동을 하고 집에 돌아와 쓰러지다시피 곯아떨어질 때와 흡사했다.

'잠들면 안 돼.'

공형식은 점점 희미해지는 의식을 붙잡기 위해 안간힘을 썼지만 그 안간힘 마저 점점 아련해지더니 의식속의 한 점으로 작아지다 흔적도 없이 사라지고 말았다.

밤새 김지혜의 집 앞에서 잠복하다 차 안에서 잠이 들었던 김 형사는 누군가 강하게 흔드는 느낌에 소스라치게 놀라며 일어났다.

"뭐야?"

화들짝 놀라 잠이 깬 김 형사는 급히 주위를 두리번거렸다. 그러나 문은 그대로 잠겨 있었다. 김 형사는 크게 기지개를 켜며 커피가 든 잔을 집어 입가로 가져갔다. 식은 커피의 쓴 맛이 그대로 입 안에서 느껴졌다.

두 손바닥으로 자신의 얼굴을 한 차례 쓸어내린 김 형사는 급히 김지혜의 집 앞을 살폈다. 잠들기 전에 확인 했던 것과 별반 달라진 것은 없었다. 그때 휴대전화가 울렸다. 휴대폰 표시창에 표시된 발신자는 강 반장이었다. 시간을 확인해 보니 새벽 5시 15분이었다. 강 반장이 꼭두새벽에 전화를 하는 경우는 한 가지 상황 밖에 없었다.

'젠장! 또 사건이 터진 거야?'

김 형사는 전화를 받으며 차에서 내려 김지혜의 집으로 뛰어가 차고 틈을 통해 내부를 살폈다. 차고에는 차 두 대 모두 주차되어 있었다. 연쇄살인 사건이라면 김지혜가 연루된 것이 분명했기에 확인이 필요했다. 차가 두 대 모두 차고에 있는 것으로 봐서 김지혜는 움직이지 않은 상태였다.

"어디야?"

"김지혜의 집 앞입니다."

"지금 빨리 하단오거리로 이동해. 나도 가고 있으니까."

"하단오거리?

"빨리 와."

"네."

김 형사는 강 반장이 왜 자신을 하단오거리로 오라고 했는지 의아해했다.

다행히 하단오거리는 송도와 지척이었다. 뜻하지 않게 자리를 비우게 된 김 형사는 김지혜의 감시를 위해 공형식을 부르려고 전화를 걸었다. 그러나 웬 일인지 전화의 컬러링만 계속되었다. 그러다 컬러링 대신 굵직한 남성의 목소리가 들려왔다. 낯선 이였다.

'친군가?'

낯선 이의 목소리에 김 형사는 공형식이 간밤에 친구와 술을 마시고 취해 잠들어 친구가 대신 받은 것이라 여겼다.

"누구시죠?"

그러나 들려온 목소리는 공형식의 친구라고 하기에는 너무나 사무적이고 또한 나이가 든 목소리였다.

"그러는 당신은 누구요? 누군데 남의 전화를 받는 거요?"

김 형사가 따지듯 물었다.

"사하경찰서 소속 도종기 경사입니다. 누구시죠?"

'뭐야? 이 자식이 간밤에 사고 친 거야?'

공형식의 휴대폰을 경찰관이 받자, 순간 김 형사의 얼굴 인상이 확 일그러졌다. 김 형사는 서둘러 공손히 자신의 신분을 밝히고 정중히 공형식을 바꿔 달라고 요청했다. 그런데 뜻밖의 대답이 들려왔다.

"뭐라구요?"

김 형사는 뜻밖의 대답을 자신이 잘못 들은 줄로만 알고 다시 말해 줄 것을 부탁했다. 하지만 다시 들려온 대답 역시 같은 말이었다. 가슴이 철렁했다.

"어디서요?"

김 형사가 떨리는 목소리로 물었다. 그러나 이미 그는 그 대답을 알고 있었다. 하단오거리. 그래서 강 반장이 이른 새벽에 전화를 걸어 하단오거리로 오라고 한 것이었다. 김 형사는 일단 전화를 끊고 자신의 차로 뛰어가 타기 무섭게 시동을 걸었다. 심장이 벌렁거렸다. 갑자기 입이 바짝 말라왔다. 주차브레이크를 풀고 기어를 바꾸는 손이 마치 중풍에 걸린 노인의 손 마냥 하염없이 떨렸다.

"믿을 수 없어!"

믿을 수 없었다. 공형식이 살해되었다. 그것도 연쇄살인 사건의 희생자처럼 장기를 몽땅 털리고. 아직 박예린이 살해당한 충격에서 벗어나지 못했는데 이번에는 공형식이 살해당했다.

꿈을 꾸고 있는 건가? 아닐 거야. 간밤에 술을 한잔하고 흘린 공형식의 휴대폰을 어떤 남자가 주워 가지고 있다가 살해당한 거겠지. 그래, 맞을 거야. 하단오거리를 향해 달려가는 동안 김 형사는 나름대로의 추리를 내세워 공형식이 살해당했다는 것을 믿으려 하지 않았다. 그러나 믿을 수 없다는 의지와는 반대로 신체는 이미 그의 죽음을 기정사실로 받아들이고 있었다. 손은 떨려왔고, 호흡은 마치 100미터를 전력 질주하기라도 한 것처럼 거칠 대로 거칠어진 상태였다. 그런 몸의 경직을 말해주기라도 하듯 몰고 있던 차 역시 도로 위의 차선과 차들 사이를 거칠게 오가며 신호를 무시하면서 질주하고 있었다.

그렇게 도로 위를 질주한 탓에 김 형사는 순식간에 하단오거리에 접어들었다. 멀지 않은 곳에 에덴공원으로 향하는 이면도로를 알리는 이정표가 눈에 들어왔다. 김 형사는 좌회전 신호를 기다리지 않고 급히 핸들을 꺾었다. 반대편에서 직진을 하던 택시 몇 대가 김 형사의 돌발 행동에 놀라 경적을 울리며 지나갔다. 김 형사는 그런 것을 무시하고 그대로 이면도로를 달려 순식간에 에덴공원 인근에 도착했다. 이미 공원 앞은 소식을 듣고 몰려온 취재진들이 장사진을 치고 있었다. 근처에 아무렇게나 차를 세운 김 형사는 차의 시동도 끄지 않고 그대로 취재진을 헤치고 사건 현장으로 달려갔다. 노란 통제선 앞에서 인파의 접근을 차단하고 있던 전경 몇몇이 깜짝 놀라 김 형사를 제지하고 나섰다.

"비켜 임마!"

자신의 앞을 가로 막는 전경을 향해 김 형사가 버럭 소리를 지르며 옆으로 밀쳐내고 통제선을 걷어 버리고 안으로 들어갔다. 근처에 있던 전경 몇몇이 다시 김 형사의 앞을 가로막고 나섰다. 곧 안으로 들어가려는 김 형사와 전경들 간에 실랑이가 벌어졌다. 그때 10여 분 먼저 사건 현장에 도착해 있던 강 반장이 황급히 뛰어와 소동은 금방 진정되었다.

"가 봐."

강 반장이 깊은 한숨을 내쉬며 김 형사에게 말했다. 그러나 이미 김 형사의 몸은 멀지 않은 곳에 흰 천을 덮어 쓴 물체를 향해 걸어가고 있었다.

"헉!"

아닐 거라고 별별 추리를 다해가며 부정했던 공형식의 죽음은 결국 엄연한 사실이었다. 김 형사는 떨리는 손으로 흰 천을 걷어냈다. 천 아래로 장기를 모두 적출당한 공형식의 몸이 드러났다. 믿을 수 없었다. 김 형사의 손에 잡혀 있던 흰 천이 스르르 아래로 흘러내리듯 떨어졌다.

"희생자와는 어떤 관계죠?"

강 반장으로부터 김 형사의 신분을 확인한 사하경찰서 도종기 형사가 김 형사의 곁으로 다가와 물었다.

"우리 측 정보원이었습니다. 그것도 핵심적인."

강 반장이 서둘러 대답했다. 공형식이 연쇄살인 사건의 유력 용의자를 미행하고 있었던 사실을 밝힐 수 없었다. 만약 박예린에 이어 공형식마저 연쇄살인 사건 수사에 참여했다가 살인범에게 여느 희생자처럼 죽임을 당했다는 사실이 알려지면 그 파장은 걷잡을 수 없이 확대 재생산될 것이 뻔했기 때문이었다. 그리고 그 파장의 가장 큰 희생자는 당연히 김 형사였다.

"어떤 사건의 정보원이었습니까?"

도 형사가 추가적인 정보를 알기 위해 다시 강 반장에게 물었다.

"그건 수사상 기밀이라 밝힐 수 없습니다. 양해해 주세요."

강 반장이 공손한 태도로 부탁했다.

"이해합니다. 그나저나 사건과 관련된 정보 좀 주세요. 만약 언급하신 사건과 관련된 인물이나 조직이 보복 차원에서 피해자를 연쇄살인 사건처럼 꾸며 살해했을 수도 있으니까요."

도 형사가 강 반장에게 공형식이 관여하고 있던 사건에 대한 정보를 요구했다. 강 반장은 일리 있는 지적이라고 생각하면서도 속으로 약간 당황했다. 아무런 대비 없이 둘러말했는데 자칫 하다가 거짓말이 탄로 날 지경이었다.

"마약이나 강력 사건이 아니라 단순히 경제 관련이었습니다."

강 반장이 억지웃음을 지어 보이며 도 형사가 더 이상 관련 질문을 하지 못하도록 에둘러 말했다. 그의 의도대로 도 형사는 천천히 고개를 끄덕이며 더 이상 질문을 하지 않았다. 피해자의 살해 행태가 너무나 엽기적이라 강 반장의 말이 수긍이 갔기 때문이다.

"그렇군요. 그렇다면 연쇄살인 사건에 관한 정보나 좀 주십시오."

도 형사가 펼쳐들었던 수첩을 다시 접어 아래로 내리며 말했다.

"마침 여기 김 형사가 연쇄살인 사건을 전담하고 있으니까, 그를 통해 정보를 받으시길 바랍니다."

"잘 됐네요."

도 경사가 반색하며 말했다. 그는 그동안 경남 지역에 국한되어 발생하던 연쇄살인 사건이 부산 지역으로 확대되는 것이 아닌가 걱정하고 있던 차였다.

"그럼 김 형사와 함께 사건 현장 좀 살펴보겠습니다."

강 반장이 도 경사에게 말했다. 김 형사와 먼저 입을 맞출 필요가 있었기 때문이었다.

"그러세요."

도 경사가 주변 증거를 수집하고 있던 감식반에게 걸어가는 것을 확인한 강 반장이 쪼그리고 앉아 망연자실한 채 두 눈이 사라진 공형식의 얼굴을 내려다보고 있던 김 형사를 강제로 일으켜 세워 한적한 곳으로 데리고 갔다.

"정신 차려!"

강 반장이 주위의 눈치를 살피며 호통을 쳤다.

"형식이가 죽었어요."

김 형사가 떨리는 목소리로 말했다.

"그래 죽었어! 그럼 죽인놈을 잡아야 할 것 아냐! 그래야 형식이가 덜 억울할 거 아냐!"

강 반장이 김 형사의 축 늘어진 어깨를 양손으로 붙잡으며 다그치듯 말했다. 그러나 김 형사는 아무런 반응이 없었다. 그저 힘없이 주검으로 변해 차디찬 땅바닥에 누워 있는 공형식만 바라보고 있을 뿐이었다.

"날 쳐다 봐!"

강 반장이 김 형사의 어깨를 세차게 흔들어 대며 말했다. 강 반장의 거친 행동에 놀란 김 형사가 강 반장의 얼굴을 쳐다봤다.

"정신 차리고 들어! 아까 와서 언뜻 보니 이번 사건은 범인답지 않은 구석이 보이는 것 같아. 어쩌면 공형식이 범인의 실체에 어느 정도 접근했던 것 같아. 그래서 범인이 움직인 거고. 따라서 증거를 남겼을지 몰라. 그러니 빨리 찾아 봐. 어찌되었든 연쇄살인 사건은 우리가 해결해야 돼. 알았어?"

강 반장은 공형식의 죽음에 충격을 받아 거의 넋이 나간 사람처럼 풀어져 있는 김 형사를 일부러 도발했다.

"네."

김 형사는 강 반장의 다그침에도 힘없이 대답했다. 더 이상 짜낼 의욕이 없는 사람처럼 굴고 있었다.

"김 형사! 저기 누워 있는 이는 형식이가 아냐! 그냥 아홉 번째 피해자 일 뿐이야! 알았어!"

순간 화가 난 강 반장이 축 늘어진 김 형사의 두 어깨를 강하게 붙잡으며 소리쳤다. 무책임했다. 어찌되었든 공형식을 사건에 끌어들인 장본인은 바로 김 형사였다. 그런 만큼 원칙적으로 그의 죽음에 일말의 책임을 져야만 한다고 강 반장은 판단했다. 그런데 김 형사는 책임감을 느끼기는커녕 자신이 마치 공형식의 가족이라도 되는 듯 상심에 젖어 있는 유족처럼 굴었다.

"네, 반장님."

뭉개버릴 듯 양어깨를 붙잡고 있는 강 반장의 강한 손 악력에 김 형사가 화들짝 놀라며 고개를 들었다. 넋이 반쯤 나갔던 김 형사가 정신을 차린 듯하자 강 반장은 그제야 잡고 있던 양손을 풀었다. 얼마나 강하게 잡았던지 김 형사는 자신도 모르게 양어깨로 자신의 손을 가져가 통증이 느껴지는 부위를 주물렀다.

"일단 난 감식반 만나볼 테니까, 김 형사는 시신과 주변을 좀 둘러봐."

강 반장이 지금 당장 해야 할 일을 김 형사에게 상기 시켰다.

"알겠습니다."

대답을 하는 김 형사의 목소리는 어느 정도 평상심을 찾고 있었다.

"더 이상 내가 걱정하지 않아도 되겠지?"

강 반장이 확인하듯 물었다.

"물론입니다. 어떻게 해서든지 범인을 잡고야 말겠습니다."

"좋아."

강 반장은 김 형사의 한쪽 어깨를 몇 차례 가볍게 두드리고는 사건 현장으로 돌아갔다.

'그래. 지금 누워 있는 건 형식이가 아냐. 그저 불쌍한 9번째 연쇄살인 사건 피해자 일뿐이야.'

김 형사는 크게 심호흡을 몇 차례 하고는 스스로에게 최면을 걸었다. 어느 정도 마음을 다잡은 김 형사도 앞서 걸어가고 있는 강 반장의 뒤를 따라 사건 현장으로 돌아왔다.

사건 현장 주위는 이른 아침임에도 사건 소식을 듣고 몰려든 취재진과 구경꾼들로 북적이고 있었다. 김 형사는 노란색 통제 테이프를 손으로 걷어 올리고 사건 현장 안으로 들어갔다.

'형식아 미안하다. 하지만 난 범인을 잡아야만해. 그러자면 네가 범인을 알려 줘야만 돼. 부탁한다.'

한쪽 무릎을 꿇고 공형식의 시체 곁에 앉은 김 형사가 공형식의 얼굴을 덮고 있던 흰 천을 걷어내며 속으로 말했다. 대답이 돌아올 리 없었다. 공형식은 두 눈을 잃은 채 말 없이 누워 있었다. 하지만 김 형사는 개의치 않았다. 그가 비록 혀를 움직여 말은 할 수 없어도 자신의 몸으로 범인을 알려주고 있다 여겼다.

범인을 잡아 박예린과 공형식의 복수를 해야 한다고 다짐한 뒤 급속도로 냉정을 되찾은 김 형사는 손바닥으로 자신의 얼굴을 한 번 쓸어내린 후, 공형식의 몸 전체를 덮고 있던 흰 천을 완전히 걷어냈다. 진한 피비린내가 확 피어올랐다. 결코 익숙해질 수 없는 느낌이 속 깊은 곳에서부터 스멀스멀 올라오려했다. 하지만 참아야했다. 그는 품속에서 수첩과 볼펜을 꺼내들고 사체의 특징을 하나하나 살피기 시작했다. 일단 사건에 집중하기 시작한 김 형사는 언제 그랬냐 싶게 수사관의 모습으로 돌아왔다. 사체의 외관은 기존의 연쇄살인 사건의 희생자들과 다를 바 없어 보였다.

사체는 싸구려 침낭에 싸여 있었고, 텐트를 이용한 듯 주위에 핏방울 하나 없었다. 또한 눈과 심장 등 몸의 주요 장기는 적출된 상태였다.

"어?"

현장을 조사 중이던 검시관 및 감식반원들과 사체에 대해서 의견을 나누던 김 형사의 눈에 뭔가 색다른 게 보였다. 그것은 사체의 얼굴 표정이었다. 기존 연쇄살인 사건의 희생자들은 하나같이 입가에 희미한 미소를 띠고 있었다. 그래서 관련 수사를 맡은 수사관들은 연쇄살인 사건 희생자를 보석으로 된 두 눈을 가난한 이를 위해 빼주고도 미소를 지었다는 동화 '행복한 왕자'에 빗대 '행복한 피해자'라 불렀다. 그런데 공형식의 죽은 얼굴에는 앞선 연쇄살인 사건 피해자들에게서 공통적으로 볼 수 있었던 미소가 없었다.

'왜?'

갑자기 김 형사의 머릿속이 복잡해졌다. 비록 작은 차이였지만 많은 것을 시사했기 때문이다. 이유가 뭘까 궁리하던 김 형사는 사체에 또 다른 점이 없는지 면밀히 살피기 시작했다. 그러나 미소가 없다는 것을 빼고는 겉으로 드러난 다른 차이점은 없었다. 잠시 생각하던 김 형사는 옆에 있던 감식반원에게서 휴대용 플래시를 빌렸다. 문득 생각난 것이 있었기 때문이다.

"……!"

빌린 플래시로 사체의 콧속을 자세히 살피던 김 형사의 표정이 다시 심각해졌다. 언뜻 보기에 콧속 점막에 바늘로 찌른 출혈 반점이 보이지 않았다. 다시 한 번 더 살펴봤지만 역시 마찬가지였다. 그렇다면 왜일까? 범인은 왜 이런 기존의 패턴을 벗어나는 실수를 했을까? 아니 실수가 아니라면 기존의 패턴을 왜 따르지 않은 걸까? 각종 의문이 홍수처럼 머릿속을 휩쓸고 다녔다. 그런데 다른 점은 그것뿐만이 아니었다.

"오늘 아침 김해공항에서 일본으로 떠나는 탑승객 명단에 지민기와 김지혜가 없다는 군."

강 반장이 조용히 김 형사를 따로 불러 말해 주었다. 기존 패턴과 분명히 달랐다.

'모방 범죄일까?'

김 형사는 혹시 연쇄살인 사건을 가장한 또 다른 살인 사건이 아닐까 생각했다. 하지만 자신이 알고 있는 한 공형식 주위에는 그를 죽일 정도로 원한을 가진 이는 없었다. 또한 장기를 적출한 것으로 봐서는 우발적인 범죄도 아니었다.

"반장님, 이것 좀 보시겠습니까?"

김 형사가 자신도 보여줄 게 있다고 강 반장을 사체 곁으로 데리고 갔다.

"이것 좀 보세요."

김 형사가 사체 곁에 쪼그려 앉으며 말했다. 강 반장도 곁에 쪼그리고 앉아 김 형사가 가리키는 입 주위를 유심히 살폈다.

"미소가 사라졌군."

"또 있습니다."

김 형사가 플래시를 건네며 사체의 콧속을 가리켰다. 강 반장은 플래시를 켜들고 사체의 콧속을 살폈다.

"내부 점막에 보이던 출혈 반점 역시 없습니다. 물론 부검을 해 봐야 정확한 것을 알겠지만요."

"놈이 실수를 한 걸까?"

강 반장이 자못 심각한 표정을 한 채 말했다.

"실수인지 의도한 것인지는 판단이 안 되지만 분명한 건 평소와는 다르다는 겁니다."

"묘하군."

강 반장이 천천히 몸을 일으키며 말했다. 김 형사도 곧 몸을 일으켰다.

"무엇보다 왜 형식이일까요? 제가 알고 있기로 형식이는 B형간염 보균자였습니다. 그런데도 장기를 적출해 갔습니다. 만약 범인이 형식이에 대해서 사전 관리를 하고 있었다면 절대 장기를 적출하지 않았을 겁니다."

장기이식의 가장 기본적인 전제 조건은 장기 공여자의 완벽한 건강 상태였다. 김 형사의 지적처럼 B형간염 보균자의 장기는 이식 후에 많은 문제를 야기할 수 있기에 이식에 쓰일 수 없었다.

"좀 쉽게 말해 봐."

강 반장이 살짝 짜증을 내며 말했다.

"범인은 형식이를 단순히 장기를 적출하기 위해서 살해한 것이 아니라는 말입니다."

"그럼 뭐야? 범인이 형식이를 죽인 게 우리에게 어떤 메시지를 전달하기 위한 거야?"

거듭된 의문에 강 반장이 답답해하며 물었다.

"그건 저도 모르겠습니다. 범인이 자신의 실체에 접근한 형식이를 죽인 건지 아니면 우리에게 경고를 하려는 것인지?"

"복잡하군."

"관련 정보를 사하서와 공유해야 할까요?"

"그건 좀 기다려 봐."

연쇄살인 사건 범인 검거는 반드시 자신들이 해야 한다는 생각이 강했던 강 반장이 김 형사의 정보 공유 의견을 막았다. 그는 관련 사실을 발표해야 한다면 자신들이 언론을 통해 해야 한다는 판단을 하고 있었다. 그때 현장이 살짝 소란스러워졌다. 한 수사관이 근처에 설치된 CCTV의 파일을 입수했기 때문이었다. 강 반장과 김 형사도 서둘러 확보해 온 CCTV 영상을 재생하기 위해서 노트북을 조작하고 있는 곳으로 다가갔다. 이미 노트북에는 관련 동영상이 재생되고 있었다.

"앞으로 좀 돌려봐."

도 형사가 노트북을 조작 중인 부하 수사관에게 말했다. 곧 화면 속의 동영상이 빠르게 재생되기 시작했다.

"됐어! 멈춰!"

뚫어져라 노트북을 쳐다보고 있던 도 형사가 급히 외쳤다. 곧 동영상이 정상 속도로 재생되기 시작했다. 그러자 마치 정지화면처럼 아무런 변화가 없던 동영상에 술에 취한 취객이 나타났다. 공형식이었다. 그것을 보는 김 형사는 가슴이 뻐근하고 눈시울이 따뜻해져 오는 것을 느꼈다.

'왜 술은 처먹어가지고.'

김 형사는 속으로 인사불성이 되도록 술에 취한 채 걷고 있는 동영상 속의 공형식을 향해 원망 아닌 원망을 했다. 그러는 사이에 공형식은 길을 가다 멈추고 에덴공원 입구를 향해 걸어갔다. 그리곤 소변을 봤다. 그때 갑자기 근처 가로등이 꺼져 버리자 공형식의 모습은 컴컴한 어둠 속으로 사라져 버렸다.

"범인이 자신의 모습을 노출시키지 않기 위해 일부러 가로등을 끈 거야."

한 수사관이 자신 있는 목소리로 말했다. 그의 말처럼 불이 꺼진 가로등의 전선이 절단되어 있었다. 하지만 아무리 동영상을 확대하고 몇 번을 재생해도 각도 때문에 범인으로 추정되는 다른 이의 모습은 잡히지 않았다. 행여 CCTV에 범인의 윤곽이 찍혔을까 기대했던 사하경찰서 소속 수사관들이 일제히 실망했다. 하지만 그간 철저히 증거를 남기지 않았던 범인의 행태에 어느 정도 익숙해져 있던 김 형사와 강 반장은 역시 그렇지 하는 반응을 보이며 다시 사체 곁으로 돌아갔다.

"일단 현장 감식 결과와 사체 부검 결과가 나와 봐야 자세한 것을 알 수 있겠군."

"아무래도요."

강 반장의 말에 김 형사도 동의했다. 그런데 그때 사체를 살피던 감식반원 하나가 머리카락 하나를 주워 봉지에 담고 있었다. 보기에도 상당히 길어 보였다. 김 형사는 즉시 그에게 다가갔다.

"머리카락입니까?"

김 형사가 막 머리카락을 소중한 보물처럼 비닐봉지에 담고 입구의 지퍼를 잠그는 감식반원을 향해 물었다.

"네."

"피해자는 머리가 짧은데, 혹 범인의 것일까요?"

김 형사가 기대감을 나타내며 물었다.

"글쎄요. 분석을 해 보면 주인을 알게 되겠죠."

감식반원은 자신감을 내비치며 비닐봉지 위에다 기록을 하고 가방에 고이 넣었다. 개인적인 욕심 같아서는 방금 전 머리카락을 직접 국과수로 가져갔으면 싶었다. 지금까지 사체 주변에서 다른 이의 머리카락이나 체모가 나온 경우는 단 한 번도 없었다. 형태상으로 봐서는 공형식의 것이 아닌 게 분명한 만큼 적어도 사건과 관련이 있는 것이 분명했다.

"아무래도 국과수에 따로 연락을 해두는 게 좋겠어."

강 반장이 조용히 말했다. 그 역시 머리카락에 은근히 기대를 걸고 있었다. 그때 강 반장의 전화가 울렸다. 화면에 표시된 전화번호를 본 순간 강 반장의 얼굴이 굳어졌다.

"네, 과장님. 함께 있습니다. 지금이요? 알겠습니다."

통화를 마친 강 반장의 표정은 더욱 더 굳어져 있었다. 안색마저 창백하게 변한 상태였다.

"과장님입니까?"

통화를 마친 강 반장에게 김 형사가 물었다. 심상치 않은 분위기가 감지됐다. 통화 내용으로 볼 때 공형식의 죽음과 관련해 자신을 호출한 게 분명했다.

"그래. 지금 당장 청으로 들어오라는군."

"여기는요?"

"이미 다른 직원을 파견했네."

김 형사는 상부에서 어떻게 알았을까요라는 질문을 하고 싶었지만 입 밖으로 꺼내지는 않았다. 아마도 이대로 소환되면 보나마나 사건에서 손을 떼라거나 최악의 경우 징계위원회에 회부되어 정직 나아가 면직도 될 수 있었다. 강 반장도 지금 그것을 걱정하고 있는 중이었다.

"상부의 지시니까 일단 돌아가자."

강 반장이 한숨을 내쉬며 말했다.

"네."

두 사람은 도 형사에게 급히 경찰청으로 돌아가야 할 것 같다고 말한 후에 각자의 차로 돌아갔다. 차에 오른 김 형사는 지그시 입술을 깨물었다.

'제발 내 손으로 범인을 잡게 해 주세요.'

김 형사는 이제껏 단 한 번도 찾지 않았던 신에게 간절히 기원하며 차를 출발시켰다.

19. 징계위원회

경찰청으로 돌아온 김 형사는 초조하게 부장실에서 열린 간부 회의 결과를 기다리고 있었다. 회의에 참석한 강 반장은 2시간째 돌아오지 않고 있었다. 주위 동료들은 그간 연쇄살인 사건을 해결하기 위해서 갖은 고초와 노고를 마다하지 않은 그를 위해서 한두 마디씩 위로의 말을 건네 왔다. 특히 공형식을 잘 아는 같은 반원 형사들은 마치 동료가 변을 당하기라도 한듯 애통해 했다. 그때 사무실 문이 열리고 강 반장이 불쑥 들어섰다. 순간 사무실 내의 모든 수사관들의 시선이 일제히 강 반장에게 쏠렸다. 자신에게 쏠리는 시선을 애써 무시하며 강 반장은 자신의 책상으로 가 자리에 앉았다. 그리곤 김 형사를 불렀다.

"김 형사 미안하다."

김 형사가 자신의 책상 앞으로 다가오기 무섭게 강 반장이 무거운 표정을 지어 보이며 말했다.

"반장님."

"계장과 반장들이 최선을 다해 변호했지만 결국 징계위원회에 회부됐어. 징계위원회의는 14일 뒤에 개최될 거야. 물론 자세한 내용은 통보가 갈 거고."

강 반장이 진한 한숨을 내쉬며 말했다.

"할 수 없죠. 그동안이라도 전 이번 사건에 전념하겠습니다."

강 반장이 내쉬는 한숨에서 진심 어린 걱정이 느껴졌다. 어차피 예상했던 바인지라 김 형사가 느끼는 당혹감은 덜했다. 14일이면 사건을 수사해 범인을 잡기에 충분하다 여겼기 때문이다. 그리고 이번에는 기존 사건과 다른 특징들이 유독 많아 더욱 그러했다.

"미안하다. 징계위원회 개최 전까지 김 형사는 임시로 정직 처리됐어. 신분증과 총기, 수갑을 반납하도록 해."

강 반장이 담담하게 말했다.

"네?"

예상치 못한 처분을 받아든 김 형사는 심장이 떨렸다. 범인을 코앞에 두고 사건에서 손을 떼라니. 받아들일 수 없었다. 뜻밖의 결정에 주위에 있던 다른 수사관들도 적잖이 동요하고 있었다. 그러나 조직에는 상명하복이 분명해야했다. 물론 부당했지만 간부들이 한번 내린 결정을 뒤집을 가능성은 없다고 보는 게 정확했다. 한참을 머뭇거리던 김 형사는 조용히 허리에 차고 있던 권총과 수갑, 신분증을 강 반장의 책상 위에다 올려놨다.

"그리고 어제 저녁 늦게 지민기 측에서 이용기가 살해되던 시각에 다른 곳에 있었다는 걸 증명하는 CCTV 동영상을 제출 했어."

강 반장이 김 형사가 반납한 물품을 자신의 서랍 속에다 집어 넣으며 넋두리 하듯 말했다.

"CCTV 동영상을요?"

"그래. 그 동영상으로 인해 지민기는 이용기가 살해당했을 것으로 추정되는 시각에 진주의 한 편의점에 있었음이 확인됐어. 그리고 그 동영상을 토대로 우리 측의 무리한 수사에 대한 거액의 손해배상 청구 소송을 제기한 상태야. 금액이 억대야."

그 소송이 김 형사의 정직과 징계위원회 회부에 영향을 미쳤음을 강 반장은 부인하지 않았다. 그리고 공형식의 죽음도.

"그럴 리 없습니다. 범인은 지민기가 분명합니다. 혹시 조작된 것은 아닐까요?"

김 형사가 항변하듯 말했다.

"이미 감정까지 마친 상태야. 그냥 받아들여."

강 반장은 김 형사의 의문을 일언지하에 묵살해 버렸다. 사실 자신도 그것이 조작되었으면 좋겠다고 생각했다. 이동식 냉장고에서 발견된 것이 인간의 뇌 호르몬이 아니라 혈액이었다면 사정이 많이 달라졌을 거였다. 하지만 현실은 그렇지 못했다. 그나마 이번에 발생한 연쇄살인 사건의 사체에서 발견된 머리카락에 한가닥 기대를 걸고 있기는 했다. 그때까지는 지민기에게 혐의를 둘 수는 없었다. 더욱이 편의점 동영상을 통해 7번째 연쇄살인 사건이 발생할 당시의 알리바이까지 확인된 마당이었다.

"알겠습니다."

김 형사는 꾸벅 인사를 하고 조용히 자신의 자리로 돌아와 짐 정리를 시작했다. 어쩌면 다시 돌아오지 못할지도 몰랐다. 마침 책상 밑에 아무렇게나 처박아 둔 쇼핑백이 눈에 들어왔다. 갑자기 이대로 물러설 수 없다는 생각이 들었다. 억울하게 죽은 박예린과 공형식을 위해서라도.

'내가 틀리지 않았다는 것을 증명해야만 해.'

고민 끝에 마음을 돌려먹은 김 형사는 대충 정리를 하고 나서 강 반장에게 다가갔다.

"짐은 다 챙겼나?"

강 반장이 물었다.

"아까 말한 CCTV 영상 좀 주실 수 없습니까?"

"그건 왜? 설마?"

"그냥 호기심에 한 번 보려고요. 그것뿐입니다."

"정말이야?"

"네."

정말일리가 없었다. 하지만 강 반장은 더 이상 캐묻지 않고 조금 있다가 E-mail로 보내놓겠다고 약속했다.

"제발 쓸데없는 짓 하지 마."

강 반장이 간곡히 당부했다.

"쓸데없는 짓 하지 않습니다. 그럼."

자신을 걱정스레 바라보는 강 반장을 향해 꾸벅 인사를 한 김 형사는 사무실을 나와 주차장으로 향했다. 그러나 막상 차에 타고 보니 갈 곳이 없었다. 공식적으로 수사는 할 수 없었다. 게다가 자신은 정직을 당한 신분이었다. 마땅히 갈 곳이 없었던 김 형사는 일단 이 형사를 찾아가 대책을 의논해야겠다고 마음먹고 시동을 걸고 차를 출발시켰다.

김 형사로부터 공형식의 죽음을 듣게 된 이 형사는 충격을 받았다. 박예린이 연쇄살인범에게 희생당한 지 불과 한 달이 채 되지 않은 시점에 다시 공형식마저 희생된 것이어서 그가 느끼는 충격은 한층 더 했다.

"어떻게 그런 일이."

이 형사의 얼굴에 비통함이 가득했다. 서글서글한 그의 두 눈에서 굵은 눈물방울이 주르륵 흘러내렸다. 그러나 그 비통함은 김 형사의 정직과 징계위원회 회부 소식에 분노로 바뀌어 버렸다.

"정말 너무들 하네요. 어쩜 그럴 수 있죠? 도대체 계장님과 강 반장님은 뭘 하셨더래요?"

눈물이 흘러 번들번들해진 얼굴을 한 채 이 형사가 분통을 터뜨리며 말했다.

"나름대로 노력하셨어. 그나저나 상처 덧날라 흥분하지 마."

김 형사가 진심으로 걱정하며 잔뜩 흥분한 이 형사를 진정시켰다. 2주 후면 퇴원해 복귀하겠지만 아직 상처가 완전히 아문 것은 아니었다.

"지금 흥분 안 하게 됐어요! 범인을 잡기 위해서 모든 것을 다 쏟아 부었는데."

"상처가 덧날 수도 있다니까. 일단 이번 사건의 감식 보고서와 부검 결과가 나오는 걸 보고 움직여 볼 생각이야."

김 형사가 지나치게 흥분하는 이 형사를 달래며 말했다. 마음 한편으로 자신에게 마음을 써주는 이 형사가 고마웠다.

"이제 어떡하실 거예요?"

김 형사가 건넨 휴지로 눈물과 콧물을 닦아낸 이 형사가 물었다.

"이참에 집에서 푹 쉴까해."

김 형사가 대충 둘러대며 말했다. 병원을 나서는 순간부터 지민기를 쫓을 거라고 말한다면 이 형사는 보나마나 길길이 날뛸 것이 분명했기 때문이다. 어쩌면 당장 퇴원해서 쫓아올지도 모를 일이었다.

"잘 생각하셨어요. 다음 주나 그 다음 주에 퇴원하니까 그때 같이 움직여요. 아, 내가 징계위원회에 출석해서 김 형사님을 변호해 줄게요."

"그래, 말만으로도 든든한걸."

정말 그랬다. 근 한 달여를 병원에 입원해 약간 살이 통통하게 오른 이 형사의 얼굴이 오늘따라 더 정겹게 느껴졌다. 김 형사는 자신을 진심으로 걱정하는 이 형사의 말에 마음이 푸근해졌다.

"꼭 집에서 쉬셔야 해요. 아셨죠?"

"그럴게."

김 형사가 미소를 지으며 몸을 일으켰다.

"쉬고 있어. 나중에 전화할게."

"자주 와요."

"뭐 이제 백수나 마찬가지니까 자주 오지 뭐."

"꼭이요."

"그럼 몸조리 잘 해."

"내가 배웅해 줄게요."

"아이고 아서요."

김 형사가 배웅을 위해서 몸을 일으키려는 이 형사를 다시 침대 위에 눕히며 말했다.

"그럼 가세요."

김 형사가 병실 밖으로 나가기 무섭게 이 형사는 재빨리 휴대폰을 꺼내들 었다. 강 반장에게 전화를 하기 위해서였다. 김 형사의 표정으로 봐서는 꼭 무슨 일을 저지를 것만 같았다. 박예린에 이어서 공형식까지 연쇄살인 사건 에 희생당한 뒤여서 더욱 그랬다. 두 사람 모두 김 형사가 사건에 참여시킨 거나 마찬가지였다. 아무래도 책임감이 더욱 크게 작용할 수밖에 없었다. 이 형사는 그 부분이 걱정되었다.

'김 형사님이 엉뚱한 생각하면 안 되는데.'

계속 흘러나오는 컬러링을 들으며 오늘따라 전화를 받지 않는 강 반장이 짜증스럽게 느껴졌다.

"안 돼!"

김 형사는 비명을 지르며 잠에서 깼다. 온몸이 땀으로 흥건했다. 잠에서 깬 김 형사는 자신의 몸을 살폈다. 다행히 온 사지가 절단되는 꿈과는 달리 팔과 다리는 물론 장기도 멀쩡했다.

"휴우…! 꿈이었어."

무슨 꿈이 이래? 꿈이라는 것을 안 순간 자신도 모르는 깊은 안도의 한숨 이 터져 나왔다. 비록 꿈이었지만 모든 것이 너무도 생생했다. 지금도 꿈에 서 맛봐야 했던 무력감, 절박감 그리고 공포감이 고스란히 느껴졌다. 갑자기 속이 쓰려왔다. 주위를 둘러보니 침대 아래 방바닥에 마시고 아무렇게나 던 져 버린 소주병 십여 개가 쓰러진 도미노처럼 널브러져 있었다.

침대에서 몸을 일으킨 김 형사는 주방으로 걸어가 수도꼭지를 틀어 수돗물 을 벌컥벌컥 마셨다. 차가운 물이 위속으로 흘러들어 가자 조금 전까지 쓰라 리고 토할 것처럼 미식 거리던 속이 약간 진정됐다.

'젠장! 난 꿈에서도 범인을 못 잡는구만.'

김 형사는 꿈속에서조차 범인을 잡지 못하는 자신의 신세를 생각하며 쓴웃 음을 지었다. 그때 책상 위에 놓아 둔 휴대폰에서 부재중 통화가 있다는 알림이 울렸다. 보나 마나 이 형사일 것이라고 생각하며 책상 앞으로 걸어갔다. 그러나 전화를 건 이는 뜻밖에도 강 반장이었다. 그것도 4차례 이상. 통화가 되질 않아서인지 문자도 함께 도착해 있었다. 버튼을 눌러 내용을 확인해 보니 급히 연락을 해달라는 내용이었다.

'무슨 일이지?'

정직 처분을 받고 연락을 끊은 채 집에 처박힌 지 3일째였다. 그간 연락이 없었는데 무슨 일인가 궁금했다. 김 형사는 곧 통화 버튼을 눌렀다. 신호음이 울린 직후 굵직한 목소리가 들렸다.

"야 임아! 왜 전화를 안 받아!"

강 반장답게 전화를 받으면 '여보세요'하는 법칙을 아주 간단하게 무시하고 대뜸 욕으로 시작했다.

"왜요?"

과음으로 인한 속 쓰림 때문에 김 형사의 입에서 제대로 목소리가 나오질 않았다.

"술 처먹느라 내 전화 안 받은 거야?"

"아뇨."

"목소리에서 알콜 냄새가 풀풀 나 임마!"

"술 먹고 자느라 전화 못 받았어요."

"그게 그거지 뭐야."

"무슨 일로 전화하셨는데요."

"9번째 사건에 대한 감식과 부검 결과가 나왔어."

김 형사의 귀가 번쩍 뜨였다. 그리고 다음 질문이 대뜸 생각과 동시에 튀어 나왔다.

"머리카락의 주인은요?"

"지민기는 아냐."

잔뜩 기대하고 물었지만 답은 뜻밖이었다.

"그럼 김······?"

"김지혜도 아냐. 그렇다고 형식이도 아니고."

다음 질문이 끝나기도 전에 김 형사의 질문 내용을 미리 파악한 강 반장이 먼저 대답했다.

그럼 도대체 누구란 말인가? 젠장 그게 뭐가 중요해. 중요한 건 지민기가 아니란 거지. 원치 않았던 결과에 김 형사는 잔뜩 실망했다. 그 머리카락의 주인은 반드시 지민기여야만 했기 때문이다.

"그럼, 누……."

'그럼 누구란 말이지?'

강 반장이 가능성이 있는 동일 범죄 전과자는 물론 주변 우범자의 DNA를 확보해 대조해 봤는데 누구 하나 일치하는 게 없었다는 사실을 알려 주었다. 그렇다면 연쇄살인범은 '살육'과 관련 없는 인물이란 말인가? 원치 않는 결과를 접한 김 형사의 머릿속이 복잡해졌다. 마치 겨우 풀어낸 실타래가 다시 헝클어진 듯했다.

"그건 그렇고 국과수 남부분원에 있는 박신후라는 부검의가 자네와 통화를 하고 싶다더군."

"그래요?"

강 반장이 박신후의 휴대전화번호를 알려줬다. 다소 뜻밖이었다. 김 형사가 임시 정직 처분을 받았다는 것을 전달한 사람은 바로 강 반장이었다. 정직당한 김 형사에게 9번째 희생자의 부검을 맡은 부검의의 휴대전화번호를 알려 준다는 것을 어떻게 해석해야 할지 김 형사는 혼란스러웠다. 김 형사가 부검의에게 연락하는 순간 비공식적으로 수사에 나서게 될 것이라는 것을 누구보다 잘 알고 있을 강 반장이 연락이 왔다는 것을 숨겨야함에도 오히려 개인적인 연락이 가능하도록 휴대전화번호를 알려 준 셈이었다.

"절대 절대로 연락해서는 안 돼. 또한 그한테 부검 결과는 물론이고 감식 결과 사본을 넘겨받아서도 절대로 안 돼. 알았지?"

강 반장은 계속 절대라는 말에 힘주어 몇 차례 강조했다.

"알겠습니다."

김 형사는 피식 웃으며 알았다고 말했다. 강한 부정은 그것도 몇 차례의 강한 부정은 강력한 긍정이라고 했던가? 속으로 강 반장의 의도를 알아차린 김 형사는 대충 인사를 한 후에 서둘러 전화를 끊곤 메모지에 적힌 번호를 눌렀다. 몇 차례 신호음이 울리고 이어 다소 친숙한 목소리가 들렸다. 박신후였다.

"전화로 나눌 내용은 아니니까 좀 만나죠?"

박신후는 의례적인 인사 따위는 생략한 채 대뜸 만날 것을 요구해 왔다. 그의 요구에 김 형사는 흔쾌히 응했다. 정직 처분을 받은 후에 딱히 할 일이 없어 시간은 넘쳐 나는 상황이었다.

"좋습니다. 점심시간에 맞춰 양산으로 찾아뵙겠습니다."

"그럼 그때 뵙죠."

대충 만날 약속을 한 박신후는 마치 쫓기는 사람처럼 서둘러 전화를 끊었다. 다소 이상한 느낌이 들었지만 김 형사는 크게 개의치 않았다. 그렇지 않아도 어떻게 9번째 사건에 대한 감식 결과와 부검 결과를 손에 넣을까 고심하고 있던 차였다. 그런 와중에 뜻하지 않게 보고서를 손에 넣을 수 있는 기회가 온 것이었다.

비록 비공식적이기는 하지만 다시 수사를 하게 됐다는 사실에 크게 고무된 김 형사는 크게 기지개를 켰다. 조금 전까지 남아 있던 악몽의 끔찍한 느낌들이 일순간 사라져 버렸다. 다시금 사건 해결에 대한 의욕이 솟구쳐 올랐다. 크게 기지개를 켠 김 형사는 팔을 걷어붙이고 휴지통 부근에서 나뒹굴고 있던 비닐봉지를 주워 방바닥에 어지럽게 굴러다니고 있는 빈 소주병들을 주워 담기 시작했다.

김 형사는 약속 시간보다 일찍 약속 장소에 도착했다. 어차피 딱히 다른 할 일도 없었다. 약속 장소는 국립과학수사연구원 남부분원이 위치한 양산 신도시 내에 있는 일식집이었다.

그런데 김 형사가 약속한 일식집에 도착한 지 채 5분도 되지 않아 박신후가 전화를 걸어왔다. 김 형사는 가슴이 덜컥 내려앉는 듯했다. 혹시 약속을 취소하는 걸까? 불안해하면서 전화를 받았다.

"오늘 아무래도 약속 시간을 맞추지 못할 것 같습니다."

역시 약속을 취소하는 전화였다.

"그러세요."

김 형사는 힘없이 대답했다. 그러나 '왜'라는 질문은 하지 않았다. 알아봐야 약속이 취소된 마당에 그 이유는 그다지 소용이 없었기 때문이다.

"대신 카운터에 봉투를 하나 맡겨 놨으니까 식사하고 나가실 때 찾아서 보세요."

"봉투요?"

"그리고 미리 계산은 했으니까 식사는 꼭 하고 가세요. 그럼 바빠서 끊겠습니다."

뜻밖이었다. 전화를 끊은 김 형사는 궁금증을 이기지 못하고 자리에서 일어나 카운터로 향했다.

"여기 손님이 봉투를 하나 맡겨 놨다고 하던데?"

"아, 여기 있어요."

카운터에 있던 여 직원이 겉면에 아무런 인쇄가 없는 누런 서류 봉투 하나를 김 형사에게 건넸다.

"식사는?"

"시간 되면 주세요."

서류를 받아든 김 형사는 곧장 내실로 돌아와 봉투를 뜯었다. 안에는 제법 두께가 느껴지는 서류와 메모가 들어 있었다. 그는 우선 메모부터 읽었다. 메모에는 간략하게 사건과 관련된 박신후의 의견이 담겨 있었다. 그런데 메모 말미에 뜻밖의 내용이 적혀 있었다. 강 반장의 간곡한 부탁으로 김 형사에게 관련 보고서 사본을 주기는 하지만 아직 상부에 보고 절차를 밟고 있는 중인지라 제3자에게 유출돼서는 절대 안 된다는 당부였다. 아침에 강 반장과 나눈 통화 내용과는 전혀 달랐다. 박신후가 먼저 연락을 취해온 것이 아니라 강 반장이 먼저 전화를 해서 김 형사가 9번째 연쇄살인 사건의 감식 및 부검 보고서가 공식 발표되기 전에 볼 수 있도록 부탁을 한 거였다.

"강 반장님이?"

갑자기 강 반장의 배려에 눈시울이 뜨거워져 오는 것을 느꼈다. 평소 무뚝뚝하기 그지없던 그가 갑자기 새롭게 다가왔다. 사실 강 반장은 김 형사의 징계에 강한 반감을 가지고 있었다. 적어도 김 형사에 대한 징계는 이번 수사를 책임지고 해결하게 한 뒤에 내려도 늦지 않다는 게 그의 판단이었다. 싫든 좋든 연쇄살인 사건 수사의 담당 전문가는 김 형사였고, 그를 배제한 연쇄살인 사건 수사는 있을 수 없다고 여겼다. 간부 회의에서 그 점을 강조했지만 받아들여지지 않았다.

메모를 모두 읽은 김 형사는 우선 현장 감식 결과 보고서를 펼쳐 들었지만 크게 기대하진 않았다. 지금껏 8번째 사건을 제외하고 연쇄살인 사건 현장에서 범인과 관련된 증거가, 아니 추정되는 증거조차 발견된 경우는 단 한 번도 없었기 때문이다. 아니나 다를까 마지막 페이지를 다 넘기도록 사건 현장에서 발견된 새로운 증거는 역시 없었다.

'어차피 기대하지 않았으니까.'

이어서 머리카락에 대한 DNA 분석 결과로 넘어갔다. 전문적인 내용이 대부분이었지만 그래도 사건 수사를 통해 쌓은 지식 때문에 의미를 파악하는 데는 불편함이 없었다. 사건 현장에서 발견된 머리카락의 주인은 혈액형이 AB형인 남성이었다. 지민기와의 DNA 대조에 관한 부분도 있었다. 그러나 서로 일치하지는 않았다. 연관이 있을 것 같은 전과자 또는 주변 우범자들과 대조했으나 역시 일치하는 이는 없었다. 사전에 강 반장으로부터 전해 들었던 것이라 결국 새로운 것은 없었다. 제3자의 머리카락이 발견된 것을 제외하고는 기존 사건과 거의 판박이라고 해도 과언이 아니었다. 실망감을 느끼며 이번에는 부검 결과 보고서를 펴 들었다. 죽은 공형식의 입가에 미소가 없었다는 사실을 토대로 필로폰이 사용됐는지에 대한 김 형사 및 강 반장의 공식 질의가 접수된 상태였다. 따라서 부검 소견서에 그 결과 유무가 드러날 터였다.

"필로폰이 사용되지 않았다?"

역시 김 형사의 생각이 맞았다. 이유는 알 수 없지만 범인은 9번째 살인 사건을 저지르면서 필로폰을 사용하지 않았다. 기존 사건 패턴과 다른 부분이었다.

'뭘 의미하는 것일까? 단순한 실수일까? 아니면 의도된 것일까?'

갖가지 생각이 김 형사의 머릿속을 들쑤셔댔다. 어찌되었던 살인 사건의 패턴이 변한 것은 틀림없는 사실이었다. 그렇다면 왜 하필 9번째 사건에서 변화를 시도했을까? 의문은 계속 꼬리를 물고 마치 풀숲에 숨어 있다 놀라 고개를 쳐드는 뱀처럼 생겨났다. 그러나 정작 의문에 대한 궁금증을 해소시켜 줄 내용은 부검 보고서 어디에도 없었다. 필로폰을 사용하지 않은 것만 빼고는 기존의 사건과 크게 다르지 않았다.

'결국 내 숙제인 건가?'

9번째 사건에서 필로폰이 왜 사용되지 않았는지에 대한 의문의 해답을 찾는 것은 결국 자신의 몫이라고 김 형사는 생각했다. 그런데 부검 결과 보고서에 보여야 할 내용이 하나 보이질 않았다. 바로 피해자의 콧속 즉 비강 안쪽과 두개골 내 뇌하수체에 주사기 바늘에 의한 출혈 반점의 유무였다.

'없는 거야? 누락된 거야?'

일부 피해자의 비강 내부와 뇌하수체에 주사기 바늘로 인한 것으로 여겨지는 출혈 반점이 발견된 것은 아직까지 공식 수사라인을 통해 보고 또는 언론에 노출된 적은 없었다. 단지 김 형사와 이 형사, 강 반장을 제외하고 부검의 박신후 말고 다른 이는 알지 못한다. 확실한 연관 관계가 밝혀질 때까지 수사상 참고 자료로만 활용하기로 내부적으로 합의가 된 상황이었다. 그래서 누락될 수도 있었다.

그러나 의문은 부검 보고서의 마지막 페이지를 넘겼을 때 풀렸다. 뒷부분에 박신후 부검의의 개인적인 소견을 담은 또 다른 부검 보고서가 첨부되어 있었기 때문이다. 보고서 겉장에는 김 형사에게 다분히 자신의 개인적인 견해일 뿐이라는 점과 절대로 공개하지 말 것을 당부하는 글이 자필로 또렷이 적혀 있었다. 일종의 마이너리티 보고서인 셈이었다.

'출혈 반점이 없어?'

공식 부검 결과 보고서에 첨부된 또 다른 부검 결과 보고서에 의하면 비강과 뇌하수체에는 출혈 반점이 관찰되지 않았다고 적혀 있었다. 만약 최초 연쇄살인 사건의 희생자부터 8번째 연쇄살인 사건 희생자까지 모두 비강과 뇌하수체에 출혈 반점이 있었다고 가정한다면 9번째 사건에서 범인은 무려 세 가지의 실수를 한 셈이었다. 아니면 세 가지의 변화를 꾀한 것이든지. 그러나 박신후의 지적은 그것뿐만이 아니었다. 범인이 장기를 적출하기 위해 피해자의 가슴을 절개하는 과정에서 잘려나간 가슴 부위 피부 아래쪽 근육조직의 단면이 기존 피해자의 것과 약간 다르다는 것이다. 단정할 수는 없지만 일부 특정 부위에서는 뼈와 관절 부위에서 분리된 근육조직이 미세하게 일부 보인다는 것이다. 일반 외과 시술에서는 볼 수 없는 절개법이라고 했다. 그에 대해서 박신후는 조심스럽게 언뜻 보기에 마치 뼈에서 살을 발라냈다는 표현이 어울릴만큼 아주 깔끔하게 근육과 뼈가 분리됐다는 표현을 쓰고 있었다. 이를 토대로 첫 번째부터 여덟 번째 피해자의 경우 절개면이 거의 동일했다면 이번 아홉 번째 피해자의 경우에는 딱 집어 낼 수는 없지만 뭔가 좀 다른 수술용 메스가 쓰였을 것으로 추측 된다는 의견을 제시했다. 하지만 워낙 미세한 부분이라 자신의 견해가 틀릴 수도 있다고 뒷부분에 적혀 있었다. 그리고 전자현미경으로 관찰하면 보다 명확해질 것이라는 의견으로 끝을 맺었다.

'결국 우리더러 요청을 하라 그 말인가 보군.'

박신후의 개인적인 보고서를 모두 읽은 김 형사는 빙긋 미소를 지어 보였다. 보나마나 박신후의 상관들이 그의 의견을 아예 묵살할 것 같아 아예 언급하지 않은 게 분명하다고 생각했다. 그렇다면 기대를 저버려서는 안 되는 일이지. 김 형사는 당장 강 반장에게 전화를 걸었다.

"아홉 번째 희생자의 비강과 뇌하수체에 대한 추가 부검과 희생자의 가슴 절개 부위를 기존 희생자와 전자현미경으로 비교 분석해 달라고 요청하란 말이지?"

전화로 김 형사의 요청을 받은 강 반장이 확인하듯 물었다.

"네. 사건 해결에 있어서 매우 중요할 수도 있을 것 같습니다."

"알았어. 그런데 이건 어떻게 알았어? 혹시 부검의한테 따로 연락한 것 아냐?"

강 반장이 넌지시 물었다.

"아닙니다. 잘 아시면서. 현장에서 봤을 때 떠오른 의문입니다."

질문을 받고 잠시 생각하던 김 형사가 의도를 알아차리고 다소 능글맞은 목소리로 말했다.

"시력도 좋구먼. 전자현미경으로 봐야 알 수 있는 걸 눈으로 잡아내다니."

강 반장이 피식 웃으며 말했다. 김 형사는 그의 말투에서 박신후에게서 관련 사건 정보를 제공받았다는 사실을 철저히 숨기라는 당부를 느낄 수 있었다.

"제가 시력이 좀 좋습니다."

의미를 파악한 김 형사가 딴청을 피우듯 말했다.

"일단 알았어."

당장 해야 할 급한 일이 생긴 것 마냥 강 반장이 급히 전화를 끊었다. 통화를 마친 김 형사는 보고서를 챙겨들고 자리에서 일어났다. 그때 주문한 식사가 들어왔다.

"식사 나왔는데요?"

서빙을 하는 여 직원이 자리에서 일어나 밖으로 나서는 김 형사를 향해 의아해하며 물었다.

"갑자기 급한 일이 생겨서요."

김 형사는 신발을 찾아 신고 밖으로 나왔다. 정오 무렵의 햇살이 제법 따가웠다.

'그러고 보니 벌써 겨울도 가고 있구나.'

연쇄살인 사건을 쫓아다니느라 계절 가는 것도 잊고 있었다며 김 형사는 쓴웃음을 지었다. 주인이 정성껏 마련한 작은 화단의 나무에는 울긋불긋한 꽃망울이 자잘하게 매달려 있었다.

'이번 사건은 봄을 넘겨서는 안 돼!'

김 형사는 스스로에게 기약할 수 없는 다짐을 하며 차에 올랐다. 막상 차에 올라 시동을 켜고 나니 정작 갈 곳이 없었다.

'일단 집으로 돌아가 있자.'

어차피 더 이상 사건 자료에 접근할 수 없었다. 강 반장이 던져 주는 자료에 의존할 수밖에 없는 처지라 그의 연락을 기다리는 편이 더 나을 것 같았다. 고민 끝에 김 형사는 자신의 수첩을 펴들었다. 이전에 기록해 둔 의문 사항을 확인해 보기 위해서였다.

"그럼 여길 가 볼까?"

김 형사는 수첩에서 미뤄뒀던 확인 사항을 찾아냈다. 7번째 사건이 발생하기 직전 지민기가 자신이 다른 곳에 있었다는 것을 증명하기 위해서 제출한 진주 번화가에 위치한 편의점 CCTV 동영상에 대한 확인이었다. 국과수의 검증을 통해 조작된 것은 아니라는 사실이 확인되었지만 김 형사는 미심쩍은 부분이 있었다. 일본 출장을 불과 몇 시간 앞두고 심야에 뭣 하러 집과 가게에서 멀리 떨어진 진주의 편의점에 들른 것인지 그 이유가 궁금했다. 더군다나 그는 서울 출장에서 돌아오는 길이었다. 피곤했을 텐데 군이 도중에 열차에서 내려 렌터카를 빌려 타고 훨씬 빨리 집으로 올 수 있는 대구-대동 간 고속도로를 이용하지 않고, 훨씬 멀리 돌아가는 대전-통영 간 고속도로를 이용해 진주로 왜 갔는지 상식적으로 이해가 가지 않았다. 또한 강 반장에 의하면 지민기는 진주에 들른 이유에 대해 정확히 밝히지 않았다고 했다.

"가서 직접 확인해 보자."

목적지를 정한 김 형사는 주차 브레이크를 풀고 차를 출발시켰다. 근처 물금 IC를 통해 진입한 고속도로는 평일 점심시간 무렵이라 통행이 원활했다. 덕분에 1시간 30여 분만에 편의점이 있는 중앙 광장 부근에 도착했다. 적당한 곳에 차를 주차시킨 김 형사는 차 안을 뒤지기 시작했다.

"어디다 뒀더라?"

김 형사는 자신의 차 내부에 잡동사니가 이렇게 많은 줄 처음 알았다. 콘솔은 물론이고 좌석 뒤쪽에 매달린 주머니 그리고 선바이저에도 쓸데없는 지도, 영수증 등 잡다한 것들이 잔뜩 꽂혀 있었다.

"찾았다."

김 형사가 찾던 것은 몇 해 전 범인과의 격투 과정에서 금이 간 신분증이었다. 비록 중앙에서 아래쪽으로 금이 가 보기 흉했지만 적당히 보여주기만 하면 그런대로 통할만한 상태였다.

차에서 내린 김 형사는 은행 건물이 밀집한 귀퉁이에 위치한 편의점을 찾았다.

"저기인가 보군."

김 형사는 횡단보도를 건너 편의점으로 들어갔다. 편의점에는 사장으로 보이는 50대 후반의 남자가 카운터를 지키고 있었다.

"어서 오세요."

15평 남짓한 편의점 안으로 들어서는 김 형사를 손님으로 여긴 주인 남자가 환하게 웃으며 인사를 건넸다. 김 형사도 인사를 건네며 카운터로 걸어갔다.

"뭘 찾으십니까?"

"경남도경에서 나왔습니다."

김 형사가 신분을 밝히기 무섭게 남자의 입가에 머물러 있던 미소가 일시에 사라져 버렸다.

"무슨 일이죠?"

혹 귀찮은 일에 휘말린 것은 아닐까 염려하는 기색이 역력한 표정을 한 채 조심스럽게 물었다. 그런 그에게 김 형사는 CCTV 원본만 확인하기 위해서 찾아 왔다며 남자를 안심시켰다.

"따라오세요."

남자는 김 형사를 내실 겸 창고로 쓰고 있는 곳으로 안내했다. 내부 한쪽에 마련된 작은 테이블 위에는 CCTV와 연결된 노트북이 한 대 놓여 있었고, 옆에는 대용량 외장하드 5개가 미니 서랍장에 정돈된 채 수납되어 있었다.

"원본을 복사해 줬는데."

"제출된 동영상이 원본이 맞는지 확인하러 왔습니다."

김 형사가 빙긋 웃으며 말했다. 김 형사는 공형식이 살해되는 통에 지민기가 제출한 동영상을 보지 못했었다. 남자가 가벼운 한숨을 내쉬며 마우스를 조작해 동영상을 찾아내 재생시켰다.

"금방 찾으시네요."

남자가 마치 사전에 준비된 것처럼 원하는 날짜의 동영상을 재생시키자 김 형사는 신기하다는 투로 말했다.

"편집해 둔 걸 지우지 않았거든요."

"그랬군요."

"자리를 비켜드릴 테니 편하게 보세요. 전 손님 때문에."

남자는 김 형사에게 자리를 내주고는 카운터로 돌아갔다. 남자가 문을 닫고 나가자 김 형사는 수첩을 꺼내들고 자리에 앉아 본격적으로 동영상을 살피기 시작했다. 동영상 속 지민기가 편의점에 머문 시간은 정확히 4분 20초가량이었다.

"이 양반이 도대체 여기서 뭘 했지?"

동영상에 기록된 시간을 보니 새벽 3시 15분이었다. 시간상으로나 거리상으로 7번째 사건이 벌어진 창원까지 왕복하기에는 분명 불가능했다. 그렇다면 지민기의 알리바이는 동영상으로 확인되는 셈이었다. 그가 연쇄살인범이라고 단정 짓다시피 하고 있던 김 형사에게는 그다지 좋지 못한 자료가 분명했다. 김 형사는 낙담하며 휴대용 usb메모리를 꺼내 동영상을 복사했다. 그리고 다시 한 번 더 재생시켰다. 그런데 이상한 점이 눈에 띄었다.

"저 남자를 쫓아 들어오는 것 같은데?"

김 형사는 다시 한 번 동영상을 처음부터 재생했다. 동영상에는 곧 30대 초반으로 보이는 건장한 사내가 편의점으로 들어서고 잠시 후, 지민기가 따라 들어왔다. 그리곤 한쪽에 서서 물건을 사는 척 하며 앞서 들어온 30대 초반의 남성을 살피는 것처럼 보였다. 그러나 또 자세히 보면 그렇지 않은 것처럼 보이기도 했다. 약간은 피곤한 듯 보이는 30대 초반의 남성은 샌드위치와 커피를 골라 한쪽에 마련된 테이블로 가져가 먹기 시작했고, 지민기 역시 컵라면을 가져와 계산을 한 뒤 테이블 빈자리로 가 뜨거운 물을 붓고 익기를 기다렸다가 곧 먹기 시작했다. 그러다가 30대 남성이 샌드위치와 커피를 모두 먹어 치우고 자리를 정리하고 편의점을 나서자 지민기도 먹고 있던 컵라면을 쓰레기통에 버리고 편의점을 나섰다. 그리고 더 이상 지민기의 모습은 보이지 않았다.

"우연인가?"

지민기가 문제의 30대 남성의 뒤를 쫓고 있던 것인지 아니면 우연히 함께 편의점에 들른 것인지 판단이 서질 않던 김 형사는 개운치 않은 뒷맛에 다시 한 번 더 동영상을 재생시켰다. 역시 확실한 판단이 서질 않았다. 판단을 하기에는 동영상에 담겨 있는 정보가 부족했다. 생각 끝에 김 형사는 남자를 불러 도움을 청했다.

"혹시 저기 보이는 남자 아는 분이세요?"

김 형사가 동영상 속의 30대 남성을 가리키며 물었다. 동영상에 주인 남자와 인사를 주고받는 것처럼 보였기 때문이다.

"그럼요. 요 옆 은행에 다니는 분이세요."

다행히 남자가 아는 사람이었다. 남자로부터 대략적인 인적 사항을 알아낸 김 형사는 협조에 감사하다는 말을 한 후 편의점을 나왔다. 옆을 보니 대형 은행 점포가 있었다. 김 형사는 곧장 은행으로 들어갔다. 마침 정문에 청원경찰이 근무를 서고 있었다.

"혹시 여기에 박철환 대리라고 계십니까?"

김 형사는 편의점 주인 남성이 알려준 이름을 대며 물었다.

"네. 그런데 무슨 일이시죠?"

청원경찰이 경계심을 나타내며 물었다. 김 형사는 그에게 신분증을 보였다가 재빨리 거두어 들였다.

"경남도경에서 나왔습니다. 뭐 좀 물어볼 게 있는데 만날 수 있을까요?"

"잠시만이요."

청원경찰이 곧 안내데스크로 걸어가 전화기를 들었다. 곧 40대 초반의 남성이 김 형사에게 다가왔다.

"제가 직속상관입니다. 무슨 일로 박 대리를 찾는 거죠?"

김 형사는 용건을 밝히고 협조를 구할 일이 있다고 박 대리를 불러 줄 것을 부탁했다. 그런데 돌아온 대답은 의외였다.

"그렇지 않아도 저희도 찾고 있는 중입니다."

"그게 무슨 말입니까?"

"박 대리가 무단결근 중입니다."

"언제부터 결근한 거죠?"

"그게 보름 전부터인가 그렇습니다."

직속상관은 그가 중요한 대출 건을 진행하고 있던 차에 무단결근을 하여 자신이 무척 곤란한 상황에 처해 있다며 김 형사에게 박 대리와 연락이 되면 무조건 자신에게 연락해 달라고 명함을 건네며 통사정을 했다.

"혹시 직장을 옮긴 건 아닐까요? 아니면 사고를 당해 병원에 입원했던가?"

"답답해서 거주하던 원룸에 가 봤는데 모든 게 그대로였어요. 또 가족한테 연락해 보니 사고 소식은 없었고요."

이상한 일이었다. 갑자기 사람이 증발한 것이었다.

"경찰에 신고는 했습니까?"

"그럼요. 가족이 실종 신고를 해 둔 상태입니다."

박 대리의 직속상관은 다시 한 번 더 자신의 부하 직원을 꼭 좀 찾아달라고 신신당부를 했다. 더 이상 알아 낼 정보가 없다고 여긴 김 형사는 박 대리의 부모 전화번호를 알아낸 후 은행을 나왔다.

"이것도 우연인가?"

우연이 여러 번 겹치면 필연인데? 계속되는 우연에 의아해하며 김 형사는 일단 박 대리의 부모님 집으로 전화를 걸었다. 신호가 한 번 울리자마자 중년 여성의 목소리가 튀어나왔다. 박 대리의 소식을 노심초사 기다리고 있는 게 분명했다. 김 형사는 박 대리의 친군데 요즘 연락이 안 된다며 근황을 물었다. 그러자 박 대리의 어머니는 대뜸 울기부터 했다. 김 형사는 가까스로 진정시키며 필요한 것들을 물었다. 대답에 두서가 없었지만 특별한 내용은 없었다. 실종 전까지 박 대리는 과장 승진을 앞둔 유망한 금융인이었다. 저축도 상당했고, 진주 중심가에 아파트까지 장만해 둔 상태였다. 갑자기 사라질 이유가 없었다. 김 형사는 일단 수첩에 박 대리에 관한 것을 기록한 후에 차로 돌아왔다. 확보한 동영상을 집으로 가져가 자세히 살필 필요가 있다고 판단해 귀가를 서둘렀다.

"젠장. 경찰청 증거 분석팀에 가져가면 훨씬 쉬울 텐데."

경찰청이 보유한 전문 장비와 인력의 지원을 아쉬워하며 김 형사는 자신의 집으로 차를 몰았다.

20. 이질적인 증거들

집에 머무르고 있던 김 형사는 다음 날 오후 늦게 강 반장으로부터 뜻밖의 전화를 받았다.

"20분 전에 국과수로부터 추가 분석 자료가 넘어왔어."

휴대폰 너머에서 들려오는 강 반장의 목소리는 잔뜩 흥분해 있었다.

"결과는요?"

"일단 아홉 번째 희생자의 비강과 뇌하수체에는 출혈 반점이 전혀 없는 것으로 밝혀졌고, 희생자의 가슴 절개 부위의 절단된 근육조직은 일곱 번째 희생자와 여덟 번째 희생자의 것과 전자현미경을 통해 비교해 본 결과 확연히 다른 것으로 밝혀졌어."

강 반장은 다행히 7번째와 8번째 희생자의 시신이 보존되어 있었던 터라 가슴 절개면 상호 비교가 가능했다고 부연 설명했다.

"어떻게요?"

궁금증에 잔뜩 몸이 단 김 형사가 물었다.

"분석을 맡은 국과수 내 전문가의 말을 빌자면 일곱 번째와 여덟 번째 희생자의 가슴 절개에 사용된 것은 절단된 근육조직 면을 볼 때 수술용 메스가 분명한데, 아홉 번째는 수술용 메스가 아닌 다른 예리한 것으로 절단된 것 같데."

"다른 예리한 것?"

"정말 운 좋게도 아홉 번째 희생자의 가슴 복장뼈(sternum)에서 아주 미세한 철 조각을 하나 찾아냈어."

"철 조각을요?"

"그래. 육안으로는 절대 발견할 수 없을 정도로 미세한 조각이래. 국과수에서는 그 조각이 아홉 번째 희생자 절개에 쓰인 칼의 일부가 분명하다고 보고 부산대학교 금속재료학과에 분석을 의뢰한 모양이야."

김 형사는 지금까지 강 반장이 알려준 내용을 토대로 9번째 사건을 재구성했다. 우선 범인은 9번째 사건에서 필로폰을 사용하지 않았고, 비강을 통해 뇌하수체에서 뭔가 채취하지도 않았다. 또한 현장에 머리카락을 남겼으며, 기존의 도구가 아닌 새로운 도구로 희생자의 가슴을 절개하고 장기를 적출했다. 연쇄살인 사건의 특징을 노숙자, 프로포폴, 필로폰, 비강과 뇌하수체의 출혈 반점, 장기 적출 등으로 크게 나눈다면 9번째 사건은 크게 3가지가 달랐다. 우선 피해자의 신분이 달랐고, 필로폰이 사용되지 않았으며, 비강과 뇌하수체의 출혈 반점이 없었다. 거기다가 가슴 절개에 사용된 도구까지 달랐다. 특히 가슴 절개에 사용된 도구가 다른 점은 범인에게 무엇보다 큰 변화가 아닐 수 없었을 것이다. 자신의 오랜 경험으로 범인은 항상 익숙한 것을 쓰기 좋아했기 때문이다. 그래서 금고털이나 소매치기 등의 사건이 발생하면 종종 출소한 동종 전과자를 족치면 사건이 해결되는 경우가 많았다.

'누가 흉내 낸 건가?'

결과만 놓고 보면 비의료인인 누군가가 기존의 연쇄살인 사건을 답습하고 흉내 낸 것처럼 느껴졌다. 하지만 어떻게? 왜? 자신이 문제 제기를 하고도 해결책을 내놓지 못해 답답했다.

"김 형사 이메일로 절단면 현미경 사진을 보냈으니까 참고해. 그리고 칼날 분석을 맡은 부산대학교 교수 연락처도 함께 보냈어. 교수한테는 우리 직원이 찾아갈 테니까 자료 사본을 한 부 넘겨주라고 부탁해 놨으니까 연락하고 찾아가 봐."

"감사합니다."

"감사는 무슨. 오히려 내가 감사해야지. 뜻밖의 수확을 올렸으니까."

강 반장의 목소리에 진정성이 느껴졌다. 아마도 자신 때문에 마음고생이 심했을 것이라 김 형사는 생각했다. 모든 공이 자신에게 돌려지자 김 형사는 애초 의견을 준 박신후에게 미안해졌다.

"그런데 놀랄 일이 또 있어."

"놀랄 일이라뇨?"

"아홉 번째 희생자에게서 발견된 머리카락도 정밀 분석을 했거든?"

"머리카락을요?"

의외였다. 김 형사의 기억 속에는 머리카락에 대한 정밀 분석 요청에 관한 것은 없었다. 어차피 머리카락 주인공의 DNA와 혈액형 정도는 파악이 됐기 때문에 더 이상 얻을 것이 없었다. 뭐 어찌되었건 결과가 궁금했다.

"색다른 게 있던가요?"

김 형사가 넌지시 물었다.

"있지. DNA와 혈액형 이외의 분석을 해 달라고 했더니, 머리카락 표면에서 꽤 많은 물질이 검출됐어."

강 반장이 생소한 화학물질 이름을 들먹였다. 김 형사도 그 중에서 몇 가지만 알아들을 수 있을 뿐이었다.

"그렇게 많은 성분이 머리카락 표면에 묻어 있었다고요? 화학약품인가 보죠?"

휴대폰을 통해 들려오는 난해한 물질 명을 모두 듣고 난 김 형사가 물었다.

"이름만 보면 그런데 국과수에 간단하게 표현해 달라고 했더니 뭐라고 하는 줄 알아?"

"돌리지 말고 정답을 말해 줘요."

"양념."

"예?"

강 반장의 대답을 듣는 순간 김 형사는 뜬금없이 웬 양념이냐는 반응을 보였다.

"모두 간장, 소금, 마늘, 양파 등에서 검출되는 성분이 주라고 하던데."

"그럼 머리카락의 주인공이 요리사란 말씀이세요?"

"그건 단정 지을 수 없지. 국과수에서도 그랬고."

하지만 김 형사는 이미 단정 짓고 있었다.

'어쩌면?'

갑자기 공형식이 죽기 전에 김지혜와 부주방장이 만나는 장면을 목격했다고 하지 않았던가.

'만약 김지혜가 지민기가 아닌 부주방장과 공모를 했던 거라면? 그래서 지민기 몰래 이동식 냉장고를 활용해 장기를 일본에 밀수출한 거라면?'

어쩐지 아귀가 맞아 떨어지는 느낌이었다. 순식간에 묘한 매력이 있는 이론이 완성되었다. 가슴이 뛰었다. 그렇다면 머리카락의 주인공은 부주방장일 가능성도 있었다.

'그래 밑져야 본전이지 뭐'.

생각 끝에 김 형사는 강 반장에게 9번째 사건 현장에서 발견된 머리카락과 '살육'의 부주방장의 DNA를 비교해 달라고 요청했다.

"살육의 부주방장? 왜?"

"이유는 나중에 설명해 드릴게요. 일단 한 번 해 봐 주세요."

"그러지."

"결과 나오면 바로 연락 주세요."

"알았어."

김 형사는 기억이 흐릿해지기 전에 일단 수첩에 방금 강 반장과의 통화 내용을 요약해 재빨리 적었다. 그리곤 수첩에서 9번째 희생자의 가슴뼈 부근에서 발견된 칼날 분석을 맡은 부산대학교 교수에게 전화를 걸었다. 물론 결과가 언제쯤 나올지 알아보기 위해서였다. 교수는 분석 결과가 내일 오후 늦게 나올 것이라고 했다. 통화를 마친 김 형사는 보고 있던 동영상을 끄고 대신 e-mail을 열었다. 강 반장이 좀 전에 말한 메일이 들어와 있었다. 메일에는 꽤나 용량이 큰 파일이 첨부되어 있었다. 마우스를 클릭해 메일을 열고 첨부파일을 사건 관련 폴더에 내려 받은 다음 실행시켰다. 곧 몇 장의 고해상도 사진이 화면에 떠올랐다. 전자현미경으로 찍은 사진이라 여느 사진과는 달랐다. 대부분이 근막으로 둘러싸인 근섬유 다발로 구성된 근육조직이 잘려나간 모습을 찍은 것이 거의 대부분이었다. 김 형사는 파일명을 보다 멈칫 했다. 파일명은 '8번째 희생자(박예린)'과 '9번째 희생자(공형식)'으로 각각 시작되고 있었다. 순간 다시 좌절과 분노 그리고 죄책감이 마치 고압 전기에 감전된 것처럼 뭔가가 김 형사의 몸을 관통해 흘러나가는 것 같은 찌릿함이 전해져 왔다. 갑자기 눈시울이 뜨거워졌다. 연쇄살인 사건 때문에 알게 되었고, 연쇄살인 사건으로 정이 들었었다. 그런데 그 연쇄살인 사건으로 인해 결국 원치 않은 이별을 하게 된 셈이었다. 그리고 이제 피해자와 수사관으로 남게 되었다.

'너희들의 죽음을 절대 헛되지 않게 할게.'

김 형사는 속으로 냉정해야 한다고 수차례 다짐을 하고서야 겨우 떨리는 손가락으로 파일명을 차례차례 클릭해 나갈 수 있었다. 곧 컴퓨터 화면에 전자현미경 사진 십여 장이 순식간에 떠올랐다. 김 형사는 그 사진들 중에서 8번째 희생자와 9번째 희생자의 가슴 절개면을 직접 비교할 수 있는 것을 제외하고는 모두 닫았다. 비교 결과 8번째 희생자의 가슴 절개면 근육조직들은 상당히 매끄럽게 잘려 나간 반면, 9번째 희생자는 그렇지 않았다. 육안으로 봤을 때는 별반 차이를 알 수 없었지만 전자현미경으로 확대하고 보니 상당히 거칠었다. 일부는 차라리 끊겼다는 표현이 어울릴 만큼 거친 부분도 있었다. 이번에는 7번째 희생자의 가슴 절개면 사진을 클릭해 8번째와 9번째 희생자와 비교할 수 있는 것을 찾았다. 결과는 더욱 분명하게 드러났다. 7번째와 8번째 희생자의 가슴 절개면 근육조직은 서로 잘려나간 모습이 복제한 듯

유사했지만 9번째는 극명한 차이를 보이고 있었다.

"9번째에 사용된 메스는 제대로 날이 서 있지 않은 모양인데?"

김 형사는 기존의 사건과는 달리 범인이 9번째에 사용된 메스가 분명 제대로 수선이 되질 않았거나 처음부터 수술용 메스가 아닌 다른 것이 사용됐을 것이라 추측했다. 그것은 강 반장도 같은 의견이었다. 사진을 바라보는 김 형사의 얼굴에 의문이 가득했다.

'왜 범인이 익숙한 도구가 아닌 새로운 도구를 사용했을까?'

사진을 살피던 김 형사는 또 다른 부분을 발견했다. 9번째 희생자의 가슴 절개면 사진 중에서 저배율에서 촬영된 것을 살피던 중에 가슴 복장뼈(sternum)와 갈비뼈를 이어주는 관절 부위에 붙은 근육이 묘한 형태로 제거된 부분을 발견했다.

"이건 마치 뼈와 관절에서 근육을 발라낸 것처럼 보이는데."

분명 뼈와 관절에서 근육을 발라낸 것이 분명해 보였다. 그것도 매우 매끄럽도록. 뼈 부분에 살이 거의 남아 있지 않았다. 김 형사는 서둘러 7번째와 8번째 사진을 클릭해가며 저배율 사진을 일일이 눈여겨봤지만 조금 전에 본 9번째 희생자의 사진에서 보이는 특징과 일치하거나 흡사한 부분은 보이지 않았다. 김 형사는 이를 통해 기존 사건과 9번째 사건의 범인이 다른 것은 아닐까하는 의문을 품었다. 하지만 뼈에서 근육을 발라내는 것은 요리에서 주로 쓰이는 특징이기도 했다. 만약 머리카락의 주인공이 '살육'의 부주방장이라면 그럴 수도 있었다. 그런데 왜 뒤늦게 이런 실수를 하게 된 것일까? 계속해서 의문만 싸이고 어느 하나 속 시원하게 아귀가 맞아 떨어지는 해답이 떠오르지 않아 답답했다. 일단 문제의 부위가 포함된 사진을 최대한 선명하게 출력했다. 해답을 찾기 위해서는 아무래도 전문가의 도움이 필요했다. 곧 프린터에서 사진이 출력되었다. 출력된 사진을 살펴본 김 형사는 대봉투에 넣은 다음 일어나기 무섭게 집을 나섰다.

집을 나선 김 형사는 급한 대로 무턱대고 근처 대학의 호텔조리학과를 찾아갔다. 학과 사무실에 들려 협조를 구하고 소개 받은 교수를 찾은 김 형사는 간단하게 찾아 온 용건을 밝히고 피해자들의 절개면을 현미경으로 촬영한 사진을 내밀었다. 사진을 본 교수는 자신의 전문 분야가 아니라며 조언을 하는 것조차 꺼려했다. 대신 김 형사에게 돼지나 쇠고기 정형전문가를 찾아가는 게 좋겠다고 말해 줬다. 정형에 대한 관련 지식이 없는 김 형사는 교수에게 정형 전문가를 추천해 달라고 요청했다. 그러자 교수는 자신의 책상을 뒤져 명함 한 장을 꺼내 김 형사에게 건넸다.

"협조 감사합니다."

명함을 건네받은 김 형사는 교수실에서 나와 명함에 적힌 곳으로 출발했다. 김 형사가 약 1시간을 달려 도착한 곳은 창원 외곽에 위치한 소고기 전문 식육식당이었다.

간판 한쪽에 표시된 '30년 정형기술자 운영'이란 문구가 자연스레 눈에 들어왔다. 자신이 제대로 찾아 왔음을 직감한 김 형사는 사진을 챙겨들고 서둘러 식당 안으로 들어갔다.

"어서 오세요."

계산대에 앉아 있던 작고 후덕한 체구의 50대 후반의 여인이 활짝 웃으며 김 형사를 맞았다.

"혹시 여기 최원기 씨라고 계십니까?"

김 형사가 명함에 적힌 이름을 대며 물었다.

"우리 바깥양반인데 무슨 일로 그러세요?"

처음과 다르게 여인이 약간 경계심을 드러내며 물었다. 김 형사는 본능적으로 경찰이라고 하면 원만한 협조가 어렵다고 여기고 대충 정형을 배우고 싶은 사람이라고 둘러댔다. 잠시 멋쩍게 웃고 서 있는 김 형사의 위아래를 살피던 여인이 주방으로 사라졌다가 곧 머리가 희끗희끗한 60대 초반의 제법 덩치가 있는 남성을 데리고 나왔다. 김 형사는 함께 나온 남성이 최원기라는 정형기술자임을 알 수 있었다.

"절 찾으셨다고요?"

남자를 본 김 형사는 여인에게 했던 말과 달리 자신의 신분과 목적을 털어
놓고, 가지고 온 현미경 사진을 보여 줬다. 그러나 차마 사진 속에 보이는 것
이 사람이라고는 말 할 수 없었다. 살인 사건과 관련된 협조라는 말이 끝나
기 무섭게 최원기의 안색이 변해 버렸다. 그런 그를 김 형사가 조심스럽게
쳐다보며 혹시 협조가 물 건너가는 것은 아닌지 걱정했다. 그러나 다행히도
제법 시간을 들여 고민하던 최원기가 입맛을 다시며 김 형사의 손에 들린 사
진을 다시 한 번 보자고 말했다.

　"여기 있습니다."

　김 형사는 반색하며 최원기에게 사진을 다시 건넸고, 그것을 받아든 최원
기는 근처에 있던 돋보기안경을 가져와 쓰고 사진을 유심히 살폈다. 그런데
사진을 보던 최원기의 표정이 단단히 굳어졌다.

　"이건 쇠고기 사진이 아닌데."

　사진을 살피던 최원기가 사뭇 진지한 표정을 지은 채 혼잣말 하듯 말했다.
아무리 저배율 확대라고 하지만 근육의 섬유질만 보일 정도로 확대된 사진
이었다.

　"그걸 어떻게 아셨어요?"

　단면 확대 사진이라 모를 줄 알았는데 단박에 알아맞히자 김 형사는 속으
로 적잖이 놀랐다. 그런 김 형사를 쳐다보며 씨익 한 번 웃은 최원기는 다시
사진을 뚫어져라 쳐다봤다. 그런 최원기를 김 형사는 흥미롭게 쳐다봤다.

　"대단한 솜씨구먼."

　김 형사가 건넨 사진을 한참 들여다보던 최원기가 고개를 들어 김 형사를
바라보며 말했다.

　"그렇게 대단한가요?"

　"나도 칼 잡은 지 수십 년이 됐는데 지금 이렇게 할 자신은 없는 걸. 더군
다나 소도 아닌 인간의 갈빗살을 이토록 말끔하게 저며 낸 걸 보면."

　인간의 갈빗살? 이상하고 어색하기 짝이 없는 어감이었지만 나름 적당한
표현이라고 김 형사는 생각했다.

"특히 이 관절 부위를 잘라낸 것 좀 봐. 흔들림이 없고 망설임이 없어. 붓글씨로 따진다면 일필휘지라고나 할까?"

최원기가 사진의 특정 부위를 가리키며 말했다.

"그렇다면 사장님처럼 아주 연륜이 깊은 사람이나 오랫동안 정형을 한 사람일까요?"

"글쎄. 칼이 지나간 자리에 흔들림이 없어. 그걸 보면 적어도 40대 초반에서 50대 초반의 나이라고 여겨지는데. 사실 나도 나이를 먹으니까 손이 떨리고 감각이 예민하지 못해 칼 솜씨가 예전만 못하거든. 이건 아주 깔끔해. 나이가 비교적 젊은 사람으로 봐야 할 것 같아."

최원기의 설명을 들은 김 형사의 머릿속에 지민기와 부주방장의 얼굴이 떠올랐다. 두 사람 모두 40대 초중반의 나이였다. 그 둘은 모두 한국에서 내노라하는 육회 전문점에서 주방장과 부주방장을 하고 있는 만큼 정형에 어느 정도 일가견이 있다고 봐야 할 것이다. 하지만 그러기 위해서는 확인해야 할 사항이 또 있었다.

"쇠고기를 정형하던 사람이 사람도 정형을 할 수 있을까요?"

질문을 한 김 형사가 어색한 미소를 지어 보였다. 질문 내용이 영 보통 질문 같질 않아서였다.

"그렇지는 않을 거야. 아마 연습을 했겠지."

"연습이요?"

"그래. 그렇지 않고서는 고기의 특성을 파악 할 수 없었을 거야. 만약 나라면 분명 사람을 가지고 연습을 할 거야. 거참 누가 들으면 식인종의 대화라고 하겠구먼. 허허."

최원기가 너털웃음을 지으며 말했다.

'연습이라? 어떻게 연습을 할 수 있을까?'

"그럼 이것도 좀 봐주세요."

김 형사가 이번에는 8번째 희생자의 가슴 절단면 확대 사진을 최원기에게 보여 줬다. 이번에도 그는 진지한 표정으로 사진을 유심히 쳐다봤다.

"이건 좀 전 사진과 달라 보이는데."

다시 사진을 김 형사에게 건넨 최원기가 시큰둥하게 말했다.

"뭐가 다르죠?"

"먼저 보여 준 사진 속 고기는 아주 깔끔하게 저며졌는데, 뒤에 보여 준 사진 속 고기는 아주 날카로운 칼로 수직으로 내리누르고 그냥 베어냈다고 할까? 시간이 없었나? 급히 서두른 느낌도 나고. 게다가 칼도 정형에 쓰는 칼이 아닌 아주 예리한 칼이 분명하고. 뭐 저 정도 예리함이라고 하면 수술할 때 쓰는 칼이 아닐까 싶은데? 어때?"

최원기가 결과를 궁금해하며 물었다. 김 형사가 보기에 그는 이제 대화를 즐기는 듯 보였다.

"맞습니다. 저희들도 수술용 메스라고 추정하고 있습니다."

김 형사의 말이 끝나기 무섭게 최원기가 역시하는 표정을 지으며 고개를 끄덕였다.

"그렇겠지. 대장간에서 만든 전통적인 칼로는 저렇게 예리하게 자를 수는 없지. 하지만 두 번째 사진 속의 고기를 난도질 한 사람도 역시 정형을 제대로 아는 사람 솜씨야."

"네? 그렇다면 두 번째 사진 역시 정형기술자가 했을 거란 말입니까?"

의문을 표시하는 김 형사에게 최원기는 두 번째 사진을 다시 보여 달라고 했다.

"여길 봐. 뼈와 살이 미세하게 들떠 있지?"

최원기가 사진 속의 한 부분을 직접 손가락으로 가리키며 말했다. 김 형사는 그가 가리키는 부분을 유심히 살폈다. 정말 그의 말처럼 살과 뼈 사이가 아주 미세하게 들떠 있었다. 최원기는 그 부분으로 칼날이 지나간 것이라고 말했다. 마치 날카로운 회칼로 생선의 뼈와 살을 가른 것처럼.

"나 같은 사람은 뭘 해도 흔적이 남아. 버릇은 버릴 수 없거든. 지금 그 부분은 그 사진 속의 사람을 난도질 한 사람이 자신도 모르게 버릇 대로 한 것이지."

최원기가 다시 사진을 돌려주며 말했다. 사진을 돌려받은 김 형사가 이번에는 7번째 희생자의 가슴 절개면 사진을 보여 주었다. 이번에도 최원기는 8번째와 같은 반응을 보였다.

"그렇다면 맨 처음 보셨던 사진과 지금 보시는 두 장의 사진 속 피해자를 헤친 범인이 다르다고 보시는 거죠?"

김 형사가 돌려받은 사진을 다시 봉투에 담으며 물었다.

"글쎄, 쓰인 칼은 분명히 다른데, 칼을 쓴 사람 역시 다른 사람이라고 딱 꼬집어 말할 수는 없을 것 같은데."

최원기가 고개를 갸웃거리며 말했다. 그는 나중에 보여 준 사진들 이외의 것들이 있어야 확실한 것을 알 수 있겠다며 신중한 태도를 보였다. 그러나 모두 정형, 그것도 최고의 기술을 가진 정형기술자가 한 것은 틀림없다고 확신했다.

"협조 감사합니다. 또 조언이 필요하면 연락드려도 괜찮겠습니까?"

"그러슈."

김 형사는 가게에서 나와 곧장 차로 돌아왔다.

"확실히 범인이 의사양반은 아닌 모양이군."

김 형사가 시동을 걸며 혼잣말을 했다. 하지만 의문은 최원기를 만나고 온 이후에 더욱 커졌다. 어떻게 쇠고기 정형기술자가 전문의나 할 수 있는 장기 적출을 그토록 깔끔하게 해낼 수 있었을까? 일정 수준의 의학적 지식이나 현장 경험을 보유하지 않고는 절대 불가능하다는 것이 수사에 참여하거나 조언을 해 준 전문 의료인들의 한결같은 의견이었다. 쇠고기 정형과 장기 적출은 도저히 매칭이 되질 않았다. 특히 9번째 피해자에게서는 발견되지 않았지만 기존 피해자들의 경우 비강을 통해 뇌하수체에서 뭔가를 채취한 흔적까지 있었다. 전문 의료 장비를 동원하지 않으면 안 될 정도로 정밀하게 구멍이 뚫려 있었다. 과연 30년 정형기술자가 인정하는 쇠고기 정형기술자들 중에서 고난도의 의료 기술을 보유한 이가 몇이나 될까? 골치가 지끈거렸다. 어떻게 보면 쇠고기 정형과 장기 적출은 물과 기름처럼 섞일 수 없는 영역이나 마찬가지라고 김 형사는 생각했다. 이 물과 기름을 섞일 수 있게 해 줄 반응제 같은 단서가 절실했다.

"아참!"

머릿속을 떠도는 복잡한 의문을 정리하고 차를 출발시키려던 김 형사는 다시 시동을 끄고 부리나케 가게 안으로 뛰어 들어갔다. 깜빡하고 묻지 않은 질문이 떠올랐기 때문이다.

"왜? 뭐 더 물을 게 남았나?"

헐레벌떡 가게로 다시 뛰어 들어온 김 형사를 본 최원기가 물었다.

"자꾸 번거롭게 해서 죄송합니다."

"괜찮수. 뭘 도와드릴까?"

"아까 봤던 사진에 걸맞은 기술자 좀 추천해 달라고 다시 왔습니다."

"기술자라? 거참. 이젠 살인자도 기술자 대우를 받는 시대가 온 건가?"

최원기가 너털웃음을 웃었다. 김 형사 역시 너털웃음이 자신도 모르게 나왔다. 어딘가 모르게 묘한 웃음을 자아내게 했다.

"어디 보자 딱 어울릴 만한 사람들이 있나?"

최원기는 손으로 자신의 턱을 어루만지며 한참을 생각했다. 그러다 곧 입을 열었다.

"지금까지 본 기술자들 중에서 내가 아는 한 사진에 걸맞은 기술을 가진 이가 몇 사람 있기는 해."

최원기의 입에서 모두 5명의 이름이 흘러나왔다. 그 중에는 김 형사의 귀에 익숙한 이름 2개가 포함되어 있었다.

"김동술과 지민기요?"

김 형사의 입에서 자신도 모르게 그 이름들이 나직이 흘러나왔다. '살육'의 사장과 부주방장의 이름이었다. 지민기가 최고급 정형기술자라는 것은 알고 있었지만 김동술은 의외가 아닐 수 없었다. 자타가 공인하는 30년 쇠고기 정형기술자가 추천하는 이들 중에 포함될 정도면 분명 지민기에 필적하는 솜씨를 가진 게 분명했다. 그 이름을 듣는 순간 또 다른 이론이 머릿속에서 꿈틀댔다.

"아는 사람들인가?"

그 소리를 들은 최원기가 의외라는 듯 물었다.

"아…, 아닙니다. 그냥 들어 본 듯해서요."

"그랬을 거야. 대단한 젊은이들이지. 타고난 정형쟁이들이야."

"그래요."

"하지만 분명히 말하지만, 그들을 추천한 건 쇠고기 정형의 최고라는 말이지 살인자로 의심해서가 아냐. 이 점 분명히 해둠세."

최원기는 자신의 추천 의도를 분명히 했다.

"알겠습니다."

김 형사는 최원기의 다짐을 머릿속에 새기며 다시 한 번 협조에 대한 고마움을 전하고 가게를 나왔다.

"부주방장 역시 최고의 정형기술자 중 하나였어."

김 형사가 머릿속에 그린 용의자 관계도가 갑자기 복잡해졌다. 만약 '살육'의 부주방장이 지민기와 거의 동등한 쇠고기 정형기술을 보유한 기술자라면 9번째 희생자의 몸에서 나온 머리카락의 주인공이 그라고 해도 전혀 이상할 것이 없었다. 지민기는 7번째 사건 현장에 도저히 닿을 수 없는 공간과 시간 속에 머물러 있었다는 것이 그가 제출한 CCTV를 통해 확인되었다.

'그렇다면 지민기가 아닌 부주방장과 김지혜가 범인이란 말인가?'

생각이 거기까지 다다르자 김 형사는 갑자기 지민기에 대해 미안한 마음이 약간 들었다. 비록 의심이 갈만한 정황이 충분했지만 이제 그를 용의자에서 제외시켜야 하지 않을까하는 생각이 조금씩 들기 시작했다. 그러자 커다란 실망감이 밀려들었다. 그때 휴대폰이 울렸다. 강 반장이었다. 전화를 받기 무섭게 뜻밖의 소식을 전해왔다.

"9번째 사건 현장에서 발견된 머리카락의 주인공이 밝혀졌어."

"누굽니까?"

김 형사는 머리카락의 주인공이 누구인지 어느 정도 짐작하고 있었다. 그러나 확인하고 싶었다.

"김동술, 살육의 부주방장이었어."

역시. 알 수 없는 희열이 김 형사의 온몸을 휩쓸고 지나갔다. 이제 사건은 해결된 것이나 진배없었다. 이제 남은 것은 그가 어떤 경로를 통해 의료 기술을 익혔는지, 또 왜 장기를 적출했는지. 그리고 어떻게 장기를 일본으로 빼돌렸으며, 또 일본 내 누구에게 팔아넘겼는지에 대한 상세한 진술을 듣는 일 뿐이었다. 그런데 희열의 또 다른 한편으로는 그간 범인으로 지목했던 지민기에 대한 미안함이 강하게 들었다. 그리고 경찰관으로서의 자신의 앞날에 대한 아쉬움. 자신이 범인으로 지목한 지민기가 범인이 아닌 것으로 결론난 이상 앞으로 있을 징계위원회에서 최악의 결과가 도출될 가능성이 매우 높아졌다. 하지만 그래도 좋았다. 박예린과 공형식을 해친 놈의 면상을 볼 수 있게 되었기 때문이다.

"신병은 확보했습니까?"

드디어 오랫동안 자신과 동료들을 괴롭히던 사건의 해결을 목전에 둔 김 형사가 다소 들뜬 목소리로 물었다. 그런데 돌아온 강 반장의 대답은 그를 당혹케 했다.

"이틀 전부터 김동술이 종적을 감췄어. 식당에도 이틀 전부터 출근하지 않고, 집에도 가 봤지만 역시 보이지 않아."

"김지혜는요?"

"그녀도 이틀 전부터 출근하지 않고 있대. 집에 가 봤지만 역시 없었어."

'이게 도대체 어떻게 된 거지? 왜 그 둘이 갑자기 동시에 모습을 감춰? 그렇다면 역시 그들이 범인이란 말인가?'

김 형사는 부주방장과 김지혜가 갑자기 모습을 감춘 것으로 봐서 범인이 틀림없다고 생각했다. 그렇지 않고서는 그 두 사람이 갑자기 모습을 감출 이유가 없기 때문이었다. 그때 김지혜가 일본 교포라는 것을 떠올린 김 형사가 김지혜의 출국 여부를 물었다.

"역시 확인해 봤지만 출국한 기록이 없어."

'그렇다면?'

김 형사는 김지혜가 감천항에 갔던 사실을 떠올렸다.

"혹시 밀항한 것이 아닐까요?"

"두 사람이 밀항을?"

강 반장이 의외라는 듯이 되물었다. 김 형사는 김지혜가 얼마 전 감천항에 위치한 허름한 수산물 관련 회사를 방문했던 사실을 말했다. 강 반장은 그걸 왜 이제야 말해 주냐며 버럭 화를 냈다.

"자세한 주소 좀 문자로 보내 줘."

연쇄살인 사건 해결을 목전에 두고 사라져 버린 용의자에 대한 새로운 정보를 손에 넣게 된 것에 고무된 강 반장이 독촉하듯 말했다.

"그리고 또 한 가지가 더 있어요."

김 형사는 사상에 위치한 공장에 대한 것도 알려 줬다. 그곳에서 김지혜와 부주방장이 만난 것으로 봐서 사건과 관련 있는 정보, 더 나아가 그곳에 두 사람이 숨어 있을 가능성도 배재할 수 없었다. 뜻하지 않은 추가 정보를 얻게 된 강 반장은 지금 즉시 사람들을 보내 수색하겠다고 말했다.

"아참! 부산대학교에서 연락이 왔는데 아홉 번째 희생자의 몸에서 나온 금속 조각에 대한 분석 결과가 나왔다니까 한 번 가 봐."

"그러죠. 어차피 사건 현장에 가지도 못하는데."

"조금만 참아. 내가 징계위원회에 출석해서 김 형사의 공로에 대해 상세히 설명하면 그들도 최악의 결정은 내리지 않겠지."

"말씀만으로도 감사합니다."

"지금 팀을 꾸려야 하니 전화 끊을게. 분석 결과 손에 넣으면 연락 해."

"알겠습니다."

두 곳에 급파할 수사팀을 급히 꾸리기 위해 한시가 급했던 강 반장이 황급히 전화를 끊었다. 통화를 마친 김 형사도 강 반장에게 그곳의 주소를 문자로 보내고 부산대학교로 차를 몰았다. 9번째 범죄 현장에 남겨진 머리카락의 주인공이 밝혀져서 그런지 희생자의 몸에서 발견된 금속 물질의 분석 결과에 대한 흥미가 훨씬 덜했다. 하지만 강 반장이 상부의 지시도 어기고 자신을 위해 부탁해 놓은 터라 가서 결과를 보기로 했다.

21. 추적의 끝

지루한 운전 끝에 김 형사는 남해고속도로 칠원 JC와 칠서 IC를 통해 함안군 칠원면으로 들어섰다. 목적지인 최덕구가 운영하는 대장간까지는 지척이었다. 9번째 연쇄살인 사건의 희생자인 공형식의 몸에 남겨진 금속 파편을 분석하고 감정한 부산대학교 교수는 뜻밖에도 금속 조각이 수술용 메스 등 의료기구가 아니라 전통 대장간에서 전통적인 방법으로 제작된 재래식 칼 등의 도구에서 떨어졌을 가능성이 높다는 의견을 제시했다. 의외의 상황과 맞닥뜨린 김 형사는 문제의 금속 조각과 관련된 정보를 요구했고, 다행히도 그 금속 조각이 국내 한 장인이 만드는 칼날 조직과 비슷하다는 의견과 함께 장인에 관한 정보를 건네줬다. 그가 바로 최덕구였다.

'메스일 것이라 여겼는데 재래식 칼이라고? 과연 그럴까?'

김 형사는 솔직히 이 교수의 의견에 반신반의하고 있는 상태였다. 하지만 어떻게 생각해 보면 오히려 재래식 칼이 요리사에게 더 어울리기도 했다.

'일단 가 보자.'

김 형사의 차는 어느새 고속도로를 벗어나 이내 2차선 도로를 달리기 시작했다. 좌우로 펼쳐진 들녘에는 곧 있을 밭갈이를 위해 트랙터들이 분주히 오가고 있었다. 오랜만에 보는 전원적 풍경을 즐기며 운전을 하는 사이에 목적지에 거의 다 왔음을 알리는 음성 메시지가 내비게이션에서 흘러나왔다. 김 형사는 차의 속도를 늦추며 내비게이션에 표시된 위치를 살폈다. 화면에서 눈을 떼고 도로 모퉁이를 돌자 작은 촌락이 나타났다.

"저기구나."

김 형사는 목적지인 대장간이 지금 보이는 촌락 내에 있음을 확인하고 마을로 통하는 도로로 차를 몰았다. 멀리 다른 집들과 달리 굴뚝이 높이 솟아 있는 허름한 집이 보였다. 굴뚝에서는 연신 검회색 빛 연기가 피어오르고 있었다. 김 형사는 굴뚝을 목표물 삼아 차를 몰았다.

"이 길이 아닌가."

대장간이 촌락 내에 있을 것이라고 여기고 무턱대고 차를 몰고 촌락 내 골목 안으로 들어간 김 형사는 이내 차가 통과할 수 없을 만큼 좁은 골목을 만나 부득이 후진으로 차를 몰고 다시 나와야 했다. 그런데 차를 돌려 나오던 김 형사의 차 앞으로 검은색 SUV 한 대가 천천히 지나갔다.

"엉? 저 차 눈에 익은데?"

다시 마을과 접한 도로로 나온 김 형사는 멀어지고 있는 검은색 SUV의 뒷모습을 유심히 살폈다. 특히 번호판 끝자리가 눈에 익었다. 하지만 흔하디흔한 검은색 SUV가 왜 눈에 익은지에 대한 이유는 알 수 없었다. 한참 바라보고 있던 SUV가 모퉁이를 돌아 사라지고 나서야 김 형사는 차를 다시 움직였다. 촌락의 모퉁이를 돌자 도로 인근에 자리 잡은 대장간이 눈에 들어왔다. 근처 공터에 차를 세운 김 형사는 대장간 안으로 걸어갔다. 대장간은 퇴락한 촌락과 운명을 함께 해온 듯 허름하기 짝이 없었다. 그러나 그런 외관과는 어울리지 않을 정도로 요란한 망치질 소리가 주변을 쩡쩡 울리고 있었다. 마치 왕성한 생산력을 유지하고 있음을 과시하는 듯했다.

"대장간은 대장간이군."

입구 처마 끝에 수를 헤아릴 수도 없이 매달린 철제 농기구와 대장간 입구 주위 바닥을 가득 메운 각종 도구들을 쳐다보며 김 형사가 혼잣말을 했다. 낡은 미닫이문 바로 옆에 인간문화재임을 알리는 표지판이 붙어 있어 김 형사는 자신이 목적지를 제대로 찾아 왔음을 직감했다.

"계세요?"

김 형사가 열려진 입구를 지나 안으로 들어서며 외치듯 말했다. 풀무와 작업대 그리고 각종 대장간에서 소요되는 도구와 갓 만들어진 제품들로 꽉 들어찬 대장간 안쪽은 소음이 너무 심해 자신의 목소리가 들리지 않을 것 같아서였다. 안에서 40대 후반의 남성과 60대 후반으로 보이는 작달막한 키의 남성 둘이 번갈아 가며 작업대 위에 오른 새빨갛게 달궈진 쇳덩이를 커다란 망치로 리드미컬하게 내리치고 있었다.

"실례합니다!"

자신의 인사를 듣지 못했다고 판단한 김 형사가 더욱 안으로 들어가 60대 후반으로 보이는 노인을 향해 큰 소리로 외쳤다.

"기다려!"

60대 후반의 노인은 쳐다보지도 않고 대뜸 기다리라는 말을 한 마디 툭 내뱉고는 다시 망치질을 계속했다. 김 형사는 조금 멀찍이 떨어진 곳에서 두 사람의 작업 과정을 지켜보고 서 있었다. 그렇게 기다리고 선 김 형사에게 눈길조차도 주지 않고 두 사람이 힘겹게 망치질을 하는 동안 달궈진 쇠는 망치질이 계속될수록 모양을 갖춰 갔다. 처음에는 불에 달궈진 쇳덩이에 불과했던 것이 망치질이 계속될수록 어떤 일정 형태로 변모해갔다. 그리고 두 사람이 망치질을 그만 두고 마지막으로 담금질이 끝났을 때 작업대 위에 오른 것은 괭이였다. 괭이 하나를 만드는 데 두 사람이 혼신의 힘을 다해 작업을 하는 것을 본 김 형사는 지금 자신이 방문한 대장간 입구에 왜 인간문화재라는 표지판이 붙어 있는 지를 비로소 이해했다.

"어떻게 왔다고?"

쓰던 망치를 한쪽에다 세워 둔 60대 후반의 노인이 이마에 흥건히 베인 땀을 목에 두른 수건으로 훔치며 다가와 물었다.

"혹시 최덕구 선생님 되십니까?"

김 형사가 공손한 태도로 물었다.

"선생님? 대장장이로 여기에 발을 들인 이후로 날 선생님으로 부른 이는 댁이 처음이요. 듣기는 좋네. 허허허."

최덕구는 조용히 너털웃음을 웃어 보였다. 다소 완고하게만 보이던 그가 갑자기 인심 좋은 할아버지로 여겨졌다.

"여쭐게 있어서 찾아왔습니다."

김 형사는 자신의 신분을 숨긴 채 공손하게 자신이 찾아온 목적을 차분하게 설명했다. 대신 이정훈 교수의 소개로 찾아 왔음을 밝혔다. 괜스레 경찰이라고 신분을 밝히면 별것 아닌 질문도 부담을 가지게 될 것이 분명했기 때문이다.

"이 교수가 보냈다고? 음, 또 뭘 귀찮게 하려고 그러지."

이 교수의 이름이 거론되기 무섭게 최덕구의 표정은 금세 귀찮은 기색이 역력해졌다. 그걸 본 김 형사는 신분을 밝히지 않기를 잘 했다 여겼다. 갑자기 최덕구가 다음 작업을 준비하기 위해서 어질러져 있던 작업대 주위를 치우기 시작했다.

"제가 선생님을 찾아 온 건 귀찮게 하기 위해서 온 게 아니라 정말 간단한 질문 몇 가지만 하려고 온 겁니다."

"이 교수도 그렇게 말하더니 장장 한 달을 찾아와 묻더만."

최덕구가 여전히 손을 놀리며 말했다. 곧 머리를 낡은 수건으로 감싼 40대 중반의 작달막한 체구의 남성이 두툼한 쇳덩이 하나를 화로에 쑤셔 넣고는 풀무질을 하기 시작했다. 쇠가 금방 벌겋게 달아올랐다.

"정말 간단한 질문 몇 가지만 할 겁니다."

일단 작업이 시작되면 질문하기 어렵다고 여긴 김 형사가 최덕구의 곁에 바짝 다가서며 애원조로 말했다.

"그럼 말해 봐."

최덕구가 막 들었던 망치를 다시 내려놓았다.

"혹시 최근 아니 몇 년 사이에 아주 특별한 칼을 만들어 파시거나 혹은 주문을 받으신 적이 있으신가요?"

"특별한 칼?"

질문을 받은 최덕구가 고개를 갸웃거렸다. 자신의 질문이 애매하다고 느낀 김 형사는 순간적으로 범위를 좀 줄일 필요가 있다고 여겼다.

"예를 들어서 조리용 칼 같은 거요."

"조리용 칼? 뭐 정지칼 말이여?"

'정지가 뭐지?'

도시에서 자란 김 형사는 정지 칼이 생소하게 들렸다.

"정지도 몰라? 부엌말이여."

최덕구가 사투리를 알아듣지 못하는 김 형사에게 핀잔을 주며 말했다.

"아 정지가 부엌이었죠. 그런 칼 말고 좀 더 특별한 거요. 뭐랄까 일반적인 부엌칼 보다 작을 수도 있습니다. 또 굉장히 담금질이 잘 된 그런 칼."

김 형사는 이 교수로부터 들은 특징을 최대한 함축시켜 설명했다. 그렇지 않으면 최덕구가 생각해야 할 범위가 너무나 광범위해져 답변을 성의 있게 하지 않을 수도 있었다.

"부엌칼보다 작은 그런 칼이라?"

최덕구가 고개를 들고 한참 생각을 하더니 곧 대장간 한쪽에 마련된 내실로 들어갔다가 나왔다. 그의 손에는 일반적으로 볼 수 있는 007가방보다 조금 작은 원목으로 만들어진 가방 하나가 들려 있었다. 그는 가져 온 가방을 근처 테이블 위에 올려놓고 열어 젖혔다.

"이런 것 말이여?"

최덕구가 열어젖힌 목재로 된 가방 속을 김 형사가 잘 볼 수 있도록 곁으로 물러서며 말했다. 김 형사는 테이블 앞으로 다가가 가방 속에 담긴 물건을 쳐다봤다. 그런데 놀랍게도 최덕구가 보여 준 것은 크기와 모양이 제각각인 칼 20여 개가 가지런히 수납되어 있었다. 비록 형태는 독일 등지에서 수입된 고가의 칼처럼 고급스럽지는 않고, 투박하고 마무리 또한 정교하지는 않았지만 날에서 풍기는 푸르스름한 광채가 예사롭지 않음을 경고하는 듯했다. 또한 손잡이에 사용된 목재 역시 싸구려 재질이 아니었다. 한눈에 봐도 예사 칼이 아니었다.

"이건 어디에 사용되는 칼들이죠?"

김 형사가 가방 속의 칼들 중 하나를 집어 들고 유심히 살피며 물었다.

"발골에 쓰이는 것들이여."

"발골?"

갑자기 김 형사의 귀가 번쩍 뜨였다. 이미 일부 피해자들의 가슴 절개면 분석을 통해 연쇄살인 사건의 범인은 발골에 일가견이 있는 자임이 복수의 전문가를 통해 간접적으로 드러난 상황이기 때문이었다. 김 형사는 자신이 들고 있던 칼을 뒤집어 손가락으로 날을 아주 조심스럽게 쓸었다.

"아!"

김 형사는 자신도 모르게 약한 비명을 올리며 황급히 날을 만졌던 손가락을 살폈다. 놀랍게도 손가락 끝에 희미한 줄이 생겼다. 만약 조금만 더 힘을 줬다면 새빨간 핏빛 줄이 됐을 터였다.

"이 양반아 조심해. 그러다가 손가락 잘려."

최덕구가 과장되게 말했지만 김 형사는 날의 예리함을 볼 때 충분히 가능하다고 여겼다. 만약 영화의 한 장면처럼 날 위로 머리카락을 떨어뜨리면 그대로 두 쪽으로 잘릴 것만 같았다.

"정말 날카롭네요."

"그럼. 그놈 만드느라 내 정말 고생 많이 했어. 쇠도 특별한 놈으로다 썼고."

최덕구가 자랑스레 말했다. 그리고 보니 목재 가방 안쪽에 인두로 최덕구라는 이름과 제조 일자와 일련번호가 새겨져 있었다. 김 형사는 갑자기 칼 세트의 주인이 궁금해졌다. 누군지 모르지만 칼 세트를 손에 넣기 위해서 최덕구에게 상당한 금액을 지불했음이 틀림없을 터였다. 게다가 장식용이나 소장용이 아닌 실전에 쓰기 위해서 였음이 분명했다.

"이건 누가 주문한 거죠?"

김 형사가 조심스럽게 물었다.

"주문한 것이 아니고 수리하기 위해서 맡겨진 거야."

"수리요?"

"날이 물러졌거든. 새로 별러야 돼."

최덕구가 칼들 중 하나를 집어 들어 눈앞으로 가져가 자세히 살피며 말했다. 김 형사도 그가 한 것처럼 칼을 자신의 눈앞으로 가져가 살폈다. 자신이 보기에 날은 멀쩡하게 보였다. 마치 금방 만든 새것처럼.

"이 칼 세트의 주인은 누구죠?"

김 형사가 들고 있던 칼을 다시 가방 속에다 조심스럽게 꽂으며 말했다.

"지 사장이라고 부산에서 큰 육회전문점을 하고 있어."

순간 김 형사는 자신의 귀를 의심했다. 지 사장과 부산에서 큰 육회전문점이란 단어가 귀에 꽂히는 순간 머릿속에서 퍼뜩 떠오르는 이가 있었다. 바로 지민기였다.

"혹시 이 사람인가요?"

김 형사는 서둘러 휴대폰에 저장된 지민기의 사진을 불러내 최덕구에게 보여줬다.

"맞구먼. 조금 전에 이걸 맡기고 갔어. 오다가 못 만났나?"

'조금 전에 여길 왔었다고?'

김 형사의 머릿속에 최덕구의 대장간에 오기 직전 봤던 검은색 SUV가 퍼뜩 떠올랐다.

"혹시 지 사장이라는 사람이 타고 온 차가 검은색 지프차였습니까?"

김 형사가 물었다.

"그려. 근데 아는 사람이야? 사진을 가지고 다니는 것도 그렇고."

최덕구가 자꾸만 지민기에 대해서 질문을 하는 김 형사를 다소 의아하게 여기며 물었다.

"잘은 모르고 이름 정도만 압니다. 그런데 이 정도 칼 세트라면 꽤나 비쌀 것 같은데."

351

김 형사가 서둘러 화제를 다른 곳으로 돌리며 말했다.

"그렇지. 이게 이래 보여도 내가 석 달을 고생해서 만든 거여. 값어치로 따지자면 부르는 게 값이라고 할 수 있지."

그러나 김 형사는 최덕구의 설명을 듣지 않고 머릿속으로 검은색 SUV의 영상을 계속 떠올리고 있었다. 어디선가 또 본 기억이 났기 때문이다. 그러나 봄날 지평선 위에 피어오르는 아지랑이처럼 좀체 그 기억의 실체가 잡히지 않고 있었다.

"한마디로 백련강이란 말이지. 듣고 있는 거여?"

최덕구가 초점을 흐린 채 생각에 잠겨 있던 김 형사를 향해 버럭 소리를 질렀다.

"아 예. 그런데 백련강이 무슨 말이죠?"

갑작스런 호통에 깜짝 놀란 김 형사가 멋쩍은 미소를 지으며 되물었다.

"간단히 말해서 칼을 만드는데 풀무질과 망치질을 백 번을 했다는 뜻이여."

"그럼 날이 굉장히 강하겠네요."

"그렇지. 강하지."

"그런데 지금 칼을 보니 날이 좀 상한 것처럼 보이는데요?"

"그러게. 수리해서 보낸 지 얼마 안 됐는데. 이상한 일이야. 또 뼈를 잘랐나봐."

"뼈요?"

"아무래도 살보다야 뼈를 자르면 날이 빨리 상하지."

'뼈를 잘랐다?'

김 형사는 혹 지금 자신이 보고 있는 칼 세트가 범행 도구가 아닐까하는 생각이 문득 들었다. 하지만 9번째 범죄 현장에서 발견된 부주방장의 머리카락과 8번째 살인 사건 당시 알리바이를 통해 지민기는 이미 용의선상에서 한 발짝 비켜나 있는 상태였다. 그런데 생각지도 않은 증거물을 쫓아 온 지금 또다시 지민기와 맞닥뜨리고 있었다. 아무래도 가방 속에 들어 있는 거의 20여 개의 칼들 중 하나를 확보해 둘 필요가 있다 여긴 김 형사는 잠시 최덕구에게 칼을 만드는데 쓰인 쇠를 보여 달라고 부탁한 후에 그가 쇠를 가지러 잠시 자리를 뜬 사이에 재빨리 날이 비교적 많이 상한 칼 한 자루를 슬쩍 주머니에 쑤셔 넣었다.

"이건 왜 보여 달라고 그려?"

김 형사의 의중을 알 리 없는 최덕구가 손바닥 크기의 쇳덩이를 가져와 보여주며 의아하게 물었다.

"잘 봤습니다. 나중에 또 들르겠습니다."

일단 의도한 대로 지민기가 맡긴 칼을 확보한 김 형사는 가져온 쇠를 대충 살펴본 후에 인사를 하고 급히 대장간을 나왔다. 그런 그를 최덕구가 이상하게 쳐다봤다. 자신을 향한 최덕구의 시선을 느끼며 김 형사는 서둘러 차에 올라 급히 출발했다.

"쩝. 이거 괜히 칼을 가져와 문제가 되는 건 아닌지 몰라."

김 형사가 한손으로 운전을 하며 주머니 속에서 작은 칼을 조심스럽게 끄집어내며 혼잣말을 했다. 햇볕에 반사된 칼에서 광채가 뿜어져 나왔다. 도저히 재래식 대장간에서 전통 방식으로 만든 칼이라고는 믿지 못할 만큼의 광택이었다. 일단 김 형사는 칼을 더 이상 훼손시키지 않기 위해서 휴지를 뽑아 조심스럽게 감쌌다. 그때 맞은편에서 오던 차가 갑자기 중앙선을 살짝 침범해 운전해 오고 있었다. 김 형사는 재빨리 경적을 울렸다. 지나치며 보니 운전자가 한손으로 휴대전화를 들고 통화를 하는 중이었다.

"운전하는 꼬락서니하고는……!"

무심코 말을 내뱉은 순간 김 형사의 머릿속에 꽁꽁 숨어 있던 검은색 SUV에 대한 기억이 거짓말처럼 단번에 떠올랐다.

"그래. 김지혜의 집 앞에 잠복하고 있을 때였어."

확실했다. 김 형사는 그때 분명 공형식의 차가 김지혜의 집 앞을 떠나기 무섭게 쏜살같이 달려가던 검은색과 조금 전 봤던 지민기의 SUV 뒷모습과 80% 이상 흡사하다 판단했다. 그렇다면 이야기가 어떻게 되는 거지? 김 형사는 다시 한 번 김지혜의 집 앞에서 공형식과 헤어지던 때를 떠올렸다. 아무리 생각해도 검은색 SUV는 타이밍상 공형식의 차를 뒤쫓아 간 것처럼 느껴졌다. 그때 또 다른 기억이 불쑥 떠올랐다. 공형식이 누군가 자신을 쫓고 있는 것 같다는 말을 한 적이 있었기 때문이다. 김 형사는 서둘러 차를 멈추고 수첩을 꺼내 조금 전 떠올린 것들을 적었다.

"일단 지민기의 집으로 가서 지 사장 차가 맞는지 확인부터 해야겠어."

김 형사는 일단 대장간 가는 길에 본 지민기의 SUV와 김지혜의 집 앞에서 본 SUV가 서로 동일한 차종인지 확인하기 위해서 지민기의 집에 가기로 마음먹고 가속페달을 깊숙이 밟았다.

김 형사는 무심코 차 안에 부착된 디지털시계를 확인했다. 저녁 9시 20분. 오후 4시경 지민기의 집 앞에 도착해 기다린 지도 벌써 5시간이 넘어가고 있었다. 몇 시간 전 근처 편의점에서 산 삼각 김밥으로 대충 끼니를 때운 탓에 다시 시장기가 느껴지고 있었다. 그는 허기를 달래기 위해 얼마 남지 않은 생수를 마셨다. 차 안에 방치돼 냉기를 잃어 버린 생수 한 모금은 허기를 달래기는커녕 오히려 더 승하게 만들었다.

"또 갔다 와야 하나?"

아무래도 안 되겠다고 판단한 김 형사는 차에서 내려 편의점으로 향했다. 다행히도 편의점은 지민기의 집과 반대 방향에 위치해 있어 혹 퇴근하고 귀가 중일지도 모를 지민기와 마주칠 위험이 덜 했다. 하지만 서둘러야만 했다. 시간상 지민기가 퇴근해 집으로 돌아올 시간이 임박했기 때문이다.

"어서 오세요."

어느새 편의점에는 아르바이트 여대생 대신 남성이 카운터를 지키고 있었다. 김 형사는 일단 도시락과 물 그리고 커피 캔 몇 개와 군것질거리를 집어 들고 카운터로 갔다.

"모두 만 육천삼백 원입니다."

김 형사는 계산을 위해서 지갑을 찾았다. 그런데 점퍼 안주머니에 있어야 할 지갑이 없었다.

"잠시만이요."

김 형사는 계산을 기다리고 있는 점원에게 멋쩍은 웃음을 지어 보이고는 주머니를 뒤지기 시작했다. 그런데 외투 바깥 주머니에서 뭔가 색다른 게 느껴졌다. 이상하게 여기고 꺼내 보니 작은 칼이었다. 뒤늦게 최덕구의 대장간에서 지민기가 맡긴 세트 중에서 칼 하나를 챙겼었다는 것이 떠올랐다.

"아 맞다. 이거 최 교수에게 보내야 되는데."

근처 우체국에서 택배로 보낸다는 것이 그만 고속도로를 타고 부산으로 넘어오면서 깜빡했었다. 그런데 김 형사가 칼을 꺼내 들기 무섭게 점원의 얼굴이 백짓장이 되었다. 그리고는 갑자기 카운터 밑에서 야구방망이를 꺼내 들었다.

"어? 저 그런 사람 아니에요."

김 형사는 서둘러 신분증을 보여줬다. 그제야 잔뜩 겁에 질려 있던 점원이 들고 있던 방망이를 내려놓으며 가슴을 쓸어내렸다.

"갑자기 칼을 꺼내드니까 놀랬잖아요."

점원은 십년감수 했다며 야구방망이를 카운터 밑에 집어넣었다.

"죄송합니다. 그런데 이거 택배로 보낼 수 있을까요?"

김 형사가 들고 있던 칼을 카운터 테이블 위에다 놓으며 말했다.

"그럼요. 그런데 접수 기계가 고장 나서요. 수기로 하셔야 해요. 급하시면 제가 맡아뒀다가 보내드릴게요."

"그럼 좀 부탁합시다."

"포장을 하셔야 하는데."

"그래요? 혹시 상자 같은 거 없습니까?"

"잠시만이요."

점원이 곧 비품실로 들어가 과자를 담았던 작은 종이 상자 하나를 가지고 돌아왔다. 김 형사는 일단 신문을 가져와 구겨서 칼을 잘 감싼 다음, 상자에 담고 테이프로 봉했다. 그리고는 휴대폰으로 최 교수의 학교 주소를 검색해 택배 송장에 적었다.

"여기 있습니다. 도착하는데 얼마쯤 걸릴까요?"

"뭐 내일이면 들어갑니다."

"그럼 부탁합니다."

칼을 받을 주소와 연락처를 적은 택배 송장을 건네며 김 형사는 다시 계산을 하기 위해서 자신의 주머니들을 뒤졌다. 다행히 바지주머니에 만 원짜리 몇 장이 들어 있었다. 계산을 마친 김 형사는 편의점을 나왔다. 그런데 김 형사가 편의점에서 나온 직후 반대편에서 차가 한 대 다가오더니 근처 골목으로 쏙 들어갔다. 김 형사가 지나다 그 골목을 들여다 보니 조금 전 그 안으로 들어간 차가 주차를 하고 있었다. 그는 곧 발길을 그쪽으로 돌려 골목 안으로 들어가 보니 사방이 건물로 막힌 제법 너른 공터가 나왔다. 그곳에 대여섯 대의 차가 가지런히 주차되어 있었다.

'주차장이었어?'

김 형사는 혹시 하는 마음으로 주차된 차들을 살폈다. 아까 낮에 지민기의 집 근처를 살폈지만 문제의 검은색 SUV가 보이지 않았기 때문에 혹 이곳에 주차되어 있지 않을까 싶어서였다. 분명 지민기가 '살육'에 출퇴근할 때 사용하는 차량은 고급 은색 외제승용차였다. 따라서 지민기가 세컨카로 검은색 SUV를 사용하고 있다면 집 근처에 주차되어 있는 게 정상이었다. 그런데 공터 가장 안쪽에 눈에 익은 차량이 보였다. 김 형사는 곧 그쪽으로 걸어갔다.

"여기 있군!"

혹시나 했는데 문제의 검은색 SUV가 세워져 있었다. 번호판을 살펴보니 끝자리 숫자가 최덕구의 대장간 근처에서 본 SUV의 번호판 끝자리와 일치했다. 일단 김 형사는 내부를 살폈다. 그러나 선팅이 진하게 되어 있어 내부가 잘 보이지 않았다. 김 형사는 일단 차량번호를 적은 뒤에 공터에서 나와 자신의 차로 왔다.

"아야!"

운전석에 앉는 순간 뭔가 날카로운 것이 김 형사의 엉덩이를 강하게 찔렀다. 깜짝 놀란 김 형사가 엉덩이의 고통이 느껴지는 부위를 어루만지며 서둘러 운전석 위를 살폈다. 그런데 놀랍게도 깔려 있던 방석 위로 뭔가 날카로운 침 같은 것이 손가락 끝으로 만져졌다. 방석을 드러내고 밑을 살피니, 작은 압정 같은 것이 놓여 있었다.

"이런 게 왜 여기 있어."

김 형사가 버럭 화를 내며 압정을 멀리 던져 버리고 다시 차에 올랐다. 이해할 수 없었다. 조금 전까지도 없었던 압정이 왜 운전석 의자 시트에 놓여 있는 것일까? 분명 차문을 잠근 기억이 났다. 아무리 생각해도 모를 일이었다. 차문도 잠겨 있지 않았는가? 정말 모를 일이라고 여기며 김 형사는 사온 도시락을 꺼내 먹기 시작했다. 그런데 도시락을 먹는 와중에 참을 수 없는 졸음이 몰려드는 것을 느꼈다.

"왜 이러지. 밥 먹어야 되는데."

자꾸만 눈이 감겼다. 김 형사는 씹고 있던 것을 겨우 삼키고 물을 마시기 위해서 손을 뻗었다. 하지만 그것으로 끝이었다. 더 이상 밀려드는 졸음에 저항할 수 없었다. 현기증인지 졸음인지 구분이 가지 않을 만큼 졸음은 강력했다.

"미치겠네."

김 형사는 일단 들고 있던 도시락을 조수석에다 내려놓고 운전석에 몸을 기대고는 곧 눈을 감았다. 동시에 김 형사는 거의 폭풍처럼 밀려드는 졸음에 무기력하게 휩싸이고 말았다.

2권에 계속

힘든 직장 생활 내내
포기하고 싶었던 순간 이 책
의 집필을 계속할 수 있게끔 끊임
없는 격려와 응원을 해 준 우리 딸
빈이에게 이 책을 바칩니다.

2016년 봄의 문턱에서
사랑하는 아빠가